Férias em Taipei

Abigail Hing Wen

Férias em Taipei

Abigail Hing Wen

Tradução
Ana Beatriz Omuro

Copyright © 2020 by Abigail Hing Wen
Copyright da tradução © 2020 by Editora Globo S.A.

Todos os direitos reservados. Nenhuma parte desta edição pode ser utilizada ou reproduzida — em qualquer meio ou forma, seja mecânico ou eletrônico, fotocópia, gravação etc. — nem apropriada ou estocada em sistema de banco de dados sem a expressa autorização da editora.

Título original: *Loveboat, Taipei*

Editora responsável **Veronica Armiliato Gonzalez**
Assistentes editoriais **Lara Berruezo e Agatha Machado**
Preparação de texto **João Pedroso**
Diagramação **Douglas Kenji Watanabe**
Projeto gráfico original **Laboratório Secreto**
Revisão **Vanessa Sawada**
Capa **Renata Vidal**

Texto fixado conforme as regras do Acordo Ortográfico da Língua Portuguesa (Decreto Legislativo nº 54, de 1995)

CIP-BRASIL. CATALOGAÇÃO NA PUBLICAÇÃO
SINDICATO NACIONAL DOS EDITORES DE LIVROS, RJ

W492f

    Wen, Abigail Hing
        Férias em Taipei / Abigail Hing Wen ; tradução Ana Beatriz Omuro. – 1ª ed. - Rio de Janeiro : Globo Alt, 2021.

        Tradução de: Loveboat, Taipei
        ISBN 978-65-88131-32-9

    1. Romance americano. I. Omuro, Ana Beatriz. II. Título.

21-71209   CDD: 813
                                                          CDU: 82-3(73)

Leandra Felix da Cruz Candido – Bibliotecária – CRB-7/6135

1ª edição, 2021 — 1ª reimpressão, 2022

Direitos de edição em língua portuguesa para o Brasil adquiridos por Editora Globo S.A.
R. Marquês de Pombal, 25
20.230-240 – Rio de Janeiro – RJ – Brasil
www.globolivros.com.br

Para Andy.

Querido leitor,

Este livro é inspirado em programas de verão reais dos quais milhares de adolescentes asiático-americanos participam desde a década de 1960. Meu marido e eu participamos do programa em Taiwan em verões diferentes e acabamos nos conhecendo por meio de amigos em comum. Há um programa parecido na Coreia do Sul para jovens adultos de ascendência coreana.

O programa evoluiu ao longo dos anos. Adorei conversar com ex-alunos de diferentes edições do *Loveboat*, o Barco do Amor. Eles com certeza vão reconhecer muitos dos marcos e também perceber as licenças poéticas que tomei para escrever a história. O enredo e todos os personagens são fictícios, e qualquer semelhança com pessoas reais é mera coincidência.

Para um panorama da história do programa, recomendo o documentário *Love Boat: Taiwan* (loveboat-taiwan.com), de 2019, dirigido por Valerie Soe.

Obrigada por ler!

Abigail Hing Wen
邢立美 (Xing Li Mei)

31 DE MARÇO
UNIVERSIDADE BROWN – SECRETARIA DE ADMISSÕES

Prezada Ever,
Agradecemos seu interesse em nosso Programa de Educação Médica Liberal. O quadro de candidatos deste ano foi excepcionalmente talentoso e, infelizmente, nosso comitê não poderá lhe oferecer uma vaga em nossa próxima turma...

31 DE MARÇO
UNIVERSIDADE DE BOSTON – FACULDADE DE ARTES & CIÊNCIA

Prezada Ever,
Todo ano somos forçados a encarar a difícil decisão de dispensar candidatos altamente qualificados...

31 DE MARÇO
FACULDADE DE MEDICINA DA UNIVERSIDADE DE WASHINGTON
PROGRAMA ACADÊMICO DE MEDICINA

Prezada srta. Wong,
Embora suas credenciais sejam impressionantes, infelizmente podemos aceitar apenas...

1º DE ABRIL
CENTRO MÉDICO DA UNIVERSIDADE DE ROCHESTER

Prezada Everett,
Com apenas dez vagas em nosso programa, sinto muito...

1º DE ABRIL
UNIVERSIDADE RICE – FACULDADE BAYLOR DE MEDICINA

Prezada Ever,
Agradecemos seu interesse no Programa Acadêmico de Medicina da Rice/Baylor. Infelizmente...

3 DE ABRIL
FACULDADE DE MEDICINA DA CWRU

Prezada srta. Wong,
É com pesar que...

3 DE ABRIL
UNIVERSIDADE NORTHWESTERN – FACULDADE DE MEDICINA FEINBERG

Prezada Ever,
Meus parabéns. É com prazer que lhe oferecemos uma vaga em nosso Programa de Honra em Medicina. Desde 1961, oferecemos uma experiência educacional única de sete anos para estudantes motivados que almejam seguir uma carreira em medicina...

4 DE ABRIL
UNIVERSIDADE DE NOVA YORK – FACULDADE DE ARTES TISCH

Prezada Ever,
Nosso Departamento de Dança não poderá recebê-la neste momento; entretanto, gostaríamos de oferecer-lhe uma vaga em nossa lista de espera...

1º DE MAIO
PREZADA UNIVERSIDADE NORTHWESTERN / FACULDADE DE MEDICINA FEINBERG

☑ EU ACEITO a oferta de admissão e efetuei o depósito de US$ 500.
☐ EU REJEITO a oferta de admissão.

Ever A. Wong

1

Chagrin Falls, Ohio – 5 de junho

O **envelope cai da nossa entrada** para correspondência como uma carta de amor.

A familiar insígnia roxa – a chama de quatro pétalas que se esparrama como o leque de uma dançarina – me faz descer correndo pelo carpete desbotado das escadas. Mando uma mensagem para Megan:

> tô atrasada, chego em 5 min

Então pego a carta logo antes de ela chegar ao capacho.

Meu polegar tateia o nome da faculdade no canto superior. Não tem como isso ser real. A última vez que um envelope idêntico a esse chegou, com seus cantos afiados, cheiro de tinta e papel novo e com marcas de dedos, foi dois meses atrás. Chegou como um sonho colorido que invade uma realidade cinzenta: o esvoaçar lilás das saias de tule e laços de cetim rosado se desatando, a leveza de saltos em direção ao céu azul-safira.

A Faculdade de Artes Tisch da Universidade de Nova York. Será que...?

— Ever, aí está você.

— Mãe! — Eu me viro, raspando o braço contra a estante bamba que meu pai construiu. Dobro a carta atrás das costas para que minha mãe não a veja quando vem apressada da cozinha, chacoalhando um panfleto. Sua blusa verde-jade está abotoada até o pescoço, como sempre. Sinto um pânico familiar dentro de mim.

— Mãe, achei que a senhora tinha saído.

— A igreja tinha voluntários extras hoje. Tenho boas notícias. — Ela balança a folha, coberta por caracteres chineses. Outra antiga mistura de ervas para melhorar minha circulação? Não quero saber e, de qualquer forma, ela vai me fazer bebê-la logo, logo. — Nós te inscrevemos e... você está usando maquiagem?

Droga. Eu realmente achei que ela tinha saído. Normalmente, eu teria esperado para aplicar meu toque microscópico de *gloss* quando estivesse virando a esquina.

— Só um pouquinho — admito enquanto ela pega um lenço de cima da mesa lateral. Atrás das minhas costas, o envelope corta minha mão, formando bolhas. — Mãe, estou atrasada pra encontrar a Megan. — Tento desviar dela em direção às escadas, mas o corredor, abarrotado do chão ao teto de retratos de Pearl e eu em todas as idades, é tão apertado quanto o interior de uma mala. — Ela já está lá no campo.

De lábios franzidos, mamãe arruma minha regata para cobrir a alça do sutiã, como faz sempre que menciono Megan. Ela preferiria que eu passasse as horas me preparando para a Northwestern, já que meu cérebro e o ciclo de Krebs não se dão bem. Eu mal consegui um B em Biologia Avançada — e esse tumor no meu boletim pode ser maligno.

O lenço vem na minha direção. Nem ocorre à mamãe que ela está invadindo meu espaço.

— Sim, mas preciso te falar...

O barulho de algo se quebrando na cozinha é seguido por um gemido de Pearl.

— Desculpa! Escorregou!

Um segundo depois, a cabeça da minha irmãzinha aparece no vão da porta atrás de mamãe. Escondo um sorriso enquanto ela morde um gomo de toranja. Seu rosto de onze anos é uma miniatura do meu: os mesmos traços delicados e cabelos pretos na altura do ombro, mas com olhos castanhos como os de papai, que refletem sua personalidade infinitamente mais doce — e que agora têm um brilho arteiro ao me ver olhando em sua direção.

— Mãe, me ajuda! Derrubei o açúcar mascavo!

— Você não se machucou? — Minha mãe já está indo na direção de Pearl.

— Não, não quebrou nada.

Meu pai aparece no alto da escada.

— Está tudo bem?

Os degraus rangem quando ele desce, usando seu suéter favorito dos Cleveland Indians que mal contém sua barriga. Debaixo do braço dele, há uma cópia dobrada do *World Journal*, um jornal voltado para a comunidade chinesa norte-americana que cobre tudo: de política global ao garoto sino-americano de dez anos que foi campeão internacional de xadrez até a então criança prodígio destinada a Yale que é a desgraça da minha existência.

— Pega a vassoura pra mim? — minha mãe pede.

— Não precisa, já dei um jeito — Pearl diz. — Olha, quase todo o açúcar está no guardanapo. Ainda está limpo.

Nem um centavo desperdiçado. Cinco anos ajudando uma à outra e Pearl se tornou mestra nisso. Sussurro *"obrigada"* para ela e me espremo entre papai e a parede, deslizando o braço ao redor da minha barriga e escondendo a carta.

— Desculpa, preciso ir.

Meus pés mal tocam o carpete quando corro escada acima. Quase no topo, bato com meu ombro em um retrato da família. Ele começa a balançar, e eu o seguro para pará-lo.

— Ever, preciso te falar uma coisa. — Mamãe não desiste nunca, e Pearl e eu sabemos disso melhor do que ninguém. — Neste verão...

— Desculpa, mãe, estou *muito* atrasada!

A batida da porta faz as provas antigas em cima da escrivaninha voarem e minhas sapatilhas cor de rosa, amarradas pelos laços, balançarem em frente à cabeceira. Meu quarto abriga uma cama de solteiro, meu guarda-roupa e alguns equipamentos de dança: sapatos de jazz perto do closet, a bandeira da minha equipe no canto, collants, meias-calças e saias.

Fecho e me encosto contra a porta, apertando a carta sobre meu peito, que palpita vigorosamente.

Será que...?

Eu me inscrevi na Tisch por impulso, secretamente. Meus pais toleraram minhas aulas de dança só porque meu orientador os assegurou de que eu precisava de interesses variados para conseguir uma vaga na faculdade. Enterrada sob as montanhas de inscrições em faculdades de medicina, a Tisch foi um tiro no escuro. Quando a carta da lista de espera chegou, presumi que era isso que eles diziam a todos os inscritos: *obrigado, mas siga sua vida sem nós.*

No andar de baixo, a voz impaciente de mamãe mistura-se ao timbre mais suave de Pearl. Sinto meu estômago embrulhar – tenho mais ou menos um minuto antes que mamãe arrombe a porta.

Com dedos trêmulos, abro o envelope.

2

Dez minutos depois, caminho em direção ao campo atrás da escola. Nuvens de tempestade se formam no céu – resquícios de um tufão que começou na Ásia, segundo o homem do tempo. A grama debaixo dos meus pés está úmida. Uma partida de futebol masculino segue acirrada, uma mistura louca de uniformes laranja da Chagrin Falls contra os azuis da Solon, uma escola rival. Normalmente, eu pararia para olhar, olhar *mesmo*, mas hoje tudo o que quero é falar com Megan, minha melhor amiga desde o jardim de infância, quando nós duas nos matriculamos no Estúdio de Balé Zeigler. Dançamos juntas desde então até o ensino médio, com nossa equipe de dança e banda marcial de doze membros.

Ela está ao lado de seu Toyota Camry, carregando nossas bandeiras pretas e douradas no porta-malas e já vestida com o figurino: collant preto com mangas transparentes de renda que refletem a luz e uma saia combinando que cai sobre suas pernas longas e esguias. Ela tem corpo de dançarina – parece uma escultura viva de Degas. Ao me virar em sua direção, sinto uma pontada familiar de inveja. Prefiro ter aulas de biologia o verão inteiro a deixar minhas coxas tão expostas, mas esse é o preço da dança e estou disposta a pagá-lo.

— Megan!

— Ever, você conseguiu escapar! — Ela acena e depois agarra a bolsa azul-pastel que escorrega de seu ombro fino. Seu cabelo castanho-avermelhado cai sobre seus dedos.

— Oi, Megan — digo, ofegante.

— Vai logo se trocar. — Ela joga minha bolsa, que deixei no carro dela depois do último treino para que minha mãe não visse. Ela dá uma olhada por cima do ombro, preocupada. — O Stikeman precisa do campo pra alguma coisa da equipe. A gente só tem uma hora.

— Megan — digo, apertando minha bolsa contra o peito como um colete salva-vidas. — Eu entrei na Tisch.

Os mastros caem sobre o asfalto e Megan grita alto o suficiente para ser ouvida em Manhattan. Estou envolta em uma tempestade de cachos com cheiro de alecrim.

— Como? *Quando?*

— Agora há pouco. — Meu corpo treme como se eu não comesse há dias. Guardei a carta embaixo do meu travesseiro, mas aquelas linhas datilografadas em preto estão gravadas na minha mente: "É um prazer admiti-la no Departamento de Dança...". — Parece que mandaram um e-mail também, mas não abro o meu desde a formatura. Agora tenho que responder até sexta-feira que vem. Não sei o que fazer.

— Você não contou para os seus pais, contou?

— Desci pelo cano do lado da janela do meu quarto antes que eles conseguissem falar comigo.

— *Ever*. — Megan agarra meu braço e me leva na direção da escola. — Você precisa parar de fazer isso. Se você quebrar uma perna, como você vai dançar? E se acabar se lesionando permanentemente?

— Eu não vou quebrar a perna.

Ela faz uma careta.

— Então, Tisch. Você quer... claro que quer, né?

— Olha, eu me sinto ridícula só por considerar, né? Estou quase passando em medicina. Você sabe o que a minha mãe acha de dançar, que é só corpo, nada de cérebro. É como se fosse prostituição. De qualquer forma, a gente não tem condição de pagar o curso da Tisch. Se meus pais soubessem que eu me inscrevi, que eu *fui aceita*, acho que eles realmente considerariam me deserdar, sério.

— E o auxílio financeiro?

— Não é o suficiente. Mas a carta mencionou uma bolsa de estudos.

— Da Tisch?

— Não, de uma associação de artes. Eu teria que me apresentar em Cleveland logo depois de a gente dançar no desfile sábado que vem. À uma e meia.

— Balé? Jazz? — A pressão de Megan no meu braço está começando a doer.

— Estilo livre.

— Que tal a nossa coreografia? Foi você que fez, isso deve contar alguma coisa, né? Tem problema se for um dueto?

— Não tenho outra opção!

Ela franze a testa, pensativa.

— A gente vai ter que pegar um Uber na praça. Merda. — Ela me empurra para o banheiro. — Agora que a gente precisa praticar *mesmo*. Vai se trocar!

Cinco minutos depois, estou sentada sobre a grama, com as costas coladas às de Megan. Levanto meu mastro de plástico para formar a ponta de um telhado junto ao de Megan em nossa pose inicial. Sinto uma chama familiar se espalhar como mel dentro de mim: a expectativa do ritmo e da batida.

Notas graves. Instrumentos de sopro.

Como flores desabrochando, desenrolamos as nossas colunas. Estendemos as pernas. Nossas bandeiras pretas, atravessadas por um raio, tremulam juntas em um amanhecer. Nos alinhamos e posicionamos as bandeiras em direções opostas.

— Merda, lado errado — Megan diz, se desculpando. Fazemos uma saudação a ambos os lados, invertemos nossas posições, damos um giro lento e outro mais rápido, como se acordássemos de um sonho.

É nesse momento que a música explode – e nós também.

Executo um meio giro. O vento dos movimentos simétricos de Megan bagunça meu cabelo. O vinil preto e dourado estala na minha orelha enquanto lanço minha bandeira ao céu e dou uma pirueta dupla, que faz meus pés arrancarem a grama e meu cabelo preto bater contra meu rosto. O cheiro da grama enche o ar e me sinto tão, *tão* viva, como só me sinto quando estou dançando.

Megan colide contra mim e nossos mastros raspam um contra o outro.

— Desculpa! — ela grita. — O que vem agora?

Megan está sempre pensando no próximo passo, coisa que eu nunca preciso fazer. Os padrões que seguimos, o modo como os passos mudam de acordo com o espaço, a energia e o ritmo — é isso que o meu corpo sabe.

— Estrelas — digo, ofegante. Minha mão desliza para a ponta do mastro.

Enquanto a música se encaminha para o fim, nos afastamos com piruetas e balançamos os quadris de um jeito que alguns pais não aprovariam. Nossas bandeiras esvoaçam, rodopiando em conjunto, uma, duas vezes. Então deslizamos para os lados e de volta para o centro, onde aterrisso de joelhos e levanto os braços.

— Desculpa por errar a transição — Megan resmunga. Ela desliga sua câmera, a que usamos para gravar o ensaio com os figurinos.

— Tudo bem. Vamos ensaiar de novo — digo, ofegante e caindo de costas. Minhas bolhas doem, a punição por horas praticando com o mastro, e ainda temos muitas horas pela frente. Mas, enquanto lâminas de grama fazem cócegas nas minhas bochechas, meu coração pulsa em um ritmo contagiante.

Será que esse poderia ser o meu futuro? Uma vida dedicada à dança, a esse resplendor corporal — em vez de caminhar por corredores com cheiro de antisséptico?

— Você é uma coreógrafa incrível, sabia? — Megan pega minha garrafa de água e dá um gole antes de passá-la para mim. — Depois que a gente cravar essa coreografia para o desfile, a Broadway vai bater na nossa porta.

— Ha. — Sou obcecada por musicais. Dançar na Broadway seria a realização de um sonho. Megan está só brincando, é claro, mas fico atordoada só de pensar.

— Sério, como você pensou nisso tudo? Estamos arrasando!

— A gente podia ser duas velhas de cabelo verde e você ia dizer isso. As ideias simplesmente vão surgindo. Seu pai merece uma medalha por ter conseguido essa vaga pra gente se apresentar.

— Bom, a firma dele patrocina o desfile há dez anos. Já estava na hora de ele conseguir alguma coisa em troca.

Megan arranca o laço dourado da caixa de chocolates Malley's, nossa recompensa de sempre, enquanto recuperamos o fôlego.

— Pena que você não conseguiu participar do show de primavera com a gente. Aquela coreografia foi *tudo*. E você fez a metade dela. — Ela joga uma trufa na boca. — Ainda não acredito que a sua mãe te tirou do ensaio daquele jeito.

— Pois eu acredito. O que ainda dói é o fato de ela ter feito isso na frente de todo mundo. — Mordo um pedaço de framboesa, sentindo arrepios só de lembrar. — Coitado do Ethan, ela agiu como se ele tivesse lepra. Só porque eu estava fazendo par com um garoto.

— Sinceramente, não entendo ela. Quer dizer, você tem dezoito anos.

— É o que é. — De certa forma, me sinto meio grata por poder conversar com Megan sobre isso, apesar de a família dela ser tão diferente da minha que ela não consiga entender. — É coisa da criação dela na Igreja Batista Chinesa. Ela ainda nem teve a conversa da sementinha comigo, sabe? Tudo o que ela disse foi...

— "Sexo é um produto do casamento que deve ser tolerado, de preferência através de um buraco no cobertor". Foi o que você me disse — Megan ri e eu quase sorrio, então ela fica séria. — Você vai falar pra eles sobre a Tisch?

— Não sei. — Sinto um aperto no peito. — Cursar medicina é o caminho que foi traçado pra mim desde antes de eu saber andar. — A realização do sonho da estabilidade que meus pais cultivaram por toda uma vida. Respeito. — O depósito já está pago. Dançar... eles já odeiam o tempo que eu perco com isso. Eles sempre acharam que eu ia largar mão depois do ensino médio, quando eu conhecesse o mundo real.

Eles sabem que vou dançar no desfile, mas falei que não era grande coisa para eles não irem. Não quero correr o risco de ficar ouvindo críticas sobre como isso é uma perda de tempo, sem falar no meu figurino.

Sinto um aperto maior no peito e me levanto, me apoiando nos cotovelos.

— Não posso ficar pensando nisso agora. Só preciso cravar essa apresentação.

Nós voltamos a ensaiar e assistimos aos nossos vídeos meia dúzia de vezes, até que Megan finalmente desaba, arranca os sapatos e massageia os dedos dos pés.

— Preciso descansar.

Eu me deito de costas ao lado dela e afundo o polegar na palma das mãos. Algumas bolhas estão sangrando, *ugh*. Eu as esfrego na grama, sem olhar. Até mesmo o vislumbre do meu próprio sangue me faz querer vomitar — como é que vou aguentar uma carreira cheia de hemorragias e ferimentos?

Acima de nós, nuvens acinzentadas cobrem os últimos pedaços de céu azul.

O estrondo de um trovão faz o chão vibrar.

Estou pensando nos pequenos problemas, mas não no maior deles.

Não consigo deixar de pensar... se papai conseguir aquele bônus que mamãe tanto espera. Se eu pegar os dois de bom humor...

— À sua direita — Megan sussurra. — Disfarça, mas tem um garoto bonitinho olhando pra você.

Diferentemente de mamãe, Megan sabe quando não estou pronta para falar.

— Do futebol?
— Aham.
Giro o mastro da minha bandeira sobre meu rosto como um helicóptero. Não posso negar – talvez por ser uma dançarina – que atletas são meu ponto fraco. Não porque são populares, mas por causa da disciplina que é preciso para fazer o que eles fazem. Sem falar no jeito como se movem: confiantes, cheios de propósito, reivindicando seu espaço no mundo.
Enquanto me sento, lanço um olhar discreto na direção do gol. O time da Solon, com seu uniforme azul, formou um círculo, e seus jogadores estão chutando uma bola entre si. Um garoto asiático olha na minha direção e nós dois disfarçamos. É como um código silencioso entre nós. Quando se cresce sendo um dos três alunos asiático-americanos em uma escola de menos de quinhentas pessoas, aprende-se a não fazer nada que chame atenção para a sua "asianidade" – a dele ou a minha.
— Não estou interessada.
— Eu sairia com ele.
— Ele não está olhando pra *mim*, ele só reparou que eu sou chinesa. — Pego meu celular. — O que, pra ser justa, eu reparei nele também. — Como esperado, o garoto vai embora com seus colegas de time enquanto eu abro o site da bolsa de estudos para me inscrever. — Viu? Ele foi embora.
Megan suspira.
— Porque você passa essa *vibe* de "nunca vai rolar" pra todos os garotos como ele. Só porque ele é asiático...
— Levando em conta a pura probabilidade no estado de Ohio, é mais fácil eu acabar com um homem de 59 anos duas vezes divorciado do que com outro asiático-americano. *Esse*

é o meu futuro — digo como se estivesse brincando, mas a verdade é que garotos não me veem como uma namorada em potencial. E é por isso que só beijei um garoto na vida. E, no fim, ele não quis ficar comigo.

— Ok, você está sendo ridícula. E aquele ruivo? Ele não tem cinquenta anos.

— Pode tirar o cavalinho da chuva... — Paro no meio da frase quando um conversível azul estaciona, arranhando o asfalto.

Bem na hora.

— Dan! — Megan grita, se levantando rapidamente.

O enorme jogador de hóquei sai do carro e a puxa para um beijo apaixonado. O casal não se via há seis meses, desde a sua última visita quando ele ainda era calouro na Rice. O beijo dura apenas três segundos, mas parece uma eternidade. Raspo os pés pelo gramado enquanto um sentimento familiar de inveja aperta meu coração.

— Oi, Ever. — O cabelo loiro-acobreado de Dan está mais comprido do que em sua festa de despedida, mas o sorriso continua o mesmo. Sinto que meu collant está transparente. Quando os olhos cor de mel dele, franzidos com aquele sorriso, encontram os meus, a lembrança daquela tarde atrás do galpão retorna subitamente.

As mãos grandes no meu quadril. A língua dele contra meus lábios. Tudo que sei sobre beijar, tirando o que aprendi com Megan quando praticávamos com laranjas no ensino fundamental, foi ele que me ensinou.

E então meus pais o afastaram.

— Dan quer dar uma volta por aí — Megan passa os braços ao meu redor; apesar do nosso treino exaustivo, seu cabelo ainda cheira a alecrim. Percebo que ela se sente culpada por estar feliz às minhas custas. Consigo sentir sua dúvida, posso ouvi-la perguntando: *você não liga, né?* Megan sabe sobre aquele beijo, sabe que é coisa do passado. *Nós ainda somos amigas porque você tem o maior coração desse lado do Mississipi*, ela me disse uma vez. A verdade é que, na maioria dos dias, tento não pensar neles. Juntos. Ela me aperta mais. — Podemos continuar amanhã? A gente vai conseguir aquela bolsa pra você.

— Obrigada. — Aperto-a de volta para não a deixar preocupada. Então, como ela está ali, parada, eu me forço a abraçar Dan também, como se ele fosse um amigo qualquer...

— Everett!

Dou um pulo. Meu pé se enrosca no de Dan. Minha orelha roça em sua barba recém-aparada enquanto me viro para encarar uma plateia que eu não sabia que estava assistindo.

Mamãe. Ela desce do carro, sua blusa cor de jade inflando como um paraquedas. Atrás dela, papai puxa seu boné do Cleveland Indians mais para baixo como se estivesse querendo encolher alguns centímetros. Ele manca para a frente, resultado de uma lesão antiga de quando estava limpando uma poça no trabalho.

Cruzo os braços em frente ao meu collant, um gesto fútil. Dan dá um passo para trás enquanto mamãe vem na minha direção, furiosa. Gotas grossas de chuva caem sobre mim quando ela agarra minha gola de renda e me sacode sem dar a mínima para o fato de que, com um metro e cinquenta e quatro, ela é seis centímetros mais baixa do que eu.

— Você está usando *isso*? Em público?

Tento me soltar. Meu collant é de *manga comprida*, pelo amor de Deus. Megan puxa Dan para fora da zona de perigo, mas ela nem precisava se preocupar. Os olhos dele são como os de um cavalo selvagem encarando uma chama que já o queimou antes.

— Por que a senhora está aqui? — pergunto, engasgando.

Mamãe enfia um pedaço de papel na minha cara. Uma folha cor de creme dobrada em três partes. A preciosa insígnia de chama roxa está enrugada sob seus dedos.

Minha carta da Tisch.

3

— **O que é isso?** — minha mãe questiona. — O que mais você está escondendo?
— Por que você não nos contou? — Os olhos de papai se arregalam atrás dos óculos de casco de tartaruga.
— É por isso que você só foi aceita em uma faculdade de medicina?
— Não! É claro que não! — Só Deus sabe como me dediquei de corpo e alma às inscrições e entrevistas, sabendo como elas eram importantes para minha família. Mas, muito embora o curso da Northwestern seja mais bem avaliado até mesmo do que o da Brown, meus pais colocaram toda a culpa nas minhas notas não tão perfeitas em biologia e falaram que, se não fosse por elas, eu teria sido aprovada em vários outros lugares. — Como vocês acharam a carta?
— Uma mulher ligou perguntando se você aceitaria — mamãe diz, com os dentes cerrados. Imagino a explosão no telefone, depois a busca desenfreada pelo meu quarto. Minha mãe chacoalha a carta como se estivesse infestada de formigas.

— Dança não dá futuro! Você quer viver como a Agatha quando for velha? Você quer que *a gente* viva daquele jeito?

Agatha. O exemplo preferido de mamãe na igreja, que aparece nos almoços gratuitos para os idosos, com um batom tão torto que é como se uma criança o tivesse rabiscado, e tagarela sobre seu tempo no Balé de Cleveland.

Papai tem uma expressão atordoada no rosto, como se eu tivesse sacado uma arma e atirado em seu peito.

— Você falou disso para o pessoal da Northwestern?

— Claro que não! — digo, e os ombros do meu pai relaxam. — Não falei nada pra ninguém!

Mas posso ler o balão de pensamento que flutua sobre a cabeça de Megan: *Diz pra eles o que você quer. Eles não podem continuar te tratando como uma criança.*

— Você acha que o seu pai queria passar esses anos todos empurrando um carrinho de limpeza? — minha mãe pergunta. — Ele fez isso pra colocar comida na mesa. — Porque o governo não aceitou validar seu diploma de medicina da China sem que ele fizesse uma residência que não poderia pagar, com uma esposa e um bebê a caminho. Porque o mundo destrói todos os seus sonhos. Eu sei; por Deus, eu sei. Dessa vez, mamãe não acrescenta o que sempre diz: "Mas valeu a pena. Você pôde crescer nos Estados Unidos. Você vai ter oportunidades com as quais nós sequer pudemos sonhar".

E eu cresci, sabendo que cabe a mim, como filha mais velha, recompensar os sacrifícios de duas vidas.

Mas por que você me deixou dançar quando eu era pequena? Quero gritar. *Por que me dar mel se você sabia que eu teria diabetes? Por que deixar isso se fundir aos meus músculos e se infiltrar debaixo de cada centímetro da minha pele?*

— Você se esforçou tanto — papai murmura. Ele está falando da faculdade de medicina, mas eu não consigo deixar de esfregar as bolhas inchadas nas minhas palmas.

Acima de nós, nuvens de tempestade transformam o céu em cinzas.

— Tisch... — eu mal consigo pronunciar as palavras. — Eu me inscrevi por impulso. Nem fui aceita de primeira. Não era sério...

— Então você *não* precisa *disso*. — Mamãe amassa a carta, formando uma bola.

Ela poderia ter virado uma atleta profissional com aquela jogada. Minha carta voa até a lixeira.

— Isso é meu! — grito.

Vou com tudo para a frente e agarro a borda enferrujada. As bolhas estouram quando me empurro para cima — mas meus sapatos escorregam, é muito alto, muito atulhado de lixo apodrecido para resgatar meu coração, que agora pulsa no outro lado desta parede de metal. Então mamãe agarra as costas do meu collant, me puxa e fecha a tampa com força, fazendo o cheiro de podridão se espalhar pelo ar.

— Qual é o seu *problema*? — ela grita.

Meus ombros tremem. Sinto frio. Muito frio, apesar da umidade do verão. Dan está encostado em seu carro. Megan se agarra a nossas bandeiras. Queria que os dois estivessem em qualquer lugar, menos aqui. Os olhos castanhos de Megan imploram: *diz pra eles, diz pra eles, diz pra eles...*

Me esforço para firmar a voz.

— Só preciso dançar no desfile semana que vem. — Não tem por que contar a eles sobre o teste para a bolsa de estudos, não até eu consegui-la. — Vou estudar biologia entre os ensaios. Vou me preparar pra faculdade de medicina. Eu prometo.

— Ever — Megan protesta, mas faço que não com a cabeça para ela. Não temos como pagar a Tisch. A bolsa de estudos é minha única chance e, até eu consegui-la, não há motivos para contar qualquer coisa aos meus pais.

Mamãe e papai trocam olhares que me desagradam.

— Não só biologia — minha mãe diz, com firmeza. — Mandarim também.

— Mandarim? — O panfleto em chinês provavelmente era sobre isso, mas sério? As aulas de chinês aos sábados eram uma tortura: um trajeto de trinta minutos até o curso que meus pais podiam pagar, em Cleveland; copiar ideogramas centenas de vezes em folhas quadriculadas, recitar poemas antigos sem entender uma palavra sequer. — Eu larguei as aulas de chinês na segunda série. — Logo depois de o meu professor reclamar que eu tinha a fluência de uma criança de dois anos. A vergonha foi grande demais para os meus pais. Além disso, sem chance de eu ter tempo para aulas de mandarim neste verão.

Mas, em algum lugar no fundo da minha mente, um alarme começou a soar.

— Eu estava tentando te falar. — Mamãe puxa outro pedaço de papel do bolso, dobrado em quatro partes, e olha para meus amigos. Depois, ela vai se arrepender de ter explodido na frente deles, mas agora é tarde demais. — Seu pai e eu achamos que é hora de você aprender sobre sua cultura. Nós te inscrevemos em um programa. Em Taiwan.

— Taiwan?

Meus pais sempre falaram sobre levar Pearl e eu para visitar Fujian, a província no sudeste da China onde os dois nasceram e se conheceram na faculdade. Eles imigraram depois que papai se formou em medicina. Mas nunca tivemos dinheiro para viajar. Também não tínhamos família para visitar. Os pais de mamãe faleceram antes de eu nascer, e os de papai, quatro anos depois.

Tudo que eu sei sobre Taiwan é que é uma ilha na costa de Fujian e que meu tio Johnny, casado com a irmã de mamãe que mora em Vancouver, nasceu lá. Foi como se ela tivesse anunciado que vamos para a Lua; não podemos pagar uma viagem para lá, não com minhas despesas de faculdade em vista e as de Pearl em um futuro próximo.

— É uma boa oportunidade. — Papai tira o boné, subitamente sério. — Você vai aprender *fántĭ zì*, a escrita tradicional.

Nem sei direito do que ele está falando.

— Eu não posso sumir por uma semana...

— Oito semanas — mamãe diz. — Começa nesse fim de semana.

— No fim de semana *agora*?

Ela faz que sim.

— Domingo.

— Eu não vou! — digo, enfurecida. — Fui aceita na Northwestern. Fiz tudo o que vocês pediram. Não fiz nada de *errado*!

— Nada de errado? Isso não é uma punição. — Para minha surpresa, mamãe está quase chorando. — A tia Lilian disse que o programa é muito bom. Muitos jovens gostam. E a sua passagem foi muito cara. Eles não devolvem o dinheiro!

— Espera — grito. — Você já comprou a passagem?

— Eu vendi meu colar de pérolas negras!

O colar de pérolas negras.

Um presente do pai dela, que morreu quando ela tinha quinze anos, mais nova do que eu sou agora. Quantas vezes eu a vi pegar o colar no aniversário de morte dele e polir as pérolas com um pedaço de seda vermelha? Ela já contou a história tantas vezes, de como Gong-Gong o trouxe para ela depois de uma malsucedida viagem de negócios a Hong Kong.

O colar de mamãe ecoa todos os seus outros sacrifícios: seus chinelos se arrastando pelo corredor enquanto ela dobrava roupas, fazendo minhas tarefas domésticas enquanto eu estudava noite adentro; a cicatriz do corte que ela fez no dedo enquanto preparava frango de seda chinesa para mim na época das provas finais; papai me dando carona para o estágio; toda a preocupação dos dois em relação às minhas inscrições para a faculdade de medicina.

Megan aperta a mão de Dan.

Diz pra eles, diz pra eles, diz pra eles...

Meu coração está em guerra. Sinto a mesma culpa que surge no Dia das Mães, quando não consigo sentir a gratidão que deveria. Nem um pouco.

Uma coisa é me esquivar das pequenas formas de controle que mamãe exerce sobre mim. Outra bem diferente é jogar fora um futuro suado de estabilidade financeira e o respeito pela nossa família. Meus pais cortariam as próprias gargantas em nome da minha felicidade e, em troca, o meu futuro é o futuro deles.

Eu não deveria ter me permitido sonhar.

Derrotada, deixo os ombros caírem. Não consigo olhar nos olhos de Megan.

— Tenho que achar meu passaporte — digo, caminhando em direção ao carro. Deixo meu coração na lixeira, sufocando como um peixe prestes a morrer.

4

Quando papai bate na porta, estou sentada sobre sua mala xadrez, tentando fechar um zíper teimoso, emperrado no último canto, para poder pegar meu voo hoje à tarde. Sei que é ele batendo porque ele é o único que faz isso.

— Pode entrar — resmungo.

Ele está segurando um estojo preto. Seu cabelo grisalho, cada vez mais escasso, está penteado para trás. Ele tem cinquenta e cinco anos e seu rosto estreito, enrugado como um mapa das Montanhas Rochosas, demonstra cansaço, bem diferente do pai de Megan, que poderia se passar por irmão mais velho dela.

— Precisa de ajuda?

— Não, tudo certo.

Ele se agacha ao entrar, como se minha porta não fosse alta o suficiente. Na maior parte do tempo, não dou muito valor para o meu quarto, mas, agora que estou indo embora, meus pôsteres de Degas, minha bolsa lilás, meu esconderijo secreto onde guardo manteiga de amendoim... é como se esse lugar fosse meu único santuário.

— Isso não é pra você levar pra Taiwan. Mas eu queria que ficasse com ele.

O zíper não tem jeito. Pego o estojo de papai e deixo um estetoscópio cair na minha mão.

— Meu orientador na faculdade de medicina me deu esse estetoscópio quando eu me formei. Guardei pra você. Você... você quer?

O cromo ainda está brilhante. Ele nunca usou o estetoscópio; as hastes macias são em formato de Y e há uma peça redonda que se encosta ao peito e permite ouvir o coração. Sinto seu peso como se estivesse segurando um bebê; é o símbolo de uma profissão de respeito que minha família só conhece do lado de fora.

É mais adequado para o meu tamanho do que para o dele, como se estivesse esperando por mim.

O piso estala sob o peso de papai.

Alguns anos atrás, Pearl e eu assistimos a *Mulan* na Netflix: a garota na China antiga que rouba a armadura do pai para salvá-lo, volta para casa como uma heroína e tenta conseguir seu perdão oferecendo a ele as homenagens que recebeu do Imperador. Só para ouvir que seu maior presente é tê-la como filha.

Pearl e eu choramos. E depois descobrimos que papai já tinha assistido ao filme em um voo vindo de Singapura anos atrás.

— Você também chorou? — Pearl teve a coragem de perguntar, enquanto eu observava ao fundo, esperando pela resposta.

Papai fez uma careta divertida, do jeito que ele faz só para ela.

— Chorei.

— Sério? — deixei escapar, espantada. Será que milagres ainda aconteciam? Será que ele entendeu mesmo o filme?

— Em qual parte, pai? — Meu Deus, Pearl, como você ousa?

— Quando os hunos invadiram a China — foi sua resposta sincera.

Agora estamos vivendo a situação contrária. Ele quer que eu goste desse presente, e eu só...

Ele segura meu braço, um raro momento de contato.

— Te mandar pra Taiwan não é uma punição — ele murmura. — O *timing* foi ruim. Talvez eu consiga te encontrar lá nos últimos dias se eu conseguir ajustar a data da minha viagem de trabalho. — Ele atende em um hospital de lá às escondidas. É uma renda extra e eles o chamam duas vezes por ano. Talvez esse seja o meu futuro algum dia: fazer bicos secretamente. Sair de fininho do hospital com meu jaleco branco para dançar com pernas que esqueceram como devem ser mover.

Mamãe entra com tudo, empurrando papai para o lado.

— Ever, achei uma almofada de pescoço pra você. — Ela a joga na minha direção e abre minha mala em seguida. — Você está pronta? — Ela inspeciona o conteúdo e, então, tira minha bolsa de dança azul-pastel e joga meu collant e minhas sapatilhas de ponta sobre a cama.

— Você não vai precisar disso tudo em Taiwan — ela diz e sai do quarto, apressada.

Papai abre a boca:

— Ever...

— Não vou conseguir arrumar minhas coisas com essas interrupções todas.

Solto a almofada, deixo o estetoscópio sobre meu collant proibido e volto a tentar fechar o zíper maligno. Estou no automático. Faço tudo como se as mãos dos meus pais estivessem se mexendo através das minhas.

Não levanto a cabeça, nem mesmo quando a porta se fecha atrás de papai.

> Para: tisch.admissions@nyu.edu
> De: ever.a.wong@chagrinfallshigh.edu
>
> Prezado Departamento de Admissão da Tisch, infelizmente, rejeito a oferta de admissão.
>
> Ever Wong

Vinte e uma horas de voos e conexões depois, jogo minha bagagem de mão sobre o ombro e cambaleio com olhos cansados atrás do meu colega de poltrona por uma rampa de metal que leva ao Aeroporto Internacional de Taoyuan, perto de Taipei. Minha cabeça ainda dói com o barulho das turbinas. Sinto gosto de talco na boca e me arrependo de ter comido aquele frango teriyaki embrulhado em papel-alumínio. Sinto que posso vomitar tudo a qualquer momento.

O aeroporto brilha. Azulejos brancos e reluzentes refletem a agitação dos passageiros. O cheiro de perfume e suor sufoca meus pulmões enquanto sou arrastada a uma velocidade estonteante por lojas exibindo relógios Swatch e óculos de sol Dior, displays de vidro com caixas de bolo de abacaxi e um balcão de *fast-food* servindo bentô em caixas pretas laqueadas.

— *Kuài diǎn, kuài diǎn!* — Alguém me empurra por trás.

Consigo me ver de relance no espelho de uma loja; cabelos escuros, pequena e com uma aparência assustada, rodeada por estranhos. Tentando não entrar em pânico, arranco meu envelope de boas-vindas da mochila. Meu contato é uma pessoa chamada Chen Li-Han. Minha carona deve estar me esperando fora da área de retirada de bagagens.

Agora só preciso chegar lá inteira.

Desço por uma escada rolante, passando por banners gigantes de modelos asiáticos que não consigo deixar de admirar, depois por um corredor... e, finalmente, chego até uma sala retangular cheia de filas que serpenteiam até uma série de cabines de imigração. Caracteres chineses se misturam a palavras em inglês por todo lugar e avisos em mandarim explodem nos meus ouvidos. Em casa, só falamos em inglês, exceto quando mamãe e papai usam mandarim para guardar segredos. Consegui aprender um pouco do básico na Igreja Chinesa, onde a missa é traduzida linha a linha: "Oremos" e "Por favor, sentem-se". Também sei chamar o carrinho de dim sum (*har gow, shu mai, chang fen*) — e isso, eu achava, era tudo que eu ia precisar. Espero que isso ainda seja verdade. Espero mesmo.

Ainda no Aeroporto de Cleveland, papai segurou meu braço e murmurou: "Boa viagem". É um ritual, um resquício de histórias de família — o tio-avô que foi para a Alemanha e nunca mais voltou, a sobrinha que se perdeu no mar —, é como jogar uma pitada de sal por trás do ombro. Se não fizermos isso, algo ruim pode acontecer. Sempre fomos nós que falamos isso para papai antes de nos despedirmos.

Mas soltei meu braço e marchei até a segurança, ignorando a paranoia que vem daquela história dos imigrantes da família — *e se ele morrer antes de eu voltar para casa?*

E se eu me perder e não conseguir voltar?

E se eu for sequestrada?

O que todo mundo está falando?

O que foi que eu fiz?
Minha respiração está ofegante.
Não entre em pânico.

Eu só preciso atravessar esse aeroporto, depois posso me enterrar em tabelas de caracteres enquanto tento não pensar no fato de que Pearl está a mais de doze mil quilômetros de distância ou que Megan está dançando na Public Square com Cindy Sanders, que ficou com o meu lugar no desfile, ou em Dan — não posso pensar nele. Com sorte, vou passar despercebida até pelos carcereiros da escola chinesa e não vou ter que falar com ninguém por oito semanas.

Em uma cabine, um funcionário atrás do vidro grita comigo em mandarim.

— Sinto muito. — Entrego meu passaporte americano a ele. — Não falo mandarim. — Com uma careta, ele tira uma foto minha, escaneia meus indicadores, devolve meu passaporte e acena para eu passar.

De alguma forma, chego até a esteira de bagagens, onde a mala de papai, do tamanho de uma baleia, dá voltas sem parar. Eu me aperto entre dois viajantes que discutem em mandarim e pego minha mala — é mais pesada do que eu lembrava. Então me acotovelo em meio a outra multidão de viajantes até a área de desembarque, transbordando como um rio, com a maior concentração de pessoas asiáticas que eu já vi.

Pânico!

Um mar de rostos toma conta da minha visão. Multidões balançam cartões com caracteres enormes e nomes em inglês. Alguém grita um cumprimento e me empurra por trás, então eu caio sobre uma grade de aço que me separa da multidão: mulheres com blusas estilosas e homens com calças beges, embora esteja quente o suficiente para derreter giz de cera no chão. E úmido. Minha camisa e meu cabelo já estão grudados no meu corpo.

Abro caminho entre a multidão e chego até o lado de fora, onde sou recebida pela luz ofuscante do sol. Buzinas. Carros estranhamente quadrados passam e o barulho divide minha cabeça em quatro.

— Chien Tan? — pergunto para uma mulher com outra placa. — Estou procurando por...

Uma mão que parece uma garra segura meu ombro, ligada a um homem careca e com um rosto que parece o de um cavalo. Sinto um cheiro desagradável de cigarro e coentro.

— Nǐ yào qù nǎlǐ?

— O quê?

— Nǐ yào qù nǎlǐ?

Ele aperta meu ombro com mais força. O pânico se sobrepõe a toda a razão que me resta.

— Não! — Eu me solto e dou meia-volta, decidida a refazer meus passos de volta ao avião.

Mas há dois policiais de azul vigiando a saída.

Então minha bagagem, pesada com a inércia, me faz perder o equilíbrio. Meu tornozelo cede e vou de encontro ao piso, sem uma grade dessa vez para me impedir de deixar uma vergonhosa mancha com formato de Ever no chão.

Um grito escapa da minha garganta.

Minha mala se solta.

É quando sinto uma mão firme no meu braço, me segurando a centímetros do chão. Vejo pernas cobertas por um jeans azul. Um par de Nikes pretos.

— Opa — ele diz. Olho espantada para o garoto mais bonito que eu já vi.

5

O garoto me põe de pé como se eu não pesasse mais do que um macaco. Eu *me sinto* como um macaco — um macaco desajeitado que precisa desesperadamente tomar banho, pentear o cabelo e mascar umas pastilhas de menta.

— Você está bem? — ele pergunta. — O *jet lag* dessas viagens é bem ruim. São quatro horas da manhã pra nós.

Ele está inventando desculpas para o meu emocional desastroso; para o fato de que parece que eu acabei de ser cuspida por um motor de avião — e é a gentileza desse estranho que acaba comigo. Quando ele solta meu braço, esfrego meus olhos úmidos.

Seu cabelo preto está desarrumado, como se ele não precisasse se preocupar com primeiras impressões. Ele combinou uma camisa verde-oliva com jeans de cintura baixa, o que significa que tem muito bom gosto ou conhece alguém que tem. Ele é alto e levemente musculoso — nunca vi um garoto com os músculos do braço tão bem-definidos na vida real.

— O-oi! — gaguejo. — Hm, oi!
Ele tira o fone de um dos ouvidos. Consigo ouvir uma música familiar dos Beatles que me lembra de quando eu fechava o Patio Grill, onde trabalhei no verão passado. Só que nunca vi um garoto como ele lá.
— Você é a Ever Wong? — Ele ajeita minha mala com uma batida firme e faz uma careta. — Você está uma hora atrasada. A gente estava te esperando.

Depois de cinco minutos na viagem até a Chien Tan, noto que há algo familiar em Ricky Woo, o garoto dos braços perfeitos. Será que é o nome? O rosto? Talvez eu esteja confusa por causa do *jet lag*, mas eu, com certeza, me lembraria de um garoto asiático tão alto e grande assim. Ele ocupa metade do nosso banco, que se enrugou em sua direção quando ele se sentou do meu lado, e se movimenta com um ar de poder controlado — quase gracioso —, como se nunca tivesse dado um passo em falso na vida. Enquanto isso, uma mancha roxa com o formato da mão dele se forma aos poucos no meu braço, um lembrete de que eu quase desmaiei na frente dele e de todos os passageiros dessa van para quinze pessoas.
— A gente se conhece? — arrisco.
— Não. — Rick se fecha em um silêncio que não encoraja mais conversa, como se sua gentileza inicial tivesse evaporado como uma poça de água esquecida no piso do aeroporto. Ele joga o celular de uma mão para a outra, sem sinal. O aparelho cai, ele solta um palavrão e o pega novamente, removendo e recolocando seu pequeno chip. Ah, não. Esqueci de comprar um no aeroporto como papai mandou. Eu nunca fui tão viciada no celular quanto meus

colegas de sala, mas agora não posso sequer fazer uma ligação desesperada para Megan.

O lado bom: também não preciso atender as ligações dos meus pais.

Rick reinicia o celular. Ele balança o joelho e passa o braço definido ao seu redor, esfregando o polegar na parte de dentro dos dedos em um gesto estranho e repetitivo. Todo aquele silêncio seria menos constrangedor se os outros jovens ao nosso redor não estivessem tagarelando a um quilômetro por minuto desde que me sentei.

Será que ele está mesmo tão irritado por terem me esperado por tanto tempo?

Li-Han, nosso motorista que aparentemente também é nosso conselheiro-chefe, me encara pelo retrovisor. Ele é uns dez anos mais velho que nós, franzino em uma camisa amarelo-fluorescente da Chien Tan, cabelo preto e grosso, óculos de armação preta e um maxilar que lembra um buldogue. Ele fala em mandarim e, de sobressalto, ouço meu nome chinês — *Ai Mei* — que ele usou durante a chamada. *Ai*, que significa amor, e *Mei*, que significa beleza, e sempre soou menos pretensioso em chinês. Mas ninguém além do meu avô, que escolheu meu nome, me chama assim na vida real, e ele faleceu quando eu tinha quatro anos.

Do outro lado de Rick, perto da porta, uma garota linda com cabelo preto e liso que escorre sobre os ombros cor de creme encerra seu jogo de flertes com um garoto com nariz de falcão chamado Marc. Ao lado dele está um garoto com cabelo prematuramente grisalho chamado Spencer Hsu, que, pelo visto, está tirando um ano sabático para trabalhar em uma campanha para o Senado no outono. Ainda não sei o nome da garota e sinto uma pontada de angústia, desejando que Megan estivesse aqui – parece que todo mundo já se conhece.

A van dá um solavanco ao passar por um buraco enquanto a garota se inclina sobre Rick. Seu rosto em formato de coração se afunila em um queixo com covinha. Seus olhos castanho-escuros são levemente curvados na direção do nariz. Seu vestido cor de tangerina é justo, revelando curvas generosas, e poderia ter saído de uma passarela — em comparação, minha camisa lilás com decote v sobre meu jeans rasgado parece desleixada. Mesmo que eu tivesse me trocado depois de desembarcar, não teria nenhuma roupa tão bonita assim.

— Oi. O Li-Han quer que a gente vá quebrando o gelo. Que seja. Meu nome é Sophie Ha. Sim, tipo *haha*! É coreano. Meu avô era coreano. Eu sou de Manhattan, mas moro em Nova Jersey agora. Meus pais se separaram e me mandaram pra cá pra passar o verão, mas eu teria vindo de qualquer jeito. De onde você é?

— Hm, Ohio. — Asiáticos não deveriam ser reservados? Mas ela é tão extrovertida. E brilha. Os três brincos em sua orelha esquerda refletem a luz do sol, um contraste com meus brincos modestos. De alguma forma, ela parece uma combinação de Megan e Pearl.

— Legal. — Ela apoia um cotovelo no ombro de Rick como se ele fosse uma grande almofada. A testa larga e arqueada e o nariz suave dele lembram meu primo, embora os olhos de Rick sejam cor de mel em vez de castanhos, mais próximos de seu tom de pele. Por que ele parece familiar? Fones de ouvido, cabelo desgrenhado, corpo atlético... há uma certa semelhança entre Sophie e Rick. O formato dos olhos, os lábios volumosos.

— Vocês são parentes?

— Primos — ela confirma, e não consigo deixar de sentir inveja de todas as vantagens que devem vir com um primo lindo da sua idade, como sua própria rede de contatos com os amigos dele e ter alguém para sondar seus *crushes* não correspondidos. — A gente era da mesma escola. Eu era líder de torcida. Estou indo pra Darthmouth.

— Ah, legal. Eu danço. Hm. Dança em grupo. E balé.

— Legal. O Rick vai pra Yale. — Ela balança a cabeça, fazendo charme. — Pra jogar *futebol americano*. — Ela aperta o ombro dele e finge estar torcendo. — *Rah rah sis boom bah!*

— Para com isso, Sophie. — Ele se afunda no assento, faz uma careta e olha pela janela. — A gente chegou na hora do rush.

— Desisto — ela diz, suspirando. — Nem eu consigo aguentar seu mau humor.

Espera aí...

Yale.

Futebol americano.

Woo.

— *Você!* — digo, abruptamente.

Rick faz uma careta.

— O quê?

Quando eu tinha nove anos, papai me mostrou uma foto no *World Journal*: um menino chinês magrinho que fazia aniversário só cinco dias depois de mim, com sobrancelhas grossas que desde então se espalharam proporcionalmente sobre a testa do garoto ao meu lado. Woo Guang-Ming (Luz Brilhante. O sobrenome, Woo, vem primeiro) de Nova Jersey venceu o concurso nacional de soletração, quando eu nem sabia que existia uma rodada depois daquela em que ganhei minha medalha de prata na quarta série. *Talvez você devesse se esforçar mais na soletração*, mamãe sugeriu.

Quando fizemos doze anos, Woo Guang-Ming fez sua estreia no piano, no Lincoln Center. *Você deveria treinar mais! Se esforçar mais!*

Aos quatorze anos, ele venceu a Feira de Ciências do Google por criar um tipo de algoritmo de aprendizagem de máquina. *Como você vai conseguir passar em medicina com um B em biologia?* Vivemos o mesmo número de anos nesse planeta, e ele já conquistou quatro vezes mais coisas do que eu.

Eu disse a mim mesma que ele não tinha alma. Que ele emitia fórmulas matemáticas sob comando. Que os dedos dele ficavam inchados como uma linguiça de tanto treinar piano com a mãe.

A única vez em que não desejei que o Garoto Maravilha fosse atingido por um raio foi quando ele desistiu do piano para ocupar o banco de reservas do time de futebol americano no primeiro ano do ensino médio. A redação do *World Journal* ficou preocupada, meus pais devastados. *Quem ele pensa que é? Tom Brady? Ele não vai para a faculdade?*

Eu comemorei. Pelo menos uma vez, Guang-Ming se desviou do caminho planejado (para um jovem imigrante asiático-americano). E ficando no banco de reservas — uma perda de tempo, de acordo com os padrões do *World Journal*. Era o fim da dinastia Guang-Ming e eu nunca mais teria que encarar um recorte do mais novo artigo sobre ele em cima do meu travesseiro.

Mas então o Garoto Maravilha foi recrutado para a posição de corredor no time da Yale, que não é dos melhores, mas isso não importa para os leitores do *World Journal*. É o time da Yale. Ele subiu no conceito dos meus pais de novo e despencou no meu. O outro único prodígio do *World Journal* do qual me lembro tão bem se suicidou. Os pais dele, enlutados, fizeram uma homenagem para o filho publicando uma página inteira no jornal com suas conquistas.

— O quê? — repete o Garoto Maravilha.

Aqui está ele. O parâmetro da minha existência nunca-boa-o-bastante, em carne e osso.

— Nada — digo, e o Garoto Maravilha faz uma careta.

— Nunca conheci uma Ever antes — Sophie diz, tentando melhorar o clima. — É um apelido?

— Sim, de Everett. — Eu realmente gostaria que o Garoto Maravilha não estivesse entre nós duas, sacudindo o braço e a perna, me irritando.

Sophie curva a sobrancelha:

— Mas Everett não é...

— Você não quer trocar de lugar? — o Garoto Maravilha a interrompe, se afastando de mim. Sophie levanta a sobrancelha. Eu coro. Será que estou cheirando mal?

— A gente vai chegar no campus em tipo, cinco minutos. Calma. A coitada da Ever vai achar que você é assim o tempo todo. — O Garoto Maravilha enfia o celular no bolso e fecha o punho, o que faz as veias de seu braço bronzeado saltarem. Por que diabos ele está com tanta pressa?

Suspirando, Sophie se vira de volta para mim.

— Então, Everett não é...

— Nome de menino? Pois é. — Fico ainda mais vermelha, sentindo quatro vezes mais vergonha do que o normal. Eu não quero continuar falando por cima do Garoto Maravilha e o irritando. — Meus pais não perceberam. — Quando falo isso, a maioria das pessoas responde "Como não?".

O Garoto Maravilha olha para mim.

— Acho que é porque Everett soa como Bernadette ou Juliette. Dá pra entender.

Fico surpresa. Ele entendeu. Às vezes, coisas que deveriam ser simples — como quais nomes são de menino e quais são de menina, ou por que todo o seu valor como pessoa não está em jogo quando você decepciona seus pais — simplesmente não são. Se você não cresceu como eu cresci.

— É — digo.

Não que isso compense o fato de ele ser a desgraça da minha existência.

— E o que significa, afinal? — ele pergunta.

Por que estou tão estranhamente fascinada pela barba por fazer no maxilar dele?

— Corajosa como um javali. Lembrando que não fui eu que escolhi.

— Ever, a Javali Corajosa. Gostei — ele diz.

Não consigo deixar de bufar. Ele não pode estar falando sério.

— Não, sério. Melhor que o meu nome. Veio de *A noviça rebelde*. Friedrich. Minha irmã mais nova se chama Liesl.

Mordo os lábios, depois admito:

— Isso é hilário.

Ele solta um grunhido.

— Não é não. A gente teve que assistir ao filme um milhão de vezes e toda vez meus pais falavam. — Ele balança a mão no estilo jazz. — "Foi daí que tiramos o seu nome!". Minha irmã ficou tão de saco cheio que mudou o nome dela pra Shelly ano passado, na quinta série.

Não consigo deixar de sorrir.

— Ela parece ser um pouco como a minha irmã. — E uma família que escolhe nomes de um musical velho, mas decente, não é o que eu esperava para o Garoto Maravilha.

Ele olha pelo para-brisa, ainda sacudindo o joelho e passando o polegar por baixo dos dedos, entediado de novo com essa conversa mortal.

Então tá bom. Olho pela minha própria janela, com as bochechas quentes. O mundo parece incrivelmente estranho, como se eu tivesse caído em um universo paralelo, cheio de carros esquisitos e quadrados, placas de trânsito oblongas, limites de velocidade em quilômetros e caracteres chineses. Então a rodovia elevada nos leva em direção a montanhas cobertas por árvores. Templos verde-menta e laranja se projetam por entre as folhas: telhados quadrados em camadas com cantos levantados como asas de andorinha, empilhados em torres que diminuem à medida que sobem. Como o meu porta-joias favorito que papai trouxe de uma viagem para Singapura, só que aumentado nas proporções de uma casa.

Toto, não estou mais em Ohio — e não sei como me sinto em relação a isso. Desorientada, ainda brava, mas também... intrigada.

— Ai-Mei, *nǐ xūyào tíng xiàlái zuò shénme ma?* — Li-Han diz.

— Ah... Desculpa, eu não entendo...

— Ele está perguntando se você precisa parar em algum lugar — diz o Garoto Maravilha.

Fico vermelha. Não preciso da ajuda dele.

— Ah, não. Não preciso. E meu nome é Ever. Ninguém me chama de Ai-Mei.

O Garoto Maravilha responde em mandarim fluente, repassando minha resposta e mais alguma coisa. Ele até usa o jeito de falar com uma pessoa mais velha — seu tom é mais formal e respeitoso.

É claro que sim.

Talvez dar de cara com o garoto que meus pais sempre usaram como parâmetro para meu desempenho na viagem que eles me forçaram a fazer seja uma piada cruel do universo.

— Se você já fala mandarim — começo e não consigo evitar o tom ácido na minha voz —, por que seus pais te mandaram pra cá?

— Ah, eles não mandaram. — Seus olhos cor de mel brilham na minha direção. — Eu vim por conta própria. Sophie e eu temos parentes aqui, então visitamos eles todo ano.

O Garoto Maravilha *escolheu* vir para o curso chinês de verão. Isso já diz tudo.

— Mas é diferente quando a gente está na Chien Tan, é claro — Sophie diz. — E você? Por que você quis vir?

— Eu não quis. — Minha voz aumenta de leve. — Meus pais me forçaram.

Sophie ri.

— Bom, ninguém vai te *forçar* a fazer nada aqui.

— Como assim?

— Nossos primos fizeram esse curso — Sophie sussurra. — É o nosso segredo mais bem-guardado. *Nenhuma supervisão.*

É mesmo?

— Então o que...

O Garoto Maravilha faz um sinal de alerta na direção de Li-Han, que provavelmente entende mais inglês do que faz parecer.

— Te conto depois — Sophie sussurra.

Quero fazer mais perguntas, mas nossa van entra em um acesso e passa por uma placa de concreto que exibe dois caracteres chineses. À nossa esquerda, um templo vermelho — o maior que eu já vi — se ergue em meio às montanhas. À direita, um guarda faz uma saudação de dentro de sua cabine, e uma cancela de madeira se levanta para nos deixar passar.

— Chien Tan — anuncia Li-Han.

Observo ansiosa pela janela enquanto Li-Han narra em mandarim. Um lago decorado com lírios-d'água gigantes borbulha com a água que cai das fontes. Nossa van se dirige até um pequeno campus formado por prédios de tijolos vermelhos com fileiras de janelas de duas folhas. Mais jovens asiático-americanos da minha idade jogam vôlei em um campo gramado rodeado de arbustos exuberantes, ao lado de uma pedra com os caracteres de Chien Tan entalhados e uma noiva vestida com um *qipao* vermelho beijando seu noivo de smoking enquanto um fotógrafo não para de tirar fotos.

— Isso é um ponto turístico? — pergunto. Deve haver lugares mais elegantes em Taipei para fazer um ensaio de casamento.

A van estaciona. O Garoto Maravilha desce depois de Sophie e estende a mão para mim.

— Li-Han disse que eles se conheceram aqui há quatro anos.

Uma parte traiçoeira de mim quer segurar a mão do Garoto Maravilha, para ver se ela é quente ou gelada, mas a outra parte está irritada, com ele e comigo mesma — não é como se eu não conseguisse descer de uma van. Ignoro a oferta de ajuda e salto para fora sozinha.

— Que legal. Como é que isso foi acontecer, né?

— Como é que foi acontecer? — Sophie joga o cabelo preto sobre o ombro e ri. — É o Barco do Amor!

— O quê? Não lembro de ter lido nada sobre um barco.

— Não é um *barco*. — Sophie lança um olhar cheio de significado para o Garoto Maravilha, mas ele já está liderando nosso caminho até a parte de trás da van. — É só um apelido, o Barco do Amor. Igual àquele programa antigo de TV. Escreve aí na lista de coisas pra eu te contar depois. Rick, vamos às compras primeiro.

— Pode ir — ele diz. — Preciso achar um telefone público. Prometi pra Jenna que ia ligar pra ela assim que chegasse e estou atrasado demais agora.

— *Jenna* — Sophie bufa. — Você devia namorar a Ever — ela completa, para o meu completo horror. — Olha, ela é perfeita pra você. Você joga futebol, ela dança.

O Garoto Maravilha revira os olhos.

— Jenna é a minha namorada — ele me diz.

Ah.

Então ele tem uma namorada.

Acho que, na minha cabeça, o Garoto Maravilha sempre viveu sozinho. Como eu.

Os outros adolescentes se reuniram ao redor da parte de trás da van. Enquanto Li-Han destranca o porta-malas, o Garoto Maravilha tira o celular do bolso e o enfia debaixo do meu nariz.

— Jenna Chu — ele diz.

A namorada dele sorri na tela do celular: uma foto profissional pela qual eu não poderia pagar nem se trabalhasse por um ano no Patio Grill. Ela é ainda mais linda do que ele — seu cabelo preto volumoso emoldura um rosto fino, com nariz delicado e lábios rosados. Em seu pescoço está um anel de formatura incrustado com uma safira, pendurado em uma corrente de ouro refinada. Quando eu era mais nova, as pessoas às vezes me chamavam de boneca de porcelana, o que me agradava e me irritava ao mesmo tempo. Mas Jenna realmente se encaixa nessa descrição. Ela até usa francesinhas nas mãos dobradas. Me surpreende o Garoto Maravilha não ter quebrado a garota sem querer.

O braço dele encosta no meu de relance. Ele está muito perto — dou um passo para trás e noto uma expressão estranha no rosto dele. Surpresa. Puxo meu rabo de cavalo, percebendo tarde demais que ele está torto.

— Ela é muito bonita — digo.

— Ela é muito mais que bonita. Ela também é superinteligente. — A voz dele fica afiada e sinto meu rosto esquentar de vergonha. Não quis insinuar que ela não era. Agora ele provavelmente acha que sou fútil. — Ela vai para a Williams no ano que vem. — É impressão minha ou ele está falando um pouco demais sobre ela?

— Você quer dizer chata? — Sophie boceja. — "*Ricky*, o que eu vou fazer o verão *inteiro* enquanto você estiver fora?" — ela diz, fazendo uma imitação óbvia de Jenna. Li-Han abre o porta-malas.

— Cala a boca, Soph. Ela tem bastante coisa pra fazer. — Com gestos impacientes, o Garoto Maravilha coloca nossa bagagem sobre a calçada até pegar uma mala preta e sobe as escadas com passos largos.

— Rick, você esqueceu sua mochila — avisa Sophie.

— Droga. — Ele volta para buscá-la e, então, olha para mim. — Presta atenção, ok? — Ele faz uma careta. — Eu posso não estar por perto pra te pegar da próxima vez.

Como é que é?

Com essa afirmação condescendente, ele joga a mochila sobre o ombro e sobe correndo as escadas como se todo o seu futuro dependesse de ligar para Jenna antes de poder respirar outra vez. Nas portas deslizantes, ele quase atropela uma monitora miúda.

— Rick, *presta atenção* — Sophie repreende, mas ele já desapareceu.

Já vai tarde. Músculos não dão conta de resolver o problema dele, seja lá qual for.

— *Zhè shì* Pan Mei-Hwa — Li-Han apresenta a monitora enquanto ela caminha até nós, ajeitando sua camisa amarela da Chien Tan sobre uma saia verde com listras amarelas, verdes e pretas.

— *Huānyíng lái dào* Chien Tan! — Mei-Hwa Pan acena com as duas mãos, nos cumprimentando. Ela fala mandarim como uma nativa, embora seus traços arredondados não sejam exatamente chineses. Seu longo cabelo preto está preso em uma trança volumosa amarrada com um laço verde. O rosto dela é simpático e amigável e, quando ela sorri para mim, eu quase peço que por favor me diga no que foi que eu me meti.

Então uma garota vindo de trás da nossa van joga a mochila nos braços de Mei-Hwa. Ela pisca, mas segue a garota escadaria acima na mesma direção para onde o Garoto Maravilha foi.

Pego minha própria mala de rodinhas. Um pássaro preto de pescoço comprido pousa sobre os arbustos que cercam o caminho de concreto. Muros cobertos por heras nos separam do resto de Taipei, mas não do sol que tosta minha cabeça sem piedade.

Não faço ideia de como um Barco do Amor se encaixa nisso tudo.

Mas, se vou ficar presa dentro desses muros com o Garoto Maravilha o verão inteiro, eu bem que poderia levar um tiro agora.

6

Não tenho nenhuma oportunidade de perguntar a Sophie sobre o "Barco do Amor" em particular.

Vasos com plantas dividem a recepção espaçosa e iluminada em *lounges* mobiliados com cadeiras esculpidas com raízes retorcidas de cerejeira. Sophie e eu entramos no final da fila para o balcão de registro. Na parede, seis relógios rústicos de madeira mostram as horas em São Francisco, Nova York, Taipei, Pequim, Londres e Tóquio.

Ao nosso redor, mais jovens colocam suas malas no chão, dizendo uns para os outros: "Eu não te conheço do RSI?". Um garoto com uma camiseta de Berkeley cumprimenta com um soquinho outro garoto meia cabeça mais baixo: "Ei, te vi na Cal-Michigan! Sinto muito, mano, fica pra próxima". Três garotas com vestidos quase idênticos de cores pastel se jogam nos braços umas das outras, gritando: "Como você está? Você viu que o Spencer veio também?".

Até Sophie cumprimenta rapidamente umas garotas de alguma coisa chamada acampamento de verão do Centro de Jovens Talentosos.

— Como tanta gente aqui se conhece? — pergunto para Sophie.

— É aquela coisa de seis graus de separação. Só que pra gente é tipo dois graus, sabe?

Não sei. Não conheço uma alma sequer aqui, mas, nesse momento, a solidão que sinto é encoberta pela estranheza maior de me misturar. Onde eu moro, quando estou no shopping, as pessoas às vezes me encaram quando passo com a minha família, mas, agora, minha identidade asiático-americana é invisível, apagada como um desenho em uma lousa mágica. É um alívio inesperado.

Enquanto a fila anda, Li-Han caminha até nós da direção oposta, equilibrando uma bandeja com copos de plástico. Sophie pega dois deles, além de dois canudos grossos.

— Tradicional — ela diz. — Eu odeio esses xaropes que as pessoas colocam hoje em dia. — Esferas de um tom marrom-escuro rodopiam suavemente no fundo de um líquido que parece café com creme. Uma película plástica cobre a parte de cima do copo.

— O que é isso? — pergunto, intrigada.

— *Bubble tea*! — Sophie espeta o canudo no plástico e suga as esferas. — Sério que você nunca tomou? Chá com leite e bolinhas de tapioca.

— Eu já ouvi falar. — Fico ressabiada. Nunca bebi nada com coisas sólidas flutuando no meio, mas imito Sophie, espetando a película de plástico com mais força do que pretendia, fazendo ela rir. Tomo um bom gole do chá gelado e doce com as bolinhas mastigáveis. — Oh. É bom.

Sophie ri outra vez.

— Ever, você é uma verdadeira *banana*.

Faço uma careta. Como a fruta — amarela por fora, branca por dentro? Grace Chin, do grupo de jovens do qual eu participo, ficaria furiosa se qualquer pessoa a chamasse de banana, mas não estou brava. Só me sinto derrotada... outra vez. Mesmo no meio de um monte de descendentes de chineses, não sou chinesa o bastante. De repente, uma onda de saudades de Pearl faz meus joelhos vacilarem.

Então um grupo de garotos vem até nós: altos, baixos, magrelos, gordos, peludos — até um com bigode e um cavanhaque assustador. Eles perguntam nossos nomes e descubro que todos eles têm duas coisas em comum: vão estudar nas melhores universidades (UCLA, Penn, Stanford, MIT) e estão suando tanto quanto eu. O ar úmido está praticamente me lambendo. A atenção dos garotos, seus olhos ávidos e apertos de mão... é tudo um pouco demais.

Duas garotas param para se apresentar.

— Oi, meu nome é Debra Lee.

Uma garota de cabelo azul com corte pixie me dá um firme aperto de mão.

— Meu nome é Laura Chen — diz a amiga dela, com um boné dos Yankees.

— A gente é do Programa Acadêmico Presidencial — Debra diz. — Nos conhecemos em Washington.

— A gente conheceu o presidente dos Estados Unidos.

— Foi assim que fomos convidadas pra essa viagem.

— Ah, Deb, precisamos ir. — Laura checa seu relógio e sorri para nós, como se pedisse desculpas. — Vamos conhecer o comissário com outros participantes do Programa. Até mais.

Elas se afastam apressadas antes que Sophie ou eu possamos dizer qualquer coisa.

—Ai, *com licença*. Tem uma pessoa superimportante me esperando. — Sophie revira os olhos. — *Nossa*, que insuportável.

— Demais. — Jogo meu *bubble tea*, ainda pela metade, no lixo. Perdi o apetite. Ficou óbvio agora. Meus pais me mandaram para cá para ser moldada. Assim como ferro afia ferro, um nerd perfeito afia outro — só que esses não são nerds comuns como eu, são prodígios do calibre do Garoto Maravilha.

— Wong Ai-Mei. — Uma mulher corpulenta de mais ou menos quarenta anos vestindo um *qipao* verde me cumprimenta detrás do balcão de registro. Seu cabelo grisalho e ondulado parece um capacete.

— É Ever.

— *Ai-Mei* — esbraveja ela com a autoridade de um general. Claramente não sou eu quem decido como vou ser chamada durante o verão. — *Huānyíng. Wǒ shì* Gāo Lǎoshī — Bem-vinda. Sou a professora Gao. — Gao, "alta". Combina com ela. Não entendo o resto do que ela diz.

Enquanto ela vasculha uma caixa atrás de si, Sophie murmura:

— Todo mundo chama ela de Dragão. Pena que ela vai ser a diretora do programa esse ano. — O apelido combina com seu maxilar e nariz altivos.

Somos agrupadas por ordem de chegada. A Dragão entrega as chaves do quarto 39 para Sophie e eu, junto com uma bolsa bordada com a bandeira vermelha, branca e azul de Taiwan, com um sol branco no lugar de estrelas no quadrado azul. Dentro dela há um anuário e um mapa dobrado de Taipei.

A Dragão começa a falar em inglês com o sotaque do dialeto hokkien dos meus pais para explicar as premissas do programa: mandarim, cultura chinesa, estudo árduo.

— Quais eletivas você gostaria de cursar? — ela pergunta.

— Cada uma dura duas semanas, depois fazemos excursões.

— Vou fazer uma aula dupla de culinária — diz Sophie.
— Já me inscrevi.
— Eletivas? — pergunto. — Não escolhi nenhuma. — Sophie recebe um livro de receitas enquanto dou uma olhada nos folhetos: corte de papel, cítara, ioiô chinês, confecção de pipas, *mah-jong*, xadrez chinês, dança com leques, dança com laços, luta de espadas, dança do leão, tambores chineses, corrida de barcos-dragão, luta com bastão, estilo Mulan, *uau*...

— Ah! Ai-Mei, seus pais já te inscreveram nas eletivas.
Levanto a cabeça, surpresa.
— Já me inscreveram?
A Dragão me entrega uma folha com meu nome chinês no topo:

Mandarim: Nível I
Eletiva 1: Introdução à medicina chinesa
Eletiva 2: Caligrafia

— Olha, vamos fazer mandarim juntas — Sophie diz, mas eu mal a escuto.
Eles escolheram minhas eletivas.
Assim como escolheram as eletivas do ensino médio: francês em vez de latim, *uma língua morta*, tópicos avançados de biologia em vez de dança.
— Posso mudar uma pra dança com laços?
— Ah, sinto muito. A turma está lotada.
— E dança com leques?
— Lotada também.
— Luta com bastões?
A Dragão balança a cabeça.

— Seus pais escolheram essas. Você pode ligar pra eles.

Imagino a conversa inútil com mamãe: *medicina chinesa é para a faculdade de medicina. Caligrafia é algo prático. Vai ser bom pra você escrever receitas pelo resto da sua vida.* Mesmo a doze mil quilômetros de distância, as mãos invisíveis dos meus pais ainda me controlam.

— Certo — respondo, com dentes cerrados.

— Reserve uma hora para o dever de casa toda noite, sempre passeie com uma colega, esteja na cama às nove e meia da noite. Garotos e garotas não podem ficar juntos em um quarto com portas fechadas.

— Mas é *claro que não.* — Sophie não pareceria mais sincera nem se colocasse a mão sobre o coração e fizesse um juramento à bandeira. — A gente jamais pensaria numa coisa dessas.

Não consigo deixar de sorrir. Até que a Dragão apresenta o sistema de deméritos.

A parede à direita dela contém um quadro com os nomes chineses de todos os alunos da Chien Tan, mais do que consigo contar. Podemos receber deméritos por chegar atrasado à aula, não entregar tarefas, usar o celular durante o período de aulas, não estar na cama no horário certo e ser pego acordado depois que as luzes se apagam. Muitos deméritos significam uma ligação para os pais. Vinte deméritos e perdemos a excursão de duas semanas para o sul — um tour de ônibus fretado pela ilha no fim do programa.

— O quê? — Sophie protesta. Aparentemente, essa excursão vale a pena.

Faço uma careta. Acampamento nerd com regras no nível da família Wong. Tudo na Dragão — incluindo o sotaque hokkien e o cabelo curto com permanente — lembra minha mãe. *Os estudos vêm primeiro. Por que você precisa sair com a Megan se você a vê todo dia?* Parece que meu verão vai ser ainda pior do que eu imaginava.

Enquanto a Dragão se vira para arquivar nossas fichas, eu me inclino na direção de Sophie.

— Você disse que não tinha nenhuma supervisão.

— Existem regras. É só não ser pego. Eles mandaram uma ou duas pessoas de volta pra casa em toda a história do programa.

— Mais uma coisa. — A Dragão voltou. — Todo ano, os alunos organizam um show de talentos na última noite.

É claro que organizam.

— Vocês gostariam de participar?

Claro... que tal um solo de dança com bandeiras? Balanço a cabeça.

— Ah, eu não tenho nenhum talento — diz Sophie, devolvendo alegremente a ficha de inscrição. Não consigo não rir. Sophie é um pouco exagerada, mas também parece ser bem pé no chão e engraçada... Ela não tem culpa de ser prima do Garoto Maravilha. Com ela por perto, talvez esse verão seja mais suportável.

Juntamos nossas malas e caminhamos até o elevador. Sophie acena para uns garotos que conhecemos mais cedo.

— O Benji Chiu é um *tudo*, não é? — ela sussurra. — E o David vai para *Haar-vard*... ele é *tão lindo*, você não acha?

— Aham — respondo, indiferente. Benji trouxe seu ursinho de pelúcia, Dim Sum. Um pouco fofo demais para mim. Quanto ao David... definitivamente não sou muito chegada em cavanhaques.

— Ooh, olha só isso. — Sophie arranca um folheto roxo e brilhante de um quadro de avisos oferecendo massagens, aulas particulares e shows de verão. Ela entra com tudo no elevador. — A gente precisa de um plano! — Sophie bate no meu braço com o folheto. — As baladas! Eu fiz uma lista com os melhores restaurantes. Ah, e as nossas sessões de fotos!

— Sessões de fotos? — Meu estômago afunda quando o elevador sobe. — Tipo as de celebridades? — Para a garota que estava pregando pôsteres da lista de leituras para o verão no quadro de avisos da sala de orientação na semana passada? — Eu não tenho dinheiro...

— Elas são *superbaratas*, juro. Vou marcar uma sessão pra gente. Ah, eu e o Rick vamos visitar nossa tia no fim do mês. Você está convidada, é claro.

— Oh, hm. Uau. — Que gentileza. Ela parece ter gostado de mim e percebo que não quero decepcioná-la. — Tem certeza?

— Colegas de quarto são como membros da família. Ainda mais aquelas que não saem apressadas pra conhecer o *comissário*.

Nós duas rimos.

— Eu adoraria ir. Mas a gente não tem aula o dia inteiro? Uma hora de dever de casa toda noite? Como a gente vai ter tempo de fazer outras coisas?

O elevador para no terceiro andar e arrasto minha mala até um *lounge* com sofás de seda azul ao redor de uma mesa preta laqueada. Os olhos de Sophie brilham com malícia:

— Duas horas de manhã, mais duas horas de aula de cultura à tarde. Quem liga pra dever de casa? O resto do tempo é todo nosso. — Ela abaixa a voz. — O que vão fazer se a gente faltar? Nos mandar pra casa? *Sem chance*. Eles querem que a gente tenha uma boa impressão de Taiwan.

— Mas os deméritos...

Ouvimos o som do elevador atrás de nós. Para minha surpresa, a Dragão sai de dentro dele, com um pé de cabra na mão e uma expressão furiosa no rosto, como se estivesse soltando fogo pelas ventas. Atrás dela está Mei-Hwa Pan, a monitora miúda que o Garoto Maravilha atropelou mais cedo.

— Eita — Sophie sussurra. — Aconteceu alguma coisa.

As duas passam por nós com passos firmes em direção à terceira porta branca à esquerda, a qual a Dragão abre com o pé de cabra. Ela repreende alguém com sua voz ressoante. Passamos na frente da porta quando uma garota seminua sai correndo, rindo, e segurando seu vestido rosa contra o sutiã. Atrás dela, um garoto com uma camisa preta sai desajeitado da cama bagunçada. Luzes se refletem em seu cabelo ondulado e preto como um corvo, que está bagunçado e caído sobre o rosto. Ele pega os shorts — mas não antes de eu ver de relance o seu... equipamento.

Ai meu Deus ai meu Deus ai meu Deus.

Em casa, não posso nem ver cenas de beijo — toda vez que aparece uma durante as noites de filme em família, papai sempre muda de canal. Agora estou atordoada demais para fechar os olhos. Segundos depois, o garoto já vestiu os shorts e saiu disparado em fuga pelo corredor. O braço dele encosta de leve no meu. Seus olhos insolentes — escuros, líquidos, opacos — se viram e encontram os meus. Seus lábios se curvam em um sorriso animalesco, que interpreto como uma faísca de interesse, um convite. Um desafio.

A garota ri outra vez. Ela já vestiu seu baby-doll.

— Vamos, Xavier!

Um nome sexy para combinar com o resto dele. Sinto um pequeno choque quando nossos braços se separam. A

Dragão persegue os dois pelo corredor e Sophie segura meu braço de um jeito que me faz lembrar de Megan. O corpo dela treme em uma risada silenciosa enquanto caminhamos até o nosso quarto.

Se papai estivesse aqui, ele sairia batendo em Xavier com seu *World Journal* enrolado pelo corredor e teria me colocado em prisão domiciliar para minha própria segurança.

Talvez o acampamento nerd não seja tão nerd assim, no fim das contas.

— Então isso é... — digo, por fim.

As bochechas de Sophie estão vermelhas de segurar o riso.

— Isso é o *Barco do Amor*!

Estou começando a entender.

Nossa porta está emperrada, presa na soleira por causa da umidade. Passo a chave e empurro, depois Sophie faz o mesmo; então ela diz:

— Faz assim, vira a chave e nós empurramos juntas.

Com nosso peso combinado, a porta se abre, gerando um jato de ar.

— A gente forma uma boa equipe — ela diz, rindo, e se joga no colchão listrado.

— Meu Deus, Ever! Aquele tal de Xavier é o garoto mais sexy que eu já vi!

— Ele já tem namorada — chamo a atenção dela. Não que a garota de rosa o tenha impedido de me olhar de cima a baixo.

— *Namorada?* — Sophie bufa e levanta o torso, jogando o cabelo lustroso sobre o ombro. — Um em cada quatro namoros termina por causa do Barco do Amor.

— Nossa, sério?

— Sério. Minha prima estava namorando, aí ela conheceu um garoto na fila de registro e eles estão juntos desde então.

Sophie tagarela enquanto coloco minha bolsa sobre a cômoda e atravesso o quarto até a nossa janela dupla para avaliar o ambiente. O quarto é limpo, mas simples: duas camas, duas escrivaninhas, duas cômodas e uma garrafa térmica. Três andares para baixo, o gramado exuberante nos separa de uma fila de prédios de tijolo. Um muro de concreto, coberto por folhagens, cerca o complexo. Depois dele, à esquerda, o rio Keelung, com sua água azul-esverdeada, nos separa da outra margem — uma fila de arranha-céus retangulares de Taipei e, para além deles, uma montanha azul-acinzentada domina o horizonte.

A vista seria linda se não fosse pelo cano azul-bebê que se estende por todo o rio, apoiado por duas colunas de concreto. Acima dele há uma passarela vermelha para manutenção. Para esgoto, será? Que coisa mais desagradável.

— De que tipo de música você gosta? — Sophie enrola seus fones de ouvido em um pequeno iPod.

— Ah, hm... eu amo musicais — admito, um pouco envergonhada. A maioria dos meus colegas gostava de rock, hip-hop, metal e coisas góticas.

— Qual é o seu favorito?

— Ah, vários. Qualquer coisa da Disney. *Os miseráveis*, *O fantasma da ópera*. Minha melhor amiga e eu já assistimos *O rei do show* umas seis vezes.

— Eu *amo O rei do show*. Quando o Phillip entrou correndo no prédio em chamas atrás da Anne, eu quase *morri*. — Ela coloca uma mão sobre o coração, de um jeito tão dramático que não consigo deixar de sorrir.

— Eu amo a dança que ela faz no trapézio. Quando ela diz pra ele que não tem como reescrever as estrelas.

— São os mesmos compositores que fizeram *La La Land* — Sophie comenta.

— Sério? — Legal ela saber disso. Ela sabe de tantas coisas que eu não sei.

Sophie conecta pequenas caixas de som ao celular dela. As batidas iniciais fazem a escrivaninha vibrar e luto contra a vontade de bater os pés com o ritmo, como eu faria se estivesse no meu quarto. Ela desdobra o lençol sobre o colchão e lista os nomes de musicais que viu ao vivo na Broadway. Eu só vi *Rei Leão*, em uma excursão da escola para Manhattan. Sophie é ótima, mas nossas vidas nos Estados Unidos devem ser muito diferentes.

— Você tem um namorado sério? — ela pergunta.

Não, mas minha melhor amiga tem. Ai, que saudade dela.

— Meus pais me proibiram de namorar até eu terminar a faculdade de medicina. Tenho que focar na minha carreira primeiro.

— Claro que te proibiram — Sophie diz com um sorriso. — Nada de namoro, depois em um dia só eles esperam que você apresente o herdeiro do trono e dê a eles vários netos. Eu já tive quatro namorados, mas meus mais nunca fizeram ideia. — Ela revira os olhos. — Enfim, que tipo de garoto você está procurando?

— Procurando? — Ainda estou presa no que ela disse sobre *herdeiro* e *netos*.

Sophie abraça seu travesseiro sem fronha.

— Eu tenho critérios. Chamo de Os Sete Ms: o cara tem que ser Muito lindo, Muito legal, Muito rico, Muito inteligente, Muito Criativo, Muito carismático e Muito *charmoso*.

— Uau. — É uma lista de peso. São qualidades que eu não espero nem de mim mesma.

— Toda garota tem uma lista.

Concordo com a cabeça.

— Minha melhor amiga tinha uma bem longa: olhos azuis, mais de um metro e oitenta, bons músculos, uma bunda bonita. Ela conseguiu tudo.

Sophie ri.

— Que sortuda. E você?

Coloco a fronha no travesseiro. Uma garota da turma um ano mais nova que a minha, Grace Chin, tinha uma lista bem curta: cristão e chinês. A minha era ainda mais curta: *qualquer um que não fosse Stanley Yee* — o único garoto sino-americano da minha turma, que as pessoas querem que eu namore desde o jardim de infância.

— Alguém com quem eu possa dançar. Nem um pouco realista — começo a dizer, mas é meu coração que termina o pensamento. Alguém que possa me levantar bem alto no céu como nos musicais, como se eu não pesasse nada... isso se dança em par não violasse as regras dos meus pais que proíbem contato físico inapropriado.

Estou de volta à lixeira outra vez. Sinto um nó no estômago.

— Aposto que você vai encontrar alguém aqui. — Sophie alisa seu cobertor.

— Em oito semanas? — Rio dela, mas ela só curva as sobrancelhas para mim.

— É o *Barco do Amor*. Vários pais mandam os filhos pra cá esperando que eles conheçam alguém.

— Os pais fazem *isso*? De propósito? — E eu achando que os *meus* pais eram intrometidos.

— Meus pais e os do Ricky são tradicionais assim. — Ela dá de ombros. — Mas, como eu disse, eu teria vindo de qualquer jeito.

Eu provavelmente deveria estar horrorizada, mas, em vez disso, sinto uma estranha adrenalina. Se Megan estivesse aqui, ela já teria me empurrado porta afora com um "Vai lá, Ever!". Não para *encontrar o cara ideal*, mas para fazer alguma coisa além de ficar sentada, desejando que as coisas tivessem sido diferentes com Dan — e com garotos no geral.

Abro minha própria mala. Para minha surpresa, minha bolsa de dança está no meio, como um ovo azul-pastel em um ninho de roupas.

Sinto um nó na garganta e tento não me abalar. Será que esse foi o jeito que mamãe encontrou para pedir desculpas, mesmo que seja tarde demais?

Tiro a bolsa da mala, mas ela está estranha. Retangular, pesada e dobrada ao meio, em vez de fofa com um collant e meias — é por isso que a mala estava tão pesada. Com uma ansiedade crescente, viro a bolsa para baixo, deixando cair um livro azul e vermelho.

Princípios de biologia molecular.

Uma vez, li um livro sobre a lanterna de um ladrão feita para sair às escondidas no escuro. Uma caixa de metal construída de tal forma que nenhum raio de luz sequer pudesse escapar sem que seu dono abrisse uma de suas frestas estreitas. Eu sou a chama dessa lanterna. Todas as minhas vontades são contidas pelas paredes de metal da caixa, como uma supernova confinada em uma prisão de titânio.

— O que foi?

Eu me viro para Sophie.

— Sabe como é a minha vida? — Arranco uma página do livro, amassando-a. — Só tirar nota dez. Nada de dança. Voltar cedo pra casa. Me vestir como uma freira...

— Nada de sexo até você morrer?

— Essa é a regra mais sagrada de todas! — digo, jogando o livro no chão.

— Bom, chega de seguir regras agora. — Sophie enfia o folheto roxo na minha cara. — Quinta-feira, nós vamos dar uma escapadinha.

Olho para o folheto:

> CLUB BEIJO
> Entrada gratuita para menores de 21 anos!
> Primeira bebida de graça!

Há um garoto tatuado, usando roupas de couro preto e correntes, tocando uma guitarra. Seu cabelo loiro voa como uma rede de pesca. Ele está com uma banda chamada Three Screams, de Manhattan, e parece ser o tipo de cara que meus pais nem imaginam que existe e, se imaginassem, jamais me deixariam escutar suas músicas.

— Vamos dançar a noite toda — diz Sophie. — Beba o que quiser, dance, se vista pra chamar atenção. Seus pais podem ir catar coquinho.

Quantos convites de Megan e de outras garotas para jantar ou ver um filme em Cleveland eu já recusei porque iam terminar muito tarde ou porque haveria *garotos*?

— Tem guardas lá embaixo — digo.

Ela faz uma careta.

— É, reforçaram a segurança. Mas o Rick disse que a gente pode escalar o muro. — Com os pés descalços, ela enfia sua mala vazia debaixo da cama. — Estamos no Barco do Amor. É uma grande festa. O verão todo. E ninguém vai estragar isso. — Sophie vira as páginas do anuário rapidamente na minha cara. — Ever, você *nunca* vai encontrar tantos garotos interessantes assim num lugar só. Eles são superseletivos. Eu esperei por essa viagem por, tipo, *anos*. Estou *cheia* de todos aqueles garotos metidos a roqueiros com quem eu cresci. — Ela aponta para mim como se estivesse passando um bastão parlamentar. — Qual é o seu plano, madame?

Com um gesto, jogo o livro de duzentos dólares no chão e o chuto para baixo da minha cama. Pego o folheto do Club Beijo e escrevo minha lista no verso.

> REGRAS DA FAMÍLIA WONG
> *Só tirar nota dez;*
> *Se vestir como uma freira;*
> *Estar em casa às dez da noite;*
> *Nada de beber;*
> *Nada de gastar dinheiro;*
> *Nada de dançar com garotos;*
> *Nada de beijar garotos;*
> *Nada de namorado.*

Escrevo a última regra cheia de adrenalina, como se estivesse me inscrevendo para pular de paraquedas de um penhasco — não vai rolar, mas e se rolasse? Balanço a lista na frente de Sophie: tudo que me faz ser um bebê em comparação ao resto do mundo, porque vou fazer faculdade de medicina, porque sou filha dos meus pais, porque sou Ever Wong.

— Nesse verão, eu vou quebrar todas as Regras da Família Wong.

— Bom, então você esqueceu a mais importante. — Ela pega minha caneta e escreve no folheto:

> *Nada de sexo.*

— Também não é pra *tanto*. — Arranco minha caneta da mão dela, me odiando por estar corando. Mesmo que seja a regra mais sagrada da família Wong. Talvez eu tenha lido muitos romances vitorianos, mas vou esperar a pessoa certa.

— Tá bom. — Sophie ri e fura a parte do folheto onde está escrito "dez da noite". — Essa vai ser a primeira. A gente só precisa achar um jeito de sair.

Dou uma olhada pela janela para analisar o muro de concreto que rodeia o campus.

— A gente podia escalar o muro. É só empilhar umas cadeiras. Mas vai ser uma queda grande do outro lado. — O muro deve ter uns quatro metros. Passo os olhos pelo gramado até que minha visão se fixa novamente no cano horroroso que cruza o rio esverdeado. Ele desaparece debaixo de um viaduto. No nosso lado, o cano começa em um pilar de concreto ao lado dos prédios depois do gramado. Há uma escada vermelha para subir até o cano e, presumo, para descer na outra ponta. Deve ter uns trinta metros, completamente visíveis da Chien Tan durante o dia.

Mas não à noite.

— *Aquela* vai ser a nossa saída — digo, e percebo que já tomei minha decisão. Megan me mataria se soubesse.

Sophie se aproxima de mim e olha para fora.

— Você não pode estar falando sério. Se a gente cair...

— Tem uma passarela. — Sorrio para minha parceira de crime, ignorando a pontada de medo que sinto no peito quando penso na possibilidade de cair nas águas escuras.

— Quinta-feira à noite. Combinado.

7

Nossa primeira tarefa, Sophie decide, é procurar roupas para sair.

Mas, lá embaixo, na recepção úmida, Mei-Hwa e outros monitores estão agrupando os alunos em um auditório mal--iluminado para a cerimônia de abertura. Dou uma olhada no interior. A sala parece ter sido construída com um público menor em mente, porque todos os lugares na frente do palco com cortinas vermelhas estão ocupados, com mais alunos apertados ao longo da parede dos fundos e pelos corredores.

— Vem — sussurra Sophie, e nos agachamos ao redor de um grupo de garotos, evitando a supervisão de Mei-Hwa.

— Quantas pessoas tem aqui, afinal?

— Quinhentas. — Sophie para na frente de uma mesa, onde dezenas de ovos flutuam em uma tigela de bronze com molho de soja e folhas de chá.

— Quinhentas? — Com uma concha, Sophie pega um ovo de chá, o coloca dentro de um copo plástico e o pressiona contra minha mão.

— Isso é mais gente do que tem na minha escola inteira.

Ouvimos um rufar de tambores ecoando pelo auditório, sedutoramente profundos e rítmicos. Estico o pescoço para ver o palco, onde dois garotos com regatas brancas e calças pretas estão batendo com força em enormes tambores. Um leão chinês, balançando sua grande cabeça com detalhes dourados, dança entre eles.

Sophie puxa meu braço.

— Vamos dar o fora daqui.

Eu quase sugiro ficar — nunca vi uma dança do leão tão incrível como essa. Na entrada, uma monitora com um chapéu amarelo fluorescente faz um gesto com as mãos para nós, dizendo: *"Lai, lai"*.

Mas Sophie me puxa para o canto, fazendo meu braço arranhar nos tijolos, então forçamos as portas duplas e damos de cara com a luz ofuscante do sol. Dois jardineiros estão ajoelhados na terra, plantando flores.

— Vai! — Sophie manda, e eu corro com ela até a entrada e ao redor do lago, passando pela cabine de segurança e chegando até a rua.

— Eles não vão vir atrás de nós? Epa! — Desvio do caminho de motocicletas soltando fumaça. O vento causado por elas bagunça meu cabelo e minha saia com um estalo dos motores.

— Eles ainda não sabem quem nós somos. — Os risos de Sophie aumentam enquanto ela me puxa para a calçada. Depois, ela sai correndo. — Vê se não é atropelada, o.k.? O trânsito aqui é uma violação dos direitos humanos.

O sol queima minha cabeça enquanto descasco meu ovo e tento acompanhar Sophie. Faz anos que não como um ovo de chá, desde que abri minha marmita na escola e ouvi gritos horrorizados de "O que é *isso*?" e implorei para mamãe nunca mais fazer comidas chinesas estranhas para o meu almoço. Sophie devora seu ovo, gemendo como se estivesse em uma das cenas que eu não posso ver na TV. Mordo meu ovo e sinto o sabor reconfortante de canela e do anis estrelado.

— Hmm — digo.

A entrada da Chien Tan dá para uma rua movimentada que fica diante de uma montanha coberta de árvores e aquele templo enorme. Logo na nossa frente, há um mural de tijolos com a imagem de fazendeiros chineses na encosta. Rua acima, passamos por um pequeno templo vermelho com um telhado elegantemente decorado — como um livro aberto e virado para baixo, com capa e contracapa gentilmente inclinadas, e os cantos virados para cima como a proa de um navio. Ele está pintado com um oceano de cores — flores vermelhas, desenhos detalhados e sábios chineses com robes azuis. Um longo dragão verde, com sua crista amarela como chamas nas costas, serpenteia no topo.

— Diferente — digo. — Até que eu gostei.

— Tem coisas desse tipo em todo lugar por aqui. — Sophie joga seu copo vazio em uma lata de lixo. — Você vai ver.

Atravessamos uma praça com árvores enfileiradas e depois ruas estreitas cheias de prédios de três andares com lojas no térreo do tamanho de uma garagem. Passamos por salões de beleza, uma casa de chá e uma loja de uísque, todos sinalizados com caracteres chineses.

Finalmente, chegamos a uma feira cheia de vendedores ambulantes, pequenas lojas e restaurantes minúsculos com apenas alguns bancos para os clientes. Um homem borrifa uma montanha de repolhos-chineses. Uma mulher robusta, com o cabelo coberto por um lenço roxo, arranca um pedaço de massa, forma longos palitinhos, e os joga em um tacho de cobre cheio de óleo; uma outra chacoalha uma peça de seda vermelha. Joias brilham como vagalumes coloridos.

No encalce de Sophie, passeio pelas barracas cobertas com lona. Vendedores gritam *"Xiaojie, lai lai!"* e fazem gestos para seus estandes de frutas ou araras de vestidos. A energia deles me atrai. Estou participando de uma tradição que deve datar de centenas, talvez milhares de anos atrás. Sophie abre a carteira em quase todas as barracas — ela compra uma blusa da Hello Kitty, um estojo de tecido estampado com pequenos ursos de desenho e água mineral para nós duas.

— Você não quer nada? — ela pergunta.

Sinto um nó na garganta. Minha família conta cada centavo e nunca me senti livre para comprar qualquer coisa que me chamasse a atenção, claramente bem diferente de Sophie. Nosso objetivo é comprar roupas para sair, então preciso guardar tudo o que tenho para isso.

— Hm, sim, claro — respondo. — Ainda estou procurando.

Sophie olha uma pilha de jeans da DKNY, experimenta uma jaqueta amarela da North Face e pesa bolsas da Coach com as mãos.

— Todo mundo sabe que essas bolsas são falsificadas, mas são uma pechincha — Sophie diz, entusiasmada. Ela coloca um vestido listrado com etiqueta da Elle na minha frente. — O que você acha desse? O corte é *perfeito* para o seu tipo de corpo. Você é magra, mas encorpada.

— Obrigada, mas esse não. — Coloco o vestido de lado. — Quero uma roupa que faça minha mãe querer me matar.

Ela ri.

— Gosto do seu jeito de pensar.

— Oi, Sophie. — Para meu desânimo, o Garoto Maravilha está vindo na nossa direção, com a cabeça inclinada para apoiar um saco de juta de 45 quilos equilibrado como um filhote de baleia em seu ombro. Então ele também fugiu da cerimônia de abertura. O ar com cem por cento de umidade se prende à minha pele, mas, de alguma forma, o Garoto Maravilha, com sua camiseta verde-floresta esticada sobre os ombros largos, parece estar tão refrescado quanto se estivesse sob a sombra de um carvalho. Faço uma careta.

— Arroz? — Sophie dá um soquinho no saco, escandalizada. — Você vai fazer minha eletiva de culinária?

— Tentei me inscrever, mas estava lotada. — O Garoto Maravilha levanta o saco mais alto. — Isso é pra levantar peso. Aparentemente pesos de verdade custam cinquenta dólares o quilo aqui, então comprei isso. Dez centavos o quilo. — Ele sorri, obviamente orgulhoso de si mesmo.

Levanto uma sobrancelha. Ele é criativo. E surpreendentemente despretensioso.

Mas Sophie suspira.

— Estamos aqui a menos de três horas e você já está se exercitando.

— Fiquei sentado em um avião por quinze horas com os joelhos na orelha. Já tive tempo de descanso suficiente pro resto do verão.

Concordo. Em vez de *jet lag*, eu me sinto recarregada o suficiente para dançar pela cidade toda. O Garoto Maravilha apoia o saco no outro ombro. Sua camiseta se levanta um pouco, mostrando uma parte de seus músculos bronzeados, dos quais eu rapidamente desvio os olhos, mas não antes de ele me pegar olhando. Maldito *timing*.

— Pelo menos você está mais animado — Sophie diz. — A ligação foi boa?

— Aham, consegui fazer meu chip funcionar. Tem um telefone fixo no meu quarto também.

— Não é justo, sério? No nosso não tem.

— Meu colega de quarto é um carinha VIP. Xavier. Ainda não conheci ele.

— É claro que iam te colocar junto com um cara VIP. — Sophie olha para mim e levanta a sobrancelha. Xavier.

— Que seja. A Jenna mandou oi. Comprei isso pra ela. — Ele toca a cabeça de uma escultura de pássaro com um laço vermelho saindo de seu bolso. Então o Garoto Maravilha é o Namorado Maravilha também. É claro. Ainda não acredito que Sophie sugeriu que ele me namorasse. Eu jamais daria uma satisfação dessas para os meus pais. Por que o Sr. Notas Perfeitas não tem pelo menos a decência de se *parecer* com o estereótipo de nerd? Magrelo com óculos grossos e espinhas, para começo de conversa. E Sophie tem razão — o humor dele mudou completamente.

— A gente vai ao Club Beijo na quinta-feira — Sophie diz. — Foi ideia da Ever.

Ele levanta uma de suas sobrancelhas grossas.

— Vocês não perdem tempo, hein?

— *Carpe diem*. — Dou de ombros, tentando parecer descolada ao usar latim em vez de chinês nas ruas de Taipei. Arrasou, Ever.

— *Carpe noctem*. — ele corrige. *Aproveite a noite*.

Deodamnatus! O Garoto Maravilha me venceu outra vez — quantas línguas ele sabe, afinal? Eu me imagino usando seu corpo grande e firme como um saco de pancadas.

— Esteja na porta do nosso quarto às onze — Sophie continua. — E *pelo amor de Deus*, não use amarelo. Faz você...

— Parecer doente, você já disse. — O Garoto Maravilha revira os olhos na minha direção. Para o meu desespero, sinto meu coração palpitar. — A tia Claire vai adorar saber que você me implorou pra tomar conta de você. E até me subornou com excelentes dicas de moda. Vou estar lá. Não quero ver nenhum coração partido.

— Esse é o Rick Woo que eu conheço. Bem-vindo de volta. Não me diga que você está assim porque teve uma conversa picante com a Jenna no telefone.

— Olha essa sua mente suja.

— Bom, não se preocupa com a gente. — Sophie entrelaça o braço no meu enquanto tento bloquear imagens indesejáveis. — Nenhum garoto vai magoar a gente.

— Ah, não é com vocês que eu estou preocupado. — Com um sorriso malicioso, o Garoto Maravilha vai embora, ainda equilibrando o saco de arroz no ombro.

— A gente não precisa de babá! — grito, mas ele já está longe.

Uma hora depois, olho com insegurança para o espelho de corpo inteiro em um provador acortinado. A saia de chiffon preto fica dois dedos acima do meu joelho. Eu me viro para olhar a parte de trás da minha blusa preta de frente única, que parece um espartilho: laços de cetim entrelaçados por ilhós largos que deixam minha pele à mostra. O figurino me convida para uma dança — elevar as pernas, piruetas, mãos fortes envolvendo minha cintura. Não ligo se espartilhos são antiquados; eu amei.

Mas, entre o cós da saia e a blusa, um pedaço grande da minha pele está à mostra.

Que falta de vergonha!, ouço a voz de mamãe. *Você quer que os garotos pensem que você é oferecida?*

Faço uma careta no espelho. Nesse verão, vou acabar com a regra de me vestir como uma freira, mas talvez não com essa roupa. *Além disso, o que Rick-a-babá vai pensar*, eu me pergunto, mas então lembro que não me importo.

Relutante, tiro a saia e a blusa e devolvo as peças para o vendedor, que insiste. De qualquer forma, não posso pagar por elas. Mas tive uma ideia. Talvez eu consiga achar um estúdio de dança e me matricular aqui em Taipei. Pensar nisso me enche de esperança.

Navego os corredores de araras com vestidos e atravesso a rua até uma outra loja, onde Sophie está posando na frente de um espelho. Ela puxa a barra de um vestido dourado de lamê com um bordado de flores delicadas. A seda contorna todo o seu corpo e ela ergue um amontoado de correntes de ouro sobre a cabeça. Elas caem sobre o decote V do vestido. Ela é a definição de sexy — e não tem vergonha de se exibir.

— *Duōshăo qián?* — Sophie pergunta ao vendedor. *Quanto é?* — O quê? — ela grita quando ele fala o preço. — *Tài guì!* — *É muito caro!*

Observo, boquiaberta, enquanto Sophie exibe uma performance digna de um Oscar: ela pechincha, gesticula, finge mudar de ideia, resmunga, até que consegue comprar o vestido por um terço do preço original, e o vendedor bate as mãos, satisfeito.

— Uau — sussurro enquanto ele embrulha o vestido em um jornal.

Sophie gesticula, pedindo para eu ficar quieta.

— Ele fez um ótimo negócio — ela sussurra, então corre até uma loja cheia de casacos da Burberry.

Puxo um vestido preto de festa da arara e o pressiono contra meu corpo. Faço uma careta no espelho. Parece que estou indo para um enterro. Mesmo a doze mil quilômetros de distância, mamãe faz eu me sentir como uma garotinha outra vez, enquanto Sophie vai estar exatamente como uma garota de dezoito anos saindo para dançar.

Ouço uma buzina vindo da rua perpendicular à viela onde estamos. Saio da loja e vejo uma BMW prateada com vidros escuros, forçando passagem entre os pedestres para estacionar ao lado da calçada. Para minha surpresa, um garoto de aparência familiar com uma camisa preta põe a perna para fora do carro. Mechas de seu cabelo preto ondulado caem sobre o rosto. Um brinco de opala brilha no lóbulo de sua orelha.

O garoto que estava no quarto com a garota de rosa — Xavier. O colega de quarto VIP do Rick.

Eu me agacho para não ser vista e vou até um espaço entre duas tiras de vinil, onde observo Xavier parar subitamente enquanto sai do carro. De dentro, um homem com o rosto parecido com o de Xavier segura seu braço. Seria o pai dele? Será que ele mora aqui?

Eles trocam farpas em mandarim com vozes altas e raivosas, fazendo alguns turistas desviarem com passos rápidos. Consigo entender uma palavra do que o pai dele diz, só porque meus primos falavam isso uns para os outros quando éramos pequenos: *báichī*. *Idiota*. Xavier mostra o dedo do meio, pula para fora do carro e bate a porta com força. O carro prateado vai embora, acelerando.

Recuo, assustada pela intensidade da briga. Xavier está visivelmente tenso, com uma expressão furiosa, braços ao lado do corpo e de punhos cerrados enquanto encara o carro.

Há uma mancha avermelhada em sua bochecha — um hematoma, será? Será que o pai de Xavier *bateu* nele? Não sei o que o pai dele quer, pode ser notas melhores, que o filho não saia da linha, ou aquela devoção digna de fazer o filho beijar o chão em que o pai passa, mas Xavier não está nem *aí*, diferentemente de uma tal Ever Wong.

Ele está revidando. Isso funciona? Será mesmo possível?

A lembrança de Dan atravessa minha mente. Meu primeiro *crush* de verdade, que se sentava atrás de mim na aula de química no segundo ano. Ele era o único do terceiro ano, e Will Matthews também o chamava de idiota. Dan me emprestou um lápis, depois eu emprestei um para ele, e começamos a fazer dupla no laboratório, um ajudando o outro a decifrar o garrancho do professor na lousa. Dan tinha dificuldade para fazer cálculos de solubilidade e pediu ajuda para mim.

— Claro — respondi, vibrando de entusiasmo na pia onde lavávamos os olhos. — Quer ir lá em casa depois da aula?

Naquela época, eu era ingênua.

Quando papai abriu a porta e viu Dan — com suas sardas e olhos azuis, meia cabeça mais alto do que ele e perguntando por mim —, ficou boquiaberto. Enquanto estudávamos na mesa da sala, papai nos observava de perto como uma mosquinha, folheando o jornal e assoando o nariz como um trompete.

Dan foi lá em casa mais duas terças-feiras. Ele não era idiota; estava gabaritando história mundial. Mas seu cérebro simplesmente não era programado para fazer cálculos. E talvez eu sorrisse demais quando ele estava lá. Risse demais quando ele usava minha caneta para brincar de ligue os pontos com as sardas em seu braço. Porque, quando fomos para o lado de fora, atrás do galpão no quintal, e ele pôs os braços ao redor da minha cintura, ficamos juntos por apenas cinco minutos antes que mamãe aparecesse furiosa como um touro, dando tapas em nós dois. *Você não tem vergonha?* Os gritos dela, bem depois de Dan sair correndo pela entrada da garagem, ainda ecoam nos meus ouvidos.

No dia seguinte, fui correndo procurar Dan na sala, desesperada para dar uma explicação. Mas, quando cheguei, ele estava esvaziando sua carteira atrás da minha.

— Desculpa, Ever — ele murmurou. — Não posso me meter no meio daquilo. — Antes que eu pudesse dizer qualquer coisa, ele caminhou até uma carteira nos fundos. E depois saiu correndo no final da aula antes que eu pudesse alcançá-lo. Os dias viraram semanas e eu perdi a coragem de falar com ele. Dan me emprestou um lápis quando eu pedi, mas nunca mais pegou o meu emprestado. Se ele não tivesse começado a namorar Megan, eu não seria próxima dele o bastante para dar parabéns quando ele se formou.

Volto para o presente. Na calçada, os ombros de Xavier estão caídos. Ele está com um ar vulnerável, quase de um garotinho solitário, deixado para trás em meio à poeira do carro chique do pai. Ele coloca as mãos nos bolsos e se mistura à multidão, desviando de uma família que toma água de coco. A massa se fecha sobre ele como cortinas de palco.

Antes que eu perca a coragem, volto para a loja do outro lado da rua e cutuco o vendedor no ombro.

— Vou levar aquela saia e o espartilho — digo.

8

— **Quinta-feira,** depois que as luzes se apagarem.

— Quinta. Quinta à noite.

De manhã, os corredores úmidos vibram com sussurros, que param sempre que um monitor passa. Todos foram convidados. Consigo fazer meu celular funcionar parcialmente na loja da recepção, mas talvez meu plano seja o mais barato, porque minha internet não carrega e não consigo receber ligações ou mensagens de texto. A mulher simpática no balcão me ensina a baixar o WeChat, um aplicativo de mensagens chinês. Isso significa que consigo falar com Pearl e Megan em segredo, mas meus pais não conseguem falar comigo. Vou tentar ver pelo lado bom.

Mando um convite para Pearl se inscrever no WeChat. Digito:

> Tô com saudade. Como vc tá? Tá tudo bem aqui. Minha colega de quarto parece legal, mas ela gasta sem nem pensar. Vamos pra balada escondidas na quinta.

Depois, escrevo uma mensagem para Megan, junto com seu convite:

> Ei! Como tá indo a visita do Dan? Por enquanto tá tudo bem por aqui, mas parece que várias pessoas já se conhecem. Primos e amigos de acampamento. As aulas são bem qualquer coisa, mas estou procurando um estúdio de dança. Também vamos sair escondidos pra balada na quinta — tomara que não peguem a gente.

Encaro a tela, esperando uma resposta. Mas elas estão dormindo, no outro lado do mundo.

Chego à sala 103, um cubo branco e arejado com cinco fileiras de carteiras brancas e cadeiras laranja com encosto curvado. Para meu desânimo, a Dragão, vestindo um macacão verde, está na frente do quadro branco, pelo visto assumindo ela mesma a responsabilidade de ensinar os alunos com dificuldade no idioma. Ela está escrevendo símbolos: o alfabeto chinês, do qual só me lembro vagamente das aulas de sábado. Não vai ser difícil tirar uma nota ruim — pelo menos uma regra da família Wong com certeza vai ser quebrada.

Uma pessoa me atinge por trás, depois outra, quase me derrubando. Debra, com seu cabelo azul, e Laura, com seu boné dos Yankees, correm até a primeira fileira.

— Desculpa, Ever! — elas dizem, em coro.

David, o garoto de cavanhaque que vai para Harvard, outro participante do Programa Acadêmico Presidencial, entra correndo logo atrás delas. O cheiro da colônia que ele está usando satura o ar e irrita meu nariz.

— Será que vão deixar a gente passar pro Nível Dois se fizermos outra prova no fim da semana? — ele pergunta.

— O Rick Woo está no Nível *Dez*, aquele infeliz — ele soa admirado.

É sério que eles realmente se importam com o Nível em que estão? Eu raramente ligo para metas, e definitivamente não ligo para uma que não serve para nada. Vou direto para o lado oposto, nos fundos da sala, onde a professora provavelmente não vai me notar. Só de saber que não estou presa nessa aula com o Garoto Maravilha já fico feliz.

Quando estou me sentando, Xavier aparece na porta, com o cabelo ondulado caindo sobre o rosto e uma postura relaxada debaixo de sua camisa azul elegantemente ajustada. Seus olhos escuros pousam sobre mim, frios e sarcásticos. Droga. Finjo folhear meu livro, torcendo para ele ter entrado na sala errada. Duas fileiras à frente, um trio de garotas suspira ao olhar álbuns de fotos delas mesmas com roupas sensuais — os ensaios fotográficos, que, aparentemente, são uma parte essencial da experiência do Barco do Amor. Todas as garotas estão marcando sessões de fotos.

Ouço o barulho da cadeira atrás de mim sendo arrastada.

— Meu nome é Xavier. — A voz dele é suave e baixa, como chocolate amargo com toque de cereja. Se Xavier se lembra de Sophie e eu olhando para seu corpo inteiro quando a Dragão entrou no quarto, ele não dá nenhum sinal.

— Hm, meu nome é Ever.

— De onde você é? — Aquele Xavier vulnerável também desapareceu, substituído pelo garoto lindo com um sorriso debochado na minha frente. Até o hematoma em sua bochecha sumiu.

— Ohio.

— Tem asiáticos em Ohio?

A ideia que ele tem do meu estado está errada, mas por pouco. Não consigo deixar de soltar uma risadinha.

— De onde você é? — pergunto.

— Manhattan. — Um garoto de cidade grande. Não me surpreende.

— Você é colega de quarto do Rick, certo?

— Sim, vou ter que aguentar o engomadinho o verão inteiro. Mas a gente não vai encontrar ele aqui. Ele não se mistura.

— Foi o que eu ouvi falar. — Nem preciso perguntar o que ele quis dizer com engomadinho. Rick é o modelo de garoto perfeito. — O Garoto Maravilha ataca novamente. — Faço uma careta. Xavier sorri com o canto dos lábios e eu sorrio de volta. Nós nos entendemos bem.

— E aí, pessoal, tudo bem? — Matteo Deng, um playboy europeu que joga rúgbi, se senta na nossa frente. Sua família na Itália é dona de uma rede de lojas chique de roupa e ele tem sotaque italiano. Seu cabelo preto e ondulado forma um topete grosso.

Antes que eu possa responder, sinto uma mão no meu braço. Um lenço azul pálido faz cócegas na minha bochecha.

— Ever, preciso te perguntar uma coisa. — Sophie sussurra no meu ouvido. — Xavier, Matteo, vocês podem nos dar licença?

Eu a sigo para fora da sala. Seu vestido azul esvoaça e seu lenço tremula como a rabiola de uma pipa atrás de suas costas.

— Algum problema?

O corredor está deserto, mas ela abaixa a voz mesmo assim.

— Matteo comprou *bubble tea* pra mim hoje de manhã e Xavier estava flertando comigo no café. Agora os dois estão na nossa aula de mandarim! O que eu faço? Será que eu dou corda? Chamo eles pra sair com a gente?

Essa é a emergência? Sério?

— Você é realmente louca por garotos. — Dou uma risada e ela dá de ombros com seu jeito charmoso.

— É...

— O Barco do Amor, eu sei. Olha, você gosta deles?

— O Matteo é *muito* fofo. Você já ouviu ele falar? Se bem que eu fiquei sabendo que ele gritou com a Mei-Hwa quando ela derrubou a bolsa do notebook dele, mas deve ter sido só o *jet lag*. Ele pediu desculpas. Já o *Xavier*. — Ela coloca as mãos sobre o estômago, dramaticamente. — Meu Deus, Ever. Eu fico *tão* nervosa perto dele.

— Hm, você esqueceu a garota de rosa?

— Ah, a Mindy. — Ela dá um tapa em um mosquito. — Eles se conheceram no aeroporto semana passada e aparentemente ela se jogou em cima dele. Vi ela no café da manhã. Eles nem sentaram juntos.

Menos de vinte quatro horas no programa e Sophie já sabe tudo sobre todo mundo.

— Beleza, convida os dois — digo.

— Certo. Vou fazer isso depois da aula — ela suspira, trêmula. — Me ajuda se eu perder a coragem?

Escondo um sorriso e coloco uma mecha de cabelo atrás da orelha dela. Em Ohio, eu me dou bem com as garotas do time de dança, mas na verdade minha única amiga é Megan. Minha amizade com Sophie é estranhamente natural.

— Com certeza — respondo.

Ela sorri e voltamos para dentro.

— Ai-Mei. Bao-Feng, *nǐn wǎnle* — diz a Dragão — *Duǎnchu*.

— Merda, sério? — Sophie murmura. Ela segura meu cotovelo e me leva com pressa até o fundo.

— O quê? — eu sussurro, alarmada. Logo logo vou ficar cansada de não entender uma palavra sequer.

— A gente ganhou um demérito cada. Por chegarmos atrasadas.

— O quê? A gente estava aqui...

— *Zhūyínfú hào. Gēn wǒ chàng.* — A Dragão aponta para o alfabeto no quadro. Com uma voz grave, ela canta, seguindo a melodia de "Brilha, brilha, estrelinha" — *Bo po mo fo de te ne, le...*

Quando chegamos ao fundo da sala, Matteo exibe um sorriso provocante para Sophie e ela dá uma risadinha, nervosa. Atrás de Matteo, Xavier ainda está jogado na carteira, com as pernas nuas cruzadas na altura do tornozelo.

Sophie puxa minha cadeira atrás de Xavier e se senta. Fico um pouco surpresa — minha bolsa ainda está pendurada no encosto. Talvez ela não tenha percebido? Puxo a bolsa pela alça e me sento na carteira ao lado dela enquanto Xavier me lança outro de seus olhares sombrios. Ele *percebeu*. Desvio o olhar para a Dragão e finjo cantar com ela.

Tanto faz, né? É o Xavier. Posso até me sentir mal pelo que aconteceu com o pai dele, mas isso não quer dizer que ele não seja um conquistador. Alguém com quem devo tomar cuidado.

Cantamos o alfabeto mais duas vezes. *"Bo po mo fo de te ne, le..."*. É uma tortura maior do que as aulas de sábado, porque, naquela época, eu tinha seis anos. Felizmente, ou não, os alunos na frente cantam alto o suficiente para dar cobertura para o resto de nós.

Durante a hora seguinte, aprendemos os quatro principais tons e o tom neutro. Nossas vozes se elevam e se abaixam como uma música. Combinamos duas letras com um tom para pronunciar caracteres completos. Então a Dragão passa um quadro para o lado para revelar um outro com cinco frases escritas no alfabeto chinês e no alfabeto romano, com traduções para o inglês caridosamente impressas na parte de baixo.

Matteo se vira em seu assento, fazendo as pernas da cadeira rangerem.

— Faz dupla comigo? — ele sussurra para Sophie com seu sedutor sotaque italiano. Não me admira ela estar caindo de amores por ele.

Ela olha de canto de olho para Xavier e depois sorri para Matteo.

— Achei que você não ia pedir nunca. — Ela se levanta e vai para a cadeira vazia ao lado dele.

— Parece que você vai ter que fazer dupla comigo, Wong. — Xavier vai até a cadeira vazia de Sophie. — Você vai primeiro.

— O que é pra fazer? Não entendo nada — reclamo.

— É pra um perguntar e o outro responder.

— Então vai você primeiro. Você pelo menos entendeu a tarefa.

— Não, vai você. — Ele dobra os braços sobre o peito.

— Tá bom. *Nǐ hǎo. Wǒ de míngzì shì* Ai-Mei. *Nǐ ne?* — Leio a transcrição fonética com um vergonhoso sotaque americano. *Oi, meu nome é Ai-Mei. E você?* Qualquer um diria que crescer ouvindo mamãe falar no telefone com a irmã me ajudaria. Aparentemente não.

— Xiang-Ping — ele responde.

Leio o resto, terminando com: "Qual é o seu filme preferido?".

— *Fong Sai-Yuk.*

— Qual é o título em inglês?

— *Fong Sai-Yuk*. Simplesmente o melhor filme de kung-fu da história.

— Filme de kung-fu? — Faço uma careta — Ha.

— Qual é a graça?

— Meu *pai* assiste a esses filmes.

Ele levanta a sobrancelha.

— Bom, talvez você devesse assistir também. Você não vai ver cenas de luta como aquelas em lugar nenhum. A coreografia é incrível.

— Coreografia? — Nunca pensei em kung-fu como algo coreografado, mas ele está falando minha língua. Quem sou eu para julgar seus gostos?

— Talvez eu devesse assistir mesmo — digo. — Fui preconceituosa, desculpa.

— É pra se desculpar mesmo.

Sorrio. Ele é superlegal e reservado, mas também meio engraçado de um jeito sombrio e irônico que faz eu me sentir menos retraída. Talvez eu tenha julgado Xavier rápido demais.

Sophie derruba um lápis e se vira para trás para pegá-lo, abrindo um sorriso na hora certa. "Nada de inglês", ela nos repreende, fazendo uma imitação assustadoramente convincente da Dragão antes de voltar para Matteo.

Xavier troca de mesa e faz a primeira pergunta para mim em um mandarim fluente. Ele mal olha para o quadro. Com todos os tons corretos, ele parece cantar com sua voz grave; ele consegue ser ainda melhor que o Garoto Maravilha.

— Você cresceu aqui? — pergunto.

— Nasci aqui antes de me mudar para Manhattan. — Ele dá de ombros.

— Você deveria estar em um nível mais avançado.

— Eu só falo. Não aprendi a ler e escrever.

— Entendi. A maioria das crianças nas aulas de chinês era assim. Por isso eu não conseguia acompanhar.

Sophie joga o cabelo preto para trás, olhando para Xavier de cabeça para baixo.

— A Ever falou que vamos sair para dançar?

O lembrete faz meu estômago revirar. Faz menos de vinte quatro horas que estou aqui e já ganhei um demérito. Vou mesmo fazer isso? Com tanta gente sabendo, não é possível que a Dragão *não* descubra nosso plano.

Os olhos escuros de Xavier brilham na minha direção.

— Ainda não.

— O Matteo vai. Você devia vir com a gente — Sophie insiste. Então a Dragão nos faz cantar *"Liăng Zhī Lăo Hŭ"*, uma rima sobre dois tigrinhos que mamãe ensinou para Pearl e eu anos atrás. Seguindo a melodia de "Frei Martinho", cantamos uma, duas, três vezes, repetidamente, e várias e várias vezes de novo. Ela escreve um A enorme em vermelho no canto superior do quadro.

— *Hĕn hăo*. Muito bom — ela diz, nos elogiando. — *Hĕn cōngmíng, xiăo péngyŏu*. Tão espertos, meus amiguinhos.

— Por favor, me mata — Sophie murmura.

— Pelo amor de Deus. — Faço uma careta, espetando meu livro com o lápis. Posso não ter participado do Programa Acadêmico Presidencial ou estar no Nível Dez, mas, por mais que eu tente não fazer isso, vou arrasar nessa aula.

9

Depois do almoço, paro no terminal de computadores na recepção. Procuro por estúdios de dança em Taipei e encontro estúdios focados em balé, jazz, dança contemporânea e dança chinesa. Se meus pais tivessem que escolher um, escolheriam balé pela disciplina e foco. Doze anos de treino na barra me deram uma base e me fizeram ser aceita na Tisch, mas, ao longo dos últimos anos, comecei a variar — dança com bandeiras, jazz com a equipe de dança. Não sou purista, amo todos os estilos, amo aprender novos passos —, e me matricularia em todos esses estúdios se pudesse.

Mas, dez minutos depois, ainda não tive sorte. Todos os estúdios estão fora do meu orçamento e não posso pedir para meus pais pagarem — eles diriam para eu focar na Chien Tan. Mas esse vai ser meu último suspiro, minha despedida da dança. Preciso encontrar um estúdio menor, como o Zeigler, talvez mais afastado do centro. Talvez um estúdio tão pequeno que nem tenha um site.

— Já terminou? — Mindy cutuca meu ombro. Sua regata rosa mostra seus braços cheios e seus olhos brilham com uma sombra azul, mas a expressão dela é intimidadora. — As eletivas vão começar. Preciso usar a internet.

— Claro, desculpa. — Cedo meu lugar, saio pela porta da frente e sou atingida por uma explosão de umidade. A próxima aula é introdução à medicina chinesa. Espero que não seja uma aula prática de acupuntura. Faço uma oração enquanto desço os degraus: *por favor, sem agulhas*.

No gramado, os alunos estão se reunindo em três grupos. A aula de medicina chinesa acontece em uma enorme tenda branca do outro lado. Perto do lago, um grupo de alunos bate com força em tambores do tamanho de um barril usando bastões. Para além da rede de vôlei, uma fila de garotas recebe leques de seda azul de uma cesta de vime segurada por Chen Laoshi — professora Chen. Entro na fila atrás de Debra, alongando as pernas e rindo enquanto Laura finge esconder o rosto modestamente atrás da seda bordada com ouro, colidindo com seu boné dos Yankees. Visualizo uma dança mentalmente.

Quando alcanço Chen Laoshi, ela me entrega um leque. Eu o abro com um estalo, dobro meu pulso e o agito delicadamente como um pássaro azul em voo.

— Bom movimento — Debra elogia.

Alguém arranca o leque da minha mão.

Chen Laoshi faz uma careta.

— *Zhèxiē jǐn shìyòng yú shànzi wǔ xuǎnxiū kè.*

— Perdão?

— Só para os inscritos na eletiva de dança com leques.

— Ah — gaguejo. — Não sabia. — A próxima garota na fila bate o pé, esperando por Chen Laoshi, mas meus pés estão grudados à grama.

— Posso trocar de eletiva? — pergunto, abruptamente. — Eu danço. Lá nos Estados Unidos. — Nunca fiquei tanto tempo sem dançar. — Por favor. — Minha voz falha. — Quero muito fazer a eletiva de dança.

Ela aperta meu ombro de leve.

— *Yòng guóyǔ* — ela repreende. *Fale em chinês* — *Bàoqiàn, zhè mén kè yǐjīng mǎn le*. — Ela me tira da fila gentilmente. Sua gentileza é pior do que se ela tivesse golpeado meu rosto com a sandália. O universo conspirou para me afastar da dança mesmo antes de eu colocar os pés no campus da Northwestern. Se pelo menos a Tisch...

Mas não posso pensar na Tisch.

Eu apenas vou ter que encontrar aquele estúdio.

Olho com anseio na direção dos alunos da eletiva de tambores. As batidas profundas puxam minha alma enquanto meus pés me carregam para mais longe das duas eletivas até a aula de introdução à medicina chinesa. Debaixo da tenda branca, o ar úmido está denso. Xavier e uns garotos que conheci no ônibus do aeroporto e no jantar ontem à noite estão passando uma garrafa de aço entre eles. Xavier dá a garrafa para Marc Bell-Leong, que tira a franja castanha dos olhos e dá um gole.

— Isso é...? — pergunto.

— A idade mínima pra beber em Taiwan é dezoito anos — Xavier diz, em uma postura relaxada com as mãos nos bolsos.

— Sério?

— Aham. — Ele puxa a cadeira ao lado dele. — Senta aqui.

Eu me sento, menos nervosa perto dele depois da aula de mandarim. A garrafa passa de Marc para o político Spencer, depois para o David de Harvard, dando a volta na mesa. Parece que vou ter a chance de quebrar uma regra em plena luz do dia. Mas eu nunca nem *experimentei* álcool — no casamento de Amy Cook no mês passado, mamãe, que foi criada na Igreja Batista, tirou rapidamente nossos copos de champanhe debaixo da garrafa do garçom. Eu nem sequer a questionei.

— É o maxilar definido. — Marc passa o polegar e o indicador sobre seu próprio maxilar fino. Ele está conversando com os garotos.

— Os músculos do braço? — David dá um gole e grunhe. — Ugh, isso é forte. — Coçando o cavanhaque, ele passa a garrafa para Sam Brown, um pianista de dedos grossos de Detroit cuja mãe nasceu em Taipei. David coloca os punhos no chão e faz uma série de flexões, grunhindo a cada vez que levanta. Sam passa a garrafa de volta para Marc, se agacha ao lado de David e os dois fazem flexões juntos, posando de machões. Acho que está funcionando, porque algumas garotas da aula de dança com leques param para observar.

— Exibidos. — Marc revira os olhos.

David grunhe:

— Você não consegue acompanhar.

— Consigo. — Marc se agacha também e eles começam uma competição, três corpos se levantando e abaixando como as teclas de um piano, até que Sam cai de cara na grama e Marc e David continuam. Alguma coisa na energia deles me atrai, mas o jeito como tentam superar um ao outro é irritante.

O ombro de Xavier roça no meu. Ele se inclina. Ele não está passando aquela vergonha, o que me surpreende, mas gosto disso nele.

— Tem um closet onde eles guardam o material extra. — Ele acena com a cabeça na direção de Chen Laoshi. — Posso pegar um leque pra você depois, se você quiser.

— Ah, hm. — Então ele percebeu. — Não quero que você se meta em encrenca.

— Seria um prazer. — Seu sorriso é levemente sombrio.

A garrafa de aço está com um garoto chamado Peter. Chegando perto. Uma voz familiar chega aos meus ouvidos e eu olho para cima. O Garoto Maravilha, com seu boné dos NY Giants abaixado sobre o rosto, está falando com Chen Laoshi enquanto as dançarinas abrem e fecham os leques azuis de seda como um campo de flores desabrochando. Chen Laoshi, que está segurando a cesta de leques, ri.

O Garoto Maravilha nem *está* na eletiva.

Que. Puxa. Saco.

Viro minha cadeira para ficar de costas.

— Ele é alto — Spencer diz. — E tem o peito peludo. O cara é um tapete.

— Ainda acho que tem a ver com o maxilar definido — Marc diz.

Sophie caminha até nós, jogando seu lenço azul florido por cima do ombro.

— De que gatinho vocês estão falando? Quero participar. — Ela pega uma cadeira vazia e se acomoda ao lado de Xavier com uma meia piscadela que só ela consegue fazer.

— Desculpa, Sophie — diz Marc. — É o seu primo, então seria nojento. A gente está discutindo sobre o que faz o Rick ser o cara sino-americano mais masculino que a gente já conheceu. Com imparcialidade total.

— Que desperdício de oxigênio — digo, e Xavier solta uma risada, achando graça.

Sophie ri.
— Sinto informar, mas ele é hétero. E comprometido.
— A gente não está interessado nele. Só avaliando.
— Além disso, ele é *taiwanês* americano — Spencer diz.
— Como eu e o Xavier.
— O que está incluído em *sino*-americano — Marc completa.
— Eu discordo.
— Eu sou *asiático*-americana —Sophie diz. — Sou parte coreana. Ever?
— Não sei — admito. — Eu nunca pensei nisso, na verdade. — Sou estadunidense. Nunca quis saber da minha parte asiática... mas isso foi antes.
— Então, se o Rick é masculino, o que a gente é? — resmunga David. — Caras asiáticos efeminados que não conseguem arranjar namoradas? Eu *odeio* esse estereótipo.
Marc olha David de cima a baixo.
— Você pesa menos que a Ever.
David faz uma careta. Decido ajudá-lo e digo, dando um tapa na minha coxa:
— São minhas pernas, por causa do balé. Eu tenho mais músculo aqui do que todos vocês juntos.
Sophie gargalha. David solta um grunhido. Marc finge fazer uma inspeção embaixo da mesa.
— Nunca quero levar um chute de uma bailarina.
Sorrio, surpresa com minha própria ousadia. Não sou próxima de nenhum garoto em Ohio. É estranho que, em um só dia na Chien Tan, sinto como se conhecesse esses garotos a vida toda. Porque é um acampamento? Porque eu era mais tímida nos Estados Unidos e agora me sinto empoderada no meio de pessoas que não conhecem a história constrangedora da minha adolescência?

Será que um desses garotos é o certo para beijar?

A garrafa de aço vai de Xavier para Sophie — e percebo que, apesar da camaradagem, ninguém sequer tentou passá-la para mim.

— Vocês todos vão na quinta, né? — pergunta Sophie.

— Ser pego aprontando em outro país não é uma manchete boa pra minha futura carreira política — Spencer diz.

— Aproveita um pouco — Marc diz, olhando fixamente para Sophie. — Você tem certeza de que tem uma saída depois que atravessarmos o cano?

— Ever e eu vamos verificar. — Sophie passa a garrafa para ele por cima da mesa.

— Ei, Marc. — Estendo o braço para pegar a garrafa enquanto Sophie diz:

— Onze horas, encontre... oh, ah, hm.

Li-Han, nosso instrutor, solta uma pilha de apostilas com folhas finas no meio da mesa. A garrafa desaparece dentro dos shorts de Marc. David pega uma apostila e folheia as páginas enquanto Li-Han ajusta seus óculos escuros para mais perto do rosto e vai até as outras mesas.

Pego uma apostila e me arrependo na mesma hora. Um porco-espinho humano está deitado de bruços na capa: um homem nu com agulhas em cada centímetro da parte de trás do corpo, do pescoço aos pés. Meu estômago revira e coloco o livro voltado para baixo.

Perto das dançarinas de leque, Chen Laoshi entrega um leque azul de sua cesta para o Garoto Maravilha, sorrindo sedutoramente. E por que não sorriria? Ela não é muito mais velha, e o Garoto Maravilha provavelmente falou *Yale* e *futebol* meia dúzia de vezes. Em um mandarim perfeito.

Enquanto Chen Laoshi reúne as alunas ao seu redor, o Garoto Maravilha caminha até nós. O leque dobrado fica pequeno em sua mão.

— Falando no cara — Marc diz enquanto Rick se aproxima.

— Ah, não — murmuro.

— O que tem eu? — O Garoto Maravilha levanta a sobrancelha, sem entender a conversa, e todos caem na gargalhada. — Que bom que vocês se divertem comigo — diz ele, arrastando as palavras.

— Você vai fazer a aula de medicina com a gente? — pergunta Marc.

— Estou na aula de tambores. — Ele dobra a cabeça sobre o ombro. Então seus olhos procuram os meus. — Toma. — Ele joga o leque para mim e eu o pego de sobressalto.

— Ah, hm... — Antes que eu possa gaguejar um agradecimento, o celular dele começa a tocar uma música da Taylor Swift e ele o leva até o ouvido, tira o boné com um golpe e o pega com a mão livre.

— Jenna! Finalmente.

— Ela não pode esperar? A gente não pode receber ligações agora — esbraveja Sophie, mas Rick sai correndo na direção dos tambores chineses, com a camiseta agitada pelo vento de sua própria velocidade.

Abro o leque. Sinto o cheiro da madeira de jacarandá em uma brisa suave. Os fios dourados brilham contra a seda azul. Com ele, eu poderia dançar interpretando as travessuras de uma fada da floresta ou fazer o papel de uma dama no pátio de um castelo.

Li-Han vira uma sacola de papel sobre a nossa mesa. Uma pilha de raízes retorcidas cai de dentro dela e seu pó amargo me causa um acesso de tosse.

— Da hora, o que é isso? — David pega uma raiz. Ele está falando sério.

Li-Han responde em um mandarim que eu não consigo entender, mas não me importo. Qualquer eletiva seria melhor que introdução à medicina chinesa. Perto dos tambores, o Garoto Maravilha anda de um lado para o outro com o telefone colado ao ouvido, sorrindo, com seu maxilar ridiculamente definido iluminado pelo sol. Uma fila de alunos equilibrando remos nos ombros passa marchando por ele — a eletiva de corrida de barco-dragão — e oculta Rick da minha visão. Quando passam, Benji e outro garoto tentam erguer a enorme cabeça de leão chinês, com seus olhos grandes piscando timidamente, para colocá-la no Garoto Maravilha, só que ele desvia em uma velocidade sobre-humana e gira um círculo completo por segurança.

— Caramba, você é rápido! — Os garotos estão impressionados. Rick está rindo, com o celular grudado à orelha. Um dia na Chien Tan, e ele não só está evitando deméritos por uso ilegal de celular, como também tem um fã-clube.

Do qual eu não faço parte.

Jogo o leque para Sophie, que se levanta para ir à eletiva de culinária.

— Fica com ele — digo. — Combina com seu lenço.

10

Eu não posso sair assim.

Quinta-feira à noite, olho para o meu reflexo no espelho que Sophie comprou por um dólar e fixou na nossa porta. Sophie, generosa até demais, me deu uma transformação digna de rainha. A sombra esfumada e os lábios cheios, de acordo com meus padrões puritanos de Ohio, poderiam me levar para a cadeia.

Mas o que mais me assusta é a minha roupa. Uma faixa de pele pálida brilha entre a cintura da minha saia e o minúsculo espartilho preto que deixa à mostra parte das minhas costas. Eu tinha me apaixonado por essa peça no mercado e estava pronta para quebrar a regra sobre me vestir modestamente, mas não posso sair usando algo tão... *ousado*.

— É melhor a gente se apressar. São quase onze horas. — Sophie faz um biquinho na frente do espelho e aplica uma segunda camada de batom. Seu vestido dourado de lamé brilha. — Xavier e Matteo vão encontrar a gente perto da cozinha. — Um quadrilátero de flertes tem rolado a semana toda na aula de mandarim, Xavier comigo e Sophie com ele e com

Matteo, nada novo no Barco do Amor. A fofoca corre solta, todo mundo comenta sobre quem está interessado em quem e, hoje à noite, sinto que isso vai se intensificar.

— Só um minuto. — Tiro uma blusa preta com mangas três quartos da minha gaveta e a visto, cobrindo meus ombros nus, abdômen e as costuras do espartilho. Em cima da cômoda, meu celular toca.

> **Pearl:** a mamãe e o papai tão me deixando louca com as leituras de verão ainda faltam 2 meses pras aulas voltarem queria que vc tivesse aqui vc achou um estúdio de dança

A falta de pontuação me diz que ela está ditando o texto e fazendo o laptop ler para ela, o que ela faz para ajudar com a dislexia.

> Aguenta firme. Se vc ler tudo agora, eles não vão mais te atormentar. Achei um estúdio, mas é mto caro, ainda tô procurando.

> **Pearl:** eles vão arranjar outra coisa

> Ugh, eu sei. Aguenta firme. Amo vc!

— Pronta? — Sophie segura a maçaneta e depois faz uma careta para mim. — A gente vai *dançar*. Você vai ficar com calor com essa blusa.

Deixo meu celular na cômoda ao lado de dois bilhetes de Mei-Hwa dizendo para eu ligar para os meus pais, que eu ignorei. Vejo minhas pernas no espelho sob a saia de chiffon preta, uma quantidade imprópria de pele à mostra. Puxo minha saia mais para baixo.

— Eu não sinto calor — minto.

— Tem certeza...

Ouvimos uma batida na porta. Sophie puxa a maçaneta, mas a porta teima em não abrir.

— Ah, pelo amor de Deus — ela resmunga, forçando a porta com as duas mãos. O Garoto Maravilha, com o cabelo desleixadamente bagunçado, entra no quarto com uma camisa polo amarelo-canário justa e calça preta.

Sophie joga as mãos para o alto.

— Amarelo. Rick, eu *desisto*.

Ele sorri, uma visão amarelada da personificação da inocência. Ela estava certa — amarelo *definitivamente* não é a cor do Garoto Maravilha. Se o jogo da noite é impressionar com o visual, ele não vai competir.

O que, se ele fosse qualquer outro garoto, seria meio que impressionante.

— Só estou aqui pra tomar conta de vocês, lembra? Além disso, você está linda o suficiente por nós dois. — Ele olha para mim. — Ever. — Os olhos dele se arregalam e, de repente, me dou conta dos meus olhos e lábios aumentados, da forma como minha blusa preta contorna meu longo torso e de como a saia deixa minhas pernas expostas. Ele levanta a sobrancelha grossa e faz uma careta. — Seu laço está desamarrado.

— Ah. — Eu me viro para trás, procurando o nó que Sophie fez mais cedo.

— Eu te ajudo. — O Garoto Maravilha caminha até minhas costas, com a voz impaciente. Ele dá vários nós no laço embaixo da barra da minha blusa, deixando o espartilho bem justo contra as minhas costelas para dar mais segurança. Como se eu tivesse doze anos e ele fosse meu *pai*. Humilhação total.

E ele nem percebe. Quando me dou conta, ele já está na porta, espiando o corredor.

— Tudo limpo. Vamos.

Uma fatia da lua brilha no céu quando saímos do dormitório para o estreito espaço de terra atrás da cozinha. Estamos diante do muro coberto de heras e o fedor azedo de lixo me faz torcer o nariz. Continuo andando e passo por uma vassoura de palha, pilhas de caixotes de plástico e um container de lixo do tamanho de um caminhão, mantendo a maior distância possível entre mim e o Garoto Maravilha.

Mas os outros estão bem atrás de nós. Quando chego à borda do prédio, Xavier desliza para o meu lado, iluminado pelo luar. Ele está com as mãos nos bolsos, amassando a camisa preta de marca que brilha com fios de prata. Ele vira os olhos escuros na minha direção e sorri de leve com o canto dos lábios.

— Gostei da saia, Ever.

Diferentemente do Garoto Maravilha, ele está vestido para dançar. Seu brinco de opala brilha. Nunca que meus pais aprovariam minha presença perto de um garoto como ele. Inconscientemente, coloco minha mão na parte de trás do espartilho, embora ele não possa ver a pele à mostra. Eu me forço a encará-lo de volta com a mesma intensidade.

— Gostei da atitude.

— Sr. Yeh. — Sophie entrelaça o braço no dele. — Que bom que você se juntou a nós.

Seu meio sorriso se intensifica, como se ele não se desse ao trabalho de sorrir por inteiro. Nossos braços se tocam enquanto ele caminha adiante.

Sinto o aroma almiscarado de colônia e meu estômago revira — tudo na noite de hoje é novo e perigoso.

— Sauvage, da Dior — Sophie sussurra. — Ele não é uma delícia?

— Ever, me promete uma coisa? — Dou um pulo ao ouvir a voz do Garoto Maravilha, perto o bastante para fazer cócegas no meu ouvido.

— O quê? — minha voz sai trêmula. Ele tem cheiro de ar livre. De grama e liberdade.

— Cuidado com o Xavier.

— O quê? — Eu me viro para ele, mas nossos narizes se tocam e dou um pulo para trás, soltando um gritinho.

Antes que ele possa responder, um monte de jovens aparece no meio de nós — dez, depois quinze, depois vinte ou trinta — vestindo roupas *sexy* com paetês, braceletes e muita pele exposta, iluminada pelo luar. Bem mais gente do que eu esperava. Alguém dá uma risadinha e uma dezena de vozes manda a pessoa fazer silêncio. Logo à frente, Xavier está encostado no muro coberto de heras, com o polegar na fivela do cinto, conversando com Laura, sem o boné dos Yankees, e Debra; as duas estão lindas em vestidinhos pretos.

Todos estão prontos para causar, exceto Rick-nossa-babá.

Quanto mais penso a respeito, mais o alerta de Rick me irrita — mais uma vez, é exatamente o tipo de coisa que meus pais diriam. Sim, talvez o Xavier seja um Conquistador, mas isso também faz dele o cara perfeito para me ajudar a quebrar algumas regras hoje à noite.

— E agora, pra onde a gente vai? — pergunta Debra, jogando o cabelo azul para trás.

Expulso o Garoto Maravilha da minha mente.

— Pra passarela. Tem uma escada. Sophie e eu verificamos. Depois que a gente atravessar o rio, procurem por táxis.

— E fiquem *quietos* — completa Sophie.

De fininho, acompanhamos o longo do muro até o pilar de concreto com a escada que leva até o céu noturno. Nosso plano de fuga tem uma falha. A lua ilumina o cano azul como um holofote. O que quer dizer que, durante os dois minutos inteiros que levaremos para cruzar a passarela, estaremos expostos a todas as janelas com vista para o rio da Chien Tan.

— Ainda bem que tem bastante gente — sussurro, enquanto Sophie começa a escalar. Os saltos de sua sandália ficam pendurados para fora dos degraus. — Eles não vão mandar *todo mundo* para casa. — Mesmo assim, sinto um nó na garganta.

A escada dá para um túnel de metal formado por grades curvadas, com cheiro de ferrugem. Enquanto subo, uma brisa balança minha saia de chiffon, que bate na parte de trás das minhas coxas. Aperto o tecido, silenciosamente apressando Sophie e me dando conta de que o Garoto Maravilha está bem embaixo de mim. Por que foi que eu não o deixei ir primeiro?

Finalmente, subo desajeitadamente no topo do pilar, três andares acima, onde o vento joga meu cabelo na frente dos olhos.

— Espera — digo. O vento rouba as palavras da minha boca e arrasta os cheiros de terra e de peixe do rio até mim. Seguro o corrimão pintado e olho para a água escura embaixo de mim. Então desejo não ter feito isso. Com uma vertigem, volto meus olhos para o mar de luzes de Taipei à minha frente. A terra prometida. Uma fila de silhuetas já está se formando ao longo da passarela.

— Rápido — murmura Sophie. Seguro o corrimão com força e foco em dar um passo de cada vez na grade de metal. Sinto os olhos imaginários das janelas da Chien Tan nas minhas costas.

— Eles chegaram ao outro lado — a voz do Garoto Maravilha, tão perto que me faz cócegas, me faz pular de susto outra vez. Preciso parar de me assustar com qualquer coisinha que ele faz. Sério.

— Que bom — digo, curta e grossa.

Dou mais um passo cauteloso atrás de Sophie. Depois mais um. E outro. E mais outro.

Então a passarela começa a tremer debaixo das minhas sandálias de salto. A força me lança contra as costas de Sophie, encharcadas de suor. Ela dá um grito enquanto eu luto para me equilibrar. Meu pé desliza pela borda. Minhas costelas batem no aço e meu sapato cai nas águas escuras. Tentando agarrar alguma coisa, só encontro o ar, então o braço do Garoto Maravilha envolve minha cintura, impedindo minha queda como um cinto de segurança.

Lá embaixo, a escuridão engole meu sapato como um silencioso deus do rio.

— Você está bem? — Sinto um frio na espinha ao sentir a boca dele no meu ouvido enquanto ele me ajeita. — Seu sapato. Talvez a gente devesse voltar.

— *Sem. Chance.* — Eu me solto dos braços dele e tiro o outro sapato. Meu coração palpita. Agora ele está bloqueando meu caminho.

Ele faz uma careta.

— Você vai cortar os pés...
— Mas que saco, eu não preciso de babá...
Um raio de luz ilumina a passarela à nossa frente.
Sophie solta um palavrão.
— Tem alguém acordado.
Olho por trás do ombro — e o raio de luz me atinge direto na cara.
— Vai! — grito. — Vai, vai, vai!
Começo a ver pontinhos e derrubo meu outro sapato. Empurro o Garoto Maravilha, pego Sophie pelo ombro e atravesso nós duas desajeitadamente ao longo dos últimos metros, me encolhendo a cada passo. A passarela treme e balança com a correria dos alunos atrás de nós.

Caímos em um estacionamento vazio cercado por um muro de concreto e iluminado por uma fileira de cinco postes. Um gato rajado solta um uivo de estourar os tímpanos e foge por um portão entre dois pilares de pedra que dá para uma rua.

Eu deveria estar em pânico, mas, em vez disso, começo a rir.

— A gente é louca! — Ao meu lado, Sophie está ofegante. — Vamos. — Pego a mão dela e a puxo. O cascalho sob os meus pés é duro e gelado.

— Vou procurar um táxi. — O Garoto Maravilha encosta em mim ao passar por nós. — Cuidado com o vidro.

Bem na hora, desvio de uma garrafa quebrada.

Três metros depois do portão, táxis amarelos formam uma fila ao lado da calçada. A luz dos faróis reflete nos para--choques cromados e os motores roncam com a umidade.

Atordoada, paro de repente.

— Não acredito.

Sophie vibra:

— Taipei conhece a gente melhor do que nós mesmas!

— *Xiăo péngyŏu, tíng, tíng. Huí lái!* — Vozes distantes à nossa esquerda atravessam a noite. O brilho de uma lanterna se aproxima enquanto Li-Han e dois guardas de preto emergem das sombras a quatrocentos metros dali.

— Merda. — Sophie me puxa para um dos táxis do meio. — Não deixa eles te reconhecerem!

Então uma cascata de alunos sai do portão atrás de nós como uma manada de búfalos bem-vestidos.

— Vamos. — O Garoto Maravilha abre com força a porta da frente e gesticula para mim. — Vem, vamos!

— Deixa de ser cavalheiro. Vai você! — Eu o enfio no táxi pelos ombros e aceno para Laura e Xavier entrarem pela porta de trás. — Vai, vai, rápido! — Vários alunos entram voando depois de Xavier. Uma garota se aperta no colo do Garoto Maravilha na frente. Os táxis saem acelerados até que só restam Sophie e eu na calçada. Li-Han e os guardas estão cada vez mais perto. Consigo ver as listras azuis do pijama de Li-Han enquanto empurro Sophie para o banco de trás do último táxi.

— Wong Ai-Mei, *lái la!* — grita uma voz.

O som do meu nome chinês me faz congelar na calçada.

Do outro lado da rua, a Dragão em pessoa está correndo em nossa direção. Na calçada atrás dela, uma luz brilha dentro de um sedan preto. Sua camisola verde-limão balança como asas cheias de escamas ao redor dela.

— Ai-Mei, *nĭ yào qù năli?*

— Ever, entra! — Com um chute, Sophie abre a porta do táxi.

Pulo para dentro, mas a Dragão agarra meu braço. Ela tem mãos de aço e aperta minha pele com força.

Nas sombras do banco de trás do táxi, os olhos de Sophie encontram os meus, cheios de incerteza. Não tem sentido todos nós sermos pegos.

— Só vai! — grito, mas o táxi não se mexe.

A Dragão me aperta com mais força.

— Ai-Mei...

De repente, uma explosão detona perto do carro dela, como fogos de artifício disparando faíscas brancas em todas as direções.

Aproveito o momento de distração para me soltar e entro no táxi com Sophie, desajeitada em meio a um monte de saias e calças. Sinto o cheiro de colônia, a porta bate no meu pé e alguém berra.

— Vai! — eu grito.

— *Kuài diǎn!* — Sophie berra. *Rápido!*

Nosso táxi acelera e colido de lado em uma parede de peitos. Eu me levanto com esforço e percebo que meus joelhos estão enrolados nas calças de um garoto. Tiro o cabelo do rosto enquanto Xavier segura minha cintura, me ajeitando sobre seu colo.

— O que aconteceu? — pergunto, ofegante, fingindo não notar o calor de suas mãos.

Sophie está rindo.

— O *Rick* aconteceu.

Na frente, o Garoto Maravilha segura um pequeno disco entre o polegar e o indicador.

— Estalinhos.

Um truque surpreendentemente típico de Pearl.

— Você destruiu o carro dela?

— Está tudo bem com o carro. Não posso dizer o mesmo de *você*.

Esfrego uma faixa de suor da testa.
— Estou muito ferrada — digo, lamentando. Eu me preparo para ouvir um "eu avisei".
O Garoto Maravilha dá um sorriso e, em vez disso, diz:
— Então é melhor a gente fazer a noite valer a pena.

11

A balada se chama Beijo, e o lugar é tão horrível quanto o próprio nome. A fumaça enche o salão cheio de homens de meia idade encostados nas paredes, de olho nas garotas na pista de dança. No teto, um globo de luz solta feixes coloridos em todas as direções, enquanto um holofote ilumina um palco improvisado com caixas pretas abarrotadas de microfones e fios. Garotas com tops minúsculos lotam a pista, gritando e acenando para uma banda de terceira categoria que, no final das contas, era de *Minnesota*, não Manhattan. A batida faz todo o meu corpo vibrar.

— Eles são péssimos! — eu grito. Mas não sou esnobe com música. Se tiver uma batida, eu danço. Sophie e eu balançamos a cabeça com Laura, Debra e umas garotas que ficam no mesmo corredor que nós. Minhas meias, doadas por Spencer, que tem pés pequenos, deslizam sobre a pista.

Alguma coisa acontece quando danço. Se alguém me encontrasse nas ruas de Chagrin Falls, presumiria que sou do tipo quieta, estudiosa e esforçada. É o lado da minha personalidade que mostro para a maioria das pessoas.

Mas, quando eu danço, me transformo na própria música. Em uma deusa. Em mim mesma.

Sophie tira os próprios sapatos. Ela pega minha mão, me gira por baixo do braço enquanto eu balanço o quadril e grito, animada. Imagino mamãe boquiaberta e papai tirando os óculos, se eles soubessem de toda a *cultura* que estou aprendendo. Já quebrei minha primeira Regra dos Wong: não sair tarde da noite — e usar gloss também.

Puxo minha blusa, apertando-a contra as costas do espartilho que ela esconde. O ar-condicionado está ligado na última potência, mas será que vou ter coragem de tirar a blusa ao longo da noite? Porque, em algum momento hoje à noite, outra Regra dos Wong vai ser quebrada. Com estilo.

Debra ergue o celular para tirar uma *selfie*. Laura se aproxima e eu saio do caminho — não quero que mamãe e papai deem de cara comigo nas redes sociais. No lado oposto, Sophie dança sensualmente e passa os olhos pela multidão. O globo de luz lança estrelas sobre seus lábios cheios e enormes cílios postiços que só ficam bem nela.

— Quem você está procurando? — eu grito.

— Só olhando!

Então o Garoto Maravilha abre o caminho na pista de dança, empurrando as pessoas, e agarra o ombro de Sophie. A parte de cima de sua camisa amarelo-canário está coberta de suor. Seu cabelo molhado brilha como ônix

— Trouxeram um cara do Beco das Cobras. Você tem que provar. É o melhor de Taipei.

Sophie se solta e joga o cabelo para trás como um paraquedas de seda.

— Beco das Cobras? Sem chance!
— O que é o Beco das Cobras? — pergunto.
— É uma armadilha nojenta pra turistas — diz Sophie.
— Fica em um dos mercados noturnos, mais para o sul.

Sigo o olhar do Garoto Maravilha até uma mesa nos fundos, onde um homem com um avental de couro tira uma cobra verde-dragão de dentro de uma gaiola de madeira.

Uma cobra de verdade.

Ora, ora. O Garoto Maravilha tem interesses exóticos.

— O que vão fazer com essa cobra? — pergunto, enquanto uma onda de pessoas dançando nos empurra para os lados da pista.

O Garoto Maravilha abre um sorriso de gaiato.

— Veja por você mesma. — Segurando minha mão, ele me arrasta para a multidão de corpos dançantes.

A mão dele sobre a minha é áspera, calejada. Grande. Uma mão de garoto. Mas não significa nada; se não estivéssemos nos segurando, a multidão nos separaria. Dito e feito; quando chegamos a uma mesa com uma grossa tábua de corte, ele me solta.

Na mesma hora, desejo que não tivesse soltado.

A poucos centímetros, três cobras se contorcem em uma massa de espirais escamadas: uma vermelha e preta, uma amarela com padrão de diamante e uma verde-dragão manchada. A tábua tem rastros de sangue vermelho-escuro, cobertos por gotas novas e úmidas. Logo atrás delas, o dono das cobras, com seu rosto magro, limpa as mãos com unhas grossas no avental.

— Como sua babá extraoficial, devo dizer que sou contra isso. — O Garoto Maravilha me dá um sorriso irritantemente superior.

— Ha. Que seja. — Mas meu estômago revira. Então vamos comer cobras. Eu já comi churrasco de enguia, mas nunca olhei minha comida no olho. Nunca a vi deslizar pela poça de sangue de suas companheiras. O cheiro metálico me deixa tonta, como sempre; eu quase desmaiei quando fiz estágio de observação na Cleveland Clinic e tive que ver um médico dar ponto em um joelho machucado.

— Deixa eu adivinhar. Vamos grelhar nossos próprios kebabs de cobra.

— Quem me dera. — O Garoto Maravilha faz uma arminha com as mãos na direção do homem das cobras.

— Como assim? — pergunto, mas ele já está indo até o bar e o barista.

— Vou pegar as fichas.

— Eu posso pagar a minha... — protesto, mas ele já está longe demais para ouvir.

Tudo bem.

Não importa qual seja o desafio que o Garoto Maravilha planejou, eu dou conta.

Uma cobra marrom recua, sibilando. Eu me forço a encará-la, tentando enfrentar meu destino iminente sem vomitar. Ou desmaiar.

— Quer segurar uma?

Dou um pulo quando Xavier aparece do meu lado. Eu não o vejo desde a corrida de táxi, quando saltei de seu colo porta afora. Os fios de prata em sua camisa brilham. Ele estica o braço nu na direção das cobras e sinto seu cheiro — aquele aroma almiscarado e mais alguma coisa que não consigo identificar. Ele se move como um gato, me encurralando, mas não totalmente de um jeito ruim.

Então a cobra-dragão se enrola como uma corda no braço dele.

Meu coração congela.

Xavier dá um meio sorriso provocante. Ele gira o braço, fazendo com que as escamas da cobra reflitam a luz como joias. O animal coloca a língua bifurcada para fora sobre o braço pálido de Xavier.

Enquanto a cobra sobe pelo braço dele e se aninha em sua gola, Xavier segura minha mão. A dele está quente como uma xícara de chá. Sinto um nó no estômago quando a cobra desliza para o pulso dele. As escamas pesadas da barriga do animal escorregam suavemente por nossas mãos e sinto um arrepio quando imagino a picada de suas pequenas presas.

— Ele *definitivamente* gosta de você. — Xavier passa a segurar meus dedos, dobrando-os sobre seu indicador.

Rio, trêmula.

— Como você sabe?

— Como? — Ele aumente o sorriso. Antes que eu consiga reagir, ele levanta minha mão em um gesto que reconheço dos meus romances vitorianos.

E pressiona os lábios sobre meus dedos.

Começo a respirar com dificuldade.

Então ouço a voz de Sophie atrás de mim.

— Eu não vou comer *nada* que venha desses bichos!

Eu me solto de Xavier. O Garoto Maravilha e Sophie estão atravessando a multidão na nossa direção, arrastando Marc e Spencer com eles. Uma longa fita de fichas azuis de parque de diversões está pendurada nas mãos do Garoto Maravilha.

— Ever, ele te mordeu? — Sophie corre até mim.

— N-não, claro que não! — gaguejo, e então percebo que ela está falando da cobra, não de Xavier.

O olhar do Garoto Maravilha recai sobre a minha mão, como se a marca dos lábios de Xavier ainda estivesse queimando nela.

Então Xavier se vira novamente para a tábua, deixando a cobra deslizar para fora de seu braço, como se não fosse nada demais. Sophie coloca o queixo no ombro dele e Xavier aperta a cintura dela como quem não quer nada — aff, ele é *mesmo* um conquistador.

— Pronta? — O Garoto Maravilha entrega as fichas para o homem das cobras.

— Você é dramático demais, não deve ser tão ruim. — Jogo a cabeça para trás, estilo Sophie. — Cobra tem gosto de frango, não tem?

O Garoto Maravilha sorri enquanto o homem das cobras solta uma machadinha na tábua de corte ensanguentada, fazendo um som macabro.

— Espera — digo. — Ele não vai... bem aqui?

Com dedos treinados, o homem coloca seis frascos de vidro sobre uma bandeja. Ele derrama uma dose translúcida de licor de uma garrafa sem rótulo em cada um. Essa é a minha chance de quebrar a Regra número 4 dos Wong, mas, hm, por que ele está pegando a cobra marrom?

Ele a segura alguns centímetros abaixo de sua cabeça triangular, depois posiciona o punho onde a cobra está enrolada sobre a tábua.

Então golpeia o animal com a machadinha.

A cabeça da cobra voa na direção de Spencer, que grita e a afasta com um golpe de kung-fu. Estou tremendo, atordoada demais para gritar, enquanto Sophie berra "QUE NOJO!".

— Isso é pedir pra ter uma úlcera. — Spencer limpa o sangue no braço. — Foi mal, Rick. Não vou beber isso aí!

— Beber? — Alarmada, olho para o corpo mole da cobra. Ela foi decepada e está vertendo sangue vermelho-escuro. Eu achava que a cobra ia para a cozinha. Para uma frigideira. — Espera. Ele não vai *cozinhar*...?

De um frasco para o outro, o homem espreme a extremidade cortada da cobra. O sangue vermelho-escuro cai, deixando o licor rosado.

O Garoto Maravilha dá um sorriso torto.

— Saquê de sangue de cobra.

— Espera aí. — A borda da mesa pinica minhas palmas. O Sr. Perfeito, ao que parece, tem um senso sombrio de aventura. Talvez ele esteja tão determinado a se soltar quanto eu. Mas estou de volta à Cleveland Clinic, observando o joelho talhado desabrochando como uma flor carmim.

— Espera... — murmuro.

O cheiro de ferrugem do sangue chega até as cavidades atrás dos meus olhos. A corrente carmim diminui de velocidade e o homem chacoalha a cobra sobre o sexto frasco, coletando as últimas gotas vermelhas. Então ele enfia a cobra decepada no bolso do avental e coloca a bandeja na nossa frente.

Garoto Maravilha, Marc e Xavier pegam um frasco cada. Spencer recusa.

Sobram três.

— Sophie? Ever? — O Garoto Maravilha lança um olhar desafiador para nós.

Saquê.

De sangue.

De cobra.

— Nem morta. — Sophie balança a taça de vinho que pediu. — Garotas não bebem sangue de cobra.

— Alguém quer outro frasco? — O Garoto Maravilha oferece.

— Um já é o suficiente. — Marc gira o copo sangrento entre os dedos, encarando-o. — Meu Deus. É *quente*. — Debaixo de sua franja marrom, dividida ao meio, seu rosto empalidece. Gotas de suor se formam sobre seu lábio superior.

Só o rosto de Xavier permanece indiferente.

Uma cena se forma na minha mente: eu, desmaiada no chão, o sangue escorrendo de um copo que nem sequer tocou os meus lábios. Deve haver jeitos menos exóticos de quebrar a regra de não beber, como um bom coquetel de manga.

Estico o braço para pegar um copo, insegura. É quente mesmo. Esquentado pela lâmpada aquecedora que martelava a pobre cobra enquanto ela se contorcia em vida.

Olho para o líquido rosa turvo e minha mão começa a tremer.

O Garoto Maravilha levanta a sobrancelha.

Os três garotos, segurando seus pequenos copos, estão me observando.

Lutando contra o enjoo, ergo o meu copo.

— Estou dentro.

— Ao melhor verão das nossas vidas! — Sophie brinda com sua taça de vidro. — *Gānbēi! Viva!*

Jogo a cabeça para trás. O saquê e o sangue quente e salgado fazem minha garganta pegar fogo. O gosto é amargo como metal. Como remédio. Meu peito está em chamas. O líquido percorre partes dele que eu nunca senti antes. Aperto os olhos com força e me esforço para engolir a bebida.

Não vomita. Não vomita. Não vomita.

Minha cabeça parece estar cheia de arroz. Depois, ela explode em todas as direções. Sinto meu corpo todo formigando — e não é só por causa do saquê. Eu enfrentei meu medo de sangue. Ainda estou de pé. Quebrei outra Regra dos Wong — nesse ritmo, vou acabar com todas elas antes que o sol se ponha em Ohio.

Sophie segura sua taça gentilmente e balança a cabeça, escandalizada, mas sorrindo. Marc vomita em uma escarradeira. Xavier fecha os olhos.

Mas o Garoto Maravilha está me encarando, com o copo vazio na mão. Quando trocamos olhares, ele aponta para o braço com a cabeça, onde está a minha mão, que o segura com força como se minha vida dependesse disso.

— Ai, desculpa! — Noto que deixei quatro marcas de unha em sua pele bronzeada.

Mas seus olhos têm um brilho novo de respeito que me aquece tanto quanto o saquê.

— Você superou o Marc.

Marc faz uma careta. Ele torce o nariz e limpa a boca com as costas da mão.

— Gostou? — o Garoto Maravilha pergunta.

— É *horrível*. — Sorrio. O calor do saquê percorre meu corpo como um rio, aquecendo todos os meus dedos.

Pelo visto, impressionei o Garoto Maravilha.

Com uma nova onda de confiança, pego sua mão livre, depois a de Xavier, e arrasto os dois para a pista de dança.

— Vocês dois! Vamos dançar!

Horas depois, ainda estou dançando.

Estou arrasando na pista com Debra e Laura, que dançam como se estivessem possuídas. Seguro o braço de Debra e me inclino no ouvido dela:

— Como você consegue? — grito mais alto que a música. — Você conhece presidentes. Você dança!

Debra me dá um sorriso zombeteiro.

— O quê? — ela grita de volta.

— Vocês duas arrasam. — Estou segurando meu terceiro (quarto?) coquetel de manga. Não consigo entender a falta de visão e a mentalidade pequena de quem proíbe algo tão delicioso. Nem consigo sentir o álcool. Deus abençoe o barman que simpatizou comigo e com Sophie e passou a noite inteira nos servindo bebidas por conta da casa.

Falando nela, onde foi que essa garota se meteu?

— Você viu a Sophie? — grito. Debra sacode negativamente a cabeça com seus cabelos azuis, sorrindo como se eu tivesse falado em latim. Repito a pergunta mais algumas vezes enquanto as pessoas me empurram contra ela. Minhas meias querem ficar grudadas no chão.

De repente, Xavier agarra meu ombro. Seu cabelo preto ondulado está encharcado de suor e puxado para trás. Não o vejo desde que Sophie o arrastou para o bar horas atrás.

— Dança comigo. — Ele coloca as mãos nas minhas costelas. As luzes estroboscópicas iluminam suas maçãs do rosto, afiadas. Seus olhos brilham enquanto encaram os meus, me desafiando a recusar o convite.

Danço com ele. Alguém derrama um coquetel nos nossos braços, mas não ligo. Ele me puxa para perto e o ritmo dos movimentos dele encontra o meu. Estou brilhando, sorrindo — para ele, para os dançarinos atrás dele, para os baristas em todo lugar.

Estou dançando com um garoto. Outra Regra dos Wong quebrada.

Seus dedos quentes deslizam para debaixo da minha blusa e por minha pele exposta, se acomodando na minha cintura.

Pelo tempo de uma batida do coração, uma parte minha congela, como se alguém tivesse espirrado nitrogênio líquido em mim.

Mas, ao redor de nós, casais se formam e corpos vibram com a música.

Não vou sair correndo e me esconder só porque um garoto me convidou para fazer algo além de flertar.

Então, à medida que o compasso da música acelera, eu me jogo na batida. Solto o quadril, balanço a cabeça de um ombro para o outro, dobro uma mão atrás da cabeça enquanto outra ainda segura meu copo. Os olhos de Xavier percorrem meu corpo. Seu pescoço brilha com suor. Meu cabelo está encharcado. Eu me contorço com ele, nós dois sincronizados. O quadril dele se encaixa no meu quando ele me puxa mais para perto, mais perto...

Então eu o sinto.

Meu Deus. Meu Deus. Isso é o que eu estou pensando?

Então Sophie aparece com seu vestido dourado, o colar refletindo as luzes dos holofotes. Ela passa o braço ao redor dos meus ombros e me afasta de Xavier.

— Acho melhor você pegar leve com as bebidas, bebê! — ela grita.

— Achei você! — digo, rindo alto. Tudo é hilário. — Já passou da uma hora! Dá pra acreditar que a gente ainda está fora de casa?

Ela pega meu copo, o coloca sobre uma caixa de som e sorri para Xavier.

— Já volto — ela diz. — Só preciso ajudar a Ever.

— Não preciso de ajuda — protesto, mas o braço de Sophie se aperta ao redor do meu corpo. As costas dela estão molhadas de suor.

Pessoas dançando se chocam contra nós enquanto nos esgueiramos até as paredes e eu sorrio e dou batidinhas nas pessoas. É como correr por um labirinto daqueles *playgrounds* infantis infláveis. Uma pancada faz minha cabeça girar.

— Rick, ajuda. — Sophie está falando com ele. Ele está guardando o celular no bolso, fazendo aquele gesto estranho e repetitivo em que esfrega o polegar dentro dos outros dedos. Seu cabelo preto está espetado como se ele estivesse pendurado por suas mechas antes. Raios de luz cortam seus olhos sérios e seu maxilar cerrado.

— Pra quem você ligou *daqui*? — pergunto. Pelo menos acho que perguntei. É difícil me ouvir.

E por que as sobrancelhas curvadas se ele estava rindo por causa da cobra decapitada até pouco tempo?

O Garoto Maravilha passa o braço ao redor da minha cintura. Ele me leva até a porta e seu corpo faz o meu parecer minúsculo. O vento carrega o cheiro enjoativo de cigarro e incenso adocicado. Meu estômago revira como se eu tivesse descido de uma montanha-russa.

Então me afasto do Garoto Maravilha e vomito no asfalto.

12

Minha cabeça colide com um peitoral musculoso.

Abro os olhos e não consigo enxergar nada além da escuridão. Estou andando por um corredor, passando por portas e maçanetas de metal. Não, não estou andando. Minhas pernas estão balançando. Estou sendo carregada por alguém. Alguém que tem um cheiro delicioso: grama, suor e madeira recém-cortada.

Alguém com passos firmes.

— Cadê a Sophie? — Eu me agito, em pânico. Tenho uma vaga lembrança de luzes piscantes, de dançar colada com Xavier...

— Ei. Sou eu. Relaxa.

Rick.

Solto um grunhido. Minha cabeça está pulsando como os tambores chineses. Percebo as batidas regulares do coração de Rick contra minha bochecha.

— Eu consigo andar sozinha. — Eu me esforço e empurro seu peito peludo.

Mas, quando meus pés tocam o chão, o mundo começa a girar. Rick passa o braço por baixo dos meus joelhos outra vez e me levanta como se eu fosse tão leve quanto um travesseiro de penas. O calor de sua pele nua aquece minha bochecha. Onde está a camisa dele?

Ele ri. Sua voz é macia e densa na escuridão.

— Se você vai beber, precisa colocar limites. Ninguém nunca te disse isso?

— Ninguém nunca me disse nada sobre nada — respondo, com raiva, então outra onda de sombras cobre minha visão.

Acordo na cama. A luz da lua entra pela janela dupla do quarto.

O rosto de Rick aparece ao meu lado. Ele está inclinado sobre mim em uma cadeira. Eu não tinha percebido como os lábios dele são cheios.

— Achei sua chave no seu bolso.

Sou tomada por uma suspeita súbita e olho para baixo. Estou usando a camisa polo amarelo-canário de Rick por cima da minha saia preta de chiffon. O tecido áspero cobre meu estômago quando ele puxa meu cobertor até o meu queixo.

— Não se preocupe. A Sophie tomou conta de você na balada.

Eu coro, horrorizada por ele ter entendido o que eu estava pensando com tanta facilidade. Sinto um copo de plástico com água na minha mão.

— Aqui, bebe isso.

— Você me carregou pra cá? — É impossível ele ter me carregado pela passarela. Ele deve ter vindo pelo portão da frente.

— Era isso ou andar por aí de táxi até você acordar.

É como se eu tivesse ido a um encontro bêbada, e eu nem era a pessoa que ele ia encontrar. Solto um gemido.

Ele agarra meu ombro.

— Você se machucou?

— Eu fraturei minha dignidade.

Ele afrouxa a mão no meu ombro. Então ri, por tanto tempo que começo a suspeitar que ele está mais bêbado que eu. Ele é tão esquisito, com esse humor instável e tudo mais. Tem alguma coisa errada?

Finalmente, ele diz:

— Onde você aprendeu a dançar daquele jeito?

— De que jeito?

— Como se você tivesse sido feita para o palco.

— Então você estava me olhando dançar? — Imagino o olhar de Rick seguindo meu corpo em meio às luzes piscantes. O pensamento me dá uma onda de prazer.

— E eu aqui pensando que você era só uma grande cabeça — ele provoca.

— Quem é a grande cabeça? — resmungo. Minha grande cabeça está flutuando em meio a uma névoa. Meu couro cabeludo dói.

Ele pega meu copo de volta.

— Seu cabelo está preso embaixo de você.

Ele passa os dedos pela minha bochecha. Eles deslizam até o meu cabelo e puxam uma mecha, aliviando um pouco da tensão. Eu deveria me afastar, mas não consigo lembrar o porquê, então me permito aproveitar essa estranha intimidade de seus dedos no meu cabelo, puxando uma segunda mexa.

— Você não cansa de ser tão perfeito?

Ele ri, mas, dessa vez, não há alegria em sua voz.

— Estou longe de ser perfeito.

Ah, é? Será que uma vez ele tirou um A-? Ou — meu Deus! — um B?

— Diga isso para os meus pais — eu resmungo baixinho para que ele não me ouça.

— *World Journal?* — Ele me ouviu.

— Eu te escrevi uma carta quando tinha onze anos. Meus pais me obrigaram. Pra pedir conselhos sobre lição de casa.

— Eu respondi?

— Não. Idiota.

— É por isso que você me odeia? Bom, deixa eu adivinhar. Você resolveu o problema da sua lição de casa por conta própria.

— Eles queriam que eu pedisse conselhos num geral. Que a gente começasse a trocar cartas.

— Eu meio que sou mesmo o cara dos sonhos de todos os pais imigrantes chineses.

— Eu queimei a sua foto depois. — Minhas pálpebras estão pesadas; não consigo mantê-las abertas.

— Ainda bem que eu já tenho namorada.

— Sim, *coitada*. Você provavelmente é a árvore que suga todos os nutrientes do solo. Nada mais consegue crescer ao seu redor. — Um bocejo quase engole o resto das minhas palavras.

Mas, em meio à escuridão crescente, sinto ele encolhendo. Cutuquei uma ferida.

Desculpa, eu não quis dizer isso. É o que quero dizer, mas o esforço parece colossal.

E então a escuridão toma conta de mim.

—Acorda, Ever! Acorda! A gente perdeu a hora!

As cortinas guincham nos trilhos. A voz de Sophie, junto com os raios de sol ofuscantes, perfura meus sonhos dispersos. Estou deitada de barriga para baixo, com os lençóis enrolados entre as pernas e um braço dormente pendurado para fora da cama. Minha cabeça pulsa como se todas as minhas artérias tivessem migrado para o meu crânio.

— Como vim parar aqui? — resmungo.

— O Rick te trouxe para cá. — Sophie voa pelo quarto enquanto troca de roupa. — O que foi bom! A Grace Pu ficou rolando pra lá e pra cá igual uma morsa bêbada no estacionamento. Os "amigos" dela pensaram em deixar ela lá! Meu Deus, Ever, eu tenho *tanta* coisa pra te contar, mas a gente está *atrasada*!

Eu me sento e esfrego os olhos. A luz do sol ilumina a barriga nua de Sophie enquanto ela coloca um sutiã de renda preto. Minha blusa preta e o espartilho que nem sequer viu as luzes do clube estão pendurados no encosto da cadeira, laços pendurados, amassados por terem sido lavados e torcidos.

Um vago horror tranca minha garganta à medida que as lembranças da noite anterior voltam para minha mente. Rick viu coisas que jamais deveriam ser vistas por nenhuma criatura viva, muito menos por ele. Vou lavar a camiseta dele — duas vezes — antes de devolvê-la, isso se ele a quiser de volta. E, bem aqui, será que falei coisas que não deveria ter dito? *Então você estava me olhando dançar... Você provavelmente é a árvore...* Preciso encontrá-lo e explicar tudo. Pedir desculpas. Só que nunca vou conseguir olhar para a cara dele de novo.

— O Rick disse...

— Rápido! — Sophie joga meu vestido verde na minha barriga e veste uma regata listrada. — A Dragão está fazendo uma vistoria. Se ela nos achar aqui, a gente vai ficar presa, e a

Yannie já está com a agenda cheia até o fim do verão. A gente não vai ter outra chance com ela.

— Yannie? Quem é Yannie?

Mais uma vez, a pressa de Sophie é contagiosa. Tiro a camisa de Rick.

— Nossa fotógrafa! Pra sessão de fotos! Não te contei ontem à noite? Yannie é a melhor. Todos os horários estavam cheios, mas consegui uma sessão pra gente porque alguém cancelou. A gente só precisa faltar na aula de mandarim.

— Se você me contou, eu não lembro — resmungo. Minha cabeça está quebrando em quatro partes. A manhã da minha primeira ressaca *não é* o dia que eu teria escolhido para fazer um ensaio fotográfico. Como a Sophie consegue voar por aí igual a uma mariposa drogada?

— Bom, é o seu dia de sorte! Assim que os garotos começarem a folhear o seu álbum, *nenhum* deles vai conseguir resistir!

Começo a rir, mas minha cabeça dói.

— Ninguém vai olhar minhas fotos, muito menos os *garotos-que-não-vão-conseguir-resistir*.

Mas posar para um ensaio fotográfico sexy talvez seja o jeito perfeito para eu deixar de me vestir como uma freira, já que parece que isso é a única coisa que eu consigo fazer. Tiro minha saia de chiffon amarrotada. Como se estivesse protestando, um guardanapo flutua até o chão, brilhando como as asas azuis de uma borboleta.

Há um desenho em um dos lados.

— O que é isso? — Intrigada, eu me abaixo para pegá-lo.

Um rascunho em giz.

De mim. Dançando.

De um ângulo lateral, minha cabeça jogada para trás, meu cabelo preto esvoaçante, o nariz apontado para o teto.

Um braço está levantado. Lembro aquela música, aquele movimento — com alguns traços, o artista misterioso capturou a tensão e a energia nas linhas do meu corpo. E colocou o desenho no meu bolso.

— O que é isso? — Sophie passa a escova pelas mexas úmidas de cabelo e se aproxima. Então solta um suspiro de surpresa. — Que incrível!

— Não faço ideia de quem fez.

— Você tem um admirador secreto!

— Talvez. — Fico vermelha. Essa seria a primeira vez. Será que o Garoto Maravilha também é um Michelangelo? O pensamento me surpreende. Só porque ele me levou para casa não quer dizer que seja um admirador. Muito pelo contrário.

— *Mais* do que um admirador. — Sophie aponta para os lábios, *meus* lábios, delicados e sensuais. O artista até capturou os contornos precisos do meu peito e sombreou os espaços ao redor das minhas pernas, o trapézio entre elas, em vermelho. — Esse cara te *quer*, Ever.

Quem? Não posso negar o quão nua o desenho me faz sentir.

O som de uma batida no corredor, um punho na madeira, me faz dar um pulo. Sophie coloca o ouvido na porta enquanto guardo o rascunho na bolsa.

— A Dragão — sussurra ela. — Ela está no quarto ao lado. Rápido, vamos sair daqui.

No momento em que a Dragão entra no quarto vizinho, Sophie e eu abrimos a porta juntas, corremos pelo corredor e descemos as escadas dois degraus de cada vez. Passamos por um folheto azul anunciando o show de talentos, depois por baixo do quadro de deméritos com suas novas marcações. Há três sinais vermelhos no meu nome. Sinto meu estômago dar um nó.

Ando na ponta dos pés logo atrás de Sophie quando passamos pelas janelinhas estreitas das portas que revelam salas já cheias de alunos — que saíram para dançar e agora estão prontos para estudar, evitando deméritos.

— Se a Dragão ainda não sabe se deve ligar para os meus pais, acho que matar a aula vai selar meu destino — sussurro.

— Se a gente não fizer o ensaio agora, nunca vamos ter outra chance.

Respiro fundo. Já fui longe demais mesmo.

— Tá bom. — Mas espio pela janela da sala 103. Será que há alguém mais faltando na aula, enfrentando a fúria da Dragão?

Além das nossas, só uma carteira está vazia — a de Xavier Yeh.

Sinto meu rosto queimando e me apresso pelo corredor atrás de Sophie. Na noite passada, dançar com Xavier pareceu uma ideia brilhante, mas agora quero voltar para baixo das minhas cobertas e me esconder. Vou ter que vê-lo na aula todo santo dia, sabendo que o deixei excitado, e ele sabendo que eu sei.

Sophie solta um palavrão baixinho. Chegamos à recepção. Em uma mesa com Li-Han e outros dois monitores, Mei-Hwa joga três peças de marfim sobre um tabuleiro.

— Pong! — Eles estão jogando *mah-jong*. O sotaque hokkien que usam me lembra outra vez dos meus pais. Com a diferença de que meus pais não jogam; eles vão trabalhar e voltam para casa exaustos, mal-humorados. Mei-Hwa flexiona o braço, exibe seus pequenos músculos, e faz uma dancinha irreverente em sua cadeira. Li-Han bebe uma lata de café Mr. Brown e diz alguma coisa que faz Mei-Hwa dar um soquinho em seu ombro. Ela é uma taiwanesa indígena; os pais dela são das etnias Puyama e da Planície, alguns dos povos que vivem nessa ilha desde sempre. É estranho que ela seja nossa conselheira mesmo não sendo muito mais velha que nós.

— A gente vai ter que dar a volta neles — diz Sophie.

Então Mindy sai de uma cabine telefônica, ainda vestida com um pijama rosa amarrotado. Desde o primeiro dia, quando eu a peguei com Xavier, e o segundo, quando ela me expulsou do computador, não a vi muitas vezes. Ela prende o cabelo oleoso em um rabo de cavalo e esfrega os olhos vermelhos de tanto chorar. Seu rosto manchado parece ter sido esfregado até a carne.

Ela nos vê, e lágrimas escorrem de seus olhos.

— Vadia! — ela grita e depois desaparece, correndo escada acima.

Cheia de culpa, meus pés congelam no chão. Eu sempre fui a garota que é rejeitada pelo garoto. Nunca estive nessa posição.

Mas não estou interessada no Xavier. Eu só estava... dançando.

Os monitores pararam de jogar e estão olhando para nós. Sophie me arrasta por uma porta lateral em direção ao gramado, ainda úmido por causa de uma tempestade que caiu de manhã.

— Sophie, talvez eu devesse falar com ela...

— Não é você, sou eu — ela sussurra. — Você só é culpada por associação. Vamos, rápido. — Só depois que passamos do lago é que Sophie se apoia em mim e sussurra. — Eu e o Xavier ficamos. Ontem à noite.

Eu congelo, chocada.

— Ficaram? Ficaram tipo...?

— A gente transou.

— Ontem à noite?

— E hoje de manhã!

Ela entrelaça nossos braços, tagarelando sobre a experiência com muito mais detalhes de que preciso ou quero: como eles beijaram durante todo o trajeto de táxi de volta para a Chien Tan, se apalparam ao longo do corredor escuro e acabaram em um quarto reserva no primeiro andar.

— E *meu Deus*, Ever! Agora eu *sei* por que todas aquelas garotas estavam atrás dele.

Eu não tinha reparado antes, mas os lábios de Sophie estão mais cheios, com um tom mais escuro, mesmo sem batom. Há um chupão rosado do tamanho de uma moeda no pescoço dela. Não consigo imaginar dormir com um cara que só conheço há uma semana. Os julgamentos de mamãe sobre garotas que abrem as pernas para garotos ecoam na minha cabeça. Mas nenhuma das palavras dela se aplica à Sophie, que brilha como se tivesse engolido o sol.

— Você também ficou brava? — Sophie pergunta. — Quer dizer, eu sei que você estava dançando com ele...

— Não. Claro que não. — Mesmo que uma parte rebelde de mim quisesse que algo tivesse acontecido, escapei por pouco. Dançar com Xavier é uma coisa. Ficar com ele é outra totalmente diferente.

— Você mal conhece ele! — digo.

— Você está brincando, né? Um dia aqui é como uma semana. — Sophie gesticula. — É o Barco do Amor, e

Xavier é pra casar. Pra mim, pelo menos — ela completa, como se metade das garotas na Chien Tan já não estivesse babando o suficiente para afogá-lo. — Você *não vai acreditar* nas histórias que a minha tia me contou sobre a família dele. Os Yehs são donos de praticamente metade da ilha, eles construíram um império de eletrônicos. Eles são donos da Longzhou!

— Longzhou? Uau. — Nós visitamos a loja de departamento de doze andares em nossa caçada por roupas, mas tudo era anos-luz além do meu orçamento. Lustres de cristal, escadas rolantes infinitas, Hermès, Chanel. Olhe-mas-não-toque.

Então Xavier é o herdeiro de um império.

E Sophie sabia disso antes de vir para o programa. Mas ela guardou essa informação só para si, depois de compartilhar dados dignos de um relatório confidencial a semana toda: *o pai do Marc é dono de uma rede de lavanderias em Los Angeles e ele quer ser um jornalista pobretão — uma pena, porque ele é lindo. O Chris Chen vai estudar na Berkeley e é de uma família razoavelmente rica.*

O que mais me surpreende é o lado competitivo que ela revelou. Xavier é mais importante para ela do que ela deu a entender.

— Mas e a Mindy? Não te incomoda...?

Sophie revira a cabeça junto com os olhos.

— Olha, todos os garotos são pegadores. Pelo menos os que não são nerds. Ela é a garota que dormiu com ele uma vez. Eu sou a garota que ele achou depois. E todas essas regras sobre namoro... sinceramente, a única que faz sentido é "no amor e na guerra vale tudo". Mesmo que eles estivessem prometidos desde o berço, o jogo só acaba quando eles se casarem.

Faço uma careta. Não sei nada sobre regras, mas sempre presumi que um cara que tem namorada está fora de jogo. Como Dan e Megan. Rick e Jenna.

— Você confia nele?

— Por que eu deveria? — Sophie sorri. — Vá com os olhos bem abertos, foi o que a tia Claire me disse. Além disso, conheço o tipo dele. Ele precisa de uma garota forte o suficiente pra falar com ele olho no olho. Veja. — Ela puxa o cabelo para trás, revelando o brinco de opala de Xavier brilhando em sua orelha. Impressionante. Quem sou eu para julgar, quando tenho a experiência de uma noviça?

— Só... se cuida, tá bom? — digo, então volto a andar, sem ter ideia de para onde vou a seguir.

13

Pegamos a linha vermelha do metrô de Taipei até uma estação cujo nome não consigo ler, depois subimos por uma escada rolante superlonga até uma rua ocupada por uma mistura divertida de arranha-céus cintilantes, fileiras de sobradinhos de três andares e aqueles terraços taiwaneses coloridos — arranjados juntos como três conjuntos diferentes de blocos de montar infantis. O estúdio da fotógrafa fica no segundo andar de um prédio estreito ao lado de um templo taoísta, onde a fumaça de incenso sobe de um incensário de latão.

Estou grata por ter chegado, pelo menos Sophie vai parar de falar do Xavier. Um sino de latão soa acima de nós enquanto eu a sigo até um quarto perfumado com piso de madeira envernizado, acentuado pelos tapetes de seda vermelha e divãs de veludo. Há velas de aroma cítrico sobre uma lareira.

Uma mulher de meia idade vestindo uma boina xadrez se vira para nós, em frente a um tripé apontado para um pano de fundo branco que se desdobra em um quadrado do tamanho de um quarto.

— *Ah, xiǎo mèimei dàole!* — Sua camisa azul-real tremula sob o ar-condicionado enquanto ela ergue a câmera até o rosto.

Poof! Poof! Poof!

Luzes brancas ofuscam minha vista e me fazem piscar. Eu esperava um simples estúdio fotográfico de shopping como aquele aonde Pearl e eu vamos com mamãe todo ano, não esse ateliê elegante. Retratos em tamanho real cobrem as paredes: uma garota com o dedo em um chapéu de abas largas, um garoto com uma jaqueta rubi pendurada sobre o ombro, casais de rostos colados.

— Ela vai mesmo me deixar... assim?

— Até melhor. — Sophie pega uma bala de uma bomboniere de cristal, tão à vontade como se estivesse em sua própria casa.

Estou com medo até de me sentar. Se eu estivesse em Ohio, estaria comendo batata chips na piscina pública com Megan, escondendo meu maiô por baixo da toalha listrada. Não sirvo para um estúdio extravagante como esse, fazendo fila para ter minha foto editada como uma estrela de cinema. Minha cabeça dói da ressaca. Eu me sinto uma completa impostora.

Sophie conversa com Yannie, que fala mandarim e taiwanês, mas não inglês. Elas vão até uma caixa registradora em uma bancada de vidro e eu me ajoelho diante de uma mesa de centro cheia de álbuns de fotos tradicionais de vinil e um iPad que mostra fotos digitais. Vejo as do iPad: garotas com vestidos abertos nas costas deitadas em colchas de renda com os pés para cima, ou praias douradas ao pôr do sol — as cores são nítidas e vibrantes. Passo os dedos pela cauda de um vestido de chiffon amarelo e tento me imaginar com ele.

Então começo a folhear os álbuns. Encontro um dedicado a uma trupe acrobática de Xangai, com fantasias divertidas, como flores verdes e rosa, estrelas brilhantes e criaturas marinhas escamadas posando em trapézios, e pirâmides humanas impressionantes.

Tenho uma ideia e coloco o álbum de volta sobre a mesa.

— Sophie, a Yannie fotografa outras companhias de teatro ou de dança?

Sophie interrompe a si mesma para traduzir minha pergunta.

— Sim, tem algumas fotos naqueles álbuns ali. — Ela aponta para uma estante no canto da sala.

Puxo vários álbuns de couro — uma turma de kung-fu avançado, uma trupe de tambores chineses, um baile na última primavera organizado por um estúdio caro em Taipei que encontrei na internet. Mas estou procurando por um que ainda não conheço.

Finalmente, encontro um álbum modesto cuja etiqueta diz "Szeto Balé Studio". Vejo o elenco com seus figurinos: *Cinderela, O Quebra-Nozes, Bela Adormecida*. Eles apresentaram *Coppélia* agosto passado — já dancei todos esses no Zeigler. As mesmas garotas posam temporada após temporada, um ano mais velhas a cada vez. É o menor estúdio de dança que vou encontrar. Com uma onda de entusiasmo, passo os dedos sobre o endereço gravado no verso do álbum. Posso passar lá quando terminarmos, mas será que terão espaço?

— *Āiyā! Wǒ fēicháng xǐ huān tā, dàn wǒ fù bù qǐ.* — Sophie coloca as mãos sobre as têmporas e balança a cabeça. *Eu amo tanto seu trabalho, mas não posso pagar tudo isso!*

Não estou preocupada, não depois de testemunhar as habilidades de negociação devastadoras de Sophie no mercado. Ela vai ceder aos poucos até conseguir o valor que quer e, milagrosamente, a fotógrafa vai se sentir igualmente satisfeita porque valorizamos muito o trabalho dela.

Finalmente, Sophie se vira para mim.

— Ela vai fazer dois ensaios pelo preço de um, já que a gente vai fazer juntas. Três roupas diferentes cada, e ela vai dar um desconto maior se a gente pagar em dólar americano.

— Quanto?

Quando ela me diz o valor, engulo em seco. É menos do que custaria nos Estados Unidos, mas acaba com um terço das economias que trouxe para gastar.

Na minha bolsa, o celular vibra com uma notificação de mensagem. Meus dedos tocam o rascunho misterioso enquanto pego o celular.

> **Pearl:** mamãe quer saber como estão indo as aulas de mandarim melhor ligar pra ela logo

Sinto um nó no estômago. As garras de mamãe estão atrás de mim. Por quanto tempo mais vou conseguir evitá-las? Respondo:

> Valeu por avisar

Guardo o celular de volta na bolsa, então me junto a Sophie na bancada. Passo a mão sobre a gravação dourada que emoldura uma linda garota no álbum aberto na frente dela.

Ensaio fotográfico. Não consigo imaginar um desperdício maior de dinheiro.

Outra Regra dos Wong quebrada.
Fecho o álbum.
— Vamos lá.

Durante toda a sua primeira sessão, Sophie tagarela sobre Xavier enquanto posa para a câmera com um vestido transpassado de batique amarelo, calçando um salto de sete centímetros na frente do fundo branco.
— A gente tem uma conexão de verdade, Ever. Eu nem tirei a camisa dele!
No canto, cercada por vestidos em araras, seguro um vermelho-romã na frente do corpo e examino meu reflexo no espelho. Nenhum fica bem — já perdi as contas de quantos experimentei. Eu o penduro de volta na arara, desanimada, e exploro um baú de acessórios cheio de lenços de seda, cordões de pérolas e luvas que vão até o cotovelo.
Mas, enfim, quando a sessão de Sophie termina, caminho sem jeito com botas na altura do joelho para ficar no lugar dela, tropeçando no cabo que segura o guarda-chuva refletor de luz. Finalmente escolhi um vestido azul-índigo com transparência cruzado nas costas e com faixas de cetim preto sobre os ombros, corpete e cintura. A cabeleireira de Yannie trançou uma faixa azul-índigo no meu cabelo preto, criando uma inversão do vestido. As botas brancas de couro fazem um contraste perfeito e amo o efeito geral.
Mas, quando encaro o equipamento prateado de Yannie, me sinto uma impostora, como se tivesse aparecido em um ensaio do Balé de Cleveland para a confusão total do elenco inteiro.
Yannie despeja uma alarmante onda de instruções. Lanço um olhar suplicante para Sophie, que para de agonizar,

sem saber se Xavier gostou dela usando dourado ou não, para traduzir:

— Levanta o queixo. Olha direto pra câmera. Dobra mais os joelhos e estufa o peito. *Mais*. Isso!

Eu me forço a tirar os dedos da saia. Seguindo as instruções de Yannie, eu me estico em um divã branco que cheira a perfume. Ergo a perna. O veludo desliza contra minha pele enquanto Yannie ajusta minha posição, me fotografando de frente, de costas, de perfil. Ela brinca com as luzes. Joga estrelas no fundo. Meu corpo afunda nas almofadas quando finalmente começo a relaxar.

— Linda! — Yannie tira a boina e coça o cabelo curto tingido de loiro.

Ao final da minha primeira sessão, meu rosto está corado por causa da atenção. Todos os elogios que já recebi ao longo dos anos — meus olhos dramáticos, meu cabelo preto sedoso, meus traços de boneca de porcelana — geralmente me deixavam constrangida por focarem no fato de que sou asiática.

Mas, agora, uma brasa dentro de mim queima com mais força.

Troco de roupa e visto um macacão branco enquanto Sophie posa com seu segundo look: um vestido preto coberto por um sobretudo azul que ela deixa cair sugestivamente sobre os ombros nus a cada flash.

— Essa é a foto que vou colocar debaixo do travesseiro do Xavier — ela brinca. Então seu sorriso desaparece. — Ever, eu preciso de um conselho. Tem tantas garotas atrás dele.

Sinceramente, como pode uma garota tão inteligente e proativa como Sophie ser tão obcecada por garotos? Ela disse para Rick que ninguém partiria seu coração e disse para mim que está de olhos bem abertos. Mas ela está tão determinada, tão desesperada, de um jeito que parece não combinar com sua confiança.

Mesmo assim, tantos anos sendo o braço direito de Megan significa que sou muito boa em dar apoio moral. Penso nas opções enquanto dou um nó lateral em um longo lenço cor de vinho ao redor da minha cintura e deixo as pontas penduradas. Sorrio ao encarar meu reflexo: elegante, com um toque de lutadora de artes marciais — gostei.

— E se você convidar ele pra ir à casa da sua tia no fim do mês? — sugiro. — Assim você vai passar um tempo com ele fora do campus.

— Ah, ótima ideia! Vou ligar pra ela e perguntar. Tenho certeza de que ela vai deixar. Foi ela quem me contou sobre a família dele. — Ela começa a andar até o camarim, então se vira. — Ah, Ever? *Por favor* não me entenda mal. Mas a gente só tem três looks então talvez seja melhor você usar algo mais... *sexy*? Não tipo aquele vestido de menininha de ontem à noite. E *definitivamente* não tipo aquele macacão infantil. Tipo... *se solta*, entendeu?

Ela me joga um beijo que é 100% sincero. É assim que Sophie Ha expressa afeto pelos amigos, como quando ela aconselhou Rick a não usar roupas amarelas. O que quer dizer que estou no clubinho dela, o que também quer dizer que, apesar de me esforçar para quebrar as Regras dos Wong, não avancei nem um pouco.

Gaguejo alguma coisa como "beleza, tá bom".

Mas é tudo que consigo fazer para não ir batendo os pés com raiva quando volto para as araras de roupas.

Troco o macacão por um collant de renda rosa e preto que deixa minha pele à mostra de um jeito sugestivo. Bem mais ousado. A cabeleireira de Yannie prende meu cabelo em um coque que deixa meu pescoço exposto. Yannie tira fotos sem parar e eu faço algumas poses de dança, mostrando minha flexibilidade, segurando minha perna por trás. Sorrio, mostrando meus dedos como um monstro para o espelho.

— Agora sim — diz Sophie.

— Meus pais me matariam se soubessem que fiz isso. Eu *definitivamente* quebrei a regra de se vestir como uma freira.

Sophie, com suas pernas longas em um biquíni branco italiano, caminha até o fundo do estúdio e liga para a tia. Ela faz um barulho, cética.

— Espera só até as minhas próximas fotos. *Aí sim* você vai ver uma rebelde de verdade, bebê.

Abaixo a minha perna, tentando lutar contra a irritação. Eu *sou* rebelde.

Sophie tagarela com a tia pelo resto da minha segunda sessão. Quando desliga, está sorrindo de orelha a orelha.

— Tudo certo! Ela vai mandar um carro pra nos pegar no dia. — Ela me abraça e dá um gritinho, derrubando meu chapéu de abas largas. — Ever, essa foi a *melhor* ideia! Minha tia mora numa mansão incrível. Até o Rick concorda. O Xavier vai ficar tão impressionado... e você vai amar também.

— Rick... — Droga, é claro que ele estaria lá. Pego meu chapéu de volta.

Então você estava me olhando dançar...

Por que, Ever? Por quê?

Ouço outra notificação de mensagem do celular. E outra. E outra. Outra. Outra. Pearl... será que aconteceu alguma coisa? Eu me jogo para pegar minha bolsa e quase derrubo Sophie enquanto ela pisa no cenário.

Eu me debruço sobre o celular, de costas para Sophie.

> Ligue para nós.

> Você está comendo direito? Estudando bastante?

> Você achou o livro de biologia? Soubemos que você tem tempo livre para estudar.

> Espero que você esteja aproveitando bastante as aulas de mandarim!

> Está quente aí, mas se vista decentemente!

— Algum problema? — pergunta Sophie.

Fecho os punhos, incapaz de responder. Desligo o celular e o enfio no fundo da bolsa, debaixo do desenho.

— Nada. — Só meus pais atacando outra vez. Desrespeitaram a privacidade de Pearl e invadiram minha vida. Meu estômago embrulha e me viro na direção de Sophie. — Eu só... meu Deus!

Minha colega de quarto está descalça no cenário, de costas para a câmera de Yannie. O biquíni dela está no chão.

Ela está nua.

Não de modo figurado. *Literalmente*. As luzes de Yannie refletem em sua pele dourada, iluminando as marcas de biquíni. Elas acentuam seu subtom rosado. Estou boquiaberta, chocada com a ousadia de Sophie. Ela coloca as mãos no quadril.

— Ever, você é tão *careta*! Isso é arte, não *pornô*.

Mas ela tem um sorriso triunfante no rosto. É a personificação de sexy. Sinto uma pontada de inveja no peito enquanto ela faz pose atrás de pose e Yannie fotografa a linha ininterrupta de suas costas.

Eu me lembro de uma tarde na praça quando tinha seis anos. Eu estava comendo uma maçã verde, sentada na grama com uma saia, quando mamãe veio para cima de mim em pânico, me assustando e me fazendo chorar. Aparentemente, eu tinha aberto demais as pernas, me expondo para todas as pessoas na praça que poderiam, ou não, estar olhando.

O peso daquela vergonha só se intensificou à medida que meu corpo se desenvolvia, com mais partes que eu deveria ter receio de mostrar.

E não quero que a vergonha dela me controle mais.

Troco de roupa pela terceira vez. Sophie se enrola em um roupão, enfia a mão em uma tigela de balas e se joga em um sofá para observar minha última sessão.

Nervosa, piso descalça no cenário, colocando uma mecha rebelde de cabelo atrás da orelha. Decidi usar a roupa mais provocativa que consigo. A saia transparente com uma fenda até a metade da coxa. O top sem alça, aberto na frente, cai como asas de anjo nos dois lados do meu tronco. Um único alfinete dourado segura o tecido sobre meu peito, tão delicado, como uma pétala de flor, que não posso usar nada embaixo dele.

Nada de sutiã.

Nada de calcinha.

Ousado mesmo, estilo Sophie.

Respiro fundo.

Seguindo as instruções de Yannie, levanto os braços, formando um Y libertador. Curvo as costas. O pescoço. O alfinete se estica entre o tecido pouco firme. A fenda se abre sensualmente sobre minha perna.

Sophie apoia os calcanhares sobre o braço do sofá, traduzindo.

— Queixo pra dentro. Perfeito! Agora joga o cabelo. Faz você parecer mais livre. Isso, linda! Nada mal pro meu bebê!

Cerro os dentes — às vezes, Sophie é tão condescendente. Mas a timidez da minha primeira sessão desapareceu. Nunca me senti tão nua. Ou tão sensual.

Depois de mais algumas poses, Yannie faz um sinal de ok com o polegar e o indicador.

— Só mais uma pose — digo.

Se Sophie pode posar nua de costas, eu também posso.

Virando de costas para a câmera de Yannie, faço um movimento com os ombros e deixo a roupa toda cair aos meus pés. Completamente nua, saio de dentro do anel macio de tecido e o chuto para fora do cenário. Meu coração palpita e, mesmo que só Sophie consiga ver a parte da frente do meu corpo, cubro meus seios com um braço e minha virilha com o outro.

Pela primeira vez, Sophie fica sem palavras.

Congelada de medo, mantenho a pose enquanto o flash de Yannie ilumina o cenário. Abro os braços para formar uma segunda posição. Jogo minha cabeça para trás, deixando meu cabelo cair sobre minhas costas como uma cascata. Eu me viro para o lado como uma estátua de mármore de uma náiade — *se vista como uma freira* — essa regra definitivamente já era.

Finalmente, os cliques rápidos como raios param. Yannie fala em mandarim.

Sophie não está mais sorrindo.

— Acabamos.

— Já?

— Eu te disse. Ela tem outra cliente em alguns minutos.

Não me mexo.

É arte, não pornô. E, por mais feminino que pareça, quero ver meu corpo como nunca o vi antes. Tão lindo, livre e ousado quanto minha colega de quarto — não, ainda *mais* ousado que Sophie, que, depois de me chamar de menininha a manhã inteira, não está dizendo uma palavra agora.

— Só mais uma pose — digo. — Só para os meus olhos.

— E os meus. — Sophie revira os olhos. — Vou pegar as fotos com você, não vou? — Mas ela traduz para Yannie, que ergue a câmera.

Abraço meu próprio corpo e paro, rígida, como aquele momento logo antes do passo deslumbrante de abertura em uma nova coreografia.

Imagino a próxima cliente de Yannie do lado de fora batendo o pé, impaciente. Acabou meu tempo. É *agora*.

Minhas mãos recaem sobre as laterais do corpo, flexiono gentilmente meus punhos e me viro para encarar Yannie, me exponho diante da tempestade de mil flashes de luz.

14

— **Eu não devia ter feito aquilo** — digo, assombrada pelo arrependimento enquanto caminho com Sophie até o metrô pela calçada cheia de motonetas estacionadas. Ela vai para a Chien Tan e eu vou para o Szeto Balé Studio — aquela última pose...

Minhas bochechas queimam com a lembrança. Quando fecho os olhos, ainda consigo ver os flashes de Yannie, ainda os sinto sobre minha pele nua. O pior é que, se eu estivesse sozinha, teria usado o macacão branco e vinho e voltado para os Estados Unidos mais feliz que um McLanche. Por quê? Por que todas as coisas que minha mãe me diz me fazem querer cometer loucuras?

— Fica calma. — Sophie torce o cabelo em um nó e o prende com uma fivela. Ela faz uma careta, impaciente. — Não é como se alguém fosse ver suas fotos. A não ser que você estivesse planejando distribuir elas por aí.

— Se meus pais descobrirem, vão me deserdar.

— Olha, eles não vão descobrir. Você é tão paranoica. Sério, Ever. Essa insegurança toda está ficando irritante.

Ela está tentando fazer eu parar de me preocupar, mas só consigo imaginar Megan horrorizada, com olhos arregalados. Pearl também.

Essa não é você, Ever! É o que elas diriam.

Será que teriam razão?

O fato de que não tenho certeza disso me assusta.

Sophie e eu nos separamos no metrô e eu caminho mais algumas quadras até a linha azul, ainda tentando esquecer minhas preocupações.

Está feito. Ninguém precisa saber.

O Szeto Balé Studio fica a quarenta e cinco minutos do campus, na periferia de Taipei. Atravesso algumas ruas quietas até chegar a um sobrado modesto de dois andares. Abro uma porta de vidro e...

Entro no paraíso.

Diante de mim está uma recepção com móveis chineses de madeira, antiquados, mas bem-cuidados, e paredes cor de rosa desbotadas. O perfume de lilases paira no ar. Passando por uma escrivaninha, chego a um estúdio coberto de espelhos e uma dezena de garotas da minha idade, com rabos de cavalo balançando enquanto se curvam e se alongam em uma barra dupla polida. A "Valsa das Flores" de Tchaikovsky toca. Uma mulher de cabelo ruivo fala no tempo da música, em uma mistura inacreditável de mandarim e francês:

— Sì ge rond de jambe, shuāng rond de jambe, arabesque. Fēicháng hǎo, Lu-Ping! Hěn hǎo, Fan-Li.

Meu próprio coração se anima com a liturgia familiar. Então uma elegante mulher chinesa, com o cabelo preto preso em uma trança francesa impecável, desliza até mim. Ela tem quarenta e poucos anos. Seu andar gracioso me diz que ela já foi uma dançarina.

— Como posso ajudá-la? — Inglês com sotaque americano. Acho que ela adivinhou que sou dos Estados Unidos por causa da minha roupa. Ela parece surpresa.

— Hm, estou estudando na Chien Tan e vi o álbum da apresentação de *Coppélia* em um estúdio fotográfico. Eu sou, hm, uma dançarina — gaguejo ao pronunciar a palavra — e gostaria de saber se vocês têm espaço nas suas turmas ou um curso de verão.

— Chien Tan, é claro! Meu nome é madame Szeto. Fique à vontade para se juntar a nós. — Ela me leva de volta à mesa da recepção e me entrega um folheto amador. — Vamos apresentar trechos de *O lago dos cisnes* em agosto. No teatro comunitário.

— Ah, *O lago dos cisnes*! Um dos meus favoritos! — A história da princesa Odette, amaldiçoada a virar um cisne, seu vestido de penas brancas, sua sósia maligna, a história de amor que me faz chorar. — Quanto... quanto custam as aulas?

Minha aposta estava certa — madame Szeto não aumenta o preço das aulas há dez anos.

Mesmo assim, o custo total do verão, semana a semana, ainda vai acabar com o resto das minhas economias.

Mas é uma chance de dançar.

— Tem audições?

— Não precisa. Só os solos exigem audições — ela diz, abrindo o livro de registros.

— Quais solos? — pergunto, sem pensar.

Ela levanta uma sobrancelha.

— Todos menos o do príncipe. Odette...

— Odette!

— ... Odile, Von Rothbart... para ser sincera, esses papéis provavelmente vão ficar com as garotas que dançam conosco o ano todo. Você pode tentar, mas teria que preparar uma apresentação de dois minutos...

— Claro. — Derrubo uma sapatilha de ponta de cima da mesa e rapidamente a coloco de volta. — Pode deixar comigo.

— Bom, a maioria das garotas está se preparando há semanas. Não quero que você se decepcione. — Ela abre uma agenda. — Posso te encaixar no domingo da semana que vem. Oito da manhã? Sei que é cedo.

Não para a oportunidade de dançar um papel cuja coreografia estudei obsessivamente! Posso até improvisar um pouco para mostrar o que sei fazer. Vou pegar o metrô saindo da casa da tia de Sophie. Eu li a brochura. A performance é no segundo fim de semana de agosto — quando os alunos da Chien Tan estiverem no tour pelo sul, o auge do verão. Mas dançar vai ser meu auge. E essa vai ser minha última apresentação. Minha despedida. Vou dar um jeito de sair do tour.

— Pode ser esse horário — digo. — Obrigada. — Gaguejo, enquanto ela escreve *Wong Ai-Mei* no livro de registro. Ela me entrega o cartão de uma loja de artigos de dança para comprar roupas e sapatilhas e me agarro a ele como se minha vida dependesse disso.

De volta ao lado de fora, debaixo do céu quente, apesar de eu não gostar de estrelinhas extravagantes, coloco uma mão sobre a calçada e viro uma mesmo assim.

A bronca da Dragão no jantar deixa nossas orelhas doendo. Ela está de pé em um palco debaixo de lanternas de papel vermelhas, encarando dezenas das nossas mesas redondas, mas não há nada de festivo na expressão dela.

— Vocês são jovens inteligentes com futuros brilhantes. Por que fazer coisas tolas que podem machucar vocês? Qualquer outra pessoa saindo do campus depois da hora de dormir será severamente punida e poderá ser enviada de volta para casa.

Ontem, eu teria abraçado a oportunidade, se fosse corajosa o suficiente para lidar com a raiva e a decepção dos meus pais. Agora, não quero voltar para casa. Estou livre para dançar. Gastar dinheiro do jeito que eu quero. Beijar um garoto se eu conhecer algum. Eu estava me afogando em Ohio, e Chien Tan é um bote salva-vidas.

— Parece que estamos salvas por enquanto. — Sophie empurra seu prato vazio para a preguiçosa Susan, então abre uma caixa de bolos gourmet que convenceu Xavier a comprar para ela. Quatro bolos quadrados cobertos de manteiga marrom carimbada com desenhos detalhados estão aninhados sobre uma superfície de seda vermelha. Ela me dá um deles.

— Bolinhos de gergelim ou bolinhos de lótus para o chá da tarde?

Sinto o sabor doce de pasta de lótus.

— Hmmmm. Os dois?

— E de sobremesa? Raspadinha ou faça-o-seu-próprio mochi? Açúcar demais?

Parece que vamos passar as próximas duas semanas planejando a visita para tia Claire. Mas eu não ligo. Estou ansiosa para conhecer a família de Sophie — sem falar que ela encheu minha cabeça de histórias sobre os quartos e refeições saídos diretamente de *A Bela e a Fera*.

— Que tal um por dia? — sugiro.

— Foi você mesma quem comprou esses bolos? Ou fez seu namorado rico comprar?

Sophie para no meio da mordida ao ouvir a voz de Mindy. Ela mastiga e termina de engolir o pedaço antes de se virar para encarar a garota, que usa um vestido azul-bebê.

— Sei o que eu quero e não tem nada de errado com isso — Sophie diz, friamente.

— Então você admite. — Mindy cruza os braços. — Que está interessada nele porque a família dele é a mais rica de Taiwan.

Sophie a encara, impassível.

— Eu gosto de coisas boas. E daí?

Mindy descruza os braços e cerra os punhos. Então vai embora, furiosa.

Sophie suspira.

— Ela está com ciúmes. É compreensível.

Minhas bochechas estão queimando. Será que Xavier suspeita que as garotas que estão atrás dele são atraídas por causa do dinheiro da família? Quando o assunto é garotos, nunca dei muita importância para o fator dinheiro; sempre presumi que eu seria responsável por sustentar minha família. Mas talvez um garoto como ele tenha que pensar nisso.

— Você não estava falando sério sobre tudo aquilo, estava? — pergunto.

Sophie coloca o último pedaço de bolo lunar na boca.

— Quando eu tinha sete anos, nosso locador batia na porta da nossa porcaria de apartamento um mês sim, outro não. Ainda lembro de me esconder debaixo das cobertas. Depois que ele ia embora, eu perguntava "a gente vai ter que se mudar?" e minha mãe gritava "você prometeu que ia tomar conta de nós", fazendo meu pai se sentir o imprestável que ele é.

— Meu Deus, Sophie. — Ela tem tanto bom gosto e roupas incríveis que deduzi que também viesse de uma família rica. Nunca imaginei algo assim. — Sinto muito.

— A vida da minha mãe é exatamente o que eu *não* quero pra mim. Então, sim, o fato de Xavier ser da família mais rica de Taiwan... eu estaria mentindo se dissesse que não ligo pra isso. Mas não quer dizer que eu não goste dele.

Faço uma careta. O dinheiro dele *não deveria* importar, mas ela também tem razão — não é algo que dê para ignorar sobre ele.

Sophie me cutuca com o cotovelo.

— Talvez seu artista seja o Benji. Ele vai para a RISD estudar artes.

Automaticamente olho ao redor do salão procurando seu ursinho de pelúcia, Dim Sum.

— Pelo amor de Deus, espero que não. — Chacoalho a cabeça. Então percebo a facilidade com que ela mudou de assunto.

Com Sophie sentada exatamente entre Xavier e eu na aula de mandarim, acompanho o desenvolvimento da relação dos dois de camarote. Além disso, consigo manter a distância necessária de Xavier. Nas poucas vezes em que ele olha para mim, invento uma desculpa para virar na direção de Spencer Hsu, no meu outro lado.

Matteo, no que depender de Sophie, desapareceu do planeta.

Durante a semana seguinte, treinamos como negociar no mercado e como falar sobre nossas famílias (*jiātíng*), amigos ou namorados (*nán péngyǒu*) e amigas ou namoradas (*nǚ péngyǒu*). Xavier faz Sophie começar as leituras em dupla toda vez, como fez comigo. Ela concorda de cara — parece característico do relacionamento dos dois.

Quanto a mim, gabarito todas as provas. O pouco orgulho que tenho não me deixa escrever a resposta errada. Mesmo que isso me ajudasse a quebrar uma Regra dos Wong.

Lavo a camisa de Rick na lavanderia do porão, mas não consigo criar coragem de devolvê-la. Recém-saída da secadora, ela está quente nos meus braços enquanto subo as escadas, pensando se devo lavá-la de novo na minha próxima leva. Quando o vejo na recepção, enviando um cartão-postal para Jenna, dou meia volta e saio correndo na outra direção.

Na aula de medicina chinesa, Marc, David e Sam se autodenominam "Homens Asiáticos Raivosos". Entre séries de flexões e tragos na garrafa de aço — eu finalmente consigo tomar um gole com gosto de detergente —, eles elaboram uma lista de estereótipos sobre homens asiáticos:

— Mestre de kung-fu — diz Marc.

— Engenheiro nerd — diz Sam. — Subordinados, não líderes.

— *Afeminados* — David grunhe no meio de uma flexão.

— Assume, cara. — Marc empurra a cabeça de David para baixo. — Esse cavanhaque não engana ninguém.

— Cala a boca!

— Isso é guerra. — Sam estala os dedos. — A gente precisa ressignificar esses estereótipos.

— Sim, mas como? — pergunta David. Eles se reúnem ao redor da garrafa, tramando.

Eu me viro para Xavier:

— Por que *você* não fica irritado com essas coisas?

Ele dá de ombros.

— Eu cresci na Ásia. — E ele não chega nem perto de qualquer um desses estereótipos. Mas também não contradiz os garotos. Xavier age como se não se importasse, mas acho que meio que se importa. Tenho a sensação de que há muita coisa que ele não demonstra, como o relacionamento com o pai. Eu me pergunto o que mais está escondendo debaixo de todo aquele cabelo bagunçado, mas não me sinto segura para perguntar.

Em uma semana e meia no Barco do Amor, os romances disparam. Alguém deixa uma flor anônima no travesseiro de Lena-da-Carolina-do-Sul (todo mundo sabe que foi o Spencer). Debra e Laura roubam a bola de futebol de Rick para atraí-lo para o quarto delas, Jenna que lute. Sophie estuda dezenas de cardápios diferentes, pensando até em que marcadores de taça de vinho a tia deve usar.

Quanto a mim, eu danço no ritmo da música das caixas de som de Sophie e analiso o desenho misterioso. Espio sorrateiramente o quarto de Benji, que está com a porta aberta, procurando por desenhos, mas só encontro Dim Sum sentado em um travesseiro com seus olhos de vidro. Quando eu descobrir quem é o meu artista, gosto de pensar que vou passar meus braços ao redor de seu pescoço e quebrar a regra sobre não beijar garotos. *Acho* que eu beijaria o Benji com aquele rosto de bebê. Mas será que eu teria coragem suficiente para beijar o Sam? Ou o David, apesar do cavanhaque?

Há uma pilha de bilhetes me pedindo para ligar para casa na minha escrivaninha, mas agora que a conta de Pearl no WeChat foi tomada, mando apenas e-mails para ela — Pearl está solitária; os amigos foram viajar, ela está tentando progredir na interpretação da Sonata de Mozart em dó, se forçando a ler todas aquelas notas apesar da dislexia. Mamãe e papai querem que eu ligue para eles. Megan está bem, mas é difícil falar com ela. Ela está em um cruzeiro com os pais e Dan e, apesar de no começo eu ter tentado mantê-la atualizada, tem muita coisa acontecendo. *Conto tudo quando voltar*, escrevo por e-mail.

Após o jantar, jogo minha bolsa e minhas sapatilhas sobre o ombro e corro para o Szeto Balé Studio.

— *Kànzhe wŏ, xuéshēngmen*. Prestem atenção em mim, garotas. — Madame Szeto demonstra cada combinação enquanto flutua graciosamente pelo chão. — *Pas de bourrée, pir-ou-ette.* — Avidamente imito o deslizar de suas pernas, o movimento perfeito dos braços. Ela fala em mandarim, depois em inglês para mim, e começo a aprender todo tipo de palavras relacionadas à dança. — Vire o pé mais para fora, mas com braços delicados, Li-Li. Dobre o cotovelo assim. Muito graciosa, Pei. — Ela é rigorosa com a técnica, mas encontra alguma coisa motivadora para dizer a cada garota. Na minha segunda aula, ela segura meu bíceps com dedos firmes. — *Use* mais os seus braços. Afaste-os aqui e sinta como isso afeta seu equilíbrio. *Sinta* as linhas de energia, de um lado para o outro e da cabeça aos pés. — Ela levanta o meu queixo. — Quando você ama a dança, isso fica evidente, minha nova passarinha. Deixe seu amor evidente.

Ela me *vê*. Seus elogios são como mergulhar em uma banheira quentinha de mel. Mal consigo soltar um *"xièxiè"* para agradecer. Nunca amei balé tanto como dança contemporânea ou jazz, mas, treinando com ela, isso está mudando. Se eu conseguir um solo, *Odette*, vou poder praticar sozinha com madame Szeto. Então me esforço em dobro — tensiono meus giros e salto mais alto — e depois flutuo nas nuvens de volta para Chien Tan.

***

Eu nunca dormi bem e, em quase duas semanas no Barco do Amor, ainda não me recuperei do *jet lag*. Além disso, a música na minha cabeça clama por atenção. Meus pés estão coçando para dançar e meu corpo vai pelo mesmo caminho.

Saio da cama e visto uma regata e shorts. Na outra cama, o braço de Sophie forma um gancho pálido sobre a cabeça dela. Seu cabelo preto escorre sobre o travesseiro. Sob a luz do luar, o rosto dela é mais suave, como o de uma garotinha. Ela balbucia alguma coisa, se vira para abraçar seu outro travesseiro e eu puxo a coberta sobre seu ombro nu.

Nossa porta teimosa quase estraga meus planos, mas finalmente consigo abri-la com um puxão que ecoa pelo corredor. Prendo a respiração enquanto espero o barulho se dissipar e conto até vinte, mas nada acontece na escuridão.

Raios de luar formam listras sobre os azulejos do corredor, que estão gelados sob meus pés descalços. Brinco de pular de listra em listra, aterrissando sem som, me equilibrando até a próxima. Rodopio pelo *lounge*, onde garrafas vazias bagunçam a mesa e os cheiros de cerveja, bolinhos de arroz e *hóngdòutāng* de uma panela elétrica ilegal ainda pairam no ar. Tenho me divertido muito passando o tempo com outros alunos a cada noite, mas, agora, estou curtindo essa solidão, só com a música no meu corpo.

As portas duplas que dão para a varanda estão levemente entreabertas. Saio para a luz de uma enorme lua crescente que parece uma auréola esbranquiçada. Ela ofusca as estrelas ao redor. Levanto um braço e um joelho e dou uma pirueta que me leva até o parapeito de pedra, e sinto o ar úmido da noite me envolver como um cobertor.

— Oi.

Eu me viro. À minha esquerda, a sombra gigante de Rick se move. A luz do luar ilumina seu cabelo bagunçado, formando faixas prateadas sobre o preto. Ele está sentado em um banco com um colete e com os braços musculosos ao redor dos joelhos. Bem atrás dele, um cano de escoamento de cerâmica brilha contra a parede de tijolos.

— Rick! Eu estava...

Paro de falar. Dançando, obviamente. Pequenas luas brilham em seus olhos cor de âmbar, que, como sempre, são difíceis de interpretar. Não sei dizer quem está mais irritado com a interrupção, ele ou eu.

— Vou lavar sua camisa — digo, abruptamente. — Quer dizer, já lavei. Duas vezes. Quero lavar mais uma vez. Está limpa, eu prometo. Quer dizer, não estou deixando ela largada, mofando... — Santo Deus. Cubro a boca com as mãos.

— Acredito em você.

— Desculpa por aquela noite. Você não precisava me ver daquele jeito.

— Você não me parece ser o tipo de garota que precisa ler levada pra casa.

— Ah, eu não sou.

Ele abre espaço no banco de madeira.

— Quer sentar? A lua está bonita.

Ficar ao lado dele debaixo desse belo luar é um desperdício. Eu deveria estar aqui com Marc ou Sam. Qualquer um, menos o Garoto Maravilha.

Quando dou por mim, porém, já estou indo até ele.

— Acho que nunca vi uma lua assim tão grande. — Uma faixa mais escura do céu a rodeia, cheia de estrelas. Então a poluição das luzes de Taipei ofusca o resto das estrelas no horizonte.

— Gosto de olhar as estrelas — ele diz. — Coloca as coisas em perspectiva. Mostra como a gente é pequeno em comparação com o universo.

Humildade surpreendente. Mas eu entendo.

— Elas são tão permanentes — digo. — Tão velhas em comparação com nossas vidas curtas.

— Você sabia que existe um buraco negro que emite a nota si bemol cinquenta e sete oitavos abaixo do dó médio?

— Esse é o fato aleatório mais esquisito que eu já ouvi.

— Mas é legal, né? — Ele sorri.

— É — admito. — Você curte astronomia?

— Li todos os livros da Usborne sobre estrelas e planetas quando era pequeno.

— Ah, eu também. — Eu não deveria estar surpresa, mas nunca imaginei que aquele menino de Nova Jersey lia os livros que eu amava. — Por que você está acordado a essa hora?

— Não consigo dormir — ele faz uma pausa. — Pensando na Jenna.

Então ele está com saudades dela. Por isso a lua romântica. Sophie falou que ele liga para ela e manda um cartão-postal todo santo dia. Ele é um cara legal por ter levado uma garota bêbada que mal conhecia para casa. Talvez eu não tenha dado o crédito que ele merece.

— Você fica acordada até tarde quase toda noite? — ele pergunta. — Você está perdendo um café da manhã caprichado.

E ele percebeu?

— Hm, é. Durmo até mais tarde.

— Por que você está acordada agora?

— Você vai achar estranho.

Ele dá de ombros.

— Eu sou estranho.

— Sério. — Dou um sorriso. — Às vezes eu fico com umas músicas na cabeça. Visualizo a coreografia mentalmente. Então preciso dançar. Por isso a pirueta. — Aponto para o parapeito com a cabeça.
— Isso *é* estranho.
— Valeu.
— Estranho, mas legal. Há quanto tempo você dança?
— A vida toda. Eu tinha quatro anos quando meus pais me colocaram no balé.
— Não me surpreende. Então você é uma bailarina?
— Não. Eu cresci no balé. E amava. Ainda amo. Mas amo minha equipe de dança do mesmo jeito. E outras danças: jazz, contemporânea, combiná-las. Sei que não é sério, mas eu... simplesmente amo.
— Eu entendo. Consigo aprender qualquer esporte e ser bem competitivo, mas futebol americano é o meu favorito. As estratégias, o time. O que você gosta na dança?

Engraçado como é mais fácil conversar com Rick na penumbra, quando não tenho que olhar para o seu rosto perfeito.

— É a energia do grupo. Cada um se move separadamente, mas ainda de um jeito coordenado.
— Tipo no futebol.
— É mesmo?
— Toda jogada é incrivelmente estratégica. O time todo precisa estar coordenado.
— Você joga há muito tempo?
— Desde o ensino médio. É um desses esportes que você pode aprender mais tarde e ainda assim ser bom. O suficiente pra Yale, pelo menos. Não estou no nível do Marc. Ele poderia ser profissional em atletismo se não estivesse tão decidido a fazer jornalismo.

— Ele é hilário — digo. — Toda aquela conversa de Homens Asiáticos Raivosos. Ressignificar estereótipos.

Rick fica em silêncio por um momento.

— O Marc é um palhaço. A gente é parceiro de corrida agora.

Sim, já vi os dois correndo juntos nas margens do rio. Respiro fundo e arrisco:

— Achei um desenho no meu bolso depois do Club Beijo. De mim. Era incrível.

— Achou, é? — É impossível interpretar seus olhos cor de âmbar. — Quem fez?

— Não sei. Estou tentando descobrir — confesso.

— Me mostra o desenho amanhã. Posso dar uma olhada por aí, se você quiser.

— Obrigada. Talvez o Benji? — Meu Deus, como sou pretensiosa. — A Sophie disse que ele vai para a RISD. Por favor, não conta nada pra ele.

— Vou ser discreto — diz Rick.

Ouço o ranger de uma dobradiça no corredor. O barulho suave de passos se aproximando e me levanto com um pulo.

— Merda, tem alguém vindo. — Não consigo nem imaginar a punição se formos pegos, um garoto e uma garota com uma regata minúscula juntos a essa hora da noite.

Corro até o cano de cerâmica, tropeçando nas pernas esticadas de Rick. É uma tubulação de água que começa no telhado dois andares acima e vai até o chão. Eu me estico sobre o parapeito e agarro o cano: sólido, áspero como barro, do tamanho de uma mão, muito mais firme do que o fino de metal do lado de fora do meu quarto lá nos Estados Unidos. Estamos três andares acima do pátio e dos degraus de concreto que levam até a entrada principal, mas, no meio do muro, a tubulação faz uma intersecção com uma saliência estreita.

— Você vai descer nisso aí? — sussurra Rick, incrédulo, mas eu já subi no parapeito e agarrei o cano como um bombeiro. Apoiando os dedos dos pés na parede de tijolos, escorrego pelo cano até que meus pés alcançam a saliência. O cocô de um passarinho mancha os tijolos a centímetros do meu nariz.

Dou um passo para o lado na saliência estreita, me equilibrando na ponta dos pés, enquanto Rick aterrissa ao meu lado. Seu corpo me faz perder o equilíbrio, mas ele segura meus ombros e me abraça de lado, segurando a tubulação por nós dois. Ele está quente e cheira a grama e pasta de dente. Meu coração bate tão forte que vai nos denunciar.

Rick enrijece o braço, alerta. Acima de nós, Li-Han aparece com seu pijama estampado, encostado no parapeito da varanda. Ele olha para a lua, que reflete em seus óculos e ilumina suas bochechas. Ele está com uma pequena lata verde de Pringles na mão. Estamos completamente expostos — se ele olhar para baixo, vai nos ver.

Eu me encolho dentro dos braços de Rick e prendo a respiração. Estamos os dois suando. A mão dele faz um barulho ao escorregar no cano, o que nos deixa tensos.

Mas Li-Han apenas mastiga uma batata. Depois outra. E outra. Minhas costas estão cada vez mais encharcadas de suor e meu pé começa a formigar loucamente. Eu me viro para mais perto de Rick e giro meu tornozelo, tentando acordá-lo. Os dedos de Rick se afundam no meu ombro e nós dois prendemos a respiração.

Li-Han mastiga outra batata.

Quando ele finalmente vai embora, solto uma longa

respiração. O som de seus passos desaparece aos poucos e então Rick olha para mim, com uma expressão de dúvida nos olhos. Balanço a cabeça e ele escala o cano, uma mão de cada vez, e eu o sigo até colocar uma mão sobre o parapeito. Rick segura meu punho e me puxa para a varanda.

— Isso foi loucura. — Dou uma risadinha de alívio. — Não acredito que a gente...

— Você podia ter metido a gente em encrenca. — Rick me solta tão abruptamente que me desequilibro para trás e seguro no parapeito de pedra. — Eles teriam ligado para os nossos pais. A gente seria expulso.

A situação claramente não tem graça para ele.

Ajeito minha postura e tiro a poeira das mãos.

— Foi por *minha* causa que a gente escapou.

— Se você não estivesse aqui pra começo de conversa, a gente não teria que ter descido pelo cano.

Como é que é?

— Tenho tanto direito de estar aqui nessa varanda quanto você!

Ele levanta as sobrancelhas grossas e cruza os braços, tão certo de que está com a razão, porque é o Garoto Maravilha.

Beleza.

— Bom, *mil desculpas* por quase manchar sua reputação. Você só liga pra isso, né? Se mamãe e papai ligarem, você pode pôr a culpa em mim.

Só não bato a porta da varanda na cara dele porque isso faria Li-Han vir correndo.

15

Depois das ameaças da Dragão, damos uma sossegada por um tempo. Mas, na sexta-feira à noite, horas depois de eu gabaritar nossa primeira prova de mandarim, Sophie, eu e mais meia dúzia de garotas do nosso andar decidimos sair de novo. Descemos os três lances de escada na ponta dos pés em meio à noite úmida.

A Dragão colocou um guarda no fundo do prédio e, embora uma parte de mim não acredite que vamos conseguir fugir outra vez, planejamos a noite de hoje com cuidado: nos dividimos em grupos menores e saímos depois da meia-noite, depois que o guarda na cabine na entrada já tivesse ido para casa e quando até a Dragão estaria em um sono profundo. Além disso, usamos disfarces: enrolo meu lenço com mais firmeza ao redor do rosto.

Na recepção, nos movemos furtivamente atrás dos vasos de plantas e das cadeiras de raiz de cerejeira. No lado de fora, a lua crescente ilumina o gramado. Corremos ao redor do lago, com o barulho das fontes abafando nossos passos. Uma risada escapa da minha boca e Sophie belisca meu braço.

— Shh — sussurra ela.

Nós nos aproximamos da cabine do guarda e a rua entra em nosso campo de visão. Um táxi passa e aceleramos o passo.

Então ouvimos uma voz abafada atrás de nós:

— Xiǎo péngyǒu, tíng-tíng.

Li-Han está correndo atrás de nós com seu pijama estampado, enfiando os óculos no rosto. Logo atrás dele, Mei-Hwa se esforça para respirar, com as cores de sua saia tradicional apagadas pelo luar.

— Corre! — grita Sophie. Aperto mais meu lenço. Estamos chamando um táxi na rua quando Li-Han dobra a curva atrás de nós, então batemos a porta do carro juntas. Estamos rindo tanto que Sophie mal consegue pedir ao motorista que nos leve até o Club Babe.

— Eles não estão tentando parar a gente de verdade — digo, ofegante, enquanto o táxi se afasta da calçada. Não consigo deixar de me sentir culpada. — Parece que a Mei-Hwa preferiria vir junto a sair atrás da gente.

— Ela não é do tipo rígido — diz Sophie, penteando os cabelos com os dedos. — De qualquer forma, é um jogo.

— Como assim?

— Eles precisam mostrar que tentam, mas não querem pegar a gente de verdade. Se pegassem, o que fariam? Nos arrastariam de volta pelos cabelos? — Ela balança a cabeça. — O programa quer que a gente se divirta, assim os jovens vão continuar vindo para o Barco do Amor.

— A Dragão parecia séria — diz Laura.

— A gente levou uma *bronca* — Sophie zomba.

— Talvez seja aquela coisa dos asiáticos evitarem confronto — diz Debra, ajustando os anéis nos dedos. — Seus pais alguma vez já enfrentaram alguém?

— Meus pais nunca questionam nada — diz Sophie.

Ajusto as alças da minha regata.

— *Meus* pais teriam me impedido.

— Talvez eles sejam mais americanizados.

— Não, meu pai aguenta as palhaçadas do chefe há anos. A única pessoa que eles confrontam sou *eu*.

Sophie ri.

— Pena que eles não estão aqui — ela diz.

Dou um sorriso.

— Que pena.

Quando me viro, vejo Mei-Hwa nos observando atrás de Li-Han, que está fazendo uma careta e mandando mensagens no celular.

Fora da linha de visão dele, Mei-Hwa acena brevemente para o táxi antes de virarmos a esquina.

Um batalhão de outros alunos da Chien Tan já está se esbaldando no Club Babe.

Sophie vai diretamente até Xavier no bar. O Garoto Maravilha também está aqui e, pelo visto, é um péssimo dançarino — movimentos muito amplos, sem variedade, só acompanhando a melodia básica, balançando a cabeça com a batida. Aleluia, *finalmente* uma imperfeição! Mas ele não dança muito, de qualquer forma. Passa mais tempo no bar com os garotos, como conchas grudadas em pedras, e, por mim, quanto mais longe ele ficar do meu espaço na pista de dança, melhor.

Mas, durante uma pausa na música, eu me vejo na frente dele em uma fila para pegar um copo de água. Ele está usando verde-floresta, uma cor que fica muito melhor nele. Mantenho os olhos fixos no jarro de água gelada à minha frente, fingindo que não o vejo.

Então ele cutuca meu cotovelo.

— Oi — ele diz.

— Oi — respondo, e olho para a frente outra vez.

— Desculpa por ter sido grosso aquela noite. Eu estava... Quer dizer, eu não ligo se a gente se meter em encrenca. Não foi sua culpa. Acho que parece que tenho duas personalidades. Eu só... Estou com muita na coisa na cabeça agora.

Precisava mesmo se desculpar? Eu já o tinha colocado de volta na estante apropriada da minha mente. Agora ele é um garoto que não só reconheceu o próprio comportamento como também é nobre o suficiente para pedir desculpas. Quero perguntar o que o está incomodando, mas ainda não somos próximos o suficiente.

— Eu com certeza percebi — digo, finalmente, me virando para encará-lo.

Os olhos dele brilham.

— Sério?

— Sério. Mas obrigada por ter dito alguma coisa.

Ele abaixa os ombros, relaxando. Eu não tinha percebido como ele estava tenso.

— Você não tem medo de nada, né? — ele diz. — Quer dizer, a gente estava no terceiro andar.

— Eu tenho medo de muitas coisas. — Sirvo água para nós dois. — Mas não de altura. Eu saía escondida do meu quarto daquele jeito.

— Ainda estou procurando o seu artista. Você tem razão. O Benji é muito bom. Assim como alguns outros garotos.

— Ah, hm. Obrigada. Eu não sabia que você estava procurando.

O sorriso dele é quase tímido.

— Eu disse que ia te ajudar. Talvez ajude se você me mostrar a evidência.

Talvez ele só esteja sendo gentil. Mesmo assim, tiro o desenho delicado da bolsa.

Ele assobia e eu não consigo deixar de corar de prazer.

— Você parece... tão real.

Se Rick é o artista, ele é um bom ator. Mas, é claro que não é ele — ele é o namorado mais dedicado do planeta.

— *Poderia* ser o Benji. — Ele inclina o desenho de modo que minha imagem dançando fica debaixo das luzes estroboscópicas, fazendo eu me mexer no papel. — Eu ando falando mais com ele. Vou pedir pra ele me mostrar um pouco das outras obras. Vou ser discreto, prometo.

Ele está surpreendentemente dedicado à tarefa.

— Legal. Obrigada, Rick.

Ele coloca o desenho sobre a bancada do bar e puxa uma luminária mais para perto para vê-lo melhor. Ele traça o dedo pela curva do meu cabelo, como se estivesse tentando desvendar os segredos do desenho. Eu o observo, resistindo ao impulso de arrancar o papel dos dedos dele.

"Saímos escondidas" todas as noites na semana seguinte.

O jogo se repete — gato e rato entre nós e os monitores, que se esforçam cada vez menos para nos pegar. Mei-Hwa até começa a olhar para o outro lado quando atravessamos o corredor com nossos vestidos e saltos. Eu diria que ela está seriamente negligenciando o próprio emprego, mas assim é melhor para todas nós. Ela pode ficar de pijama e nós não ficamos suadas correndo até o portão.

Bebidas de graça definem nossa programação — paramos no Club Kinki pela hora da bebida extra, depois pegamos um táxi para o Club GiGi e então seguimos para o próximo. Ficamos fora até às quatro e acordamos antes do jantar, e ninguém bate na nossa porta; em vez disso, todo mundo vai mal em uma prova surpresa — outra Regra dos Wong quebrada.

É a primeira vez que isso acontece comigo, mas afasto a pontinha de culpa. Além disso, com o número suficiente de deméritos, o conflito entre o tour pelo sul e *O lago dos cisnes* desaparece. Quando vejo a Dragão marchando na minha direção no corredor, dou meia volta e vou para o pátio.

Três semanas aqui e a intensidade de viver juntos, comer juntos, estudar e escapar juntos nos aproximou mais do que já consegui com a maioria dos meus colegas de escola. Segredos, *crushes*, mágoas, humilhações — todos os assuntos são válidos na mesa da verdade nas nossas noites no *lounge*. Dois outros desenhos aparecem: um embaixo da minha porta e o outro enfiado na minha bolsa — eu manipulando varetas de I Ching com uma adivinha e eu com um vestido preto, saindo de um táxi e com os olhos brilhando de expectativa.

— Quem será? — Sophie pergunta, admirada, enquanto atravessamos o corredor para uma noite no Club Omni.

— Não sei. — Todos os três desenhos se passam em lugares públicos onde havia dezenas de alunos da Chien Tan. — Ele está se escondendo bem. — Meu coração vibra. Um admirador secreto. Tirando a breve chama que foi Dan, nenhum garoto já se interessou por mim.

No clube, danço com Debra e Laura debaixo de luzes verdes piscantes, uma música incrível atrás da outra, até que me sento ao lado de Rick no bar, exausta, e acabo com seu copo de água em três goles.

De alguma forma, sempre termino perto do Garoto Maravilha.

— Oi — digo, ofegante.

— Oi. — Ele abre um breve sorriso, que logo desaparece. Ele está tenso outra vez: o cotovelo sobre a bancada, fazendo aquele gesto repetitivo em que ele esfrega o polegar direito na parte de dentro dos dedos. Agora que ele me falou sobre seu humor, não dou tanta bola para isso. Espero que o que quer que esteja incomodando Rick acabe logo. As luzes estroboscópicas iluminam quatro cicatrizes pálidas no meio da parte de dentro de cada dedo.

— Você deve ter precisado de pontos. — Alguns dias atrás, eu não teria perguntado. — O que aconteceu?

Ele fecha o punho e o deixa cair.

— Só um pequeno acidente ano passado.

— Você tentou escalar uma teia de arame?

— Algo do tipo. — Ele se vira para o barman de traços afiados e pede dois coquetéis de goiaba, meu novo favorito, em mandarim. Já adicionei algumas palavras-chave relacionadas à comida ao meu vocabulário.

— Eu pago o meu. — Ponho a mão no bolso, mas ele já pagou.

— Fica por minha conta.

— Hm, valeu. Eu pago a próxima rodada.

Nós brindamos.

— Não é o Benji. Ele desenha quadrinhos. É um estilo totalmente diferente. Tem alguns garotos interessados em você, mas tenho mais habilidade artística no meu dedo mindinho do que eles têm no corpo inteiro.

— *Alguns* garotos? — Pego uma jarra e jogo mais água no meu copo. — Quem?

— Eles não fazem o seu tipo. — Rick faz um gesto com as mãos, afastando-os como se fossem poeira.

— Bom, quem quer que seja, ele atacou de novo. — Tiro os novos desenhos da bolsa. — Talvez eu não o tenha conhecido ainda.

Rick segura os desenhos perto da luz, analisando-os.

— Ah. Você já conheceu ele.

— O quê? Como você sabe? Espera aí, você sabe quem é?

— Não, mas ele falou com você. Olha. — Rick aponta para a minha boca no desenho. — Seu lábio se curva desse jeito quando você fica animada. Ele não ia perceber isso se não estivesse falando com você.

Eu rio, envergonhada. Sinto minha boca se curvando como no desenho.

— Hm. Ninguém nunca me disse isso antes.

Rick ainda está analisando os desenhos quando eu os arranco de seus dedos e os guardo. Ele me olha, surpreso.

— Bom, e você? — ele pergunta. — Tem alguma pista?

Já conheci dezenas de garotos no Barco do Amor, de todo canto dos Estados Unidos e do Canadá. Eu definitivamente senti uma química aqui e ali, outra coisa que é nova para mim.

— Bom, Sam e eu tivemos uma boa conversa sobre eu ter crescido sendo a única garota asiática da minha turma e ele, como um garoto de origem negra e chinesa em Detroit.

— O Sam é legal. Vou ver os desenhos dele. E o David? Ouvi dizer que você andou dando uns conselhos pra ele sobre faculdades de medicina.

— E depois as garotas é que são fofoqueiras. — Encaro a pista de dança, escondendo um rubor de prazer. — Sou totalmente inútil pra ele. Esses programas de bacharelado e pós-graduação combinados seguem um processo diferente. Não vou precisar fazer os MCATs.

— Tenho certeza de que você foi útil. — Ele coloca o cotovelo sobre a bancada, roçando no meu braço. — Você disse que as entrevistas são cruciais.

— Ele te contou? Foi meu orientador que me falou. É nas entrevistas que eles descobrem que tipo de ser humano você é. — Faço uma careta.

— Qual é o problema?

— Só estava lembrando.

— Dos desenhos?

— Das inscrições. Me matando por causa do ciclo de Krebs, todas as horas que passei escrevendo redações. As entrevistas, a espera, a agonia. Nunca mais quero passar por aquilo. Mas é só o começo.

— É. O último ano da escola foi um inferno. É por isso que vim pra cá. Eu precisava dar um tempo. Aproveitar a vida por um verão antes de as coisas ficarem complicadas de novo, sabe?

— Estou feliz de estar aqui — admito. — Mas achei que eu fosse odiar.

A banda começa a tocar uma música lenta popular e ouvimos um suspiro coletivo na pista de dança. Ao ver braços envolvendo pescoços, meu sorriso congela. Ele não vai me convidar para dançar, mas por que estou pensando nisso? Meu olhar recai sobre Sophie, com seu vestido laranja-quente pressionado como pétalas de flores na roupa toda preta de Xavier, seus braços brancos ao redor das costas dele, sua bochecha contra seu peito, balançando de olhos fechados. Ela parece gostar dele de verdade, mas eu queria que ela não ficasse constantemente pedindo para ele comprar coisas

— bolos de abacaxi, um pingente de pedra. Parece que é o jeito dela de marcar território.

Ao lado deles, um casal se beija na pista de dança. Outro se arrasta devagar no ritmo da música, ignorando o mundo ao redor. O ar está carregado de hormônios. Desvio os olhos para então encontrar os de Rick.

Sinto o rubor no meu rosto aumentar. Coloco meu copo entre nós.

— Então, me diz. Por que o Garoto Maravilha desistiu do piano pra esquentar o banco?

Ele sorri de leve e tenho a sensação de que ele sabe exatamente o que estou fazendo.

— Você quer a versão limpa ou a verdadeira?

— Nada é simples com você, hein? Quero as duas.

Uma covinha que eu não tinha notado antes se forma em sua bochecha.

— Na sétima série, percebi que o garoto que tocava piano depois de mim no Lincoln Center tinha música na alma. Eu não era como ele. Eu sabia tocar, mas não conseguia sentir a música. Não como aquele garoto. Percebi que o que eu queria não era tocar piano, mas ter controle sobre minha vida. Então descobri pra que tipo de coisa eu estava disposto a dedicar meu tempo.

— Futebol.

— Woo, seu maldito. — Com a franja caindo sobre os olhos, Marc estica o braço na frente de Rick e pega o coquetel dele. — Foi assim que você roubou minha vaga na Yale. — Com uma piscadela para mim, ele termina o drinque de Rick. Dou um sorriso.

— Você está no atletismo da UCLA — Rick debate. — Você é um dos caras mais inteligentes que eu conheço. Se serve de consolo, o Benji roubou minha vaga na Princeton, mas ele rejeitou a oferta deles.

— Não dá pra saber se isso é verdade — eu argumento. — Não dá pra saber se você não entrou porque ele entrou.

— Pensa nisso. — Marc gesticula na direção dos alunos da Chien Tan. — Todo mundo aqui se inscreveu para as mesmas faculdades. Todos nós, asiático-americanos, estamos no mesmo balde. Um garoto asiático com notas perfeitas no SAT entra, o outro não. Cotas.

— Você e o seu balde de asiático-americanos — Rick fala. — Eles dizem que não há cotas.

Marc ironiza:

— *Eles dizem*. Como se fossem admitir.

Rick passa o polegar sobre as cicatrizes, com a voz afiada.

— O mundo é muito maior do que as faculdades da Ivy League. Se você é bom, você é bom.

— Então, qual é o verdadeiro motivo de você ter desistido do piano? — pergunto.

— No ensino fundamental, eu era o garoto mais baixinho da turma. Metade das garotas era escolhida antes de mim na educação física. Os capitães de time que ficavam comigo reviravam os olhos. Era pura tortura. No final da oitava série, o técnico do time de futebol do ensino médio veio recrutar alunos e prometeu glória e respeito eternos. Fui pra casa e implorei de joelhos pra minha mãe me deixar largar o piano.

— E ela concordou? Assim, sem mais nem menos?

— Ela nunca me encheu o saco por causa da escola ou de atividades. Não que ela não tenha os próprios problemas com a minha vida. — Uma sombra se forma sobre o rosto dele. — Além disso, ela tem artrite reumatoide, então não é exatamente durona. E meus pais estavam se divorciando. Acho que isso me deu uma vantagem.

—Ah, sinto muito — digo, mordendo meu lábio inferior. A mãe da Jenny Lee tem AR também e usa cadeira de rodas. Eu estava tão errada sobre ele ser um drone controlado pelos pais.

— Bell-Leong, você está dentro? — grita um garoto nas mesas de jogo.

— Obrigado pelo drinque, Woo. — Com uma saudação brincalhona, Marc vai embora. Rick coloca uma enorme conta em papel verde debaixo do copo de Marc e depois arrasta um prato de bolinhos de arroz grudentos para mim.

— Então, o que você precisa fazer pra ser uma dançarina profissional?

— Dançarina profissional? — Engasgo com um bolinho. — Você pensou nisso porque me viu dançar?

— Sim — ele diz, impassível.

— Eu teria que tentar uma audição pro Balé de Nova York. Ou pra uma peça da Broadway. — Tento fazer a ideia soar tão impossível quanto é.

— E por que você não tenta?

— Porque não é qualquer um que sabe dançar.

— Também não é qualquer um que sabe jogar futebol americano. Não que alguém vire profissional saindo da Yale.

— Eu me inscrevi na Tisch — admito. Não falo sobre isso desde que contei à Megan. — Eu saí da lista de espera.

— NYU, né? — Rick assobia. — É um curso respeitado.

Ainda parece arrogante falar disso em voz alta. Que alguém recebeu uma carta de admissão e desistiu, então a Tisch resolveu chamar alguém da lista de espera e, de alguma forma, escolheu... a mim.

— Eu rejeitei a oferta. Minha família não conseguiria pagar.

Mesmo com aquela pequena bolsa de estudos à qual eu me agarrei por uma única tarde como se estivesse me afogando. Rapidamente, completo:

— Mas vou fazer uma audição no domingo para *O lago dos cisnes*. Vai ser divertido.

— Legal. Onde?

— Um estúdio pequeno de balé. Vou pegar o metrô saindo da casa da sua tia.

— Posso assistir?

— Sério? Você quer?

— Curiosidade profissional. Já participei de várias peneiras de futebol, mas nunca vi uma audição de dança. Eles te pesam? Examinam seus músculos?

Dou uma risada.

— Você vai se decepcionar. Eu apresento uma coreografia curta...

Alguém me atinge nas costas e me faz cair em cima de Rick, derrubando a água do copo dele sobre nós.

— Ai, desculpa. — Eu me viro e vejo um cara loiro enorme, coberto de tatuagens de caracteres chineses, pedindo um *mai tai* para o barman.

— E aí, docinho? — Ele sorri na minha direção. — Quer dançar?

Docinho? Ugh.

— Não, valeu. Estou dando um tempo.

— Que tal dar um tempo comigo? Você é a mocinha asiática mais fofa desse lugar. — Os noventa quilos do homem me apertam contra o bar. Ele cheira a álcool e suor. Eu o empurro de volta, mas é como tentar mover uma parede de tijolo.

— Eu. — *Empurra*. — Não quero. — *Empurra*.

— Foi mal, cara — Rick o empurra suavemente. — Ela está comigo.

Frieza. Eu gostaria de chutar o cara naquele lugar. Em vez disso, entrelaço meu braço com o de Rick e abro um sorriso sem graça.

— Opa, cara, não tinha visto você. Foi mal. — Ele praticamente se humilha ao pedir desculpas para Rick. E é impressão minha ou o Rick parece mais alto?

— Desculpa. — Rick diz para mim depois que ele vai embora. — Não queria bancar o herói, mas você não parecia interessada naquele cara, ou estava?

— Não, você entendeu certo. Obrigada. — Forço os dedos para me soltar dos braços dele. — Que irritante ele ter pedido desculpas pra *você*. Como se eu fosse sua propriedade.

Rick faz uma careta.

— Conheço esse tipo.

Caras com fetiches em mulheres asiáticas.

— Talvez ele não seja um desses — digo. Mas é uma daquelas situações que aposto que a maioria das garotas asiático-americanas já teve que enfrentar. Expliquei isso pra Megan ano passado enquanto a gente tomava um café, que não é uma forma de elogio, que é baseado em estereótipos que não têm nada a ver com quem você é, que me lembra que eu vou ser sempre a asiática no lado de fora, não importa como eu me sinta por dentro. Faço uma careta. — É meio que... você sabe que esses caras existem, mas ainda é chocante quando você encontra um.

Estico o braço para pegar meu copo, mas Rick pega minha mão.

— Ei, você pode fazer uma coisa pra mim?

A palma dele está calejada. Assim tão perto, sinto aquele seu cheiro de grama, de ar fresco, como se seus dias no campo tivessem se impregnado permanentemente à sua pele.

De repente, não consigo encará-lo.

— O quê?

— Se você quiser saber sobre algum garoto antes de falar com ele, pode me perguntar. Vou te avisar se ele é legal.

Minha voz sai aguda.

— Por que esse interesse na minha vida amorosa, afinal de contas?

Ainda não estou encarando Rick diretamente. Mas, antes que ele possa responder, vozes altas na pista de dança chamam nossa atenção e ele solta minha mão. Um par de dançarinos grita enquanto é empurrado para o lado. Então Xavier emerge, furioso. Ele se joga em cima de mim, sua camisa molhada de suor encharca meu braço. Seus olhos encaram os meus, cheios de raiva.

— Cuidado com o que vai fazer, cara. — O tom de Rick é afiado enquanto ele pega meu cotovelo e me levanta. Então Sophie pula nas costas de Xavier, seu vestido escorrendo atrás dela como a cauda de um cometa.

— Não foi minha intenção! — Ela se agarra a ele enquanto ele tenta tirá-la de cima. As pessoas no clube se voltam para nós. — Xavier, desculpa. Eu sei que não é da minha conta.

— Sophie. — Agarro o braço dela. O que diabos está acontecendo? Nunca vi nenhum deles desse jeito. — Sophie, por favor, se acalma.

Xavier finalmente consegue tirá-la de cima dele. Enquanto ela tenta agarrá-lo de novo, Rick a pega pela cintura e a puxa para trás. Xavier desaparece em meio a uma multidão de corpos dançantes.

— Soph, eu te disse, ele não vale a pena.

— Ah, como se você fosse especialista *nisso*! — Ela empurra Rick e derruba o celular dele no chão. Então sai correndo atrás de Xavier.

Estou sóbria enquanto recupero o celular de Rick e o entrego para ele. Não deixo de notar a referência à Jenna, mas não tenho coragem de perguntar. Quanto à tia Claire — será que Xavier vai querer ir agora? Será que os planos de Sophie foram por água abaixo antes mesmo de entrarem em prática?

Rick passa a mão pelo rosto.

— Odeio quando ela fica assim.

— Assim como?

— Com garotos. Ela tem o dedo podre. Quatro namorados e nenhum deles merecia ela.

Ele se preocupa tanto com ela — Sophie tem sorte de tê-lo como primo. Mas ele também parece ter uma opinião tendenciosa sobre o colega de quarto.

— Ela geralmente parece feliz com o Xavier.

— Ninguém merece aquele cara. — Rick faz uma careta enquanto olha o celular. A tela está quebrada e escura.

— Você me avisou sobre ele. Você não disse nada para ela?

Os olhos de Rick mudam. Ele não vai me dizer. Não a verdade completa. Ele guarda o celular no bolso.

— Eu não achei que ia rolar. Depois já era tarde demais. Ela não quis ouvir.

— E por que você me avisou, então?

Ele balança a cabeça.

— Só cuida da Sophie, o.k.? Fico feliz que você seja colega de quarto dela. — Ele esvazia o copo e mastiga o gelo. — Aquela minha oferta ainda está de pé. Se você quiser namorar alguém no Barco do Amor, vejo se o cara é legal pra você.

— Abro a boca para acusá-lo de mudar de assunto, mas ele continua. — Sophie não quis me ouvir, mas eu faria o mesmo pela minha irmãzinha.

Irmãzinha.

Já me apoiei nele, pressionando meu ombro contra seu braço. *Irmãzinha*. É um degrau acima de amigos, mas também é um dedo metafórico no meu ombro, me afastando um centímetro. Abro uma distância entre nós. Ele e Sophie são iguais: me acolheram generosamente, a colega de quarto dela, como parte da família.

Estendo minha mão.

— Prometo checar com você, *gēgē*. — *Irmão mais velho*.

— Para a família. — Ele estende a mão. — É de graça.

Apertamos as mãos, selando nosso novo relacionamento.

16

Um tufão segue para o norte de Taipei, causando tempestades ao redor da cidade. Na noite de quinta-feira, no caminho de volta para o dormitório, uma rajada de vento e chuva me arrasta até as portas da recepção da Chien Tan. Ela deforma a sacola de lanternas de papel que busquei para o fim de semana de Sophie, que começa amanhã à tarde. Ela tem ficado estranhamente quieta sobre o status de seu relacionamento com Xavier, mas o planejamento ainda está à toda velocidade.

A recepção está cheia de alunos jogando *go* e *mah-jong*. O rosto de Mei-Hwa brilha quando ela toca uma música pop indígena taiwanesa no laptop de David e balança na cadeira, em uma missão de converter o maior número possível de alunos à sua coleção.

— *"Ā lī shān de gū niáng"* — ela tagarela em mandarim, com suas mãos delicadas gesticulando.

— Não é ruim — diz David. — Nada mal.

Enquanto chacoalho o cabelo molhado, um carteiro com um colete refletor laranja para sua bicicleta atrás de mim, segurando um pacote de papelão debaixo do braço.

— *Xiǎojiě, wǒ zhǎo* Woo Kwāng Míng.
— Eu levo pra ele. — Aceito a caixa, que é mais pesada do que parece. Adesivos fofos de coelhinhos estão espalhados em cima, embaixo e, no meio, o nome e o endereço de Rick estão escritos com letra cursiva em inglês e chinês, junto com os do remetente.
Jenna Chu.
A caixa escorrega. Eu a pego pelos fios antes que caia no chão e exploda. Envolvendo-a nos braços, corro até o refeitório.
Ele vai ficar animado. Claro que vai. Como é bom ter notícias da namorada, mesmo em um curso de verão do outro lado do oceano.
Em uma mesa perto das janelas, Rick, Marc, Spencer e Sophie — nada de Xavier — estão se deliciando com o banquete diário. O vapor sobe de uma torre de cestas de bambu cheias de *xiǎolóngbāo*, universalmente amado. Se Sophie está chateada, não demonstra: ela faz todos rirem enquanto bebem ao contar uma história elaborada de vingança que tramou contra um garoto que teve o azar de ter dado o fora nela. Eu discretamente coloco a sacola de lanternas de papel embaixo da cadeira dela.
— Rick, chegou isso pra você. — Deixo a caixa no colo dele como um peso de duzentos quilos, então me sento ao lado de Spencer e me sirvo de uma xícara de chá *oolong*.
Os olhos de Rick piscam do pacote para mim.
— Ah, legal. — Ele parece feliz, mas não tanto quanto eu imaginava. Eu *realmente* preciso parar de analisar cada expressão dele.
Coloco um pouco de robalo cozido no vapor no meu prato e desvio meus olhos intrometidos enquanto ele rasga o papel marrom. Talvez a minha sina seja ficar obcecada com o

garoto que não está disponível para que eu não tenha que me arriscar. Talvez seja só isso que está acontecendo com Rick, por isso fico relembrando o momento em que segurei o braço dele no bar.

— Legal — diz Spencer, e volto a olhar.

Rick desamarra laços lilases ao redor de uma caixa branca para revelar bandejas de chocolates com formato de esquilos, passarinhos e nozes — caseiros, aparentemente. Confetes prateados caem sobre seu colo quando ele tira a bandeja da caixa de presente mais fofa que já vi. Imagino Jenna com seu cabelo preto sedoso preso em um coque despojado, despejando chocolate derretido nos moldes, espalhando granulado. Ela até colocou gelo seco para que os doces não derretessem — por isso a entrega expressa.

— Uau, queria que alguém me mandasse um desses — diz Spencer.

— Ela deve ter gastado um *tempão* fazendo isso — diz Sophie.

— Não um *tempão* — diz Rick. — Ela é supereficiente. Gosta de fazer coisas assim. — Ele é tão protetor. Rick oferece chocolates para todos. Pego um em formato de noz e descubro que ele tem um pontinho perfeito de framboesa no meio.

— É muito bom. — Espeto os *kuàizi* na minha costelinha de porco, tentando cortar um pedaço. Fico feliz em ver que Rick é tão amado. Olho para a carne. Por que está tão dura hoje?

Sophie decepa um frango com os dentes.

— Quanta comida ela pode te mandar antes de ter que pagar taxa de exportação? — Então esse não é o primeiro presente.

— *Cala. A. Boca. Soph* — Rick diz, bravo. — Ela está com saudades, só isso.

Ele guarda uma carta grossa na mochila, passa a última bandeja de chocolates para uma mesa de monitores, que agradecem, e então estica o braço para pegar o peixe no vapor.

No dia seguinte, o sol está alto no céu quando o barulho da nossa porta teimosa me acorda. Sophie entra vestindo a camisa preta de Xavier. Eu me sento na cama. Noite passada, ela saiu do Club Elektro de braços dados com ele. O cabelo dela está bagunçado e os lábios inchados. Ajoelhada no meio das camas, ela desdobra um tapete de seda vermelha. Uma rede de videiras detalhadas e flores brancas se revela ao longo do tecido.

— Uau, ele comprou isso pra você? — Esfrego os olhos, tão atordoada pelo estado dela quanto pelo presente extravagante.

— Ele deixou do lado de fora da porta pra mim. — Ela tira um alfinete dourado que, imagino, prendia um bilhete picante de amor.

— É *lindo*. Ele tem muito bom gosto. — Será esse o jeito dele se desculpar pela briga dos dois? É um presente muito bom, o melhor até agora, ainda mais porque não foi ela que pediu.

— Deve ter custado uma fortuna — ela diz, passando a mão pelo tecido para que fique reto. — Quer dizer, ele poderia ter comprado o mercado inteiro, mas mesmo assim.

— Então vocês dois se entenderam? Como?

— Meu charme feminino. — Ela faz uma dancinha mexendo os braços e o quadril, sorrindo misteriosamente, então se joga na cama. — *Meu Deus*, Ever. Eu super teria uma dúzia de filhos com ele. — Ela se senta e balança o cardápio do jantar de hoje à noite. — E vou levar as coisas para o próximo nível hoje à noite. Talheres de prata ou ouro?

— Prata. — Estico o braço para pegar uma das sacolinhas de seda que estamos enchendo e coloco um monte de docinhos dentro dela. Minha função é ser a amiga solidária enquanto ela impressiona Xavier com a família, e depois entretê-los para dar a ela espaço para levá-lo para uma noite sedutora de sábado no terraço jardinado particular da tia. Estou determinada a fazer com que o fim de semana dela seja perfeito.

— Peixe ou carne vermelha? Ou os dois?

— Os dois? Misturar os sabores? — Amarro um laço de cetim, coloco a sacolinha sobre a montanha crescente na mesa de Sophie e estico o braço para pegar outra. Embora não exista ninguém como Sophie Ha, ela realmente é uma combinação da energia de Megan e da fofura de Pearl. — Acho que não vai fazer diferença.

— Ever, o que eu faria sem você? — Ela me passa uma pilha de itens de papelaria fofos. — Achei isso ontem. Pega alguns — insiste, mais um gesto de sua generosidade diária. — Sabe, se Xavier fosse sozinho, seria muita pressão. Você sabe como são as famílias asiáticas quando se trata de conhecer um namorado. Especialmente meu tio. Ele admira muito a família Yeh.

— Meus pais *com certeza* surtariam se eu levasse um garoto pra conhecer a família.

— Por isso esse jantar vai ser só uma visita de amigos da Chien Tan. Quer dizer, é claro que eles sabem que ele é meu namorado. Mas, com você e Rick lá, fica tudo equilibrado. Perfeito.

Dou uma olhada pela pilha enquanto Sophie vai até o espelho, como um ciclone de energia nervosa. Ela mal comeu nos últimos dias. E a prata, os cardápios elaborados, as sacolinhas de doces — será que ela realmente sabe o que quer com esse fim de semana?

— Ei, o que é isso? — Sophie se agacha na frente da porta e então balança um papel quadrado de origami na minha direção. — Ever! E o admirador secreto ataca novamente!

— O quê? Mentira. — Deslizo para fora da cama. Um novo desenho. Manchas de cor. Azul, ferrugem e verde que, quando vistos a um braço de distância, formam... eu. Me equilibrando na saliência de tijolos no pátio ontem, com os braços esticados, uma perna para fora e meu vestido turquesa esvoaçando para um lado com a brisa. — É incrível. — E quem fez? Rick, Marc e um monte de garotos estavam jogando futebol com uma plateia. Qualquer um pode ter desenhado isso.

— Queria que alguém me desenhasse desse jeito! É o quarto, né?

— Sim. — Viro o desenho, procurando alguma pista, alguma dica que indique o artista. — Eu deveria estar assustada, né?

— Esse garoto não é um *stalker*. Ele é romântico. Talvez seja o Marc. Ele super gosta de você.

— Marc não gosta de mim desse jeito. — Ele sim parece ser como um irmão, bem mais do que Rick. — Além disso, acho que ele gosta de garotos. Deve ser alguém que eu não conheço ainda.

Ou Rick... e se ele está fingindo me ajudar a encontrar a pessoa, mas *ele* é o garoto? Meus pais — não consigo imaginar como eles ficariam felizes. Sinto uma nova onda de raiva tomar conta de mim. Eu jamais daria essa satisfação para eles.

— Bom, quem quer que seja. — Sophie força nossa porta que está ainda mais dilatada por causa das tempestades recentes. — Ele não pode. — Ela força. — Esconder esse talento pra sempre!

Pegando minha toalha e escova de dentes, sigo Sophie até o banheiro, passando por Grace Pu e Matteo Deng desmaiados como um par de gatos no sofá do *lounge*. Matteo, pelo visto, tem um temperamento explosivo, o que leva a discussões acaloradas com Grace no corredor que geralmente terminam com alguma coisa quebrada — um quadro de avisos, um abajur, o dedo do pé. Mas eles estão, claramente, juntos de novo.

Dentro do banheiro, Laura levanta a cabeça da pia, onde está curvada com sua camisola florida. Os lençóis dela estão amarrotados em seus braços enquanto ela esfrega uma mancha de sangue da menstruação. Quando entramos, o rosto dela fica vermelho como um tomate.

— Isso é um saco — digo.

Ao mesmo tempo, Sophie diz:

— O David que devia lavar isso.

O rosto de Laura ganha uma cor alarmante de roxo-berinjela. Os olhos dela vão dos meus aos de Sophie.

— Ah, não, eu não pediria pra ele fazer isso.

Ah.

Não é mancha de sangue de menstruação.

Meu próprio rosto cora enquanto os olhos de Sophie encontram os meus no espelho. Eu realmente sou um bebê.

— Só toma cuidado. — Sophie coloca a escova de dentes debaixo da torneira. — Uma garota voltou pra casa grávida uns anos atrás...

— Ai-Mei? *Nĭ zài nàlĭ ma?* — Alguém bate na porta, me chamando.

— Merda, é a Mei-Hwa. — Laura leva os lençóis encharcados ao peito e se esconde em um box, derrubando água por todo o chão. Desde Xavier e Mindy, ninguém mais foi pego quebrando a regra sobre garotos e garotas no mesmo quarto, mas ninguém quer ser o tema da próxima bronca.

— Hm, só um minuto! — Pego uma toalha de papel e enxugo o chão, então fico na frente do box de Laura enquanto Sophie abre a porta. Mei-Hwa dá uma olhada no cômodo, passando a mão por sua longa trança, nervosa. Ela morde os lábios, parecendo desejar estar em qualquer lugar menos aqui, e olha para mim.

— *Nǐ shēngbìngle ma?* Você está doente?

— Não, estou bem. — Fecho a terceira torneira, então me amaldiçoo por ter chamado a atenção para ela.

— Você perdeu aulas a semana inteira. — Ela está usando inglês. Estou encrencada. — Nós mudamos as eletivas na segunda e você não foi a nenhuma aula de caligrafia. — Mei-Hwa mexe sem parar no laço verde em sua trança. Meu coração congela. Sophie perdeu aulas também. Não tanto quanto eu, mas, mesmo assim, ninguém veio atrás dela. — Gao Laoshi está se preparando pra ligar para os seus pais.

— Ah! — A Dragão ataca novamente. — Não precisa. — Arrasto Mei-Hwa para o corredor, afastando-a de Laura. — Eu já estava indo pra aula.

Pego um pão de gergelim no refeitório, então vou até o pátio de trás, onde uma carpa de pedra do tamanho de um filhote de beluga joga água em uma fonte. O sol da tarde bate no meu cabelo, mas o ar está abafado com a promessa de chuva. Enquanto dobro uma esquina na direção do ginásio, o balanço de um longo bastão quase me decapita. Desvio quando o vento causado por ele balança meu cabelo e cambaleio até o muro.

— O quê...?
— Ah, desculpa, Ever. — Rick me levanta, abrindo um sorriso torto. Ele segura um bastão *bō* com listras de tigre. Ele grita e desvia quando outro bastão balança acima de nós. Então, retribui o ataque de um garoto que não reconheço, com ombros erguidos sob sua camisa azul. Ele se agacha em uma posição de luta e ataca o parceiro. Por todo o pátio lateral, as batidas de bastões de vime enchem o ar enquanto duplas de lutadores batalham entre si e Li-Han dá instruções.

É a eletiva de luta com bastões. Observo, com inveja, fascinada pela ação.

Girar, virar, golpear.

Ataque, contra-ataque.

Rick bloqueia outro golpe.

— Você acordou cedo — ele diz. Idiota. Acabou de passar da uma.

— Cedo demais. — Mostro o dedo do meio para ele, baixinho, o que causa uma exclamação surpresa do parceiro dele. Então desvio e caminho até o ginásio ouvindo a risada de Rick ecoando atrás de mim.

A aula de caligrafia ocupa quatro mesas na academia, perto das arquibancadas. No meu caminho até lá, passo pela eletiva de dança com laços: Debra e as outras garotas ondulam laços de seda presos a varetas e desenham espirais e arabescos amarelos, vermelhos e laranja no ar. A graciosa instrutora demonstra passos básicos de dança e me pego incrementando os movimentos: se elas se movessem em dois círculos opostos, se aumentassem os arcos dos laços...

Algumas das garotas têm ótima forma e ritmo. Eu deveria estar dançando com elas, mas tenho madame Szeto e *O lago dos cisnes* — estou traçando meu próprio caminho.

As mesas de caligrafia são divididas em estações individuais: sobre elas há pilhas de grandes folhas de papel de arroz, tinteiros de pedra e jarras de bambu com pincéis longos. Eu me sento. Alguns cavaletes perto das arquibancadas exibem amostras de caligrafia. Para minha surpresa, elas não são nada parecidas com os quadros de caracteres maçantes das aulas de chinês. São obras de arte.

— Ever Wong. — Uma voz grave familiar entoa meu nome como se fosse música. Xavier puxa a cadeira ao meu lado. Com um movimento da cabeça, ele tira o cabelo preto ondulado dos olhos. O braço dele roça o meu e meu rosto esquenta. Ele está perto demais.

— Seu pai deve ter escolhido as suas eletivas também. — Eu me afasto alguns centímetros. Preciso ser amigável, mas distante. Não ficamos juntos sem Sophie desde que os dois começaram a namorar.

— Algo assim. — Seus olhos escuros encaram os meus, desafiadores, olhando para mim como ele fez naquele primeiro dia. Socorro. Socorro. Olho ao meu redor, procurando ajuda, mas não conheço bem os alunos dessa turma.

— Então — ele diz. — A gente vai pra casa da tia do Rick e da Sophie hoje à tarde.

— Pois é — digo. — Vai ser legal. — Então me viro e folheio meu livro cheio de caracteres elegantes.

Existe um truque para segurar um *máo bĭ* — um pincel de caligrafia com cerdas macias feitas de pelo de coelho, bode ou lobo. Os canhotos são instruídos a usar a mão direita, ou o final dos traços não vai sair certo, mas nossa professora é canhota também e me deixa usar a esquerda. Praticamos traços lentos *versus* traços rápidos. Tenho uma miniaula sobre moer a tinta, o que faço ao ritmo das músicas de dança com laços. Queria que meu professor das aulas de chinês nos Estados Unidos nos tivesse deixado usar pincéis e tinteiros em vez de nos fazer copiar caracteres centenas de vezes. Talvez eu tivesse durado mais tempo.

No pátio, a eletiva de luta com bastões segue intensa — consigo ouvir os choques dos bastões pelas portas de vidro. Meus dedos coçam para girar um bastão — mas estou presa aos pincéis. Ainda assim, embalada pela música da dança com laços, eu me pego mergulhando no trabalho com caracteres, focada em acertar os traços.

— Xiang-Ping, isso está muito bom, mas a tarefa é *copiar o poema.* — A voz da professora está tensa. Eles já tiveram essa conversa.

A página de Xavier tem apenas um caractere: um quadrado com um traço no meio. O caractere de *sol.* Ele zombou da tarefa também: há raios infantis saindo do ideograma.

Ele dá de ombros, e não dá qualquer indício de pegar o pincel. Sua lista de deméritos é facilmente a maior, graças ao fato de que ele se recusa a entregar uma única tarefa, em mandarim ou medicina chinesa.

— Não está todo mundo de saco cheio de ser tratado igual bebê? — Foi como Sophie o defendeu quando o assunto veio à tona uma noite.

Agora, nossa professora de caligrafia ri, resignada, e se vira para outro aluno.

Antes que eu possa desviar o olhar, Xavier me lança um sorriso preguiçoso que me lembra do beijo que ele deu nos meus dedos.

Então ele mergulha a ponta de seu *máo bǐ* no tinteiro e começa a pintar em uma nova folha de papel de arroz. Pelas curvas dos traços, posso ver que ele não está escrevendo caracteres.

— Você vai levar uma bronca de novo — sussurro. Não que ele se importe.

Como imaginei, ele dá de ombros. Quando dou por mim, já estou chegando mais perto, mas ele esconde a folha com o braço.

— O que você está pintando? — pergunto, por fim.

O sorriso provocante faz seus olhos se enrugarem.

— Já te mostro.

Ele me faz esperar mais cinco minutos. Mas, finalmente, me entrega o papel.

Em choque, sinto que fui atravessada por um raio. Blocos familiares de cor formam o ginásio onde estamos. Os *máo bǐ* estão pendurados como roupas secando em um varal. Dançarinas com laços giram nas margens.

Então, no centro da tela, em um estilo que eu reconheceria em qualquer lugar, vejo... uma garota.

Eu.

17

— *Você* é o artista.

Minhas costas formigam. Xavier estava me desenhando antes mesmo de começar a namorar Sophie. Eu não seria humana se dissesse que uma parte de mim não está incrivelmente lisonjeada. Um dos garotos mais cobiçados no Barco do Amor fez cinco retratos meus.

Esse garoto te quer, foi o que Sophie disse.

Ele sorri.

— Você achava que era o engomadinho?

— Claro que não — digo. Rápido demais. Os olhos dele brilham. Eu *sabia* que não podia ser ele. Mas por que essa onda de decepção? *Não quero* o Garoto Maravilha que meus pais adorariam ter como genro. E, se Rick *fosse* o artista, me mandar uma mensagem dessas, que não se pode dizer em voz alta, enquanto namora Jenna, ao mesmo tempo em que finge me ajudar a descobrir a verdade, teria me feito perder um pouco de respeito por ele.

— Por quê? — pergunto para Xavier.

— Por que o quê?
— Por que você está me desenhando?
— Sou bom?

Dizendo apenas isso, ele me forçou a analisar o retrato: minha mão em miniatura segura o *máo bǐ* sobre o papel de arroz. O primeiro traço de um caractere espera por um companheiro. Cascatas de cabelo preto caem sobre o meu rosto e meu perfil está virado — não para o papel, mas para os lutadores com bastões do lado de fora.

Observando Rick.

Fico vermelha. Fui pega fazendo uma coisa que eu nem tinha percebido que estava fazendo.

— É incrível. — Ele vê o mundo em explosões de cor e forma em vez de linhas de um livro de colorir.

Xavier expira. Ele estava esperando o meu veredito — e foi importante para ele. Mas por que ele se importa? Agora, tudo o que vejo é um garoto tentando me seduzir com desenhos — e quase conseguindo.

Quase.

Empurro o desenho de volta para ele.

— Você não pode me desenhar.

Ele pisca os olhos.

— Por que não?

Minha voz fica afiada.

— Você namora a Sophie. Você deveria desenhar a *Sophie*. — Seria um sonho realizado para ela, assim como ela está três vezes mais animada para pegar as provas do ensaio fotográfico do que eu.

— Talvez eu não queira desenhar a Sophie. Talvez eu não esteja namorando ela também.

— Talvez? — Arrasto minha cadeira para trás, arranhando o chão. — Eu nem deveria estar tendo essa conversa! — A professora olha para nós e eu abaixo a voz. — Talvez dormir com uma garota não signifique nada pra você, mas significa para a maioria de nós, entendeu?

Ele curva o lábio superior.

— As coisas não são sempre o que parecem.

Não estamos chegando à conclusão alguma. Isso é perigoso. Estamos a caminho de um fim de semana que Sophie passou dias planejando, para o qual ela depilou o corpo inteiro — tudo para Xavier.

Megan jamais vai saber de metade da agonia devastadora que senti quando ela me disse que estava namorando Dan, e eu nunca faria isso com Sophie.

Xavier se inclina sobre mim. Sinto o cheiro apimentado de sua colônia e tiro meu braço de perto, me odiando pela parte de mim que está gostando de seu interesse evidente. Me odiando pelo pingo de curiosidade que sinto, imaginando como seria ter aqueles lábios macios nas partes do meu corpo que ele desenhou.

Rasgo a pintura de Xavier na metade, depois em quartos, depois em oitavos. É como pisar em uma borboleta para desafiar o valentão que a fez sair de seu casulo, mas não demonstro o que estou sentindo.

O olhar de Xavier segue meus movimentos, mas ele não faz nada para me impedir. Sua expressão não muda. A aula está terminando. Os alunos estão pendurando páginas de caligrafia molhadas em um varal para secar.

Jogo os pedaços sobre o caderno dele, coloco minhas mãos manchadas de tinta na mesa e me levanto sobre ele.

— Não ouse dizer uma palavra sobre isso para a Sophie — digo, firme. — Você é o namorado *dela*. Você comprou aquele tapete pra *ela*.

Xavier permanece impassível. Ele está acostumado a ser acusado, como deveria estar.

— Só pra constar — ele diz. — Eu nunca dormi com a Sophie.

Como é?

A incerteza flutua como uma mariposa presa dentro de mim. Os pedaços da pintura rodopiam sobre a mão dele.

Mas eu ouvi cada detalhe da boca dela — todas as garotas ouviram. Não tenho ideia do porquê, mas ele deve estar mentindo. Graças a Deus Rick nunca *de fato* descobriu que Xavier era o meu artista — ele teria contado para Sophie, e aí?

— Quer saber? Não importa. — Com um gesto, pego meu livro de caligrafia. — E, só pra constar, você é um babaca. Para de me desenhar.

Marcho furiosa até o varal, penduro minha folha e saio porta afora.

18

— **Cadê o Rick?** — Sophie puxa impaciente a saia do vestido laranja listrado, que tem um decote tão amplo que distrai até mesmo a mim. Estamos paradas no degrau mais baixo na saída da Chien Tan enquanto o motorista coloca a bagagem dela no porta-malas da van Mercedes de tia Claire. Ela amassa a saia com um gesto de nervosismo. Esse fim de semana significa tanto para ela — e, quanto a mim, as Regras dos Wong vão ter que esperar um pouco. De qualquer forma, só falta a sobre beijar garotos e, a essa altura, ela não vai dar em nada.

— Tia Claire está esperando. — Ela sobe na van enquanto Xavier entra pelo outro lado, colocando uma mochila Osprey laranja no chão. Evito olhar para ele. — É melhor o Rick se apressar.

— Vou atrás dele — ofereço.

Ela segura minha mão e me puxa mais perto para sussurrar no meu ouvido:

— *Por favor*. O Rick precisa vir. O tio Ted vai interrogar o Xavier se ele não estiver lá pra interferir.

— Arrasto ele pelo cabelo se for preciso. — Coloco minha bolsa aos pés dela, mas, quando Xavier estende a mão para pegá-la, provavelmente para colocá-la na pilha de bagagens, eu a pego de volta como se ele estivesse tentando roubá-la. Sophie está muito ocupada ligando para a tia para perceber.

— Ever. — Xavier começa, mas saio correndo, feliz por manter distância dele enquanto posso.

É engraçado começar um fim de semana que *não* é dedicado a fugir escondido para dançar. Quase um alívio, para ser sincera. A recepção está cheia de alunos com mochilas prontos para visitar suas famílias e tantos outros reunidos para ficar, se preparando para o show de talentos. Dois garotos brincam com ioiôs chineses. Uma outra dupla faz truques de mágica com uma bexiga do tamanho de um homem.

— Vocês viram o Rick? — pergunto para Debra e Laura enquanto elas dedilham um violão e uma cítara.

Os dedos de Debra dançam sobre as cordas.

— Não, foi mal.

— Talvez lá em cima? — diz Laura, tirando a franja dos olhos.

Cinco minutos depois, bato na porta de Rick, que se abre com um clique baixo. Vejo sua escrivaninha, com um estojo azul, um tubo meio usado de pomada para acne e uma barra de sabão, separados de uma montanha de salgadinhos chineses e americanos que ele estocou — sacos de frutas secas, nozes, torta do sol, uma lata de Pringles e seis fardinhos de chá gelado. O lado de Xavier está mais vazio — há um cesto de roupa suja e o cobertor quase sem dobras, como se ele estivesse tentando fingir que não está lá.

— Por favor, se acalma — Rick pede. — Eu te disse. Meu celular ainda está quebrado. O fuso horário me confundiu.

Rick está de frente para a janela, sentado em cima do saco de juta de arroz que ele comprou para usar como peso. Seu cabelo preto, molhado do banho, escurece a gola de sua camisa verde-escura. Ele aperta o telefone fixo contra a orelha. Seu polegar esfrega a cicatriz nos dedos, aquele gesto de tensão que aprendi a reconhecer.

Mesmo daqui, consigo ouvir a garota no outro lado da linha:

— Pra mim *deu* dessas suas desculpas esfarrapadas! Das suas e de toda a sua *família*...

— Jenna, eu já pedi desculpas. Se você pudesse vir pra cá...

— Se você quisesse *me comer*, Rick Woo, não devia ter ido pra Taiwan. Você poderia ter feito isso bem aqui no meu próprio quarto.

Faço uma careta, constrangida. Tento não deixar as palavras dela pintarem imagens na minha cabeça que não quero aqui. Eu meio que espero ele explodir com Jenna — mas, ao mesmo tempo, não quero que isso aconteça.

— Jenna, eu sei que é difícil ficar longe. Preciso que você seja paciente. Por favor. Jenna? *Jenna*! Espera!

Rick solta um palavrão e derruba o telefone. Sua postura relaxada é substituída por um corpo cheio de linhas de estresse. Quero ir até ele e acabar com elas.

Então ele golpeia o meio do saco de arroz com o punho. Grãos se espalham pelo chão à medida que escorrem do tecido rasgado.

Ele percebe minha presença e pula de susto, derrubando o abajur. A porta bate com força atrás de mim, gerando uma brisa que vira as páginas do livro de exercícios em sua escrivaninha.

— Desculpa — falamos ao mesmo tempo. Não sei quem está mais assustado: ele ou eu. Ele ajeita o abajur, então ajoelha e começa a juntar o arroz em uma pilha.

— Desculpa você ter ouvido aquilo.

— O que houve? — Pego a lata de lixo e jogo alguns montes de arroz dentro dela.

— Eu nem sei. Ela não gostou de eu ter vindo pra cá. A gente nunca ficou tanto tempo longe um do outro.

— Sério? — Até eu já fiquei fora de casa por uma semana, para excursões da escola. É esse o problema, então? Ela deve ser bem dependente do Rick. Sinto um pouco de compaixão por ela. Conheço algumas garotas assim na minha equipe de dança: garotas inteligentes, divertidas e lindas que, por alguma razão, não conseguem colocar o pé fora de casa sem o namorado, que elas aparentemente precisam ter por perto o tempo todo.

— Ela não pensou em vir pra cá também?

— Não dava. Ela está fazendo trabalho voluntário em um haras pra crianças com deficiência. Estou tentando convencê-la a vir pra cá por uma semana, mas ela morre de medo de voar.

— A passagem é *bem* cara.

— Não pra ela. O pai dela é executivo no Bank of China Hong Kong.

— Ah. — Fico vermelha, envergonhada. Toda a minha compaixão evapora. Ela pode comprar uma passagem de avião internacional em um estalar de dedos, sem precisar vender um colar de pérolas. Não consigo nem imaginar. Eu me levanto, batendo as mãos para me livrar dos grãos de arroz. — Sophie e Xavier estão esperando lá embaixo.

— Droga — ele joga o último montinho de arroz no lixo. — Perdi totalmente a noção do tempo.

Esvazio o resto do saco, depois o dobro no meio e o coloco sobre a mesa, perto de uma pilha de cartões-postais. O primeiro tem o nome de Jenna e várias linhas com letras grossas e grandes. A carta de quatro páginas, repleta de traços de letra cursiva, está ao lado da pilha. Não consigo resistir e espio. A página de cima é a última. Nas linhas finais, ela escreveu:

> *Eu e a Shells fomos pra Sweet Connections hoje. Queria que você já tivesse voltado. Ainda estou tentando entender por que você teve que ir. Descobri uma música legal pra você — vou guardar pra quando você voltar e aí a gente pode ouvir juntos.*
>
> *Te amo pra sempre,*
> *Jenna*

Uma Polaroid mostra Jenna com o braço ao redor de uma garota de maria-chiquinha, da idade de Pearl, com olhos cor de âmbar como os de Rick. Elas estão sorrindo como uma dupla de ladras com sorvetes de casquinha. Shelly. A irmã de Rick. Essa garota é totalmente apaixonada por ele. Sua doçura contrasta com a garota no telefone, e ainda assim essa amiga da irmãzinha de Rick, que escreve cartas para ele, deve ser a garota que ele ama — e estou parada aqui lendo sua correspondência particular.

Rick está encarando o telefone, como se pudesse trazê-la até aqui por telepatia.

— Rick? — eu pigarreio. — Você ainda vem?

Rick dá um pulo de susto.

— Meu Deus. — Pegando sua mochila da Chien Tan, ele abre uma gaveta e enfia meias e cuecas dentro dela. Então joga a mochila sobre a cômoda e fecha a gaveta com força. — Não queria lidar com a minha família agora.

Faço uma careta.

— Como assim?

— No Natal passado, minha irmã e eu viemos pra cá com a minha mãe pra visitar a família. Todo dia, eu ouvia um monte dos meus cinco tios e tias: "Rick, você precisa largar aquela menina e encontrar a garota certa".

— Eles conhecem a Jenna?

— Conhecem. No verão passado, nos Estados Unidos. Minha mãe fez *greve de fome* por três dias pra tentar me convencer a terminar o namoro.

— Greve de fome? — Em termos de culpa, a mãe de Rick coloca minha mãe e seu colar de pérolas no chinelo. Sinto meu estômago revirar quando lembro de Dan correndo pela calçada. Como eles ousam tentar ditar quem amamos? — Isso é *ridículo*, Rick. Meus pais também nunca me deixaram namorar.

—Ah, eles querem que eu namore — diz ele, rindo com um riso frágil, nada típico dele. — Minha família é mais tradicional que a dinastia Qing. Tenho vinte e dois primos de primeiro grau e sou o único garoto com o sobrenome Woo. Eles dependem de mim pra continuar o nome da família. — Ele passa a mão sobre o rosto, derrotado outra vez. — Só que não com ela.

— Por que eles não gostam dela?

— Por razões idiotas.

Cerro os dentes.

— Tenho certeza que sim.

— Esse ano vai ser só "e o Barco do Amor? Duzentas e cinquenta boas garotas sino-americanas... COMO VOCÊ PODE DESPERDIÇAR ESSA OPORTUNIDADE?".

Eu quero seriamente matar alguns membros da família Woo.

— Tem alguma coisa que eu possa fazer pra ajudar?

— Não tem jeito. — Ele faz aquele gesto repetitivo de novo. — A única coisa que vai fazer eles saírem de cima da Jenna será se eu levar pra casa uma garota que *não* seja a Jenna.

Ele se joga de costas na cama, com seus mais de noventa quilos, sem a menor pressa de ir a lugar algum. Sophie está esperando lá embaixo. Será que devo ir avisá-la de que Rick não vem com a gente e vai arruinar o fim de semana perfeitamente equilibrado dela? Mesmo sem a mãe que faz greve de fome, essa visita de família parece uma tortura. Mas é melhor do que ficar aqui sozinho depois daquela ligação. E eu *quero* ajudá-lo — ele me trouxe de volta desmaiada e bêbada e nunca disse uma palavra, me trouxe um leque, mesmo que eu o tenha dado para Sophie, tentou me ajudar a descobrir quem é meu artista, até fingiu ser meu namorado para me salvar daquele cara que me chamou de docinho...

Aquele cara.

— E se você levasse uma namorada do Barco do Amor? — sugiro, de repente. — Finge que sou eu. Como você fez no clube. Isso vai tirar eles do seu pé, não vai?

Assim que a oferta sai da minha boca, sei que é um erro.

Mas Rick levanta a cabeça do travesseiro e me lança um olhar intrigado.

— Quer dizer, te apresentar como minha namorada pra minha tia e meu tio?

Recuo em direção a porta.

— É uma péssima ideia. Esquece o que eu falei.

— Não! Não, é perfeito, na verdade. — Rick se senta. Ele pega sua bola de futebol e a gira sobre o joelho. Seus olhos se estreitam. — Totalmente perfeito. Minha família vai *amar* você.

— Eles vão? — Isso é um elogio ou um insulto?
— Com certeza. — Ele se levanta e derruba a bola. — Eles não podem dizer que eu não tentei. E, quando você terminar comigo um mês depois, vai ser a desculpa perfeita pra eu ter voltado com a Jenna. Isso pode ser um jeito de eles saírem do nosso pé permanentemente. — Ele arregala os olhos, sério, estranhamente desesperado. — Ever, você realmente não se importa?

Malditas sejam eu e minhas ideias idiotas. Os parentes dele devem ser um monte de assassinos para levá-lo a concordar com uma insanidade dessas. E eu sou tão louca quanto ele.

— A gente não vai ter que *agir* como um casal, vamos? — Fico constrangida com o tom agudo da minha risada. Mas não posso. Não posso andar de mãos dadas com o Garoto Maravilha.

— Claro que não. Estamos no Barco do Amor. Especialmente com Sophie levando Xavier, se a gente disser que estamos juntos, eles vão acreditar. Ever, eu te devo uma. Você é brilhante.

Não, sou uma idiota. Mas sua gratidão é como uma barra de chocolate amargo. Não consigo resistir.

— Vou ter que ir embora mais cedo no domingo para a minha audição.

— Sem problemas. Eu vou também, não vou?

— É.

— Então, sem problemas.

— E se a Jenna descobrir? — *Ou meus pais?* Depois de quebrar tantas regras, *fingir* quebrar uma, a regra sobre namorados, parece ser a mais arriscada, com mais coisas a perder.

Ele pega o notebook e abre o e-mail.

— A única pessoa que contaria pra ela é a Shelly. Vou falar pra ela não repetir nada do que ouvir.

Lutando contra o pânico, pego a mochila da Chien Tan de cima da cômoda e caminho até a porta.

— Ei, deixa que eu levo. — Ele tenta pegá-la, mas eu a puxo de volta, descosturando uma alça.

Mal sinal, mas eu já estou correndo pela porta.

— É pra isso que servem as irmãs mais novas.

19

Uma dupla de guardas com uniformes em um tom vivo de azul abre os portões de ferro forjado que dão para uma ampla entrada. Nosso motorista segue em frente, tocando a sobrancelha com os dedos em uma saudação.

Sophie não estava exagerando. A residência dos Zhang fica no coração de Tianmu, um dos bairros mais caros de Taipei. Ao longo dos muros de pedra, roseiras rosa-bebê — "importadas da Inglaterra", diz Sophie — sacodem com a brisa. Pedras achatadas com um tom cinza-azulado e grama inglesa cobrem todo o chão até uma mansão de dois andares com paredes brancas e janelas venezianas verdes.

— Sophie, preciso te dizer uma coisa. — Pela quarta vez, tento chamar a atenção dela. Rick e eu estamos tentando atualizar Xavier e ela sobre a mudança do nosso status de relacionamento desde que saímos da Chien Tan, mas, entre falar sobre a família para Xavier e, agora, sobre a mansão, ela não parou nem para respirar.

Nossa van para de frente para uma escadaria de pedra com a largura de um estuário. Um porteiro com luvas brancas abre a porta de Sophie e ela voa para fora do carro como um raio de sol, gritando:

— Tia Claire! Chegamos!

A atualização vai ter que esperar. Dois shibas aparecem latindo, além de duas crianças de cabelo preto de mais ou menos cinco e seis anos, que se jogam em cima de Rick. O garoto grita sobre futebol em inglês britânico entrecortado. A garota, apesar do vestido perfeito com estampa de rosas, chora e soluça — aparentemente a mãe dela acabou de informá-la que ela é nova demais para se casar com Rick.

— Oi, Felix! Como andam as suas pesquisas? — Rick coloca o pequeno sobre os ombros e gira, fazendo-o gritar. Ele puxa de leve as marias-chiquinhas da menina. — Fannie, você não ia querer se casar com um velho ogro feioso como eu.

— Quero sim! — Fannie balbucia; ela perdeu os dois dentes de baixo. Dou uma risada. Rick vai ser um ótimo pai. *Espera, caminho errado!* Não é como se eu realmente fosse namorada dele, analisando suas qualidades como potencial companheiro de vida. *Argh!*

Ávida para me distanciar dele, sigo Sophie pelos degraus até um hall de entrada com pé-direito alto e azulejos e pilares de mármore branco, vasos do tamanho de um homem, um grande bonsai e uma escadaria curvada — tudo reluzindo sob a luz de um lustre do tamanho de um piano de cauda. Carpas laranja nadam em um lago em estilo japonês, construído com pedras achatadas no chão.

— Tia Claire! — Sophie se joga sobre uma delicada mulher grávida e dá um beijo em cada uma de suas bochechas. Então ela entrelaça o braço com o de Xavier. — Este é *Xavier Yeh*.

— Bem-vindo! — Tia Claire, com a barriga enorme e tudo, está maravilhosa com seu *qipao* verde-água feito sob medida e um colar de esmeraldas. Ela concede a mesma saudação real a Xavier, depois a Rick, ainda curvado com Fannie e Felix pendurados como macaquinhos em suas costas e pescoço. Rick se desprende dos primos, segura minha mão e me puxa para a frente.

— E esta é Ever Wong. — O tom de Rick é estável, mas, de alguma forma, ele soa... orgulhoso. Como se ele mesmo tivesse me criado. — Minha namorada.

Um silêncio perplexo se segue. Não consigo olhar para Sophie ou Xavier.

Então Fannie grita e corre escada acima, chorando. Tia Claire arregala os olhos. Tenho medo de ela estar prestes a dar uma bronca em Rick. *Como ousa trazer uma rata dessas quando sua prima traz o herdeiro do império Yeh?!*

Então ela me abraça. O perfume de jasmim enche minhas narinas.

— *Goà-khò!* — ela soluça em hokkien. Minha nossa! — Sophie, você deveria ter me *avisado*! — Ela me segura à distância de um braço e me olha intensamente com seus belos olhos. — Rick, *você* deveria ter me avisado! Ever, querida, a casa é sua. Quais são seus pratos preferidos? Vou mandar a empregada para o mercado.

— Não, não. — Encontro minha voz — Não precisa. Qualquer coisa já está ótimo. — E para onde vai todo esse entusiasmo quando eu terminar com seu querido sobrinho? Sophie faz uma careta e sinto outra pontada de culpa.

Então Rick passa o braço pela minha cintura, caloroso e possessivo:

— Eu sabia que você ia gostar dela.

— Você vai ficar na suíte Eleanor — tia Claire diz para mim. Ela começa a subir as escadas, depois se vira. — Rick! — ela grita, exasperada. — Leva a mala dela!

Enquanto tia Claire desaparece mansão adentro, eu me afasto de Rick e arranco minha mochila dele. Estou com o coração na garganta. A mão e o braço dele se costuram através do tecido das roupas na minha pele.

— A gente só está *fingindo*, lembra? — Bato na barriga dele com minha mochila, fazendo um ruído. O guarda se engasga de rir.

— Desculpa — Rick sussurra, acanhado. — Queria parecer convincente. Até a noite, a notícia já vai ter se espalhado por telefonemas entre a família. Não vai acontecer de novo.

— É bom mesmo — digo, brava. Então caminho apressada atrás de tia Claire para a maior suíte em sua mansão-museu.

Além de uma Jacuzzi de porcelana, meu quarto é dominado por uma cama box de mogno com detalhes de ouro: uma cama digna de imperatriz, coberta por um edredom listrado, rodeada em três lados por bordas de madeira entalhadas com videiras, dragões e flores de lótus, e resguardada por um dossel de treliça. Cortinas de tecido brocado cor de ametista emolduram as janelas altas que dão vista para uma piscina de águas brilhantes. Perto da porta, passo a mão sobre um nicho fechado feito para o serviço de quarto.

Sophie entra furiosa e fecha a porta atrás dela. Enquanto seus olhos absorvem a cama real, eu mordo os lábios. Será que esse quarto deveria ter ficado com Xavier por causa dela? Agora o benefício foi desperdiçado comigo — e Rick e eu estragamos os planos dela para esse fim de semana.

— O que está rolando? — ela esbraveja.
— Rick não queria vir. — Tento explicar como inventamos esse namoro falso, mas Sophie balança a cabeça.
— Como ele espera que isso não chegue até a Jenna?
Faço uma careta.
— Ele disse que ninguém ia contar pra ela.
— Essa família fofoca mais do que o homem da cobra.
Sinto meu estômago revirar.
— Ele parecia ter tanta certeza. — O problema é do Rick. Mas estou tão distraída que preciso amarrar e reamarrar os laços das minhas sapatilhas de ponta duas vezes antes de conseguir pendurá-las no dossel para me lembrar da audição de domingo.
Se a família dele não gosta de Jenna, não há nenhuma razão para contar a ela sobre a nova namorada dele, certo? Só preciso me esforçar ainda mais para apoiar os planos de Sophie, o que significa ficar na minha, não ser descoberta e fazer o relacionamento dela com Xavier parecer bom.
— Como estão as coisas com o Xavier? — pergunto, cautelosamente.
Ela pisca os olhos, nervosa, e leva as mãos às têmporas, tentando se acalmar. Então sorri.
— Ótimo! Tudo *ótimo*! — responde.
No andar de baixo, a campainha toca a melodia de "Auld Lang Syne".

A família e Xavier se reúnem em uma sala de estar espaçosa com um teto superintricado: um quadrado de treliça escura que emoldura painéis pintados com figuras da mitologia chinesa. Esculturas de jade enchem a sala: dragões e fênix. Um navio de cinco mastros que papai iria amar velejando pelas nuvens. Uma tela de jade e cipreste, suavizada por faixas de luz solar atravessando o tipo de persiana de madeira branca que mamãe sempre quis.

Rick agarra minha mão, sussurrando:

— Tia Claire ligou pra família inteira. Sinto muito por isso.

— Por isso o quê? — Tento não focar no toque de sua mão enquanto ele me leva até uma coleção de sofás de veludo. Então a campainha toca outra vez e nossa tarde sai do controle.

Tias e tios aparecem enquanto as funcionárias de tia Claire trazem mais jogos de chá de porcelana decorados com antigas paisagens chinesas. Ela tem uma coleção com mais de cem tipos de chá, mas não temos escolha: nos servem um fragrante chá *Dà Hóng Páo*.

— Um quilo disso vale mais que ouro — Sophie no meu ouvido.

— Hm, uau — digo, enquanto um tio de cabelos grisalhos, com uma camisa polo Oxford tão bem-passada que poderia cortar queijo, aperta a mão de Rick.

— Guang-Ming! E você deve ser a Ever! — Ele chacoalha minha mão. Eu deveria ter colocado uma blusa mais elegante. Uma saia em vez de shorts. — Você já visitou o Museu do Palácio Nacional? Você acha que aqueles tesouros maravilhosos pertencem a Pequim ou a Taiwan?

— Eu, ahn...

— Não meta a Ever nas suas questões políticas, Jihya. — tia Claire grita quando vai atender a porta outra vez.

— E Bao-Feng! — Jihya abraça Sophie. — A caminho de Darthmouth para arranjar um marido, foi o que me disseram...

Sophie ri e o beija na bochecha.

— Exatamente, tio. Mas deixa eu te apresentar o Xavier...

Dezenas de outros primos, tios, tias, tios-avôs e tias-avós se reúnem ao nosso redor, cada nova chegada causa uma interrupção para apresentações, apertos de mão e um bagunçar dos cabelos de Rick, que encara tudo com bom humor. Duas senhoras elegantes conversam em japonês e todos os outros falam em mandarim e hokkien na velocidade da luz. Entendo algumas palavras: *bonita, magra demais, sexy!* Rick sorri para mim — mais porque está entretido do que para pedir desculpas. Não me surpreende ele não querer lidar com a família toda falando mal de Jenna — cada pessoa supereducada tem uma opinião, até a pequena Fannie, que brinca com um sapo: "*Velha demais*", declara ela, séria. Em inglês, para eu entender.

— Eu não falo mandarim — murmuro para Rick. Será que eles conseguem perceber que não sou de uma família rica? Eu me sinto estranhamente ansiosa, querendo a aprovação deles.

— Eles vão achar isso ruim? Vai ser ruim pra *você*?

— Não se preocupa. — Ele aperta meu braço, me tranquilizando e lançando uma onda indesejada de prazer por mim. Sua doçura o faz parecer fora do personagem taciturno e grosso que é o Garoto Maravilha. Quase afasto meu braço, até lembrar que a família inteira está nos observando. Como falcões. Como foi que eu me meti nessa bagunça, sendo que, até uma semana atrás, eu teria alegremente jogado Rick de um penhasco?

No sofá, Sophie se aninha em Xavier, que continua com a postura reta, de modo que os dois se parecem mais com um gato encostado em um pilar do que com um casal. Ele solta a mão da dela para pegar sua xícara de chá — deliberadamente, talvez? Ela morde os lábios, depois se vira para abraçar uma prima: Su, que veio da Califórnia fazer uma visita com o noivo, Kade, um campeão de tênis que veste uma jaqueta preta de couro.

— A gente também se conheceu no Barco do Amor! — Su me puxa para um abraço que tira todo o ar dos meus pulmões. — Vamos nos casar ano que vem!

— Sophie falou de vocês — suspiro. — Parabéns!

Quando me sento novamente, os olhos de Xavier encontram os meus — frios e sarcásticos.

— Parece que nós dois estamos na berlinda — ele murmura.

— Pois é. — Pego minha própria xícara de chá e assopro a superfície. Quero perguntar por que ele veio. Ele conhece Taiwan melhor do que eu; deve ter suspeitado que a família reagiria desse jeito. Espero que ele acredite que Rick e eu *estamos* juntos, ainda mais um motivo para ele manter seus dedos de pintor longe de mim.

Mas, de alguma forma, eu duvido.

— E quais são os seus planos para o futuro, meu jovem? — Tio Ted, um homem bem-vestido de cinquenta e poucos anos, reabastece a xícara de Xavier. Ele é marido de tia Claire e, embora não tenha falado particularmente alto, todas as conversas param subitamente. Todos se viram para escutar.

Xavier coloca a xícara sobre a mesa de centro.

— Não sei.

Tio Ted faz uma careta. Ele coça a barba grisalha e aparada. Claramente, *"não sei"* não é uma resposta apropriada.

— Xavier pode fazer qualquer coisa — Sophie exclama. — Ele poderia ser um banqueiro. Ou um advogado. Ou um médico. Só depende do que ele quer.

— Já conheci o seu pai. — Tio Ted ergue sua taça de vinho. — Imóveis. Eletrônicos. Carros inteligentes. Os Yehs têm nas mãos todas as indústrias-chave da Ásia — Ele não está sorrindo. Consigo ouvir os pulmões de Sophie gritando por ar, esperando o tio terminar o julgamento. Então tio Ted brinda com a xícara de Xavier. — Eles são brilhantes. Imagino que você vai seguir os passos deles.

Sophie sorri. O fabuloso império Yeh triunfa sobre tudo. As informações que o tio Ted traz, como alguém que conhece o meio, fazem a família de Xavier soar ainda mais glamorosa do que Sophie me disse.

Mas, com a menção do pai, Xavier levanta a cabeça.

— Eu não contaria com isso — ele diz. — Ainda mais levando em conta que esse Yeh aqui não vai nem para a faculdade.

Uma onda de surpresa atinge todos os primos supereducados. Sophie também. Eu teria rido, mas, de um jeito ou de outro, Chien Tan é um programa seletivo e todos os alunos estão a caminho da faculdade — deduzi que Xavier também estava. Então, por que não? Será que isso tem a ver com o pai dele chamá-lo de idiota, com a briga que eu por acaso testemunhei?

— Xavier segue o próprio caminho — Sophie acrescenta. — Ele tem tantas opções. É uma questão de escolher a certa, de não se precipitar.

Tio Ted ri.

— Direto para o trabalho? Eu aprovo. Um garoto herdando os negócios da família não precisa perder tempo com diplomas. Pelo menos não por enquanto.

Os olhos de Xavier brilham na direção de Sophie. Ela o surpreendeu, de um jeito bom.

— Algo assim. — Ela está dando cobertura para ele, de uma forma tão sutil que duvido que a família dela percebeu. Ela com certeza seria uma embaixadora incrível.

— E quanto a você, Ever? Seus pais moram em Taiwan há muito tempo? — Tia Claire se volta para mim. Ela não deve ser dez anos mais velha do que nós. Posso ver por que Sophie a descreveu como a linda tia em quem ela se espelha. E, com a pergunta dela, o clã inteiro se vira para mim como flores para o sol. Xavier sorri maliciosamente. Agora é minha vez.

— Minha família não é de Taiwan. — Sinto meu rosto esquentar sob o escrutínio deles enquanto explico que meus pais emigraram de Fujian para Singapura, depois para os Estados Unidos.

— Somos todos seres humanos. — Tia Claire faz um gesto, como se não fizesse distinção entre as pessoas. — Mas seus pais devem ser muito corajosos e inteligentes, como os de Rick e Sophie. Geralmente só os melhores alunos daqui conseguem ir para os Estados Unidos. É por isso que todos vocês se saem tão bem. Está nos seus genes e na sua criação.

— Benji diz pra todo mundo que o pai dele é motorista de táxi, e ele entrou na Princeton — Rick diz, mas tia Claire, esperando por mim, o manda parar de falar.

Devo minimizar a trajetória dos meus pais com a modéstia chinesa ou isso seria desrespeitoso, um sinal de má criação? Tento contornar a situação com um *"hm"* seguido de uma tosse. De qualquer forma, ela está chegando perto demais do sacrifício sobre o qual ouvi falar a minha vida toda. Se meus pais tivessem ficado na Ásia, estariam cercados pela família desse jeito, em vez de morarmos como um grupo isolado de quatro pessoas em Ohio. Respeitados, incluídos, sem o risco de ouvir o ocasional *"volta pra China!"* no estacionamento, como uma flecha saída do nada. Se eles tivessem ficado, papai ainda seria médico. Eu sei. Deus, eu sei — mas estar aqui faz tudo se tornar real.

Para o meu alívio, uma funcionária nos interrompe com uma travessa com metades de manga, cortadas em cubinhos e invertidas para formar uma espécie de casco de tartaruga, fácil de comer. Jihya menciona uma queda de braços entre políticos rivais no parlamento de Taiwan — aparentemente algo normal — e o clã começa uma discussão em mandarim, hokkien e inglês, prestes a jogarem pedaços de manga uns nos outros.

Eu rio, mas Rick faz uma careta:

— Desculpa eles serem tão desagradáveis — sussurra.

— Eles não são — metade de mim já ama essa família, até Fannie. Eles são superenergéticos, físicos e turbulentos, de um jeito que a minha família não é.

— Chega disso, estamos deixando a Ever entediada. — Tia Claire cruza as pernas delicadamente sob o *qipao*. — Então nos diga, Ever. Eu sabia que me casaria com o tio Ted no momento em que coloquei os olhos nele, mas vocês, jovens de hoje, não parecem ter tanta pressa. Dentre todos os garotos disponíveis na Chien Tan, como você escolheu nosso Guang-Ming?

Rick derruba sua metade de manga.

— Ah, a gente só...

— *Tiām-tiām,* Guang-Ming. — Ela coloca uma mão sobre o joelho dele. — Quero ouvir a Ever.

— Bom. — Imagino que o caminho mais seguro a seguir é dizer o mais próximo da verdade. — Rick foi o primeiro garoto que eu conheci.

— Mesmo?

O sorriso dela diminui um pouco, então tento outra abordagem:

— Na verdade, conheço o Rick há muito tempo. E eu o odiava no começo.

— É mesmo? Como assim?

— Meu pai lê o *World Journal* religiosamente. Quase todo ano, publicavam um artigo sobre esse... *garoto maravilhoso.* — Rick solta um grunhido enquanto tia Claire e os

Férias em Taipei 217

primos murmuram, satisfeitos. — Eu costumava achar artigos sobre Woo Guang-Ming no meu travesseiro. Meus pais sabiam mais sobre o Rick do que sobre mim.

— Sério? — Rick murmura.

Olho para ele e dou um sorriso.

— Eu o chamava de Garoto Maravilha.

— Eu sabia. — Um primo dá um soquinho no braço de Rick. — A gente chama ele de Cara do Futebol.

— Cala a boca — diz Rick, fazendo todos rirem. Pelo menos eu posso entreter a família dele sobre a lenda de Woo Guang-Ming no bom e velho Estados Unidos. — Campeonato nacional de soletração. Piano. *Yale*. Rick Woo era o parâmetro que nenhuma criança poderia atingir, incluindo eu.

— Rick faz um barulho como se estivesse sendo enforcado. Mas é ele que está ganhando mais com essa farsa, então ele que lute. — É claro, todas as famílias chinesas nos Estados Unidos querem que suas filhas se casem com Rick — acrescento, por via das dúvidas. Ele mesmo me disse isso.

— Você não acreditaria na quantidade de ligações que eu recebo, me pedindo para apresentar tal e tal filha para o meu sobrinho — tia Claire diz, radiante. *E ele escolheu você*. Toda a situação, a atenção avassaladora da família, é projetada para me cortejar em nome de Rick. E está funcionando um pouco bem demais.

Continuo, apressada:

— Mas, quando saí do avião e o reconheci, todo aquele ressentimento desapareceu. Se você não pode vencer o inimigo, junte-se a ele.

Enquanto Rick se contorce de agonia, dou um sorriso de satisfação. Ninguém mandou ter concordado com esse plano ridículo.

Então um brilho perverso surge nos olhos dele. Ele pega minha mão e entrelaça os dedos nos meus, causando um arrepio pelo meu corpo.

— Eu não tinha ideia de que você se sentia assim — ele murmura, com uma voz grave. Tento me soltar, mas ele segura minha mão com força. Sinto meu rosto esquentar. Eu o amaldiçoo silenciosamente. Seus lábios se curvam em um sorriso provocante que nunca vi no rosto dele antes. Lanço um olhar mortal em sua direção.

Tia Claire suspira, brincando com a aliança.

— Rick, estou tão *feliz*.

— *Finalmente* — diz um primo.

Rick congela. Seus dedos afrouxam ao redor dos meus, mas ele não solta minha mão. O nome de Jenna paira no ar. *E já vai tarde*. Tia Claire e os primos não têm outra escolha além de me amar já que QUALQUER GAROTA É MELHOR DO QUE JENNA.

Por que eles são tão alérgicos a ela?

— E quais são os seus planos para o ano que vem? — tia Claire intervém.

Abro a boca para falar da Northwestern.

Mas o que sai é:

— Vou estudar dança.

Por que não? Afinal, nada disso é real.

Eu me preparo para a decepção. Em vez disso, tia Claire aperta a mão de tio Ted.

— Ah, que ótimo! Ted faz parte do conselho do Teatro Nacional aqui em Taipei.

— Sério? Onde *Romeu e Julieta* estava em cartaz? — Eu havia visto alguns panfletos.

— Sim, e muitas outras peças e companhias. O Balé de Mariinsky, que era o Balé Imperial Russo no século dezoito, a Companhia Suzuki de Toga, a Ópera Taiwanesa de Yang Li-hua... Você provavelmente não conhece esses grupos... Ah, Yo-Yo Ma. — Ela estala os dedos. — O violoncelista americano. Não temos um pingo de talento, mas adoramos assistir, não é, Ted?

O marido dela lhe dá um beijo na boca, uma demonstração pública de afeto que nunca vi entre os meus pais em casa, muito menos na frente de estranhos.

— Vamos ao teatro quase todo fim de semana.

— Vocês são patronos das artes — declara Sophie.

Tia Claire faz um gesto com a mão, modesta, mas estou entusiasmada.

— Ah, *uau*. — Nunca conheci uma família como essa. — Que incrível.

— Como você escolheu a dança? Quais são seus planos? — Sob a enxurrada de perguntas de tia Claire, conto a todos sobre a Tisch e a oportunidade de aprender com coreógrafos e professores que já se apresentaram com companhias de dança ao redor do mundo. Sinto os olhos de Rick em mim e em minhas mãos, que não param de gesticular. — Sou eu que faço as coreografias da equipe de dança da minha escola há anos. Um dia, espero conseguir coreografar alguma coisa incrível, como um musical na Broadway.

— Bom, espero que nós tenhamos a chance de te ver dançar.

— Vocês podem — digo, antes que possa me conter. — Vou dançar *O lago dos cisnes* em agosto.

— Estaremos lá. — Os olhos de tia Claire brilham. — Seus pais devem estar tão orgulhosos.

***

Solto a respiração quando finalmente interrompemos a conversa para ver a mais recente aquisição de tia Claire, um quadro inspirado em Matisse que ela comprou em um leilão em Londres. Meus pais, orgulhosos de mim? Eles não estariam se soubessem como estou passando meu verão.

Tentando não pensar neles, eu me afasto do grupo para admirar os quadros de tia Claire: tigres-de-bengala, catedrais espanholas, cavaleiros chineses e crianças francesas — Oriente e Ocidente misturados. Gosto deles justapostos. Aproximo meu nariz de uma flor rosada em uma árvore cor de jade e cornalina. Ela cheira a jasmim. Um sexto sentido me faz olhar para cima. Encontro os olhos de Xavier no outro lado da sala, onde ele está com Sophie e os primos, com uma taça de vinho na mão. Faço uma careta para ele em sinal de alerta — é melhor eu não encontrar um desenho meu com o nariz nessas flores.

— Vejo que você escolheu minha favorita — diz tia Claire, me entregando um pacote embrulhado com papel de seda. — Só uma lembrancinha.

— Ah, não, não posso aceitar. — Tento devolver o presente. Parece um lenço ou outro tecido macio.

— Por favor. Rick é o filho do meu *A-hia*, meu irmão mais velho. Com a família nos Estados Unidos, não consigo mimar o Rick tanto como gostaria. — Ela coloca minha mão sobre seu braço. — Sabe, querida, eu estava falando sério. Eu me senti tão sortuda quando Ted me encontrou. Mesmo naqueles primeiros dias, quando ele ainda era um estranho, eu sabia que tudo estava prestes a mudar. Estou tão feliz que o Rick encontrou você.

Uma parte irracional de mim quer enrolar o entusiasmo dela ao redor dos meus ombros como um cobertor aconchegante. Mas a parte racional e dominante de mim ainda não consegue acreditar em como eles estão dispostos a me aceitar como A Garota Certa para Rick. Eles realmente são tão tradicionais como a dinastia Qing.

E é aqui que tento sutilmente ajudar Rick.

— Eu mesma não acredito — digo. — Sei que a última namorada do Rick era superinteligente. Que vinha de uma ótima família e era bonita também — completo, embora minha boca agora esteja com gosto de areia.

— Não gosto de falar mal de outras garotas, mas você precisa saber. Rick é como a árvore generosa daquele livro infantil estadunidense. Ele é extremamente dedicado. Ele a levava pra todo lugar. Conversava com ela até três da manhã sobre as preocupações dela e depois ficava acordado até o sol raiar pra terminar o dever de casa. O amor deve acontecer entre dois iguais. É sobre compartilhar, sobre dar e receber igualmente. Não sei se Rick te contou, mas ele está tentando se transferir para a Williams. Ele diz que é ideia dele, mas os pais dele têm certeza de que é Jenna quem está insistindo.

— O Rick vai desistir da Yale? — Ele nunca sequer deu a entender que queria isso. Ou deu? Lembro da firmeza na voz dele quando disse para Marc que a faculdade onde você estuda não importa. Pensando bem, ele mesmo nunca tocou no assunto Yale; foram Sophie e todos os outros que fizeram isso.

Então é por *isso* que a família dele odeia a Jenna? Por que querem que ele estude em uma universidade de elite? *Maldita seja essa família fútil!* Ele está disposto a enfrentar todas as expectativas da família, sem falar do bem menos importante público leitor do *World Journal*, por *amor*.

— Você está monopolizando a Ever? — A mão de Rick flutua sobre as minhas costas, então vai embora, deixando para trás uma estranha onda de decepção. Mas ele está sendo o Rick respeitoso, fazendo exatamente o que pedi. Por que eu ficaria decepcionada?

— Conversa de garota. — Tia Claire passa as mãos pela minha bochecha gentilmente.

— Bom, se você não se importa, eu queria mostrar a casa pra ela. Eu vinha tanto aqui quando criança que é como se fosse minha segunda casa.

— Essa *é* a sua casa, querido. — Tia Claire beija a bochecha dele. — Vá em frente.

— Desculpa por isso. — Rick me puxa pela mão até o corredor.

— Não tem problema, eu gosto dela. — Realmente não acho que precisamos andar de mãos dadas o fim de semana *inteiro*, precisamos? Quero perguntar a ele sobre Yale e Williams, mas agora não parece ser o momento certo. — Ela é tão *graciosa*. Tão positiva. — A intimidade dela ao pegar meu braço, tocar minha bochecha, falar sobre o dar e receber em relacionamentos. É um contraste tão grande com mamãe, que me mantém sempre à distância de um braço. — Amo toda a sua família.

— Sério? A Jenna diz que eles são barulhentos e desagradáveis. — Ele fica vermelho. — Desculpa. Eu... não deveria ter dito isso.

Por que ele está nos comparando?

— E são mesmo, eu acho — ele completa. Protegendo Jenna de novo.

— Qual é a sua, Rick? — Sophie pergunta, irritada. Ela está vindo da sala de estar com Xavier logo atrás. Ela cerra os lábios, contrariada. Solto a mão de Rick, que pisca, surpreso, mas felizmente não força a nossa farsa.

— Eu não ia aguentar outro fim de semana ouvindo todo mundo falando mal da Jenna — Rick confessa. — A Ever está me ajudando. — A gratidão no olhar dele me faz sentir que ele vai segurar minha mão outra vez. — Te devo uma.

— Eles *amam* você — digo. — É claro que vão acabar aceitando. Você não precisava de mim pra fazer isso.

Sophie abre as portas francesas e nos leva até uma piscina azul de águas brilhantes cercada por espreguiçadeiras brancas.

— Eles *veneram* o Rick. Por isso falam tão mal da Jenna. Você acabou de ver a família toda concordando unanimemente. Imagina o clã inteiro gritando obscenidades e isso te dá uma noção do que foi o verão passado. Mas *isso*. — Ela aperta o pacote de tia Claire debaixo do meu braço. — Ela comprou isso pro próprio casamento.

— Ah, por favor, fica com ele. — Empurro o presente para Sophie, mas Rick já está falando.

— Eu não esperava que ela fosse levar tão a sério. Ou convidar a família inteira...

— Você é o único filho homem dos Woo! É claro que ela faria isso!

— Mas quando Ever me largar pra ficar com um cara melhor, a família vai parar de implicar com a Jenna. Eles não vão poder dizer que eu não tentei. — Ele sorri para mim, impassível. Tudo está indo de acordo com o plano.

Exceto pelo fato de que não consigo imaginar esse tal cara melhor.

— Então a Ever está fazendo o trabalho sujo porque o Rick não tem coragem de enfrentar a família. — Xavier brinca com uma moeda entre os dedos. — Por que não estou surpreso?

Rick lança um olhar irritado para ele.

— Ninguém te perguntou...

— A ideia foi minha — digo, interrompendo. — Fico feliz em ajudar.

Xavier pega sua moeda. Eu me preparo para uma farpa, mas ele só a guarda no bolso e se vira para Sophie:

— O Kade quer me mostrar a moto dele.

— Ah, não aquela moto idiota. — Ela entrelaça os braços com os dele. — Ainda preciso te mostrar o terraço...

— Xavier, você vem? — A cabeça de Kade aparece atrás de um portão no outro lado do deque.

Sophie morde os lábios quando Xavier se solta dela. Ele caminha tranquilamente com as mãos nos bolsos, como se tivesse passado a vida inteira dominado o andar indolente para provocar aqueles que sempre tentaram apressá-lo. Ainda não entendo por que ele está aqui.

Sophie balança suavemente a cabeça, então joga o pacote de tia Claire em Rick.

— É melhor você rezar pra Jenna não ficar sabendo disso. Não se você não quiser outro...

— Estamos em Taiwan. Ninguém vai contar pra ela. — Ele devolve o pacote para mim antes que eu possa protestar. — Tia Claire queria que você ficasse com isso.

— Eu não ficaria surpresa se soubesse que Jenna contratou um detetive particular — Sophie diz.

— *Não começa.* — O grunhido na voz dele atingiu cinco pontos na escala Richter.

— Começar o quê? A falar sobre como você está apaixonado?

— Só porque tento não prejudicar minha namorada?

— Ela insistir que você mande um cartão-postal e faça uma ligação por dia é a própria *definição* de...

— Cala a boca, Sophie! Só cala a boca e deixa ela em paz pelo menos uma vez! Estou de *saco cheio* desses seus insultos.

Rick está com os punhos cerrados. Atacantes adversários teriam medo daquele olhar, mas Sophie joga o cabelo por trás dos ombros, desafiadora.

— E eu estou de *saco cheio* de você protegendo a Jenna como se ela fosse de açúcar!

Abraço meu pacote, desejando desesperadamente poder ir atrás de Xavier. Mas estou do lado de Sophie — por que é que o Rick, tão confiante e seguro de si em todas as outras áreas da vida, é o oposto com a Jenna?

Porque ele está apaixonado por ela.

Os olhos de Rick se voltam para os meus. Ele franze os lábios. Ele tinha esquecido que eu estava aqui.

— Você não sabe de nada, Sophie. — Ele caminha furioso até a mansão, quase colidindo com tia Claire, que trouxe uma bandeja de shakes de goiaba e manga. Ele desvia dela e desaparece lá dentro.

— Está tudo bem com vocês? — Tia Claire coloca a bandeja sobre um banco de pedra.

Sophie dá um tapa em um mosquito no braço.

— Você sabe como a gente é.

— Então deixe o pobre do Rick na dele. — Tia Claire coloca a mão sobre a barriga, atipicamente séria. — Se você continuar tratando os homens desse jeito — ela olha ao redor e continua, abaixando a voz —, nenhum homem decente vai te querer, Sophiling.

Ai. Nem meus pais iriam tão longe. Ela está brincando, é claro.

Mas a transformação no rosto de Sophie é chocante.

Ela abaixa os olhos. Suas bochechas queimam com duas manchas vermelhas enquanto o resto do seu fogo interior se esvai, como se tia Claire o tivesse apagado com um extintor.

Tia Claire não estava brincando.

Nem aquele tio que falou sobre Sophie ir para Darthmouth para arranjar um marido.

Minha família é controladora, mas nunca falar sobre garotos também significa que eles nunca me pedem para *agradá-los*. A família de Sophie não é tradicional em alguns aspectos, mas é supertradicional em outros, especialmente quando se trata de casamento. Não me surpreende Sophie ser tão obcecada por arranjar um namorado — pela primeira vez, sinto um pouco de pena da minha glamorosa colega de quarto.

— Por que vocês meninas não me ajudam com o jantar? — Tia Claire aperta meu braço. — Você gostaria de ligar para a sua família antes, querida?

— Liguei pra eles de manhã — minto e pego um dos shakes. Deus, que saudades de Pearl. Estou devendo um e-mail. — Mas obrigada.

— Boa garota. — Tia Claire passa as mãos pelo meu cabelo gentilmente e eu a sigo atrás de Sophie. É tudo que posso fazer para não me encolher de culpa.

20

Uma hora e meia mais tarde, depois de banhar pedaços grudentos de *niángāo* em ovos batidos e esculpir flores de rabanete com tia Claire e Sophie (que esculpiu dez, enquanto eu, apenas três — como ela faz isso tão rápido?), procuro por Rick pela mansão, espiando entre os assentos de couro reclináveis no cinema do porão e me movendo quietinha por corredores com tapetes de seda e escadarias curvadas até o jardim do terraço, cheio de gardênias de aroma doce e um pé de goiaba. A brisa quente joga meu cabelo no rosto enquanto observo o horizonte da cidade, onde o arranha-céu Taipei 101 se ergue solitário na paisagem. Meu corpo clama para criar alguma coisa a partir dessa vista — para dançar —, mas eu me viro e volto para o andar de baixo.

Bato no painel de carvalho da porta do quarto de Rick uma segunda vez, mas ele não responde. Deve ter saído. Enquanto passo pelo quarto de Xavier, escuto gemidos suaves e o som de beijos vindo lá de dentro.

— Fiz isso por você — Sophie murmura.

Não consigo ouvir a resposta de Xavier, mas escuto o grunhido raivoso de Sophie, depois o arrastar veemente de uma cadeira no chão de madeira, como se eles tivessem se afastado.

— Qual é o seu problema? — A voz dela sobe um oitavo.

— Você não se segurava com a Mindy, pelo que ouvi falar.

— Só não acho que a gente deva fazer isso — Xavier responde.

Mais móveis se arrastam pelo chão. Ouço um ruído abafado, como um livro sendo jogado no chão. Páginas sendo arrancadas. Meus pés congelaram sobre o tapete de seda.

Então a porta se abre. Sophie sai, apressada, e para quando me vê. Ela ajeita as alças do vestido laranja listrado enquanto a porta bate com força atrás dela, soprando sua saia entre as pernas.

— Tudo bem? — pergunto, alarmada.

— Ele é um imbecil. — Ela tira o brinco dele da orelha com força. — Fui muito idiota por me envolver com ele.

— Você não está falando sério — digo, em protesto.

— A gente terminou. — Ela joga o brinco na porta, que ricocheteia e desaparece debaixo de um relógio de chão. — Vou ficar sentada perto da piscina até o jantar.

Chutando um urso rosa para o lado, ela entra no próprio quarto e bate a porta com força — todo o fim de semana cuidadosamente planejado por Sophie foi por água abaixo. Quando estou prestes a bater na porta dela, a de Xavier se abre.

Ele está colocando uma camisa preta. As luzes iluminam seu peito bronzeado. Pela porta, vejo que os lençóis da cama de quatro postes estão bagunçados, as cobertas viradas do avesso e sua mochila laranja no chão.

Quando seus olhos encontram os meus, ele congela. Eu me pergunto qual é a imagem de mim que ele tem agora, congelado de vergonha.

— Ever. Não é o que você está pensando. — A ausência de um sorriso malicioso ou de deboche na voz dele faz meu estômago afundar. Xavier, o Conquistador, é muito mais fácil de encarar do que o Xavier Sério. — Sophie e eu...

— Não é da minha conta. — Salto sobre o urso e corro para as escadas, descendo dois degraus de uma vez.

— Ever, espera — ele grita, mas já estou longe demais para ouvir.

Quinze minutos depois, encontro Rick correndo por uma trilha cercada por bambus no Parque Tianmu, a algumas quadras da casa de tia Claire. Está escurecendo e nuvens cor de rosa riscam o céu violeta. O cheiro das canforeiras flutua no ar e um aglomerado de homens e mulheres se move debaixo delas fazendo tai chi, como monges em um templo Shaolin.

A camiseta cinza de Rick está encharcada, grudada em seu peito com uma mancha no formato de um vaso em seu torso. Seu corpo está tenso como se ele tivesse usado toda a força para ultrapassar seus demônios, quaisquer que sejam eles. Determinação pura; foi assim que ele se tornou o Garoto Maravilha.

Ele percebe minha presença e diminui a velocidade.

— Oi.
— Oi.

Esfregando as gotas de suor do rosto com a manga, ele aponta com a cabeça para a trilha.

— Quer caminhar um pouco?

Uma onda de ansiedade toma conta de mim.

— Claro. — Começo a caminhar ao lado dele e percorremos um caminho de pedras, desviando para o lado para um riquixá passar com o ranger de suas rodas.

— O Xavier tem razão. — Rick enfia as mãos nos bolsos. — Não é justo usar você pra fazer isso por mim. Estou sendo um covarde.

— Eu que me ofereci.

— Eu só... Só preciso fazer eles pararem de odiar a Jenna. — Ele arqueia o corpo, afundando os punhos. — Acho que eu não devia ter vindo pra cá.

— Por que você veio?

— Já te disse. É um rito de passagem. Eu precisava de um tempo.

— Da Jenna também?

— Não, claro que não. — Ele arregala os olhos e balança a cabeça. — Sim. Sim, talvez.

— Como vocês começaram a namorar?

— Ela se mudou pra casa ao lado da minha na sexta série. Os pais dela pediram pra eu ir pra escola com ela e ela começou a me esperar depois da aula também. No ensino médio, ela aparecia com lanches depois dos treinos de futebol e eu convidei ela para o baile do primeiro ano. A gente namora desde então.

— Ela sabe o quanto a sua família a odeia?

— Sabe. Tentei esconder dela, mas acaba ficando evidente nas coisas pequenas. — Ele esfrega as cicatrizes com o polegar. — A gente teve umas brigas feias. A família da tia Claire estava lá uma vez quando a gente discutiu e isso naturalmente chegou até a rede de fofocas. — Ele faz uma careta.

— É por isso que a Sophie não gosta dela?

— Não exatamente. As coisas pesam pra Jenna. Problemas com as amigas. Notas. Ela é filha única e cresceu bem solitária. Os pais dela viajam bastante a trabalho e esperam muito dela, e cada pouquinho de estresse é como uma pedra que ela costura nas roupas. Jenna internaliza tudo. No segundo ano, perdeu seis quilos. Ela ia lá em casa quase toda noite e caía no sono na minha cama enquanto eu fazia a lição de casa. Eu estava conciliando a escola e o futebol e a Sophie não gostava de como ela tomava meu tempo. Tentei incentivar Jenna a descobrir outros interesses. Ela fazia trabalho voluntário em uma clínica pediátrica, mas desistiu. Só queria focar nas notas e em mim. Eu não queria aquilo.

— Sua tia disse que você vai se transferir para a Williams por causa dela.

— Não sabia que ela sabia disso. — A expressão dele se fecha ainda mais. — A Williams ainda não finalizou minha transferência, por isso não falei nada. Nem a Sophie sabe. — Ele desvia o olhar para um passarinho na grama que ataca um pedaço de bolinho de carne de porco. — Sei que a minha família está chateada, mas é difícil pra Jenna ficar sozinha. Ela vai prestar medicina...

— Medicina? — Faço uma careta. — Os pais dela também querem que ela seja médica?

— Não, *ela* quer. Ela quer ser uma oncologista pediátrica, trabalhar com crianças que têm câncer. Ela seria ótima nisso. Mas a incerteza é difícil pra ela. O seu programa de bacharelado e pós... ela mataria por esse tipo de segurança. O ano passado foi um inferno. Ela se inscreveu em um monte desses programas, ficou na lista de espera em todos.

Arranco um pêssego de uma árvore e rolo sua superfície aveludada pelas mãos. Então é por isso que Rick vai se transferir — Jenna precisa de Rick, uma pessoa confiável e sólida ao lado dela enquanto ela enfrenta o estresse de prestar medicina e todas as pedras que ela vai costurar às roupas tentando entrar na faculdade. Não quero dividir a arrogância da família dele sobre não estudar em uma universidade da Ivy League, mas parece que há algo errado. Será que ele precisava mesmo desistir da Yale? Não sei nada sobre relacionamentos à distância, e talvez seja excruciante. Mas Megan e Dan têm feito o deles funcionar mesmo a seis estados de distância. Williams e Yale ficam só algumas horas uma da outra. E o futebol? Ele tem tanto medo assim de perder Jenna?

Ele ainda está tentando descascar as cicatrizes dos dedos. Toco a mão dele.

— Você estava com ela quando fez essas cicatrizes?

A mão dele paralisa.

— Como você adivinhou?

— Você faz isso sempre que está pensando nela.

Ele fecha os dedos, como se tentasse desfazer todas as outras vezes em que se entregou.

— Estava. Foi um acidente.

A voz dele é como uma parede de tijolos que me mantém do lado de fora. O que quer que tenha acontecido, a memória deixou o rosto dele sombrio. Deixo o assunto morrer.

— Os pais dela sabem?

A voz dele fica afiada.

— Sabem do quê?

— De como ela está deprimida.

— Não. — Ele deixa os braços caírem. — Não, ela não é próxima deles. Ela me fez prometer que não ia contar. O pai dela iria culpá-la por ser fraca. Eles sempre falavam pra ela não chorar na infância.

— Eles podem não entender. — Será que *eu* me sentiria segura contando uma coisa dessas para os meus pais? — Mas você não pode cuidar dela sozinho. — Levanto os olhos para ele. — Você realmente ama ela, né?

Ele solta uma respiração.

— Amo. Claro que amo.

Sinto o gosto azedo do pêssego na boca. Quando chegamos ao portão oposto do parque, jogo a fruta no lixo e me viro para refazer nossas pegadas. O grupo de tai chi reaparece e faz um intervalo para beber água em garrafas térmicas de metal. Um homem de cabelo branco distribui bastões de *bō* para os homens e mulheres, que os giram como moinhos de vento rurais. Nós nos sentamos em um banco para observar. Estico minha perna para um lado e toco os dedos do pé, tentando me estabilizar com o alongamento familiar.

— Você disse pra minha família que vai para a Tisch.

Rick não está me ajudando a reencontrar meu centro.

— Eu estava brincando. Obviamente.

— Estava? Porque, sempre que você fala sobre a faculdade de medicina, parece que você perdeu o Rose Bowl para sempre.

— Uau, isso é tipo o apocalipse?

Ele sorri.

— Pior. — O sorriso desaparece. — É uma pergunta séria.

Solto os dedos do pé.

— Quando eu era pequena, caí de bicicleta e abri o joelho. Meu pai me deu ponto e disse "quando *você* virar médica, é você que vai fazer isso". Todo dia, ele voltava do trabalho, depois de passar o dia puxando o carrinho de limpeza pela Cleveland Clinic, todo desanimado e cheirando a antisséptico, e eu corria e o abraçava. Ele me falava sobre uma cirurgia que viu de relance, ou de como um médico salvou a vida de alguém, e como ele tinha orgulho porque um dia eu seria médica. A profissão que ele não conseguiu exercer. Ele não disse essa última parte, mas eu sempre soube. E eu ia fazer a dor dele valer a pena e ele não se sentiria mais tão derrotado.

— Quando você rejeitou a Tisch?

— Um dia antes de vir pra cá.

— Você podia tentar ligar pra eles. — Ele ajeita a postura. — Explicar por que você achou que teria que rejeitar a vaga.

— É tarde demais.

— Ainda falta um mês pras aulas começarem. Diz pra eles que você teve problemas na família. Que achou que não tinha outra opção. Você poderia fazer aquelas aulas de dança e coreografia. Moraria perto da Broadway...

— *PARA*. — Cubro a boca dele com a mão. Ele está abrindo cicatrizes que me esforcei para curar. — Quais são as chances de outra garota com o meu perfil desistir antes de setembro? — Outra garota asiática-americana, se Marc estiver certo sobre cotas. — Menor que zero. Além disso, você vai desistir do futebol por alguém que você ama. Então quem é você pra falar?

Eu o solto e ele morde a bochecha. Ainda sinto os pelos do queixo dele na palma da mão. Os olhos dele estão arregalados, como se eu o tivesse atingido com um taser. Ele está pálido.

Então desvia o olhar.

— Não sei.

Depois de um momento, digo:

— Tudo que fiz foi para a faculdade de medicina. Meus pais também. — Todas as refeições que mamãe cozinhou enquanto eu estudava noite adentro; todas as vezes em que ela fez minhas tarefas domésticas durante as provas finais, agindo como se trabalhasse para mim; todas as vezes em que papai me levou de carro até o estágio, todas as preocupações deles em relação à faculdade, porque o meu futuro é o futuro deles. O pagamento do meu depósito e do primeiro semestre. Eles jamais me pediriam para pagar um centavo, não como os pais de Megan. Sou uma Wong antes de ser a Ever, assim como Rick é um Woo carregando o nome da família.

Um bando de pássaros voa sobre nós e a batida das asas agita o ar quente. Nós dois precisamos de alguma coisa que nos anime. Enquanto o grupo de tai chi gira os bastões em câmera lenta, eu me levanto do banco e me aproximo do homem de cabelo branco.

— Podemos tentar? — pergunto, com um mandarim não tão ruim.

— Claro, irmãzinha. — Ele me oferece um dos bastões de vime; não entendo o resto do que ele diz em mandarim. Experimento o bastão, simples e funcional, de um metro e meio de comprimento e quatro centímetros de diâmetro, com a madeira rachada um pouco na ponta. O peso familiar, tão parecido com meu mastro, é reconfortante.

— Você quer tentar tai chi? — Rick está sorrindo um pouco.

— Tenho uma ideia melhor.

Aponto o bastão para o peito dele. Um sorriso real aparece no meu rosto. Todas aquelas horas treinando com a minha equipe estão prestes a valer a pena.

— Eu te *desafio* pra um duelo. Se eu vencer, você para de se lamentar pelo fim de semana. Se você ganhar, pode choramingar o quanto quiser.

Ele pisca e levanta uma das sobrancelhas grossas.

— Você nem está na eletiva.

— Tenta.

— Eu por acaso também sou o melhor da turma. Sou um talento nato.

Levanto a cabeça.

— É o que vamos ver, Cara do Futebol.

Ele arqueia mais a sobrancelha e se levanta. Seus cento e oitenta e cinco centímetros me forçam a erguer os olhos.

— Vou ficar feliz em te destroçar — ele diz pausadamente. — Mas sou duas vezes mais pesado que você.

— Ah, lá vem ele com desculpinha. — Eu o rodeio, forçando Rick a andar na direção do carrinho de bastões. — Não vale usar o seu peso.

Então, só para me exibir, eu giro meu bastão na frente do corpo, trezentos e sessenta graus perfeitos.

Rick fica boquiaberto.

— Parece que alguém aqui sabe alguns truques.

O senhorzinho timidamente cutuca Rick nas costas enquanto ele escolhe uma haste robusta de bambu, desgastada no centro por excesso de uso. Ele a segura próxima do chão, parecendo extremamente competente.

— Eu não vou pegar leve com você.

— Eu não quero que você pegue leve.

— E, se eu ganhar, você vai dançar no show de talentos.

— O quê? — Abaixo meu bastão um centímetro. — Não é justo. Não vou me apresentar no show de talentos.

— Não sei por quê. Quinhentos alunos e vinte e cinco conselheiros são uma plateia tão grande quanto a que você vai ter n'*O lago dos cisnes* em Taipei. Maior. E seria só sua.

— Ok, mas você não vai vencer.

— Famosas últimas palavras. — Ele faz uma reverência debochada.

Começo a girar meu bastão. Minha equipe às vezes praticava sem bandeiras, então manejar um bastão é tão familiar quanto cruzar as pernas. Os olhos de Rick nunca deixam os meus.

— Você está tentando me distrair.

Minhas mãos se movem habilmente, mantendo meu bastão girando, formando uma mancha hipnótica.

— Ya! — Ataco.

Rick bloqueia sem esforço e sorrindo. O barulho de madeira contra madeira pontua o ar e reverbera nas minhas mãos. Giro outra vez. E de novo. Eu o empurro para trás até que o pé dele atinge o muro de tijolos.

Abro um sorriso provocante.

Então é *ele* que está me empurrando para trás, com o bastão voando e todos os anos de treinamento físico caindo sobre a minha cabeça.

Em poucos minutos, estou ofegante.

— Você se dá por vencida? — Rick provoca.

— Famosas últimas palavras. — Dou um golpe na cabeça dele. Ele desvia, mas o vento divide seu cabelo ao meio. — Ha! — Leio a expressão em seus olhos semicerrados: perto demais. Sem chance de Rick deixar a pequena Ever Wong vencê-lo em uma luta de *bō*.

Ele investe, mas eu desvio dançando.

— Exibida.

Meu sorriso aumenta. A cada movimento que ele faz, eu o imito e crio os meus próprios. Ele é forte e rápido, mas sou bem mais ágil. Agachamos, giramos e empurramos um ao outro, em uma dança que satisfaz a fome no meu corpo.

Posso ouvir a energia dos nossos passos conjuntos estalando entre nós.

Só um pouco fora do caminho, bato meu bastão contra o de Rick e jogo meu peso sobre ele, tentando forçá-lo para trás.

— Erro tático — ele diz, suspirando. Uma gota de suor escorre por seu pescoço. — Nenhum homem move uma montanha. Ou mulher. — Eu o ignoro e empurro com mais força. Nossos rostos se aproximam por trás dos bastões. Seus olhos cor de âmbar, banhados pela luz do sol e à distância de uma mão, prendem os meus.

O canto de seus lábios se curva em um sorriso.

Estamos perto o suficiente para nos beijarmos.

A ideia me atinge no nariz como a ponta de um bastão.

Em pânico, eu recuo, soltando Rick. Ele arregala os olhos, cambaleando para a frente. Instintivamente, derrubo meu bastão, que bate nos dedos dele.

— Ai! — Ele chacoalha a mão, derrubando o bastão. — Eu me rendo!

— Desculpa! — Pego o punho dele, horrorizada. — Era pra acertar o seu bastão.

— Prefiro que você acerte meus dedos do que o meu bastão.

O tom é malicioso, nada típico dele. Solto seu punho como se fosse carvão quente, corando furiosamente.

— Vou te bater ainda mais por isso!

Finjo bater nele ao redor da cabeça e Rick se agacha atrás do bastão. Ele se levanta, bloqueia, desvia, ri. Nossos movimentos fazem meu corpo cantar — todas as fibras dos meus músculos estão vivas, em sincronia.

Então ele pega o meu bastão.

De repente, estou colada contra ele, nossos bastões cruzados. A testa dele brilha com o suor e meu próprio pescoço está encharcado. Seu perfume de grama, quente, enche meus pulmões e faz meu coração acelerar.

O bastão de Rick cai no chão.

Então ele segura meu queixo com seus dedos fortes. Ele passa o polegar sobre meus lábios, causando um arrepio dolorosamente delicioso. Nossos corpos se aproximam mais do meu bastão, ainda na mão dele, e meus dedos agarram seu braço como se minha vida dependesse disso. Ele abaixa a cabeça, nossos narizes se tocam, sua respiração suave tira o ar da minha boca...

E ele se afasta.

O quase beijo crepita entre nós dois.

Jenna.

Um espaço frio se forma entre nós, meu bastão é a única coisa em minhas mãos.

Rick queria me beijar.

E quanto a mim — ele deve ter visto tudo no meu rosto também. Nunca me senti tão exposta, nem mesmo durante a sessão de fotos. Ele é o Rick Woo. O Garoto Maravilha, famoso no *World Journal*, e o sonho de toda garota.

— Ever...

— *Xiǎo mèimei, Xiǎo dìdi, Chīfàn la.*

Rick dá um pulo. Uma funcionária com uniforme preto e branco e com uma cesta trançada pendurada no braço, está vindo pela trilha, nos chamando para jantar. Os olhos dela alternam entre nós, brilhando de entusiasmo — ela está feliz pelo jovem mestre Woo e sua nova namorada.

Gotas grossas de chuva começam a cair enquanto Rick agacha para pegar seu bastão, escondendo o rosto. Levo a mão até a boca, tocando os lábios que ele não beijou.

— Ever...

— Ela tem sorte de ter você — digo. — Espero que ela entenda isso.

Jogando meu *bō* para o homem de cabelo branco, saio correndo enquanto as nuvens se abrem. Meus pés seguem um ritmo instável pela chuva. Rick não vem atrás de mim, e não espero que ele venha.

Eu não deveria ter vindo.

Não para esse fim de semana. Não para esse parque. Eu não deveria ter proposto e depois, como uma idiota, concordado com essa farsa.

Porque, antes de sair de casa, eu sabia qual era a minha vida: fazer faculdade de medicina, ser a filha que nunca atingiria as expectativas, sofrer de longe por Dan. E hoje, por uma tarde perfeita, tive algo diferente — um futuro na dança, uma família que me aceita, um namorado que eu admiro e respeito...

E nada era real.

21

A canção tradicional taiwanesa que tocou hoje à noite se entrelaça como um laço pelas dobras do meu cérebro. Uma dança se desenrola para acompanhá-la: um anel duplo de garotas com vestidos coloridos, de mãos dadas, girando em direções opostas ao redor de um casal de amantes. Meu corpo quer dançar.

Não tenho a menor expectativa de dormir quando fico desse jeito.

Estou sozinha na minha cama de imperatriz, com as pernas enroladas em lençóis de algodão. A luz do luar se alinha aos entalhes vazados, iluminando cavalos, guerreiros ferozes em batalha, meu edredom listrado. O ar está abafado e parado e, debaixo da minha cabeça, o travesseiro de penas está encharcado de suor.

É minha segunda noite na mansão de tia Claire, depois de um fim de semana dedicado a um ato precário de equilíbrio: Sophie ignorando Xavier para flertar com um primo distante e eu evitando Rick enquanto finjo ser namorada dele — tudo isso enquanto faço bolinhos na cozinha arejada de tia Claire, jogo Go com pedras pretas e brancas, recebo massagens mágicas em uma mesa acolchoada e me sento à mesa para refeições de lagosta fatiada, panquecas de ostra e o abalone mais fresco da ilha, com talheres de prata e copos de cristal.

Hoje à noite, no entanto, minha cabeça dói por causa das rodadas de shots que tomei com os primos e tios de Rick. Houve brincadeiras sobre netos, até que Rick teve que intervir, *ok, já deu*.

Eu me sento e pego o tablet emprestado de tia Claire na mesa de cabeceira. Seu brilho branco perfura meus olhos enquanto procuro na internet variações de "bolsa de estudos para dança", lendo sobre a Bolsa Norte-Americana de Arte Performática e a Fundação de Arte Jovem.

Só que, como falei para Rick, já é tarde demais para tudo.

Meu movimento faz minhas sapatilhas de ponta balançarem no poste da cama em que estão penduradas, batendo suavemente contra a madeira. Eu as puxo e me deito novamente sobre meu travesseiro e as aperto contra o peito, como Floppy, meu antigo coelhinho de pelúcia. Minha audição de amanhã — é nisso que preciso focar. A última dança de Ever Wong.

Fecho os olhos com força e penso em giros *piqué*: da ponta dos pés ao joelho, depois para baixo, girando, olhando, girando, olhando, simples, simples, simples, duplo.

Do que você precisaria para ser uma dançarina?

Você poderia ligar para eles...

Derrubo minhas sapatilhas, que caem com um baque duplo no chão.

Contei coisas demais para Rick. Agora a voz e a esperança dele se entrelaçaram com os segredos mais íntimos do meu coração, junto com aquele quase beijo no qual não consigo parar de pensar — mas *preciso* parar. Para desfazer esse laço que, de alguma forma, me amarrou a ele sem que eu percebesse.

O relógio de chão toca. Uma da manhã. Nem adianta tentar dormir. Deslizando do colchão, pego meu novo robe de seda — presente de tia Claire para a namorada que nem é namorada. Mesmo assim, eu o visto, abro a porta de carvalho e caminho descalça sobre as passadeiras ao longo do corredor.

Tudo no escuro parece desbotado e solitário. A pedra e o vidro, os vasos asiáticos, todos meticulosamente limpos e organizados. Conchas gigantes me lembram de Pearl, que as ama. Mas o aroma de madeira de teca e óleo de flor branca me lembra de mamãe — e alguma coisa dentro de mim se retrai.

Na sala de estar, uma brasa alaranjada crepita. Uma chama queima na lareira, embora o ar esteja quente e úmido. Uma tora estala e emite uma nuvem de faíscas. O cheiro de cinzas chega ao meu nariz.

Alguém está acordado.

Um fio de luz brilha a alguns centímetros do fogo.

As costas de Xavier estão viradas para mim. Sua camiseta preta está amassada, como se ele tivesse dormido com ela. Em sua mão está uma *tantō* com cabo de marfim — usada por um samurai de verdade do Japão feudal, de acordo com um primo, soldados que não se jogavam sobre suas espadas como os romanos, mas cortavam o próprio ventre.

— Xavier, o que você está fazendo?

Ele se vira. A lâmina da pequena espada brilha e a luz do fogo ilumina seu rosto bronzeado.

— Ever. — Ele abaixa a *tantō*, colocando-a ao lado — Eu... não consigo dormir. — Seus olhos passeiam sobre mim e agradeço mentalmente a tia Claire por esse robe que esconde minha camisola fina. Quero me virar e correr na direção oposta, mas, em vez disso, meus pés me carregam até a sala.

— Também não consigo dormir. — Os tatames grossos de junco, importados do Japão, fazem cócegas nos meus pés. A espada brilha outra vez, então a luz do fogo ilumina uma linha escura escorrendo da palma de Xavier.

— Você está sangrando. — Sou tomada por uma onda de náusea. Eu deveria ter fugido quando tive a chance. A espada é antiga. Não é algo que alguém deveria usar para fazer um juramento de sangue. — Essa lâmina pode te dar uma gangrena.

Xavier levanta a mão, como se estivesse surpreso.

— Você estava tentando decepar a mão? — Lutando contra a náusea, pego os dedos dele e examino o corte, o sangue flui rapidamente. Anos ajudando papai a tratar cortes e arranhões em piqueniques da igreja significam que pelo menos sei o básico do que fazer.

Procuro ao redor da sala, mas, diferentemente da minha casa, que está entulhada de caixas de Kleenex para a rinite de papai, não há uma única caixa à vista. Desamarro a faixa do meu robe e o arranco, esperando que tia Claire não descubra que destruí o presente — e então me pergunto por que a aprovação dela é tão importante para mim.

A rigidez de Xavier enquanto enrolo sua mão com a faixa me deixa mais nervosa do que os desenhos dele — mesmo na escuridão, sinto o peso de seu olhar.

— Vi um kit de primeiros socorros perto da piscina — digo. — Espera um pouco.

Quando volto, com a caixa de plástico nas mãos, ele está esticado na ponta dos pés, devolvendo a espada para os ganchos onde estava pendurada. Os olhos dele encontram os meus. Fico vermelha e fecho as abas do robe.

— Eu cuido disso — digo, desnecessariamente. Respirando fundo, começo a desamarrar a mão dele. Cada camada da faixa de seda está empapada com uma mancha no formato de Saturno. Sangue. Sangue. Sangue. Sinto uma vertigem e balanço. Sim, eu bebi o saquê de sangue de cobra, mas esse sangue é humano.

Tentando me esforçar para ficar firme, passo um antisséptico no corte e rapidamente o cubro com gaze e esparadrapo. Só quando ele está devidamente atado é que consigo respirar novamente.

— Não suporto ver sangue — confesso.

Ele pisca.

— Não percebi.

Meus joelhos vacilam. Balanço outra vez e ele pega o kit de mim. Eu me deixo cair sobre o tatame, apoio a cabeça nos ombros e fecho os olhos.

— Tudo bem?

— Sim, me dá um minuto.

Ele me entrega uma garrafa de vinho que sobrou das festividades de hoje à noite. Um vinho francês com rótulo branco. Levo a garrafa aos lábios e tomo um longo gole. Cereja preta, intensa e forte. Tomo um segundo gole, um terceiro, e deixo sua maciez aquecer meu corpo e tirar aqueles Saturnos sangrentos da minha mente.

Só volto a olhar para cima de novo quando ele diz, baixinho:

— Obrigado.

Uma vergonha familiar se segue. E medo. Mesmo que eu consiga guardar todo o conhecimento dos livros da faculdade de medicina na minha memória de peneira, isso é o que vou ter que encarar, todo dia. Tortura.

— Desculpa — resmungo.

Ele suspira.

— O idiota que se cortou fui eu. Você está bem?

A reação dele me surpreende, talvez porque seja tão... humana.

— Sim, estou. — E consegui, não consegui? Fiz um curativo no corte sangrento dele. Sob seu olhar, fecho meu robe de novo. Eu me pergunto se ele está me rabiscando em sua mente, e o pensamento, em vez de me deixar brava, dessa vez acende algo quente dentro de mim.

Talvez Xavier seja exatamente o que preciso para esquecer Rick.

Ele estica a mão para pegar a garrafa.

— Qual é a real entre você e o Garoto Maravilha?

— Estamos juntos, ninguém te contou? — pergunto, amarga.

— E minha mãe é a Dragão. Sou o colega de quarto dele, lembra? Ouço as ligações dele. Vejo os cartões-postais. — Ele devolve a garrafa. — Então... o quê? Ele tem você *e* ela? Esses atletas sempre conseguem o que querem, né?

Eu não deveria beber tanto assim, não depois do que aconteceu na primeira noite de balada, mas tomo outro longo gole. Ignoro a provocação sobre Rick, que não me parece, de jeito nenhum, estar conseguindo o que quer. Ignoro a pontada no peito quando imagino as ligações diárias e os cartões-postais que Xavier testemunhou.

— Só estou ajudando ele.

— E o que você ganha em troca?

— Nada. —Além de um coração partido. *Por que* ele não tem coragem de enfrentar a família por Jenna? — E o que você tem com isso?

—Talvez eu sinta pena quando vejo amor não correspondido.

— Ha. Não tem amor nenhum aqui — respondo, mas fico vermelha. Não gosto dele espiando o interior da minha alma assim. — E o que está acontecendo com você e a Sophie? — Ele ainda está aqui, afinal, embora o comportamento dela deixe claro que não quer mais saber dele.

— Meu pai gostaria dela.

— E você não? Eu sinceramente não entendo. — Sophie é linda e divertida. Supergenerosa. — Qualquer garoto teria sorte de estar com ela.

Os olhos de Xavier estão sobre os meus, me observando.

— Eu deixei aquele tapete do lado de fora do seu quarto — ele diz. — Prendi uma folha com um *E* escrito. Pra você.

O quê? A cena em que Sophie entrou no quarto com o tapete embaixo do braço se reorganiza na minha mente.

Eu havia deduzido que era para ela. Ela me deixou acreditar nisso.

— Eu não sabia — gaguejo, mas seus olhos me dizem que ele já sabe. Coloco a garrafa perto dos meus pés. O vinho me deixou quente, e o ar parado me sufoca. — Você não estava mentindo antes.

Ele balança a cabeça de leve. Ele também não contradisse nada que Sophie falou sobre ele — só deixou sua reputação de Conquistador com C maiúsculo continuar crescendo.

— Por que você veio nesse vim de semana? — pergunto.

Os olhos dele brilham com o fogo.

— Você não entenderia.

— Estou fingindo ser a namorada de um cara para a família dele aceitar a verdadeira. Pode falar.

— Talvez estar com uma garota que está a fim de você seja melhor do que ficar sozinho com seu eu desprezível.

Desprezível? O belo e disputado Xavier Yeh da fama e fortuna Longzhou?

— Por que você diria uma coisa dessas?

Seus olhos piscam dessa vez. A mão dele se move até um caderno de exercícios que eu não tinha notado, então ele percebe que estou olhando e retira a mão. Xavier Yeh, o rebelde da classe e colecionador de deméritos, está estudando chinês em uma noite de sábado.

E é como se o caderno estive sussurrando um segredo.

— Posso ver?

Ele estica a mão para pegar a garrafa. Quando a devolvo, nossos dedos se tocam — os dele estão quentes. Febris.

Ele me dá o caderno.

— Leia e chore.

Ele termina nossa garrafa, se levanta e remexe em uma adega perto da janela.

Sozinha no chão, abro o caderno de exercícios, intrigada.

As páginas parecem frágeis, como se fossem rasgar caso eu as vire rápido demais. Uma caligrafia desconhecida enche as margens. Copiar caracteres chineses. Copiar sua tradução em inglês.

"Bibent" em vez de "didn't".

"Pensel" em vez de "pencil".

"Dall" em vez de "ball".

Uma rolha estoura na adega.

Quando ele volta, com uma nova garrafa, pergunto:

— Essa é a sua letra?

Ele se senta ao meu lado novamente, dessa vez mais perto. Sua perna, áspera com os pelos, roça minha panturrilha nua. Seus pés são longos e esguios. Sinto o calor de seu braço contra o meu, mas meu corpo demora para reagir, e não me mexo, não quero me mexer. Levo a nova garrafa aos lábios e bebo um vinho mais forte e escuro que aquece meus dedos.

— As palavras não gostam de mim — ele diz. — Elas saltam ao redor da página. Posso passar os olhos sobre elas cem vezes e ainda não entendo o que olhei.

Como Pearl. Lembro de como Xavier se recusava a escrever na aula de caligrafia, exceto por aquele único caractere simétrico. Do modo como sempre fazia eu e Sophie começarmos os exercícios em dupla, para que ele pudesse me ouvir ler em voz alta e depois repetir o que tínhamos lido. Ele escondeu isso tão cuidadosamente, e agora está mostrando a verdade para mim, a garota que picou seu desenho em flocos de neve.

— Você é disléxico?

— Algo assim — ele diz, com a voz áspera. — O que é sinônimo de "idiota".

Estou atordoada. Já li sobre crianças que se sentem assim por causa da dislexia, mas aquelas histórias sempre pareceram cápsulas do tempo — ideias datadas congeladas em âmbar, como a vergonha secreta da mulher que deu à luz fora do casamento em *A letra escarlate* ou a caça às bruxas em *As bruxas de Salém*.

— Não é idiota — digo. — Minha irmã é disléxica.

— Sério?

— Meu pai dá aula pra ela. Ela tinha uma professora de educação especial no ensino fundamental. Ela tem algumas adaptações na escola e usa programas que convertem voz em texto. Ela ama música, mas tem dificuldade pra ler notas, então usa o ouvido para ajudar. Quer dizer, não é fácil, mas ela é a melhor da turma.

Ele solta uma risada curta.

— Meu pai diz que é uma desculpa. Obsessão do Ocidente com psicologia. Crianças chinesas não têm dislexia.

Murmuro um palavrão.

— Você nunca teve educação especial?

Ele faz que não com a cabeça.

— Eu tinha um tutor aqui em Taiwan quando era mais novo. Ele tinha tipo uns cem anos. Disse para o meu pai que eu não conseguia aprender. — Xavier envolve os joelhos com os braços. — Meu pai falava que deveria ter me batido com mais força pra tirar isso de mim. Então eu teria aprendido.

Fecho o caderno.

— Ele te batia por causa da dislexia?

Xavier bebe metade da garrafa antes de passá-la de volta para mim.

— Minha mãe tentava impedi-lo.

— Costumava?

Ele fica em silêncio. Então continua:

— Ela morreu quando eu tinha doze anos.

— Ah! Sinto muito.

Xavier dá de ombros.

— É só a minha vida. Meu pai me colocou em um apartamento em Manhattan enquanto ele ficava em Taipei. Tive um consultor educacional. Meus professores deduziam que eu não conseguia ler porque inglês é minha segunda língua. Com o tempo, descobri como disfarçar. Dinheiro consegue comprar qualquer coisa no ensino fundamental e médio. — Xavier pega a garrafa outra vez. — Em março do ano passado, quando meu pai veio me visitar, ele descobriu que eu não tinha nem me inscrito no vestibular. Raciocinei que não fazia sentido. Ele demitiu o consultor e não me dei nem ao trabalho de fazer as provas finais. Nem tenho um diploma.

— Ah, Xavier.

Ele toca as próprias costas.

— Meu pai me deu um novo conjunto de troféus e disse que eu era uma desgraça pra nove gerações. — Os lábios dele se curvam sarcasticamente e ele toma outro gole da bebida.

Troféus. Ele está falando de cicatrizes.

Mas a mensagem penetrou ao longo dos anos — tão fundo que Xavier, bem no fundo, acredita nela.

Uma memória minha vem à tona. Mamãe com os *kuàizi*, batendo na parte interna das minhas coxas nuas, uma, duas, três vezes. Eu devia ser bem novinha; lembro de chorar, esfregar os olhos na barra da minha camisola da Hello Kitty. Nem me lembro do que tinha feito, só que estávamos na sala de estudos. Talvez eu tivesse errado algum exercício de soletração. Os *kuàizi* só apareceram depois, e não deixaram cicatrizes, mas a vergonha ficou.

— Eles que se afundem na própria desgraça — sussurro.

A luz do fogo faz suas maçãs do rosto ficarem proeminentes como espadas. Seu maxilar se estreita. Com um único dedo, ele traça uma linha pelo meu nariz. Depois, por cada sobrancelha. Então, de canto a canto, pelos meus lábios. Me desenhando. Me enxergando.

Então ele se aproxima e me beija.

A boca dele é macia, adocicada pelo vinho. O curativo de gaze roça minha bochecha quando ele passa os dedos pelo meu cabelo e embala a curva do meu pescoço. Sob seus lábios, minhas costas se curvam de leve...

O que é que estou fazendo?

Começo a me afastar. Mas ele me puxa para seu peito. Seu braço desliza pelas minhas costas e seus lábios me devoram. Ele interrompe o beijo para respirar.

Precisamos parar.

— Xavier...

A boca dele me silencia, dividindo meus lábios e me fazendo suspirar com o prazer inesperado de sua língua. Ele tem gosto de vinho, do fogo na lareira, e estou me apertando contra ele, desejando que ele vá ainda mais fundo nesse beijo que quebra as Regras dos Wong para curar aquele buraco em si mesmo e para continuar fazendo eu me sentir tão desejada...

É então que o grito de Sophie perfura a noite.

22

— **Sophie** — engasgo conforme me afasto de Xavier.
— Você é minha *convidada*. — Ela corre até nós. Seu robe com estampa de rosas desliza de um de seus ombros estreitos e ela o coloca de volta no lugar. O brinco de opala de Xavier brilha em sua orelha. Ela o colocou de novo. — Você é minha *convidada*!
— Soph...
— Cala a boca! — Ela dá um tapa na minha bochecha. — Cala a boca, cala a boca, sua vadia!
Minha visão fica turva. Coloco a mão sobre minha bochecha em chamas. Nunca me senti tão pequena e baixa, toda a minha culpa arde nos meus lábios inchados.
Mas eu achei que você não o queria mais. Eu achei... Eu achei...
Ela levanta o braço para um outro golpe.
Então Xavier segura o punho de Sophie.
— A culpa é minha! *Eu* beijei ela.

A parte de mim que não está tomada de horror está surpresa com a rapidez dele em me defender. Sophie recua como se ele tivesse batido nela e se solta. Ela segura a frente do robe. Seus olhos castanho-escuros parecem os de um cachorrinho perdido, tão vulneráveis e magoados que, mesmo sabendo que ela brincou com nós dois, meu coração dói por ela.

Então ela curva os lábios.

— Ah, então *agora* você tem coragem? — Ela cospe em Xavier. Ela se gira como se fosse embora, mas pausa quando seu olhar varre o chão. Se agachando, ela pega uma folha de papel. Ela move os lábios como se estivesse tentando falar, mas não encontrasse as palavras.

— *Você.* — Amassando a folha, ela a joga na direção de Xavier. A folha bate no peito dele e cai no chão, se desdobrando e recusando-se a guardar segredos.

Outro desenho: a xícara azul de porcelana de tia Claire erguida na altura dos meus lábios.

Com um soluço, ela sobe as escadas correndo, seu robe farfalhando como asas amassadas de uma borboleta. Uma eternidade depois, ouço a batida da porta dela.

Xavier pousa a mão sobre minha cintura.

— Tudo bem?

Eu me afasto, como se ele tivesse me queimado. Sinceramente achei que Sophie não queria mais saber dele, mas eu deveria ter imaginado. Estou de volta ao momento em que Megan me contou sobre Dan, só que o que fiz foi cem vezes pior. Que tipo de amiga eu sou?

— Ever, por favor, fala comigo...

Com um pequeno soluço, eu me afasto e fujo pelo corredor até a suíte Eleanor.

***

Acordo com o par de cortinas de brocado ametista balançando na janela. O sol está alto — é quase meio-dia. Sem nem conseguir abrir direito os olhos, saio da cama e entro no banheiro, ainda tentando afastar o peso da última noite. Os belos azulejos de tia Claire ecoam com meus passos instáveis. No chuveiro, enquanto a água escorre, um sapo cinza pula do canto e meu breve grito reverbera pelo vidro.

— Ah, *Fannie* — digo, chorando. — *Vai embora*, sapo. — Ele me ignora. Deixo o animal coaxando maniacamente enquanto me afogo na chuva quente, deixando suas gotas afiadas cortarem meu coração, até que, enfim, a água gelada me manda de volta para o quarto, escorrendo do meu cabelo e rosto. Eu me sinto pesada, como se estivesse enrolada em uma daquelas mantas de chumbo debaixo de uma máquina de raio x. Vou ter que encarar Sophie de novo no campus. E Xavier. E Rick...

Piso sobre um embrulho macio, embalado em papel, no chão, ao lado da porta. Papel de seda laranja amarrado com um laço combinando. O que é isso? Arranco um bilhete e desdobro a espessa folha de papel com letras grossas.

> *Querida Ever,*
>
> *Eu não queria que você fosse dormir essa noite sem minhas desculpas. Você não fez nada além de me ajudar nesse fim de semana, e mesmo assim eu passei dos limites. Não tem desculpas para o que fiz. Só posso dizer que jamais quero estragar nossa amizade, que tem sido uma surpresa e um presente para mim neste verão.*

> *Sempre seu amigo,*
> R
>
> PS: *achei isso no mercado hoje à noite e não consegui resistir. Espero que você consiga aproveitá-los no inverno.*

Ele deve ter deixado esse pacote pelo nicho de serviço de quarto ontem à noite. Meus olhos ardem enquanto desembrulho um par de meias azul-céu fofinho, estampado com dançarinos, homens e mulheres, girando, rodopiando e dando piruetas. Coloco as mãos dentro dele e sinto o calor da lã. Depois desse fim de semana extravagante, depois de Xavier, essas *meias*. São tão bobinhas, tão queridas.

Mas ele me mostrou a foto de Jenna na primeira hora em que eu o conheci. Esse bilhete é um lembrete de que somos apenas amigos e de que, assim que Sophie contar tudo, a família vai bater na porta dele com um anel de herança e implorar para ele o colocar no dedo de Jenna. Fui bem-sucedida como ele nunca imaginou.

E o que eu poderia dizer? Sinto muito por não ter te traído; sinto muito por ter traído sua prima, mas as coisas não são tão simples quanto parecem; sei que você me disse para ficar longe de Xavier, mas...

Meus dedos do pé se conectam a uma caixa de cetim. Minha sapatilha de ponta cor-de-rosa voa à direita e laços se espalham em curvas descuidadas sobre o tapete.

Sinto meu coração na garganta e meus olhos voam para o despertador, que nunca tocou.

— Minha audição.

Eu perdi a hora.

***

Dois minutos depois, com a carta, as meias e as roupas enfiadas na mochila, eu me lanço pelo corredor até as escadas. Meu coração está cheio demais para raciocinar qualquer coisa além da necessidade de chegar até o Szeto Balé Studio.

Quando me aproximo do quarto de Rick, eu o ouço falando em inglês, tia Claire histérica em hokkien, cada um usando a língua com que estão mais confortáveis, como meus parentes quando entusiasmados ou estressados. Não ouço a voz de Sophie, mas talvez ela esteja lá dentro, com as mãos no quadril enquanto Rick está sentado na cama. A vergonha aperta o meu peito.

Pelo menos deixei o caminho livre para Jenna.

— A gente só estava fingindo — ouço Rick dizer quando passo pela porta. — Por favor, a culpa não é dela. Ela estava me ajudando...

— Rick, não! — sussurro. *Você estragou tudo.*

Agora, estou descendo a escadaria curva, dois degraus por vez.

23

O sol está diretamente sobre a minha cabeça quando chego ao Szeto Balé Studio, lutando para respirar. Sinto um horror opressivo sobre os ombros quando entro pela porta, apressada. Minha camiseta encharcada de suor está grudada às minhas costelas.

Mas, quando as paredes cor-de-rosa desbotadas e o ar-condicionado me envolvem, e as notas de *O lago dos cisnes* alcançam meus ouvidos, uma sensação de refúgio toma conta de mim.

Corro na direção da música.

Os pôsteres familiares de balé — *Coppélia, O Quebra-Nozes* — parecem clichês depois da coleção de arte de tia Claire. Mas aquele sussurro desleal desaparece quando meus olhos recaem sobre madame Szeto no estúdio, com as costas abertas de seu collant marrom refletidas no espelho que cobre toda a parede. Na frente dela, um belo homem com cabelo preto aparado executa um salto maravilhoso, com braços esticados e pernas girando enquanto uma garota com um collant branco se move ao redor dele. É o príncipe Siegfried, testando mais aspirantes a Odette. Vou implorar a ela que me encaixe no cronograma. Fico até depois do horário de fechamento, se for preciso.

Correndo até o camarim, largo minha mochila e estou com as minhas meias-calças nas mãos antes de a porta se fechar.

Mas ela não fecha.

Em vez disso, ela se abre novamente para a entrada de madame Szeto, seu cabelo preto está preso em seu usual coque *chignon*, gracioso em sua nuca. O collant dela se estica sobre seus ombros retos e seios pequenos.

— Madame, sinto muito...

— Você não é mais bem-vinda aqui. — Sua boca, geralmente suave de bondade, está mordida como uma maçã seca.

— Sinto muito *mesmo* por estar atrasada. — As desculpas despencam dos meus lábios — Eu estava...

Ela pega minha mochila e enfia minhas coisas de volta lá dentro. O ruído de papel rasgado do bilhete de Rick alcança meus ouvidos.

— Por favor, madame — digo, mas ela pega meu braço e meio me arrasta, meio me conduz pela sala da recepção enquanto balbucio explicações e tento me ajeitar. A mão firme que me mostrou como segurar o abdômen agora belisca minha pele como uma garra. Talvez ela não possa dar a Odette para a garota que aparece uma hora atrasada, mas por que está me expulsando?

— Por favor, eu não enten...

— Nossas jovens têm reputações a zelar. Não podemos deixar ninguém manchar isso. Nem mesmo uma garota dos *Estados Unidos*. — Ela me solta como um tapete sujo na porta e joga minha mochila na minha barriga.

— Posso pelo menos dançar com o coro? — pergunto, chorando.

— Vá embora, srta. Wong. — Ela segura a porta aberta. — Não me obrigue a chamar a segurança.

— Segurança? — Eu me agarro à bolsa. Bato com o ombro no batente da porta enquanto recuo até o sol impiedoso. — Deve haver algum engano.

Ela joga uma foto do tamanho de uma carteira na minha direção. Tento pegá-la, mas não consigo, e ela flutua até o cimento.

— Não sei como funcionam os estúdios de dança nos Estados Unidos, srta. Wong, mas, em Taipei, não somos assim. Por favor, não volte mais. Diga o mesmo para a sua amiga.

Amiga?

Minha mão treme enquanto me agacho para pegar a foto. De uma garota.

Ela posa contra um fundo branco, o único objeto em seu mundo retangular. As mãos dela se abrem como leques ao seu lado. Ela olha para mim, com o queixo erguido, ousada, lábios vermelho-escuros abertos em um suspiro sedutor, curvas de cabelo preto presos para mostrar cada pedaço de pele, da curva de seu pescoço ao tornozelo modestamente erguido — e entre eles.

Fico sem ar.

Minha foto nua.

Enquanto eu estava dormindo de manhã, Sophie deve ter pegado as fotos no estúdio de Yannie.

E entregado aqui.

A porta range enquanto madame Szeto começa a fechá-la. Agarro a borda com as duas mãos.

— Espera! Por favor, me deixa explicar!

Sou forçada a tirar os dedos quando ela fecha a porta na minha cara.

Estou sem dinheiro, então caminho por duas horas até o campus. Perdi o valor de uma semana de aulas no Szeto, mas não posso pedir reembolso. Sinto meus pés tão pesados como os blocos de concreto que protegem a costa contra tufões. Motonetas passam e jogam nuvens de cascalho em mim. Há um volume no meu bolso, a foto amassada que não consigo olhar. Meus lábios ardem — preciso falar com Xavier depois de correr dele, mas não sei o que faremos depois. Quanto a Rick...

Levo os dedos até o queixo. Ainda consigo sentir a marca dos dedos dele aqui.

Preciso entender por que ele me deu aquelas meias.

Por que contou para a tia dele que não estávamos juntos de verdade.

Preciso explicar.

Eu me arrasto pelos degraus de tijolos até a Chien Tan e entro na recepção por uma porta lateral. Está atipicamente vazia. Vozes em pânico estão gritando no salão ao lado, mas não sinto um pingo de curiosidade. O quadro de deméritos cobre uma parede: nossos nomes chineses em uma longa fileira, chovendo marcações de deméritos, com uma extensa coluna debaixo do nome de Xavier e uma igual debaixo do meu. Que coisa mais juvenil.

— Para! Para com isso agora! — berra uma garota na sala ao lado.

— Faz alguma coisa! — grita outra.

— Ei! Parem com isso! — grita Marc.

O que está acontecendo?

Ajeito a mochila nos ombros, entro num corredor e colido com as costas suadas de alguém.

Um círculo de alunos se formou ao redor de dois lutadores: os braços de Xavier estão presos ao redor do pescoço de Rick, os dois curvados enquanto colidem com Marc, que tenta agarrá-los e ganha um soco no estômago.

— Chega! Deu!

— Parem com isso!

Outras mãos tentam apartá-los, mas os dois são inseparáveis, uma força de pernas, braços musculosos e raiva, derrubando todos pelo caminho.

Antes que eu possa gritar — e mergulhar no meio dos dois —, Rick se solta. Ele move o ombro, então seu punho explode no rosto de Xavier.

— Rick, para! — grito.

Com expressões idênticas de fúria, os dois se viram para me encarar. Sangue escorre do nariz de Xavier. Rick encontra meus olhos e recua. Então Xavier agarra a camiseta dele pelas costas e eles voltam a brigar como um par de animais selvagens.

— Seu filho da mãe!

— Covarde!

Nunca fui a garota disputada por garotos, mas não preciso de qualquer tipo de ego para entender que essa briga tem a ver comigo... Mas por quê? Por causa do beijo?

— *Xiang-Ping! Guang-Ming!* — A Dragão passa por mim com seu vestido verde, Li-Han está logo atrás dela. Nunca pensei que fosse ficar feliz em vê-la. Ela estala os dedos, late ordens, e Li-Han, Marc e dois outros garotos separam Rick e Xavier. Eles se encaram. Xavier esfrega o nariz, que respinga pétalas vermelhas sobre sua camiseta creme. Seus olhos brilham para mim, escuros e indecifráveis, mas Rick não olha em minha direção.

Observo em silêncio, paralisada, enquanto a Dragão manda Li-Han, Marc e Rick levarem Xavier para a enfermaria e para conversarem — esse é o jeito dela. Rick parece tão furioso, como se ela tivesse ordenado que ele doasse os dois rins para Xavier.

— *Ai-Mei!* — Meu nome é como estilhaços nos lábios dela. — *Nǐ zài zhèlǐ děng!*

— *Shén me wèntí?* — pergunto. *Qual é o problema?*

Ela gesticula, me mandando ir até o seu escritório. Só agora vejo que a Dragão está segurando outra foto minha nua.

E Sophie ataca novamente.

24

Sei qual é minha punição mesmo antes de a Dragão fechar a porta de sua sala, um espaço caótico com quatro longas mesas e uma escrivaninha de aço entulhada de papéis. O ar carrega o cheiro de pomada chinesa. Colagens de fotos com alunos da Chien Tan de outros anos cobrem as paredes. Com certeza, nenhum deles foi expulso pela mesma razão que eu.

— *Zuò* — comanda ela.

Encolhida de medo, afundo em uma cadeira na frente da escrivaninha. Ela liga para meus pais. Eu os imagino do outro lado da linha, se levantando de susto na cama de lençóis floridos, mamãe no telefone que fica ao lado da cama, papai no telefone sem fio, enquanto a Dragão dispara em mandarim.

Então ela me entrega o telefone.

Eu o levo até minha orelha, com as mãos tremendo.

— Alô?

— Como você pôde fazer algo tão tolo? — grita papai.

— Não foi assim que te criamos! — mamãe grita. — Agora você nos envergonhou!

— Você sabe o que aqueles garotos pensam de você agora? — papai pergunta, palavras que perfuram um véu entre nós. Ele ainda não aceita o meu primeiro sutiã, muito menos que garotos possam pensar qualquer coisa de mim. A vergonha daquela menininha que abriu demais as pernas toma conta de mim outra vez.

— E se a Northwestern descobrir? — A voz de mamãe aumenta um decibel, e tenho que afastar o telefone do ouvido; a Dragão consegue ouvir cada palavra. — Eles vão te expulsar! Você pode ter arruinado a sua *vida*!

Um novo pânico explode como lava no meu peito. Aperto o telefone. Sophie não mandaria minhas fotos para eles, mandaria?

— Eles não *podem*! — grito.

— Nós confiamos em você o suficiente pra te mandar pra Taiwan sozinha! — meu pai grita.

— Não foi pra isso que eu vendi meu colar de pérolas negras! — mamãe grita.

O colar de pérolas negras de novo?

— Eu não te *pedi* pra vender! — grito. — Eu não *queria* vir pra cá! Tudo o que eu queria fazer nesse verão era *dançar* e você *roubou* isso de mim!

Enormes soluços escapam da minha garganta. A Dragão me passa um lenço, mas mesmo com ela testemunhando nossa lavação de roupa, é tão *bom* soltar essa verdade.

— Como você pode ser tão ingrata? — minha mãe grita. — Nós fizemos *tudo* por você. Deus, por que você me amaldiçoou com uma filha dessas?

— Como você pode me chamar de ingrata? Eu desisti de dançar! Vou fazer faculdade de medicina! Vocês nunca me perguntam o que *eu* quero!

Não há resposta. Só o murmúrio dos meus pais conversando, então mamãe volta a falar:

— Nós vamos te arranjar uma passagem pra voltar pra casa.

Seguro o telefone com força.

— *Não!*

— Vá arrumar suas malas. Esteja pronta pra partir de manhã.

— Vocês não podem me fazer voltar pra casa agora! Eu não estou pronta! — estou gritando, sem fazer sentido para ninguém. Tinha esquecido como meus pais são rápidos para me cortar privilégios, mesmo a doze mil quilômetros de distância.

Em uma última tentativa, apelo para o pecado capital da família Wong:

— Vocês já me mandaram pra cá. Por que me mandar pra casa agora? É desperdício de dinheiro!

— *Você* tomou essa decisão estúpida! — mamãe diz. — Então *você* vai sofrer as consequências.

A linha fica muda.

Mal consigo me lembrar de ter saído aos tropeços da sala da Dragão. Meu peito queima como se meus pais o tivessem enchido com carvão vivo e então o chutado. Eu tinha começado a entender o lado deles. Até senti simpatia pelas coisas de que eles desistiram quando emigraram — seu lar, aceitação — e agradeci pelo fato de eles nunca terem me pressionado para arranjar um marido ou me chamado de desgraça para novas gerações.

Tudo isso já era. Não ligo para os traumas que trouxeram do outro lado do oceano. Eles não têm o direito de me fazer carregá-los pelo resto da minha vida.

Quando entro na recepção, cantadas e assobios atravessam o ar.

Uma centena de olhos me observam com malícia em cada canto: garotos no jogo de xadrez chinês, na mesa da piscina, na mesa de pebolim. As portas automáticas se abrem para receber Sophie, altiva com seu vestido tangerina e de braços dados com Chris Chen, um cara alto cujos dentes começaram a manchar de tanto mascar noz-de-areca, e outro cujo nome não lembro.

Sophie para na porta, aprecia a cena e sorri.

É *isso* que vou encarar pelo resto da minha estadia. O preço dos meus últimos dias de liberdade.

Mas, enquanto subo as escadas, quando agarro o corrimão, pretendendo correr para o meu quarto, uma onda de raiva me atinge.

Esses garotos me conhecem.

Eles escaparam comigo pela passarela. Dançaram em baladas e até ouviram meus conselhos sobre faculdade de medicina, pelo amor de Deus.

Como *ousam* me tratar como um pedaço de carne agora?

E como Sophie ousa?

Ignorando todos eles, solto o corrimão e marcho até ela.

— Aquilo era minha propriedade — digo. — Você não tinha o direito.

Sophie faz barulhos obscenos de beijos.

— Ah, *por favor*, não se faça de vítima.

— Sinto muito. — Minhas bochechas coram. Eu a subestimei. De muitos jeitos. — Mas aquele tapete de seda no nosso quarto também é meu. Então não se faça de vítima.

Ela paralisa.

Olho ao redor da recepção, e de repente ninguém tem coragem de me olhar nos olhos.

— Se vocês algum dia querem ver uma garota de que vocês gostam de verdade nua ao vivo, então talvez em vez de fazer cem flexões por dia e ficar cobiçando uma foto que não pertence a vocês, deveriam *agir como homens* pra, talvez, merecerem isso. Então, qualquer um com a minha foto, *devolve agora*.

Estendo uma mão com a palma para cima. *Odeio* o fato de que estou tremendo.

Ninguém se mexe.

Meu coração afunda. Será que eles são mesmo tão baixos e nojentos assim?

Então David atravessa a sala da mesa de pebolim e coloca uma foto na minha palma.

— Desculpa, Ever — ele murmura e vai embora.

Meu corpo inteiro está tremendo, mas mantenho meu queixo erguido enquanto outras sete fotos são empilhadas sobre a primeira. Só havia mais ou menos uma dúzia de garotos na recepção, afinal.

— Quantas são? — Ergo a pilha.

Sophie cerra os lábios. Ela não vai dizer.

— Nem *pense* em mandar essas para a Northwestern. Ou Dartmouth vai receber uma carta também. — Os olhos dela piscam. De medo? Raiva? Ainda tremendo, enfio a pilha no meu bolso. — Olhe ao seu redor, Sophie. — A recepção está vazia. — Não tem mais ninguém do seu lado.

E vou embora.

Passo na enfermagem apenas para ser informada pela enfermeira de que, como a despensa foi inundada graças ao último tufão, ela teve que mandar Rick e Xavier para a clínica local. Por causa da minha foto, não posso mais sair. Nem ir atrás deles.

A noite cai enquanto espero ansiosamente em um sofá de almofadas de seda no *lounge* dos garotos, a três portas do quarto de Rick e Xavier. Não sei quem vai voltar primeiro, ou se eles voltarão juntos, só sei que tantas coisas deram errado desde a luta de *bō* e os dedos de Rick no meu queixo: perdi Odette e meus pais vão me levar de volta para casa à força. Então tem o Xavier, e a luta, e não sei se Rick está bravo comigo por ter feito a única coisa que ele me pediu para não fazer, e por que é que ele não pôde enfrentar a família por Jenna para começo de conversa, e por que foi que tirei aquela foto horrorosa, e quantas mais estão por aí e uma vai acabar nas redes sociais ou chegar até a Northwestern, e nossa, será que eu inconscientemente me autossabotei ao perder Odette só para fazer a prisão de titânio da lanterna do ladrão algo mais insuportável, e será que algum dia posso voltar a ser a filha que meus pais querem que eu seja?

Um soluço raivoso escapa da minha garganta. Gotas de chuva molham as janelas que emolduram a noite. Estico a mão para pegar minha xícara de *bubble tea* com leite, que vira e derrama o líquido pela mesa de centro preta laqueada. Ele afoga as figuras de conchas marinhas de pescadores chineses, que combinam com a mesa da sala de estar de casa. Olho para ela: outra invasão Wong.

Eles nem me deram uma chance de explicar.

Ignoro a bagunça e me levanto para esperar perto das janelas. Lá embaixo, o cano azul se estende provocador sobre as águas negras do rio Keelung. Um par de barcos-dragão, brilhando como chinelos mágicos, desliza sob ele. Nem cheguei a andar em um, a sentir as gotículas de água no rosto.

— Ever, você está bem? — Spencer para perto dos elevadores com uma caixa de *mah-jong* de madeira embaixo do braço.

Diferentemente de Rick, Spencer realmente é como um irmão para mim. Assim como Marc. E Benji.

— Você viu o Rick?

— Ele foi embora.

— Foi embora?

— De tarde.

— Pra onde ele foi?

— Li-Han o levou para o aeroporto. Foi o Marc que disse. Ele vai pra Hong Kong por uns dias.

— Hong Kong!

Ele nunca falou de uma viagem para lá — só mencionou que o pai de Jenna trabalha em um banco em Hong Kong. Quando ele voltar, não vou mais estar aqui.

Nunca mais vou ver Rick.

— Você vai sair hoje? A gente vai para o *beer garden* em Gongguan. Rick disse que esse é o melhor; pena que ele não está aqui para ir com a gente.

— Hm, não posso. — Meus ossos viraram gelatina. — Mas aproveitem.

Eu me afundo de novo no sofá enquanto Spencer sai. A pontada da perda me surpreende. Como isso aconteceu? Há uma semana, eu teria ficado aliviada de estar livre do Garoto Maravilha, mas, agora...

As tábuas do chão rangem.

— Oi. Ever.

Xavier. Ele está usando sua camisa preta preferida, as costuras prateadas refletindo a luz difusa. Seu nariz tem um tom arroxeado, que combina com a persona misteriosa de cara durão que ele projeta, embora não com a pessoa real que ele me permite espiar. Ele carrega uma caixa comprida e retangular debaixo do braço, uma daquelas feitas para guardar pergaminhos, com duas metades que se separam como um tubo de batom.

A memória do beijo da noite passada, sua boca macia e suave me devorando, ressurge entre nós.

Levanto do sofá e entrelaço os dedos até que eles doam.

— Você voltou.

— E estou de castigo. Vinte deméritos, *baby*. — Com aquele sorriso sarcástico, ele levanta a mão para um *high-five*.

Eu recuo.

— Ouvi falar que o Rick foi pra Hong Kong — digo, abruptamente.

Ele abaixa a mão.

— Pra encontrar com a Jenna.

— Jenna! — Então ela superou o medo de voar? E por que eu sinto essa punhalada de traição? Nosso teatro foi para ajudá-la. Ele nunca fingiu que seria diferente, mas, de alguma forma, eu me sinto rejeitada.

Os olhos de Xavier estão estranhamente suaves. Uma expressão de simpatia. Eu me lembro do desenho em que estou observando Rick lutando com o *bō*. Xavier me entende tão claramente e, ontem à noite — ontem à noite, ele fez eu me sentir tão desejada.

— O que tem na caixa? — pergunto.

Xavier coloca uma mão sobre a tampa. Então a abre.

— Nada.

Algo no jeito com que ele responde me deixa imprudente. Ou talvez seja o beijo que me dá coragem. Ou o fato de que é minha última noite em Taipei, para sempre.

— Deixa eu ver.

É a vez dele de recuar.

— Não.

Agarro a parte de cima e ele a pega de volta com um pequeno grito de pânico, então a tampa se solta, seguida de uma onda de páginas enroladas. Com o rosto desesperado, Xavier tenta pegá-las, mas são muitas: meia dúzia de desenhos meus flutuam até o chão. Não rascunhos apressados como os que ele me deu, mas desenhos detalhados, coloridos, sombreados, tecidos com sombra e luz e tempo e dedicação.

Eu dançando no Club Love.

Eu observando a paisagem no lago e meu cabelo esvoaçando com a brisa.

Eu enrugando o nariz com o cheiro de uma erva chinesa nodosa.

Eu sentada perto da lareira brilhante de tia Claire, com uma garrafa de vinho aos meus pés.

Meus olhos preenchendo uma folha inteira.

Meus lábios.

Meu corpo treme quando me ajoelho diante dos belos desenhos, pedaços do coração dele em roxo, vermelho e verde. Gentilmente, reúno as pinturas e as guardo novamente em tubos macios dentro da caixa, me levanto e a entrego de volta para ele.

— Desculpa — sussurro.

Ele entrelaça os dedos nos meus.

— Ever.

Há um calor em sua voz baixa. Um convite tímido. E é minha última noite. Antes de voltar para a camisa de força da minha existência real.

O braço de Xavier me envolve. Ele aninha minha cabeça contra o peito dele e seus dedos sensíveis massageiam as vértebras do meu pescoço. Minhas costas se curvam levemente com o prazer de seu toque, então me afasto para olhar nos olhos dele.

O desejo neles faz meus joelhos tremerem.

É minha última noite.

Mas, se eu der esse passo, não vou saber dizer para onde isso vai levar. Não vou saber dizer o que vai significar deixar para trás não só os meus pais e suas regras, mas eu mesma.

Então coloco as mãos atrás da cabeça de Xavier e puxo seu rosto ao meu.

25

Raios de sol entram pela janela dupla quando acordo. Estou deitada de bruços em uma nuvem de plumas, nua entre lençóis de algodão, um edredom azul e o peso do braço de Xavier sobre minha cintura. Seu corpo nu está encostado nas minhas costas do ombro até as coxas. Sua respiração aquece minha nuca.

A noite passada retorna como um sonho: as mãos de Xavier nas minhas costas, me guiando até o quarto dele enquanto nossas bocas se moviam juntas, o clique da porta selando nossa privacidade, então a boca dele nas minhas pálpebras, nas minhas bochechas, no meu pescoço, as mãos dele explorando, o romper das barreiras que nos separavam, minhas unhas nos ombros dele.

Meu corpo está dolorido em lugares que eu não sabia que poderiam ficar doloridos.

O que foi que fiz?

Eu me mexo debaixo do braço de Xavier, que se move para o meu quadril. Pesado, íntimo e possessivo. Seu aroma sutil, de colônia, de suor, de homem, chega ao meu nariz. O corpo dele está marcado por todo o meu — e o que isso significa? Nunca fui o foco de um desejo tão voraz. Nunca imaginei como a força é irresistível. Sexo *não é* o praticamente insuportável dever de procriar, como mamãe sempre insinuou. São dois seres humanos se encaixando perfeitamente. Talvez seja a dançarina dentro de mim, mas eu soube instintivamente como me *mexer*...

Eu queria esperar pelo amor.

No lado oposto ao meu está a cama bagunçada de Rick. Nada mudou desde sexta-feira, exceto o fato de que as roupas dele do fim de semana estão jogadas sobre os lençóis amarrotados. As coisas dele ainda estão aqui — salgadinhos, sabonete, o presente de Jenna. O saco dobrado de arroz na escrivaninha está ao lado da pilha de cartões-postais.

Xavier me puxa mais para perto com o braço.

— Você é tão doce, Ever — ele murmura, ainda sonolento.

E como é estranho ele ter dito a única coisa que poderia me fazer querer ir embora.

Saindo de seus braços, procuro meu sutiã e minha calcinha. Não *quero* me arrepender do que fiz, mas não sou o tipo de pessoa que consegue deixar isso passar. Meu olhar se fixa em um borrão vermelho, como uma mancha de tinta de caligrafia em um canto pendurado do lençol.

Sangue.

Meu sangue.

Segurando um pequeno grito, saio pela porta.

O lado bom de voltar para casa hoje é que nunca mais vou ter que encarar Xavier.

Estou com medo de voltar para o meu quarto e para Sophie, então vou até o andar de baixo. A entrada está vazia e, embora eu tenha caminhado por ela dezenas de vezes, me sinto perdida e sem rumo enquanto vago pelos corredores. De algum jeito, acabo no refeitório. A mesa de café da manhã está cheia de bolinhos recheados com carne de porco, cinco tipos de mingau, travessas de panquecas de cebolinha, amontoados de ovos fritos e linguiças chinesas. Ovos salgados, os favoritos de papai, que ele mesmo faz colocando ovos crus em uma jarra antiga de conserva com água quente e salgada.

Rick estava certo: eu estava perdendo um café da manhã excelente. Agora, é a minha última ceia. Eu deveria comer, mas estou sem apetite. Coloco um único bolinho de porco em minha bandeja quando a Dragão chega com sua saia verde esvoaçando.

— Ai-Mei, venha para minha sala. Seus pais estão no telefone.

Mais inglês. É oficial. Estou fora.

Na sala dela, Mei-Hwa está organizando papéis e uma música toca em seu iPod. Ela o desliga, me olha nos olhos timidamente e fico vermelha.

— Minha favorita. — Ela pede desculpas, mas não sei por quê. Ela tem ótimo gosto para música. A Dragão a envia como professora substituta da nossa aula, e passa o telefone para mim. O aroma de pomada chinesa faz meus olhos aguarem e o ar-condicionado gela minha cabeça.

— Alô?

Seguro a borda da escrivaninha, me preparando para ouvir o número do voo, instruções sobre como passar meu tempo no avião e como vão me buscar no aeroporto, além daqueles golpes doloridos que só mamãe sabe dar. Meus lábios ardem dos beijos de Xavier e uma parte de mim teme que a Dragão possa vê-los, ou que mamãe vá ouvi-los na minha voz.

— Ever, não podemos te trazer pra cá. — A voz de mamãe é como gelo lascado. — A taxa de alteração é muito alta.

— Espera, o quê? — Meus olhos encontram os impenetráveis da Dragão.

— Você fica até acharmos uma passagem mais barata. Mas chega de sair sozinha. Todas as atividades especiais foram canceladas. Gao Laoshi disse que você não faz sua lição de casa. Tem mais deméritos que qualquer um. Sai escondida depois da meia-noite. Você tira fotos pelada! Meu bom Deus, o que vem depois?

Meus dedos se apertam no meu colo. Todos os piores pesadelos dela sobre mim se realizaram. E por que, eu não sei, mas eu precisava de Xavier ontem à noite, e talvez eu o tenha usado.

— Você vai dormir às nove horas. Os monitores vão te vigiar de noite.

— Nada de *tour* na fábrica de *pobá* pra você — completa a Dragão. — Nada de soltar lanternas, nada de corrida de barco-dragão, nada de show de talentos.

Ergo a cabeça.

— Eu nem estou no show de talentos.

— Apenas *excursões educativas* — conclui mamãe.

— Você não pode me *controlar*. — Minha garganta dói como se eu tivesse engolido uma navalha. Mantenho minha voz baixa para que ela não falhe. — Tenho *dezoito anos*.

Mais uma vez, a linha fica muda.

26

Tento ligar para Megan com os telefones da recepção, mas ela não atende. Deve ter saído com o Dan ou ainda está viajando com os pais. Eu me escondo no *lounge* do quinto andar pelo resto do dia, faltando nas aulas e evitando Xavier. Mas restam quatro semanas de programa, mais duas semanas de aula antes do *tour* pelo sul. Vou ter que encará-lo em algum momento.

A fome finalmente me leva até o jantar no refeitório, onde procuro Debra e Laura em uma mesa perto do fundo e me escondo no meio delas. Do outro lado, Mindy se levanta de repente e joga o cabelo preto sobre o ombro com desdém.

— *Vadia*. — Ela caminha furiosa até a mesa ao lado, onde abaixa a cabeça para falar com as garotas do segundo andar. Todas elas me lançam olhares fulminantes.

Meus olhos se enchem de lágrimas, mas Laura aperta meu braço.

— Você foi tão *corajosa*. Mostrou para aqueles garotos quem é que manda.

— O que a Sophie fez foi tão escroto. — Debra coloca *mapo* tofu no meu prato. Ela sabe que é o meu favorito e me jogo sobre eles, esfomeada, grata por ter alguém cuidando de mim.

— A gente *te odeia*, sabia? — Laura diz, rindo. — Quer dizer, se eu tivesse o seu corpo, eu mesma iria distribuir minhas fotos. — Ela me entrega um pacote embrulhado com guardanapos. — Recolhemos seis. Quantas faltam?

Elas estão me apoiando. Engasgo com um punhado de tofu apimentado.

— Não sei — sussurro. — Preciso descobrir. A fotógrafa sabe, mas não posso sair do campus. E nem consigo falar mandarim o suficiente para ligar.

— Vamos perguntar por você — Debra promete. — Vamos achar as fotos.

— Obrigada — digo. Mas, a menos que eu procure em cada bolso, caderno e gaveta no campus, o único jeito de eu conseguir todas elas de volta é se alguém entregá-las para mim.

Vou para o meu quarto depois do jantar, esperando evitar Sophie indo para a cama cedo. No *lounge*, Mei-Hwa está esticada em um sofá de seda azul, com a cabeça apoiada na almofada listrada em vermelho, amarelo e verde costurada por sua avó. Por cima do livro que está lendo, ela me vê e seu rosto cora, então ela se esconde atrás das páginas.

Ela é minha babá, então. Com certeza ela nunca deve ter feito nada tão idiota quanto... bom, quanto qualquer uma das coisas que fiz nas últimas semanas.

Passo por ela sem dizer uma palavra.

— Ai-Mei. *Wǒ néng tígōng bāngzhù ma?*

O tom dela é tímido, não de julgamento. Paro, de costas para ela.

— Meu nome é Ever.
— Ever. Meu outro nome é Gulilai.
Olho para ela, que se levanta e abaixa o livro. Então, tira um fone do ouvido e ouço uma música.
— Seu nome indígena?
Ela concorda com a cabeça.
— Sempre esqueço que você não entende mandarim.
— Qual nome você prefere?
— Eu gosto dos dois.
— Você se sente forçada a dizer isso? — Minhas palavras saem mais agressivas do que eu pretendia.
— Não, gosto mesmo dos dois. Etnicamente, sou uma garota dos povos da planície e puyama, mas também sou taiwanesa.
Ela sou eu ao contrário. Uma minoria em Taiwan, como eu sou nos Estados Unidos. De alguma forma, ela faz todas as suas identidades combinarem: usa roupas que refletem suas origens, trouxe a almofada da avó, tenta converter pessoas para as suas músicas favoritas e mesmo assim usa um nome chinês e lê um livro em inglês.
Toco o iPod dela.
— Que música é essa? — Parece estranho falar em inglês, na conversa mais longa que já tivemos.
— "Lán Huáã Cǎo". — Ela desconecta o fone do iPod e a voz de uma garota canta a música que ela estava ouvindo no escritório da Dragão. Sua favorita. — É uma antiga canção folclórica chinesa. "Orquídea".
Meus dedos se mexem com a batida.
— Gostei.
— Mesmo? — Ela parece surpresa, do mesmo jeito que me sinto quando os doze integrantes da equipe de dança amam minhas coreografias. Será que ela lutou com

as mesmas inseguranças, os mesmos medos de ser aceita como alguém fora da cultura dominante? Será que passei uma impressão esnobe de mim mesma? Eu me pego querendo tranquilizá-la.

— Gostei mesmo. Suas músicas ficam na minha cabeça.

— Meus pais tocavam essa quando eu era criança.

— Não consigo imaginar compartilhar música com meus pais.

Ela levanta a sobrancelha.

— Por que não?

— É que a gente gosta de coisas diferentes.

— Sinto tanta saudade dos meus pais — ela diz, genuinamente e sem vergonha. Eu a invejo.

— Eles não moram em Taipei?

— Nós moramos na costa leste, em uma pequena vila. A várias horas de distância.

— Por que você aceitou esse trabalho? Não foi pra passar o verão caçando delinquentes.

Ela ri, um som suave, relaxante.

— Eu queria conhecer jovens de outros países e ajudá-los a aprender sobre o meu. — Ela sorri e toca o iPod. "Orquídea" acabou. — Se eu fizer pelo menos *uma* pessoa amar *uma* música minha, consegui o que queria. Além disso — a voz dela fica melancólica —, minha família precisa do dinheiro. Tenho duas irmãs mais novas. Minha mãe acabou de ter um bebê.

Imagino Pearl. Mei-Hwa é uma irmã mais velha, como eu. E eu não era exatamente como ela no começo do verão? Firme e responsável? Mal conseguia *imaginar* problemas, muito menos me envolver neles?

— Você... quer conversar? — ela pergunta, hesitante.

Eu a encaro. Ela morde os lábios, tão desconfortável quanto eu. Estou feliz de termos conversado. Nos conhecemos um pouco mais.

Mas, não importa o quão simpática e sensível Mei-Hwa seja, ela ainda é os olhos e ouvidos da Dragão.

— Obrigada, mas eu estou bem — digo. — Obrigada por compartilhar sua música.

E, com isso, vou embora.

No meu quarto, o closet está aberto e sem roupas e cabides. Meus vestidos estão jogados em montes amarrotados, como se Sophie os tivesse chutado pelo chão. Minha saia preta de chiffon absorveu uma lata de cerveja velha. As roupas sujas de Sophie ainda estão no cesto, mas ela parece ter mudado de quarto. É um pequeno adiamento.

Limpo e organizo as coisas noite adentro, tentando colocar alguma ordem de volta no meu universo. Acho a blusa lilás de decote em v e o jeans rasgado que usei no voo para cá, amassados embaixo da minha cama. Sou tão diferente da garota que chegou ao Barco do Amor. Caminho até a cômoda, de onde tiro a lista de Regras dos Wong. *Beber, desperdiçar dinheiro, garotos, sexo*. Dediquei toda a minha energia a fazer o que meus *pais* não querem, em vez do que *eu* quero.

E fui impulsiva, idiota. E egoísta.

— *Wŏ zhĭxūyào gēn tā shuōhuà*. — É Xavier, no corredor.

Mei-Hwa responde em mandarim. A voz dela fica mais alta, então ouço uma batida na porta.

— Ever, sou eu — diz Xavier.

Agarro meus shorts no colo. Meu corpo ainda se lembra. De tudo. Não posso encará-lo. Não agora. Talvez nunca.

— Por favor, não me afaste.

Ele está com medo. Seu medo aperta meu coração.

Mas é ele o cara que *não* devia acabar magoado. O Conquistador que merece qualquer coisa. Por que ele tem que ser tão vulnerável?

De volta ao modo monitora, Mei-Hwa está dando uma bronca nele. Imagino seu corpo pequeno e determinado, arrastando-o pelo corredor, a prova de que tamanho não tem nada a ver com poder, e quase quero sair para poupar os dois do constrangimento.

— Desculpa, eu simplesmente não consigo falar hoje — digo, finalmente, mas eles já foram.

Mando um e-mail para Pearl para checar se ela não foi chamuscada pelas chamas lá em casa, então despejo o meu coração para Megan em um e-mail de três páginas.

Enfim, deleto o texto inteiro e escrevo:

> Estou com TANTA saudade. Espero que você e Dan estejam se divertindo.

De manhã, acordo de um sonho vago com um tutu de penas brancas. Eu me agarro a seus fios enquanto eles escapam de mim: a risada de Rick, os dedos manchados de tinta de Xavier. Por que eu estava sonhando com os dois? A luz que entra pela janela é cinza. Ninguém acordou ainda, o silêncio é anormal.

Analiso a lista de Regras dos Wong. Uma nova lista corre pela minha mente: em vez de notas dez, trabalhar em projetos que eu ame; em vez de dormir na hora certa e não beber e se vestir como uma freira, tudo com moderação.

Mas essas regras são reações. O que significa que essa lista ainda pertence aos meus pais.

Não a mim.

Amasso as Regras dos Wong em uma bola e a jogo no lixo. Cesta! Do lado de fora, no pátio, Marc e seus Homens Asiáticos Raivosos estão caminhando com água na altura da panturrilha. Meus olhos recaem sobre as meias azuis de Rick, dobradas, na borda da minha escrivaninha. Coloco minhas mãos dentro delas, tateando a maciez da lã, e bato palmas suavemente, sentindo uma impressão estranha e vazia de perda. Como se eu tivesse guardado alguma coisa no lugar errado.

Sem as minicaixas de som de Sophie tocando música, o quarto parece rigidamente parado. Ajusto meu rádio relógio despertador até encontrar uma música pop taiwanesa com uma batida legal. Depois dela toca uma música americana dos anos 1980.

Quase contra a minha vontade, a música toma conta dos meus ombros, depois do meu quadril, depois dos meus pés. Devagar, meus braços cobertos pelas meias desenham curvas pelo ar, ganhando velocidade à medida que a música se intensifica. Meus dedos pulsam contra a malha elástica e meus punhos se flexionam em movimentos paralelos ao ritmo. Começo a dançar. Uma música. Outra, depois outra enquanto meus pés marcam o ritmo sobre o chão. Rodopio no espaço entre as cômodas, minha sombra com braços longos salta nas paredes, até que, no fundo do meu corpo, entendo o que jamais vou conseguir descrever.

Quando a quinta música termina, faço um círculo lentamente. Minhas mãos azuis rabiscam um cilindro ao redor do meu corpo, diminuindo com a última nota da música. Sinto meu corpo pulsar lá no fundo enquanto meu sangue invade as câmaras do meu coração. Talvez eu precisasse chegar ao fundo do poço nesse fim de semana para acordar.

Abro meu caderno e escrevo uma nova lista. Não é para obedecer nem desobedecer a meus pais:

1) Resolver as coisas com o Xavier
2) Ajudá-lo com a leitura
3) Aprender um pouco de mandarim (seria bom para entender o que meus pais dizem em segredo)
4) Criar uma coreografia original para o show de talentos, mesmo que eu não possa participar dele
5) Dançar com todo o coração até chegar a hora de começar a faculdade de medicina

Dobro as meias de Rick cuidadosamente e as coloco sobre a escrivaninha. Aliso as pequenas figuras dançantes.

Depois de um momento, escrevo mais uma vez:

6) Esperar pelo amor da próxima vez

Escrevo um novo título no topo:

O Plano de Ever Wong

Para abrir a porta, preciso de quatro puxões que ameaçam tirar meus dois braços de suas articulações. *Ah, pelo amor de Deus,* a voz de Sophie ecoa na minha cabeça e sinto uma pontada.

Desço as escadas e chego onde o folheto azul ainda está pendurado com um pedaço de fita.

> *Você canta? Toca um instrumento? Faz malabarismo? Inscreva-se hoje para o Show de Talentos!*

Eu o arranco da parede e encontro Debra e Laura no *lounge* do segundo andar, espalhadas sobre tapetes vermelhos de ioga, se exercitando ao som de Taylor Swift. Enrolo o folheto em um tubo, mais nervosa do que se estivesse abordando um garoto para um primeiro encontro.

— Oi, Ever! — Debra termina uma série de levantamento de pernas e desgruda a camiseta com estampa de borboleta do esterno.

— E aí? — Laura enrola seu tapete em um tubo.

Mostro o folheto para minhas colegas de pista de dança.

— Estava pensando se vocês não topariam trabalhar comigo em uma coreografia. — O show de talentos precisa ter a Chien Tan como tema, mas isso não chega a ser uma limitação. É mais uma oportunidade de arriscar. — Tenho uma dança baseada em uma coisa que fiz para uma amiga e eu lá em Ohio. Posso incorporar laços e leques das eletivas de vocês. Quanto ao som, estou pensando em um mix de músicas estadunidenses e taiwanesas.

— Legal! — diz Debra.

— Não é estranho demais?

— Não, estou dentro — diz Laura. — Aposto que a Lena toparia participar. Ela é muito boa.

— Podemos treinar no prédio B — diz Debra.

— Tenho que confessar uma coisa — digo. — Tecnicamente, não posso participar do show de talentos.

— Por causa das fotos? — Debra faz uma careta.

— É. — Sinto um nó na garganta. — Não podemos deixar a Dragão saber que estou envolvida. Não vou estar no show. Só vou ensinar a dança para vocês. Além disso, depois das minhas fotos, é melhor que eu não esteja no palco. — Com todos aqueles olhos no meu corpo.

— Besteira — diz Debra, mas insisto antes que perca a coragem.

— Podemos começar amanhã depois das eletivas.

—Amanhã é o *tour* pelos templos. Na quinta-feira vamos ao Memorial de Sun Yat-sem. — Laura me lembra. — Sexta é o Museu do Palácio Nacional.

Já são tantos obstáculos, com nosso cronograma apertando ao longo das semanas. Engraçado como, quando me permito querer, o medo de *não* ser pega aumenta.

Mas, centímetro por centímetro, estou avançando no Plano Ever Wong.

— Sábado, então — digo.

Devo uma explicação a Xavier. Um pedido de desculpas e uma conversa. Mas estou aliviada de não o encontrar no refeitório; ele nunca foi de acordar cedo. Ando na fila do bufê e coloco um *bāozi* recheado com carne de porco na minha bandeja quando Marc passa pelas portas duplas. Ele está vestido para correr, com shorts de corrida e um colete sem mangas.

— Marc — chamo. Colocando a bandeja sobre a mesa do bufê, corro em direção à porta, apenas para colidir com a Dragão. Seus braços robustos estão cheios com uma pilha de cadernos. Sinto seu perfume forte sobre mim.

— Ai-Mei. — Seus olhos atentos reparam no tamanho da minha saia e ela aperta os lábios.

Mas, antes que ela possa proferir algum julgamento, saio correndo.

— Marc!

Na metade do corredor, ele se vira. Seu cabelo, dividido ao meio, cai em mechas castanhas até as bochechas. Os olhos dele brilham e ele tira um pacote comprido, embrulhado em papel pardo, debaixo do braço.

— Oi, Ever. Estava procurando você...

— O Rick foi pra Hong Kong pra encontrar a Jenna?

Os olhos de Marc se viram quando o alcanço.

— Foi uma emergência.

— O que houve?

— É... complicado.

— Alguém se machucou? O pai de Jenna?

Ele enfia o pacote de papel nos meus braços.

— Ele me pediu pra te dar isso.

— O que é? — Desembrulho o papel e vejo um bastão elegante de *bō*: de vime, leve, marcado com listras de tigre e afunilado nas duas extremidades.

— Nós estávamos no mercado esperando Li-Han levá-lo para o aeroporto e ele comprou isso.

— Pra quê?

— Luta com bastões.

Fico vermelha.

— É óbvio. — Passo a mão pela superfície polida do bastão. É perfeito. Nenhuma lasca. Eu o giro em um círculo completo. Eu teria admirado o equilíbrio do bastão se não estive eu mesma tão desequilibrada. Será que ele quer dizer que se lembra do nosso quase beijo? Já amo demais esse bastão, e não posso pagar por ele.

— Agradeça a ele por mim — digo, séria.

— Ele pediu desculpas e disse que vai falar com você quando voltar daqui alguns dias.

— Desculpa pelo quê? — Pelo beijo? Pelo desastre que foi o fim de semana? Talvez ele esteja tentando compensar o fato de tia Claire me odiar.

Marc dá de ombros.

— Imaginei que você saberia.

Não sei. E não consigo entender a gentileza de Rick, sendo que, provavelmente, não é nada além disso: gentileza.

— Espero que ninguém esteja machucado — digo. Colocando o bastão debaixo do braço, começo a voltar para o café da manhã, então me viro de novo.

— Quem começou a briga?

— Rick. — Marc morde os lábios. — Mas eles meio que já estavam se desentendendo desde o começo.

— Mas... por quê? Eu não...

— Desculpa, Ever. Não sei quanto ele gostaria que eu falasse. — Marc faz uma bola com o papel, com uma expressão de dor no rosto. — Ele vai voltar logo. Aí vocês conversam.

Evito Xavier na aula de mandarim me sentando na frente, perto de Debra e Laura, e saindo correndo logo que somos dispensados. Os dias que se seguem passam voando: lição de casa em uma sala de aula vazia sob a supervisão de Mei-Hwa, que recompensa meu esforço eliminando um demérito. Converso um pouco mais com ela sobre música e sua família, enquanto todos os outros alunos soltam lanternas ao céu nas varandas do Grand Hotel. Também não posso sair para dançar — mas não ligo.

— Acho que tirei toda essa coisa de sair pra dançar do meu sistema — digo para Megan, quando finalmente consigo fazer contato com ela no telefone a cobrar da recepção. — Ou talvez tudo que aconteceu tenha ofuscado isso.

— Ou talvez você só esteja finalmente fazendo mais das coisas que *você* quer fazer — ela diz, sabiamente.

Agora eu dou batidas na minha coxa seguindo um ritmo debaixo da carteira, tramando minha nova coreografia enquanto a Dragão nos ensina radicais, os componentes dos caracteres: três traços para água, uma explosão de cinco pontos para fogo, um coração sangrando para coração. Recito versos de poesia, canto *"Liǎng Zhī Lǎo Hǔ"* e ouço uma palestra de Mei-Hwa sobre os mais de dezesseis povos indígenas que compõem 2,3% — pouco mais de quinhentas mil pessoas — da população desta ilha, o tempo todo sentindo os olhos de Xavier atrás de mim.

Rick está fora há três dias. Odeio o fato de que estou contando.

À noite, no meu quarto, giro seu *bō*. Um bastão sem bandeira tem tanto potencial, e experimento o objeto com investidas e golpes em inimigos invisíveis. O bastão sibila pelo ar e eu me lembro de quando bati na mão de Rick. Eu não esperava que a ausência dele dominasse meus pensamentos e até minha dança. Lá em casa, ele era o odiado Garoto Maravilha. E aqui... ?

Não sei o que isso significa. Ou se significa alguma coisa.

Na quinta-feira, Laura e eu subimos os degraus até o Memorial Sun Yat-Sen, uma construção quadrada coberta por um telhado amarelo curvado. Lá dentro, uma estátua de dois andares de um homem que se parece com meu tio Johnny está sentada sobre uma cadeira de pedra entalhada. Ele é ladeado por bandeiras taiwanesas em vermelho, branco e azul.

— Ele foi médico antes de se tornar um revolucionário — diz Laura.

— Um belo jeito de se destacar.

— Não é? Me faz lembrar do Memorial Lincoln.

— Eu também. Ou é o contrário? Talvez turistas de Taiwan olhem pra Lincoln e pensem "legal, igual a do Dr. Sun Yat-Sen, pena que eles não têm sentinelas por perto pra mostrar um pouco de respeito".

Laura ri.

Na tarde de sexta-feira, embarcamos em um ônibus de luxo para o Museu do Palácio Nacional. A chuva quente cai quando chegamos a um portão esplêndido de cinco arcos brancos cobertos por telhas verde-água. Laura e eu abrimos nossos guarda-chuvas e enfrentamos a tempestade enquanto caminhamos por uma larga avenida de pedras ladeada por árvores de folhas grossas. O museu em si, um palácio bege e espalhado, está localizado na base de uma enorme montanha cheia de árvores. Cinco templos de telhas verde-água e alaranjadas combinando se erguem no centro e em ambos os lados.

Na metade do caminho, encontramos Sam e David se prostrando, com as mãos e joelhos no chão, e os cabelos pretos molhados pela chuva. Peter e Marc sobem em cima deles para formar uma pirâmide humana enquanto um quinto garoto tira fotos com o celular.

— O que vocês estão fazendo? — pergunto. Decido fingir que não lembro que David estava com uma das minhas fotos nuas.

— Estamos ressignificando estereótipos — diz Marc.

Estou confusa.

— Isso é pra uma eletiva?

— Não, é a nossa mensagem. Para o mundo. O Manifesto da Gangue dos Quatro.

Dou uma risada. Eles formam um grupo estranho: o robusto Sam, o esguio David com seu cavanhaque, Peter com sua pele macia e o magricela Marc.

— Então que estereótipo é esse?

— Você nunca percebeu? O pai asiático em filmes que tira um milhão de fotos?

— Achei que vocês se chamavam de "Homens Asiáticos Raivosos" — diz Laura.

— "Gangue dos Quatro" é melhor — diz o aspirante a jornalista. — Eram quatro oficiais fodas que lideraram a Revolução Cultural e foram condenados por traição pelo novo governo. Não que eu esteja do lado deles, mas o nome é ótimo.

Laura me passa o celular dela.

— Tira uma foto minha com eles, por favor?

Enquanto fotografo, alguém derruba minha bolsa do meu ombro. Sophie passa por nós em um vestido esvoaçante de seda vermelha, de braços dados com Benji. Da última vez que ouvi falar dela, ela estava namorando Chris, na velocidade máxima para achar seu homem ideal. Benji lança um olhar de pânico, estilo Bambi, por cima do ombro.

— Ela não é só louca por garotos — diz Laura. — Ela é insana.

— É a família dela. — Por que estou tentando explicar? *Ela quer um marido, não um ficante.* Laura ergue as sobrancelhas como se eu não estivesse falando coisa com coisa. Com tantas das garotas se recusando a se associar com Sophie, venci a batalha de certa forma. Mas, em vez de vingada, me sinto estranhamente responsável, como se a infelicidade que ela sente agora fosse minha culpa. O que ela fez foi errado, mas também falhei com ela, e não consigo imaginar se nós duas algum dia vamos nos recuperar.

Alguns garotos estão se aproximando atrás de nós.

— Taiwan quer *liberdade*. — Spencer está falando de política como sempre. — O país inteiro tem uma história de opressão. Primeiro pela ocupação japonesa, depois pelo Kuomintang. E os Estados Unidos vão ajudá-lo se Pequim tentar reprimi-lo?

— Se for bom pra eles — Xavier responde.

— Rápido, Laura. — Em pânico, saio correndo na frente antes que eles possam nos alcançar. — Estou encharcada. Vamos entrar.

Uma escada com um tapete vermelho nos leva para galerias de coisas incríveis: globos de marfim esculpidos, um dentro do outro; animais, barcos e máscaras de demônios entalhados em pedras. Uma estátua de jade de um garoto e um urso se abraçando me faz pensar em Rick. Talvez Jenna tenha ficado sabendo sobre nosso relacionamento falso e esteja terminando com ele? Talvez o pai dela esteja envolvido. Ou talvez eu *queira* que alguma coisa esteja errada, quando na verdade Rick está passeando de mãos dadas com Jenna pelas feiras noturnas de Hong Kong e Ever Wong não passe de uma memória distante.

Tento me imergir nesses tesouros da China, resgatados/roubados pelo Kuomintang, dependendo de que lado da história você está. Evito o grupo de Xavier perto de uma cabana mongol e entro em uma fila com Laura e algumas garotas para ver um famoso repolho chinês esculpido em uma única pedra de jade branca e vermelha. Aprendemos como distinguir jade de outras pedras lançando uma luz por ela.

No almoço, descubro a origem de coisas que eu achava serem esquisitices dos meus pais: suco fresco de melancia, metades de maracujá servidas com pequenas colheres de plástico. Até dou de cara com a fruta favorita de mamãe: uma pitaia vermelha da qual se extrai um suco escuro, em vez das brancas secas importadas pela mercearia chinesa de Cleveland. Seu peso na minha mão me deixa desconfortável, eu a coloco de volta na travessa e sigo em frente.

Depois do almoço, me pego vagando sozinha por um salão amplo onde uma multidão luta para se aproximar de um estojo de vidro. Corpos úmidos de suor se apertam atrás de mim, e sou empurrada para a frente como pasta de dentes em um tubo, até que me apertam contra o vidro. Lutando para respirar, coloco uma mão no vidro e olho para um pedaço de barriga de porco cor de canela em uma travessa de ouro. A luz reflete de uma camada de gordura e as estrias da carne. Parece boa o suficiente para afundar um par de *kuàizi* nela e devorá-la — e, maravilha das maravilhas, ela é feita de jaspe.

— Essa pedra é a coisa que você absolutamente precisava ver em Taipei. — Ouço uma voz provocante atrás de mim. — E agora você já viu.

Meu coração dispara quando Xavier manobra e para ao meu lado. Sua corrente de ouro brilha sobre o colarinho da camisa alfaiatada. Ele segura meu cotovelo, me protegendo da multidão enquanto saímos. O nariz dele ainda está machucado: há uma mancha amarelo-escura na ponte.

Seu toque e seu cheiro provocam alguma coisa no meu corpo com a memória dos beijos e de nossos corpos grudados.

— Oi — digo, toda sem jeito.

— Significou alguma coisa pra você? — Sua voz baixa é abafada pelos murmúrios da multidão.

— A carne de pedra? — Engulo em seco. — Engraçado como nossos ancestrais veneravam a comida.

O sorriso dele não chega aos olhos.

— Eles tinham muitos apetites que nós não valorizamos.

Eu coro e fixo o olhar em um vaso de cinco cores à frente, decorado com imortais, cem veados, frutas, fauna e nuvens azuis auspiciosas.

— Você está me evitando — diz Xavier.

— Eu não sabia o que dizer — admito.

A postura dele é tranquila, mas suas mãos estão tensas na grade que nos separa do vaso.

— Não foi uma noite qualquer pra mim.

Umedeço meus lábios secos.

— Não quero me arrepender...

— Então não se arrependa. — Ele passa a mão pelo meu cabelo. — Você está esperando por alguém que já fez uma escolha.

Uma nova pontada de ansiedade. Xavier ouviu todas as ligações. Viu todos os cartões-postais. Mas o bastão de *bō*... Eu queria poder *ligar* para Rick, mas nunca precisei do número de telefone dele, então não o tenho.

— Por que você estava brigando com ele?

Os olhos de Xavier mudam de direção.

— Ele estava bravo por causa do beijo na casa da tia dele. Não era da conta dele.

Eu odeio Rick por saber.

Mas ele fez aquilo ser da conta dele.

— Talvez ele não tenha feito escolha nenhuma — digo, abruptamente.

Xavier se vira para mim, esticando as mãos, exasperado.

— Então por que ele está com a Jenna em Hong Kong?

— Como você sabe disso?

— Eu escutei a ligação dele na clínica, o.k.? Ela estava mudando o voo dela de Taipei. Ele estava se organizando pra buscá-la no aeroporto.

— Taipei? — gaguejo. — Ela estava vindo pra Taipei? Eu não sabia. — Por que ele não me contou? Para mim, Rick finalmente havia decidido agir como um homem decente e planejava forçar a família dele a aceitá-la.

Eu sou tão idiota.

Os anos sofrendo por um anseio não correspondido desabam sobre mim com uma solidão dolorosa. Depois de Dan, não aprendi nada. Ficar obcecada por um garoto apaixonado por outra garota. Um garoto que deixou claro, várias e várias vezes, que me vê como uma irmã.

Sinto um aperto no peito. Vou para a próxima sala, onde as batidas de um cinzel em uma pedra ecoam enquanto um artista convidado entalha selos em uma mesa no canto. Um panorama em um pergaminho de seda domina o resto da sala, uma cordilheira chamada Monte Lu, com picos íngremes e perenes, com tons de azul tão vivos e fortes que posso sentir seu gosto.

Enquanto Xavier se aproxima de mim, começo a andar para longe dele, mas a mão dele cobre a minha na grade.

— Isso... eu teria uma chance com você se conseguisse ler? — ele pergunta tímido.

Ergo a cabeça.

— Isso não tem nada a ver! Como você pôde pensar nisso?

Ele desvia o olhar. Seu cabelo ondulado cresceu desde o primeiro dia, e ele o colocou atrás das orelhas, o que o faz parecer mais novo. Penso no meu comportamento — fugindo na manhã seguinte, evitando-o porque estava horrorizada pela minha própria escolha — eu não fui gentil. Nem um pouco.

— Seu pai não quer que você pinte? — pergunto.

Ele me olha de relance. Dá uma risada breve.

— Meu pai compra arte se for um bom investimento. Mas nenhum filho idiota vai perder tempo brincando com essas coisas.

— Bom, ele não está aqui. Então vai em frente. Pinte com todo o seu coração pelo resto da excursão.

Ele corre a mão pela grade, ainda sem me olhar. Então pega o caderno da parte de trás dos shorts e o coloca na minha mão. Está quente do corpo dele. Relutante, folheio as páginas. Há uma incerteza nesses desenhos que não vi nos meus, como se ele os tivesse rabiscado com um olho espiando por cima do ombro, esperando por um açoite.

Os pilares de pedra de um templo gravados com dragões escamosos e caracteres em relevo. Um artista com um guarda-pó cheio de manchas de tinta ergue o pincel até um cavalete. Um ovo de chá descansa sobre sua própria sombra. Nenhuma garota, quando eu meio que esperava isso. Só mais retratos meus. Pegando o último pedaço de barbatana de tubarão da minha sopa na casa de tia Claire. Eu no café da manhã hoje cedo, colocando um ovo salgado no prato. Meu perfil na frente da sala de aula, de frente para Debra para um exercício em dupla.

A parte de trás da minha cabeça sobre o travesseiro dele, a curva do meu ombro nu, lençóis dobrados puxados até o meu cotovelo.

Quase derrubo o caderno. Os desenhos dele mudaram. Estão mais profundos. Ferventes. Febris.

Eu lhe devolvo o caderno com mãos trêmulas. Vou até a mesa de escultura, onde o artista está gravando os três caracteres de nomes chineses em pedras-sabão do tamanho de tubos de batom retangulares. Selos. Para carimbar em vermelho as pinturas nesse museu e na casa de tia Claire.

Compro uma peça verde-pálida, repleta de veias em um tom de verde mais escuro.

— *Nǐ jiào shénme míngzì?* — O escultor está perguntando o nome para entalhar nele, mas balanço minha cabeça e dou a pedra para Xavier.

— Você deveria entalhar o seu nome — digo. — Chen Laoshi diz que a maioria dos artistas faz isso. Meio como uma bailarina costurando seus próprios laços nas sapatilhas de ponta. Desculpa. — Respiro fundo e expiro pela boca. — Mas você não pode me desenhar mais.

— Por que não?

— Você sabe por quê.

— Não, não sei. — Ele vira a peça e passa o polegar pela borda.

— Não dificulte as coisas.

— Não sou eu quem está dificultando as coisas.

— *Para.* — Eu me viro para ir embora, mas ele me agarra pela cintura e me segura no lugar.

As próximas palavras dele são meio enterradas no meu cabelo.

— Ever, tudo o que eu quero é uma chance.

Tirei vantagem de um *crush* e o transformei em uma chama. Todas as ligações. Todos os cartões-postais.

Quando percebo, estou me inclinando sobre ele. Descanso minha testa em seu ombro enquanto seus braços me envolvem. Estou com tanto medo de magoá-lo.

Mas não tenho mais força para afastá-lo.

— Talvez devêssemos ler juntos um pouco. — Minha voz sai abafada pela camisa dele. — Eu te ajudo com o inglês, você me ajuda com o mandarim?

Ele aperta os braços ao meu redor e descansa o queixo no meu cabelo.

— Eu gostaria disso.

27

— **Laura, dê um passo para a frente** pra que a gente possa te ver. Lena, perfeito.

Durante todo o dia no sábado e domingo, eu me jogo nos ensaios para o show de talentos como se a minha sanidade dependesse disso. Talvez dependa mesmo. Ensaiamos fora de vista no pátio do fundo perto da fonte das carpas, e ajustei a coreografia que fiz com Megan para incorporar quinze garotas — em vez de um dueto com bandeiras, eu as agrupei em três grupos de cinco com leques, laços e passos rápidos de jazz, então os misturo quando a música progride.

— Mantenham os círculos do mesmo tamanho para aquelas três marcações, então formem as linhas entrelaçadas.

Dar instruções é tão natural para mim — e as garotas são boas. Podendo escolher entre quinhentos alunos, reunimos um time de estrelas. Contudo, quando o final de semana chega ao fim, a coreografia ainda não está sólida. Sendo sincera, é uma mistura aleatória de laços e leques.

Mesmo assim, quando trabalho com elas, sinto uma calma interna, um senso de estabilidade bem dentro de mim. Meus pais me mandaram para cá para descobrir minhas origens, mas, no processo, também estou descobrindo partes de mim mesma, mesmo que essa garota não seja quem eles querem que eu seja.

Entre as aulas e os ensaios, faço uma ligação de emergência para Pearl no telefone da recepção, pedindo dicas que eu possa dar a Xavier.

— Ele precisa procurar um professor de leitura pra dislexia quando vocês voltarem — diz Pearl. — Mas você ainda pode ler com ele. Papai fazia isso comigo quando eu era pequena, lembra? Horas por noite. E cartas de argila. Era divertido.

Quando foi que minha irmãzinha cresceu?

— Eu lembro. — Papai no sofá com Pearl no colo, um livro aberto sobre suas pernas magras. Eles costumavam ler até bem depois do horário de dormir, até que mamãe, brava, a mandava para a cama e brigava com papai. Papai vira um ursinho de pelúcia distraído quando se envolve com alguma coisa. Mas não quero pensar nele desse jeito. Fica mais difícil de me agarrar à minha raiva.

No começo da noite, quando tempestades batem nas janelas, Xavier e eu estudamos no *lounge* do quinto andar. Eu levo nossos cadernos. Ele leva uma caixa de doces barba de dragão.

— *Chuang qian ming yue guang.* — Leio o *pinyin* fonético do poema da lição de casa. — Não faço a mínima ideia do que foi que acabei de falar. Não sei o quê, não sei o quê, lua brilhante não sei o quê.

— *Chuáng qián míng yuè guāng* — ele diz, corrigindo meus tons. — Tenho quase certeza de que você disse "lua brilhante antes da minha cama". A maioria das crianças chinesas aprende esse poema na escola.

— Por que a Dragão não dá uma tradução? — resmungo. — Pelo menos você e eu formamos um bom time. Eu não entendo metade do que estou falando, mas você...

— Entendo o que você está dizendo, mas não consigo ler metade do que está escrito. — Ele dá um sorriso. Seu dente da frente é levemente torto; eu não tinha reparado nisso antes. — Até que isso é divertido.

Ele é divertido. Autodepreciativo de um jeito sarcástico. Espero que isso o esteja ajudando, mostrando que aquelas coisas que ele acreditava sobre si mesmo são mentira. Quero dar alguma coisa boa para ele nesse verão, mesmo que eu não saiba se posso dar o que ele quer.

Ele não está me pressionando a fazer nada além de ler.

Talvez estejamos caminhando de volta para uma amizade. Espero que sim.

Na tarde da segunda-feira seguinte, a quinta semana de Chien Tan e uma semana completa desde que Rick foi embora, minha lista reduzida de deméritos me permite sair outra vez — desde que eu avise a secretaria. Quando encontro as garotas no pátio, digo:

— Querem ensaiar do lado de fora do Teatro Nacional hoje? Pode ser inspirador.

Elas topam. De braços dados e cantando "Orquídea", passamos pelo lago e pela entrada como uma manada. Quando dobramos a esquina, vejo Sophie vindo até nós em um vestido curto casual amarelo, diminuída pelo corpo robusto de jogador de rugby de Matteo.

— Eu *não* falo demais. — O rosto arredondado e o sotaque italiano de Matteo estão ambos rígidos de raiva. Com uma mão grossa, ele puxa com força o colarinho de sua camisa polo listrada. Sua outra mão está cerrada em um punho.

— Desculpa, gata. Você não... Eu só estou de mau-humor, tá bom? Prometo que vou te recompensar. — Sophie coloca a mão sob o cotovelo dele, mas ele continua de punho cerrado. Eles se abraçam nas viagens de ônibus até a antiga residência de Chiang Kai-shek e o zoológico, e ouvi dizer que eles secretamente se mudaram para o quarto reserva. Mas o temperamento explosivo de Matteo fez com que Grace Pu abandonasse o Barco do Amor — certamente, Rick não aprovaria. E ele me pediu para tomar conta dela.

Sophie percebe nossa presença. O olhar dela vai de mim para o nosso grupo. Sua maquiagem perfeita — inclusive o delineador verde — e seu vestido passado contrastam fortemente com meus shorts, regata e rosto limpo. Reparar nela não mais causa a velha pontada de insegurança, mas ainda me preparo para a reação quando digo "Mei-Hwa deixou suas roupas limpas. Vou colocar no seu closet".

— Vou lá pegar. — Algo parecido com arrependimento nos olhos dela me dá minha própria pontada. Eu já a vi deixando caixas de bolos de abacaxi no *lounge* para outros aproveitarem e sair sem esperar que percebessem que havia sido ela. Típica generosidade de Sophie, mas agora os ombros dela estão abatidos e há uma sombra em seus olhos. A gente se deu bem desde o primeiro dia. Ela me ajudou a sair da minha camisa de força. Eu queria poder falar com ela sobre Rick.

Ela começa a passar, então se vira.

— Ever?

— Oi?
— O metrô está em obras. É melhor vocês atravessarem o rio e pegar um táxi.

É uma boa dica. Nos poupa quinze minutos de recálculo de rota, e uma corrida dividida entre quatro pessoas sai barata.

— Obrigada — digo.

Sophie faz que sim, então coloca a mão debaixo do braço de Matteo e segue em frente.

Na minha cabeça, adiciono um item para o Plano Ever Wong.

> *Dar um jeito de resolver as coisas com Sophie.*

Nossos táxis nos deixam na Liberty Square, uma vasta praça pública na frente de outro portão de cinco arcos brancos cobertos por telhas azuis. Ele leva a uma ampla avenida flanqueada por árvores podadas como se fossem esculturas que seguem em direção ao templo e ao telhado azul do Memorial de Chiang Kai-shek.

Em ambos os lados da avenida, duas construções chinesas tradicionais ficam de frente uma para a outra: o Teatro Nacional e o National Concert Hall. As construções são obras de arte por si só: largos degraus de pedra levam a uma plataforma que cerca cada prédio, e colunas vermelhas sustentam telhados laranja de dois andares com dragões, fênix e outras criaturas mitológicas chinesas marchando até cada canto curvado.

Uma brisa sopra pelo ar úmido. Guio as garotas pelos degraus até o deque do Teatro Nacional. Uma parede de portas de vidro reflete nossa imagem como espelhos de um estúdio de balé. Pôsteres anunciam as próximas performances de uma ópera de Pequim e um quarteto de cordas de Julliard.

— A gente não poderia ter pedido por um lugar mais perfeito pra praticar — digo, entusiasmada. — Isso é tipo o Carnegie Hall. Ou o Teatro Nacional em Boston.

— Foi aqui que aprendi a andar de bicicleta — Lena, com os dedos no pendente de cruz, seus olhos seguindo um garotinho pedalando sua própria bicicleta sob o olhar atento dos pais.

— Sério? — Aprendi a andar de bicicleta no parque perto de casa, com papai segurando a parte de trás e tentando me acompanhar. — Você estava viajando?

— Eu nasci aqui. — Em sua fala arrastada do sul, agora ouço a cadência de um sotaque taiwanês. — Fui para os Estados Unidos com a minha família quando tinha onze anos.

— Não consigo imaginar ter esse parque como se fosse seu próprio quintal. — Será que mamãe aprendeu a andar de bicicleta em uma praça como essa? Será que papai era um desses garotos jogando cartas no canto? Será que eles ouviam música pop e flertavam, ou sempre foram sérios e focados?

— Ever — Debra chama. — Você está pronta?

Eu estava olhando ao redor da praça, observando fantasmas.

— Sim — digo. — Vamos lá.

"Lán Huā Cǎo" começa a tocar das caixas de som de Debra. "Orquídea", a música antiga que Mei-Hwa me apresentou. Eu amo a simplicidade da melodia para abrir a coreografia. Minhas garotas se espalham pela plataforma e seus reflexos dançam na fileira de pedras de vidro. Quando a música se mistura com a próxima canção, ajusto o bloco para equilibrar as longas espirais de laços com os leques de jacarandá e as dançarinas de jazz sem acessórios. A música muda para outra que ainda não coreografamos e as garotas começam a dançar espontaneamente em estilo livre, e passamos tanto tempo rindo quanto praticando.

Finalmente, encharcadas de suor, nos jogamos sobre os degraus e bebemos água das nossas garrafas.

— Lena, você dança como se fosse feita de água — digo, e as garotas concordam. Ela tem um corpo como o de Megan, flexível e esbelto. Eu nunca a tinha visto dançar antes de formarmos nosso grupo; ela nunca saiu para as baladas, e é superenvolvida com o estudo semanal da Bíblia que começou no quinto andar. Fiquei surpresa por ela ter concordado em se juntar a nós. E grata.

— Minha mãe é dançarina. — Ela ajeita o cabelo preto para trás com sua faixa elástica vermelha. — Ela desistiu da carreira pra me criar. Eu pensei em dançar profissionalmente também, mas conversei sobre isso com a minha mãe, e o mundo do balé é muito cruel. Pior do que esporte profissional, onde pelo menos você ganha ou perde o jogo. Balé... é tão subjetivo.

— Então o que você vai fazer?

— Vou prestar fisioterapia. Quero trabalhar com dançarinos. Desse jeito posso continuar no mundo da dança e escolher as horas que trabalho, então ainda vou ter tempo pra dançar.

— Você tem tanta sorte de poder falar com a sua mãe sobre isso. — Por que ela pode e eu não? Será que é por que crescemos em culturas diferentes? Se mamãe e papai tivessem sido criados nos Estados Unidos, ou eu na Ásia, como Lena...

Todas as perguntas importantes para minha vida, faço para a melhor amiga ou o bibliotecário. Nunca converso com meus pais sobre os livros que leio ou a música que amo ou as coreografias na minha cabeça. Não posso confiar neles para que não peguem o pouco de alma que ofereço e o joguem no lixo.

— Minha mãe me disse pra tentar encontrar outro jeito de chegar até a dança, alguma coisa que fizesse de mim mais que um corpo bonito. Mas não sou como você. — Ela coloca uma mão sobre o coração e dá um sorriso travesso. — Sou só uma dançarina. Não como você, uma *coreógrafa*. Isso é algo que nem todo mundo consegue fazer.

Estou muito atordoada para responder com a negação involuntária de sempre. Megan frequentemente me chamava de coreógrafa. Será que *sou* mesmo? E se sou, o que isso significa?

Mas o sol está começando a se pôr em Taipei. Precisamos finalizar os ensaios.

— Prontas para os ensaios finais? — pergunto.

As garotas grunhem, mas se levantam dispostas e se espalham.

Seus movimentos estão começando a se ajeitar, braços, pernas e ângulos fluindo mais próximos da sincronização a cada repassada da coreografia. Mas alguma coisa ainda está errada — aquela aleatoriedade que não consigo solucionar. Enquanto observo a última tentativa, entendo o que está faltando.

— Precisamos de algo que amarre as partes — digo, enquanto Debra e Laura colidem. Com meu dueto interativo com Megan dividido entre as garotas, a coreografia é uma tela sem forma, balançando ao vento.

— É incrível do jeito que está — diz Debra. — Só precisamos aprender.

— Sério, Ever, é ótima — diz Laura.

— É ótima porque vocês são ótimas. — Dou um sorriso, agradecida pelo apoio delas.

Mas a coreógrafa em mim — testo a identidade, que grita — quer mais.

28

Na noite de quinta-feira, fico quinze minutos na minha escrivaninha no Skype com mamãe, tentando ajudá-la a entender uma conta médica que nosso seguro se recusa a pagar. Nós duas estamos tensas, frustradas pela necessidade dessa ligação que nenhuma de nós queria fazer. Papai não fala comigo desde o telefonema sobre as fotos. O fato de ele ainda estar bravo me magoa mais do que eu gostaria de admitir, mas tento não pensar muito nisso. Pelo menos mamãe não mencionou as fotos de novo.

Quando terminamos, ela diz:

— Ever? Achei uma passagem que está quase no preço certo. Estou esperando pra ver se diminui mais um pouco.

— *Mãe*. — E assim minha pressão sobe até o teto. — Não preciso voltar pra casa antes e, além disso, faltam menos de três semanas.

— Seu pai e eu cometemos um erro te mandando pra longe no seu último verão.

Eles seguem juntos, como sempre.

Quando desligo, me levanto e percebo que minhas pernas estão tremendo. Mando uma mensagem para Pearl:

> Eles realmente ainda estão tentando me mandar pra casa?

> **Pearl:** Sim. Eles falam sobre a sua foto toda noite.

Solto um grunhido e pego meu bastão *bō*, o giro em uma espiral hipnótica até que ele assobia, então dou um giro completo eu mesma enquanto mantenho o bastão girando no lugar, um truque que faço para minhas danças com mastro. Eu impressionei Rick com parte desse movimento. Faz mais de uma semana que ele está fora, perdendo a corrida de barco-dragão que ele mesmo organizou e da qual fui banida. Quero falar para ele sobre essa coreografia que estou elaborando para o show de talentos. Quero vencê-lo em outro duelo. Tiro meu tinteiro e meu pincel mais fino e pinto meu nome chinês na ponta do bastão.

王爱美

Assopro a tinta até que seque.
Todas as coisas de Rick ainda estão aqui. Ele tem que voltar. Ele precisa voltar.

Xavier já está no sofá quando chego ao *lounge* do quinto andar, os três primeiros botões de sua camisa preta abertos e seu lápis deslizando sobre o caderno em seu colo. Ele não está desenhando escondido, algo novo para ele. Um caderno de exercícios e uma caixa de barba de dragão estão empilhados ao lado dele.

Com um dedo, ele tira o cabelo ondulado dos olhos.

— Tudo bem?

Desabo ao lado dele e abro a caixa.

— Meus pais estão tentando me mandar de volta pra casa depois de me forçarem a vir até aqui pra começo de conversa. Agora que eu finalmente montei um grupo de dança. Agora que eu finalmente me sinto em casa.

— Também não quero que você vá embora. — Ele massageia a parte de trás do meu pescoço com dedos gelados e luto contra uma pontada de culpa.

Eu me viro para longe do seu toque.

— Não faz isso.

Ele coloca a mão sobre o colo. Depois de um momento, ele diz:

— Se eles estão esperando os preços das passagens abaixarem, eu duvido que isso vá acontecer.

— Vamos torcer pra que não aconteça. — Mas não estou lutando apenas contra a passagem. Estou lutando contra a ansiedade, a culpa que vazava como sangue de um corte profundo quando eu vi mamãe à noite. As rugas se acentuando ao redor de seus olhos. A xícara de chá medicinal de ervas que ela toma para as dores intermináveis nas costas. O esforço que faz para fazer qualquer dinheiro render.

— Eu trouxe um pouco de arroz — digo, segurando um punhado enrolado em plástico que consegui bajulando a equipe da cozinha. — Nós podemos modelar letras com arroz. — Dica da Pearl. Amassamos o arroz como se fosse argila e formamos letras na mesa até que o arroz começa a endurecer.

— Legal. — Então Xavier ergue um DVD de aparência antiga. — Trouxe algo diferente pra hoje. *Fong Sai-Yuk*. Você disse que toparia assistir.

O filme de kung-fu.

— Eu disse *talvez*. — Dou um sorriso. — No primeiro dia, quando não sabia o que estava fazendo. — E ele se lembrou. — Eu topo.

Xavier coloca o DVD no aparelho e apaga as luzes. É um filme antigo, a atuação é exagerada, mas à medida que a história se desenrola na tela, eu afundo no sofá. Leio as legendas: um ambicioso lutador chinês compete para conseguir se casar com a filha de um poderoso criminoso, então parte em uma jornada para salvar o pai.

— Não acredito que estou assistindo a isso. Quer dizer, meu *pai* assiste a esses filmes. Algumas das coisas de garota são bem antiquadas, mas a história é muito boa.

— Estou dizendo, filmes de kung-fu têm uma reputação ruim. Eles não são só pancadaria. São sobre honra. Glória. *Sacrifício*. — Ele bate no peito, me fazendo sorrir.

Bato palmas quando os créditos rolam.

— *Uau*. Quando Jet Li prende o amigo morto nas costas e faz os inimigos se prostrarem, foi muito...

— A melhor cena na história dos filmes de kung-fu.

— Me arrepiei toda. Você tem razão sobre a coreografia. Obrigada. Nunca que eu ia assistir a isso por conta própria.

Ele coloca uma mecha de cabelo atrás da minha orelha. Seus dedos se demoram pelo meu pescoço e, dessa vez, eu não me afasto. Já passou da minha hora de dormir, mas Mei-Hwa ainda não apareceu.

— Por que você confia em mim? — pergunto.

Os dedos dele traçam a curva do meu ombro, a linha do meu braço até meu cotovelo, rascunhando meus contornos.

— Você nunca contou sobre os meus desenhos pra ninguém.
— Contei antes de saber que era você.
— Exatamente.

Mesmo que tudo no Barco do Amor pareça válido para as redes de fofoca, nunca me ocorreu que eu *poderia* revelar que ele era o meu artista.

— Não era meu segredo, eu não tinha direito de contar.

As pontas dos dedos dele alcançaram a parte de trás das minhas mãos.

— Isso não impede a maioria das pessoas.

Eu me liberto.

— Posso ver seus desenhos novos?

Ele prende meu olhar por um momento. Então coloca o caderno no meu colo e me mostra os cinco arcos na entrada do Museu do Palácio Nacional. A carne de jaspe, com suas camadas cremosas de gordura brilhosa, tão deliciosas como as de verdade. A cada página virada, seus desenhos demonstram mais confiança.

— Você deveria ter seu próprio número no show de talentos — digo.

— Pra pinturas? — ele pergunta, zombando.

— Sim, por que não? Você poderia fazer um mural e pendurar lá.

— Prefiro só mostrar meus desenhos pra você. — O olhar dele me faz corar. Abaixo os olhos até o tubo retangular enquanto ele puxa um pergaminho de dentro.

Ele desenrola um desenho de três velhos com chapéus pretos, sentados em fila com um vendedor de panelas e frigideiras na feira noturna atrás deles. Suas barbas são grisalhas, com alguns fios de preto. Suas roupas de algodão são remendadas, empoeiradas em algumas partes. Uma escolha incomum para um garoto rico.

— Eu os vi e pensei, talvez, quando você fica tão velho, é aí que encontra paz. Talvez o segredo seja só viver pra caralho com as pessoas certas.

— Ah. — Sinto um acorde suave vibrar no meu coração.

— Eu amei. — Uma nuvem de paz flutua sobre eles. Melancolia. Ele está despindo a alma.

— Eu pintei pra você — ele murmura.

Sem perceber, eu me aproximei e meu joelho está tocando o dele. Posso sentir o cheiro de colônia e gel de cabelo. Fecho os olhos e tento estabilizar minha respiração. E se eu seguisse esse caminho com ele? Ele desenhando, eu dançando, nós dois perseguindo nossa arte e apoiando um ao outro? Ele já fez meu retrato dezenas de vezes e parece tão certo sobre mim.

— Xavier, eu não sei...

Seus lábios macios silenciam os meus. Ele tem gosto de açúcar de confeiteiro. Eu me afasto, mas, antes que eu possa decidir se gostei do beijo ou se estou brava por ele ter me roubado um, ouço passos descendo a escadaria. A porta se abre com força e Sophie entra com seu vestido cor de tangerina favorito amassado como se ela tivesse dormido com ele. Ela pressiona os dedos contra a maçã do rosto. Ela desvia o olhar de nós, mas, acima de uma de suas mãos, um olho está roxo como um estojo úmido de tinta.

— Sophie, o que... — Xavier se levanta, mas ela passa correndo, cheirando a óleo de coco.

Eu me levanto.

— Xavier, tenho que ir.

Corro atrás de Sophie até nosso quarto. Com a mão ainda pressionada contra a bochecha, ela se atrapalha com a garrafa térmica sobre nossa cômoda. Arrancando minha toalha do encosto da minha cadeira, vou até ela.

— Sophie, você está bem?

— Dei de cara com uma parede. — As duas mãos desenroscam a tampa da garrafa. A parte branca do olho dela está vermelha. Engulo em seco enquanto ela derrama água quente na toalha dela.

— Você precisa de alguma coisa fria, não quente. Vou pegar gelo. Espera um pouco. — Saio do quarto e corro até a máquina de gelo perto da saída de emergência, aproveitando a oportunidade para tirar a expressão de choque do meu rosto. Isso não pode estar acontecendo. Está? Será que Matteo...

De volta ao quarto, aperto a trouxinha de gelo na mão dela.

— Calor é bom depois, mas só daqui alguns dias — balbucio. — Já bati no meu olho com um bastão uma vez.

Ela faz uma careta, recusando minha ajuda. Então recua e leva minha toalha ao rosto.

— Você tem certeza de que deu de cara com uma parede?

Ela me encara com o olho bom.

— Você, de todas as pessoas, não tem o direito de me dar lição de moral sobre minha vida amorosa.

Ela está certa.

— Estou preocupada com você — digo, dolorosamente. — Você precisa contar para a Dragão...

— Não é da sua conta. — Com a toalha sobre o olho, ela se deita na cama, cobre a cabeça com os lençóis e se vira de costas para mim. Ela fica parada.

Depois de um momento, desligo as luzes e me deito também. A respiração trêmula dela alcança meus ouvidos enquanto ela tenta conter o choro. Cerro os punhos sobre o travesseiro, impotente. Sem Rick aqui, ela está tão solitária.

Eu me estico sobre a borda do colchão para pegar meu bastão de vime, que puxo para a cama ao meu lado, precisando de seu conforto sólido. Quero estendê-lo para ela, construir uma ponte entre nós, mas sei que ela não vai aceitar.

E, se não consigo falar com ela, então preciso encontrar alguém que consiga.

De manhã, Sophie já se foi. A cama dela está feita. Ela dobrou minha toalha úmida em um quadrado e deixou um bilhete em cima dela dizendo que saiu com Matteo e não vai voltar até tarde. Ela nunca fez isso antes.

Eu me visto e desço as escadas, correndo, mas ela não está no refeitório, na recepção e nem no pátio. Debra caminha pelo gramado até mim, segurando uma sacola de papel com *bāozi* quentes da 7-Eleven.

— Você viu a Sophie? — pergunto, abruptamente.

— Ela saiu.

— Com quem?

— Matteo, Benji e Grace, eu acho. Eles foram passar o dia em Yáng-míngshān.

As montanhas — uma viagem de um dia saindo de Taipei. Pelo menos Sophie não está sozinha com Matteo, mas o bilhete dela firmou minha decisão de buscar ajuda.

Subo os degraus até o andar de Rick, na esperança de que ele finalmente tenha voltado e de que eu possa lhe pedir ajuda. Sinto uma dor no meio do peito que nunca senti antes. O que eu disse sobre ele para tia Claire era verdade. Desde que eu era pequena, uma parte de mim sentia uma atração por aquele garoto com pais imigrantes chineses como os meus e que tinha conseguido conquistar o próprio mundo. A verdade é que, se eu realmente tivesse um namorado e se eu pudesse deixar de lado o fato irritante de que meus pais veneram o chão que ele pisa, eu gostaria que esse namorado fosse como Rick.

Pronto, admiti.

E ele está com Jenna.

Ninguém atende às minhas batidas. O pai de Xavier veio buscá-lo de manhã para passar o dia com a família. Volto para o andar de baixo até a recepção.

— Rick Woo ainda está no programa? — pergunto para o secretário, esperando não parecer uma *stalker*. — Ele saiu de vez? — Fui muito boba de achar que as coisas dele eram o bastante para fazê-lo voltar. Li-Han poderia encaixotá-las e mandá-las para os Estados Unidos.

Como fui boba de esperar que eu poderia ter sido o bastante para fazê-lo voltar.

— Sinto muito, mas não sei — responde o secretário.

— Pode me passar o telefone dele?

Ele faz uma careta.

— Não estou autorizado a fornecer informações pessoais.

Eu não queria colocar os pés no escritório da Dragão de novo nunca mais, mas tento falar com ela em seguida. Li-Han está lá, soprando um apito feito de um talo de bambu, que ele guarda assim que eu apareço.

— Não acho que ele foi embora. — Ele coça os grossos cabelos pretos. — Mas você não vai embora? Seus pais estão mudando sua passagem, certo?

— Não vou — digo, ríspida. — Eles vão ter que me sequestrar pra me levar de volta.

Xavier ainda está com o pai, então não nos encontramos de noite. Fico feliz que ele esteja fora. Ainda não decidi como me sinto em relação ao beijo. Se estou pronta para seguir esse caminho com ele. No quarto, pego meu bastão *bō* debaixo dos lençóis. Tem um determinado movimento que amo, uma série de giros pelo palco, mas é um movimento de um dançarino do príncipe Siegfried de *O lago dos cisnes*. Meu quarto é muito estreito para executá-lo, então vou para o pátio do fundo e pratico lá sob o céu que escurece, saltando mais alto, afiando meus giros, me divertindo com o poder e o bastão *bō*. Uma coreografia começa a surgir e dou uma risada quando reconheço alguns movimentos de kung-fu de *Fong Sai-Yuk*. Felizmente, só a carpa de pedra está me observando: Ever Wong, a idiota dançante.

Depois do banho, coloco minha camisola e enrolo o cabelo com a toalha. A caminho do quarto, meus pés dançam a nova combinação: pisadas rápidas, uma investida, um giro em um pé...

Um grito atrás de mim me acorda do sonho.

Sophie corre na minha direção, enfiando os braços na blusa floral. Ela está com as pernas nuas, só de calcinha preta e um sutiã de renda combinando. Sua saia azul balança em seus braços.

— Sua vadia! — Logo atrás dela, Matteo corre, bêbado, segurando as calças com uma mão. Ele escorrega e se segura com o joelho e uma mão. — Sua *filha da puta*!

A voz de Sophie treme.

— Fica longe de mim!

Eles voltaram.

Corro até a nossa porta e luto contra a maçaneta horrível, empurrando, empurrando — por que precisa sempre encalhar? O desespero me dá força e consigo abrir a porta, puxo Sophie para dentro e caio depois dela. Ela cheira a xampu masculino, suor e medo. Fecho a porta com um empurrão enquanto Matteo se atira sobre ela, seu rosto carnudo transformado em uma máscara de raiva e olhos avermelhados, gritando palavrões. A porta balança sob o peso dele. Eu a empurro de volta e seguro firme. Debaixo de mim, a porta convulsiona enquanto ele bate e bate.

— Puta! Vadia!

A porta treme com seus golpes. A dobradiça de baixo se lasca e a poeira cai sobre meus pés descalços enquanto rezo para que a madeira aguente.

— Que porra é essa, Deng? — rosna uma voz do lado de fora. Xavier?

Arregalo os olhos e Sophie leva a mão à boca.

— Vai se foder, *playboy*. Você não é dono desse corredor.
— As batidas de Matteo diminuem.

A voz de Xavier está suave. Calma.

— Por que não vamos tomar umas? Você precisa se limpar. Te encontro lá embaixo.

Matteo resmunga alguma coisa que não consigo decifrar. Então seus passos se distanciam. Depois de um momento, Sophie tira o cabelo do rosto com uma mão trêmula. Meu ombro está machucado, mas Sophie treme como as asas de um beija-flor. Os olhos dela estão arregalados de pânico, o olho roxo inchado.

Ouvimos uma batida na porta. Xavier.

— Vocês estão bem?

Os olhos de Sophie queimam.

— Sim. Tudo bem. — Ela gesticula para que eu mantenha a porta fechada.

— Obrigada, Xavier. Estou bem.

— Estamos bem, Xavier.

— Ele já está desmaiado no quarto dele. Vou ficar no *lounge* no final do corredor. Não se preocupem.

Xavier vai ficar de guarda. Fico grata.

— Obrigada — sussurro pela rachadura na porta. Tive sorte de ele ter se mostrado um garoto muito melhor que Matteo.

Depois que seus passos desaparecem, eu me viro para Sophie.

— Achei que ele ia te matar.

Ela se joga na cama, encolhendo as pernas nuas. Rímel escorre das bochechas e ela o espalha pelo rosto em uma mancha acinzentada.

Os lábios dela se estreitam, firmes e furiosos.

— Eu mordi ele.

Eu me agacho ao lado dela e seguro sua mão.

— Foi legítima defesa. Precisamos contar para a Dragão.

Sophie puxa a mão com uma risada amarga.

—Ah, vai dar supercerto. A vadia levou uma surra. O que ela esperava?

— Sophie. —Aperto minha camisola com as duas mãos. Ela consegue ser tão forte para os outros... por que não quando diz respeito a si mesma? — Nenhum garoto deveria te tratar desse jeito.

— Tá bom, mãe.

Eu a observo cuidadosamente.

— Acho que você não sabe disso.

Seu olho bom espasma enquanto ela o esfrega impacientemente. Então ela encolhe as pernas até o peito, enterra o rosto nos joelhos e soluça.

— Eu não consigo respeitá-lo. Nenhum deles. Não consigo ficar de boca fechada. E eles me *odeiam* por isso. Mesmo que tudo estivesse ao meu favor no Barco do Amor, tia Claire está certa. Nenhum homem vai me querer.

Ah, tia Claire.

— Ela tem uma vida incrível, mas eu jamais desejaria isso pra você mesmo que eu tivesse todos os desejos do mundo. — Coloco uma mecha do cabelo da minha amiga atrás da orelha dela. — Arranjar um garoto significa tanto assim pra você?

— Um garoto *rico*. — Ela se afasta. — Só me deixa ser a pessoa horrível que eu sou, tá bom? Você não sabe de nada. Tia Claire também não.

— Então fala pra mim.

— Depois do divórcio, minha mãe foi trabalhar em um hotel e aí um gerente escroto deu um tapa na bunda dela e ela o empurrou, e agora está limpando banheiros. Eu tive que abrir mão do meu jantar para os meus irmãos. Mamãe volta pra casa com um fio branco novo todo dia. Ela ficou feia em um ano. Ninguém bom quer ela agora. Eu nunca vou ser velha, pobre e descartada como ela.

— Você não é a sua mãe. Você vai pra Darthmouth! — Chacoalho os ombros dela. — Você negocia como um *tubarão* e é mais inteligente que noventa e nove porcento do planeta. Da última vez que chequei, isso inclui a maioria dos garotos que existem. Então por que não é você que vai ganhar seus próprios milhões de dólares?

Sophie pisca como se eu tivesse falado em latim. Mas então coloca as pernas para fora da cama.

— Minha mãe me pediu pra não ir pra Darthmouth. Seus pais te enchem sobre as suas notas. Minha mãe é o oposto.

Ela disse que eu não ia entrar e, agora que eu entrei, ela está com medo de que eu vá falhar. Como ela, eu acho.

Como a mãe dela pode ser tão cega? Mas outra parte de mim está começando a entender. Como papai, esmagado pelo peso de sua própria formação desperdiçada. Mas, em vez de incentivar a filha, a mãe de Sophie tenta protegê-la das mesmas falhas.

— Sophie, você vai comandar empresas algum dia. Você vai entrar naquelas listas de mulheres mais poderosas. — Eu tenho certeza. — Vai por mim.

Ela enrola o cobertor ao redor dos punhos. Os olhos dela estão úmidos.

— Eu nunca... — começa ela, chorando. — Nunca fiz algo tão horrível como o que eu fiz com você.

— É, foi horrível. — Mas aprendi algo sobre mim mesma. Que, depois de chegar ao fundo do posso, sou forte o suficiente para me levantar outra vez.

— Eu sabia que você não ia contar. E não contou. Eu queria dar na sua cara pelo que aconteceu com o Xavier. Mas o tempo todo eu sabia que você era uma pessoa melhor que eu. Eu sabia que era por isso que ele gostava mais de você.

— Eu não sou uma pessoa melhor. Eu estava com inveja. — Assim como eu estava com inveja de Megan, estava com inveja de Sophie. De Jenna. — Eu estava insegura. E acabei magoando todo mundo.

Ela cerra os punhos debaixo dos lençóis.

— Eu imprimi vinte das suas fotos. Tentei pegar o resto de volta, mas não sei quem está com elas. Ou se alguém está.

Vinte. Engulo em seco. Isso significa que há cinco sobrando no mundo, a menos que qualquer uma delas tenha caído na infinidade da internet.

Abro o leque azul de Sophie e o passo para ela.

— Você acha que, talvez, gostaria de se juntar ao meu time de dança?

Ela arregala os olhos quando pega o leque e o vira em sua mão.

— O que eu faria?

— Dançar com a gente.

Ela quase sorri.

— Eu já te vi dançando. Você sabe como se movimentar. Posso te colocar no centro, ou no meio, o que você quiser. Só me promete que a gente vai falar com a Mei-Hwa sobre Matteo de manhã.

— Mei-Hwa?

Balanço a cabeça.

— Ela não é a Dragão. Mas ela a conhece. Vai nos ajudar a descobrir o melhor jeito de lidar com isso.

Sophie dobra o leque e coça as bochechas, incerta.

— Não é legal quando as garotas falam, né?

— Ou quando elas questionam as coisas.

Ficamos em silêncio. Então ela balança a cabeça.

— Combinado. — Eu a abraço.

Encontro Mei-Hwa no café da manhã e nós três nos retiramos para uma sala adjacente à recepção. O rosto magro de Mei-Hwa fica mais sombrio à medida que relatamos o que aconteceu. Então ela entra em ação. Quinze minutos depois, Mei-Hwa, Sophie e eu estamos no escritório diante da Dragão. Mei-Hwa fala tudo em um mandarim veloz e perfeito sobre o que aconteceu com Sophie e a vergonha que isso poderia causar ao programa.

Meia hora depois, Matteo é forçado a arrumar as malas. Ele vai embora antes de a equipe da cozinha terminar de limpar o bufê de café da manhã.

Sophie quase chora quando abraça Mei-Hwa, e eu também.

De tarde, Sophie, atipicamente séria, o olho machucado disfarçado com maquiagem e à sombra de um chapéu de palha, se junta ao meu time de dança no pátio do fundo encharcado pela chuva. A tempestade de ontem à noite desfolhou os ciprestes e, como as árvores, nenhuma das dançarinas parece feliz com a chegada dela.

— Você só pode estar brincando — Debra diz, brava, ao meu ouvido. — Nós nos esforçamos demais pra deixar ela entrar agora e nos dar uma facada pelas costas. Especialmente depois do que ela fez. Ever, pensa nisso.

Aperto a mão dela, grata pela preocupação, mesmo que não seja necessária.

— Vai dar tudo certo — sussurro, depois levanto a voz. — Todo mundo! Vamos fazer um ensaio completo!

Minhas dançarinas estão lindas com seus tops, camisetas, shorts e leggings, quinze corpos fortes e de tipos totalmente diferentes se movendo ao ritmo da música. Sophie se senta em um banco e assiste com olhos críticos. Por que, não sei ao certo. Ela não parece interessada em dançar conosco. Não sei como incluí-la, embora queira dar um jeito, e então me distraio com a dança em si. À medida que a coreografia avança, aquele buraco — a coisa que está faltando — se torna mais aparente para mim. Como um buraco em um paraquedas impedindo a performance de tomar a forma apropriada.

— Você não está sorrindo, Ever — Laura comenta quando terminamos. — Qual é o problema?

— Desculpa. Aquele mastro que está faltando...

— Consigo ver também. — Lena ajusta a faixa de cabelo vermelha. — Por que *você* não faz um solo? Alguma coisa que se *mova*. Que cubra o palco. Nós vamos ficar ao seu redor.

— Eu não posso...

— A Dragão não precisa saber — Debra diz. — Não até você subir no palco e, então, vai ser tarde demais. Você é a nossa melhor dançarina. Se a gente quer cravar essa performance, você precisa estar nela. Você sabe disso.

A Dragão foi de fato responsável por expulsar Matteo, mas a ajuda dela hoje não me torna imune à sua fúria. Imagino a Dragão correndo até o palco, me agarrando pelo colarinho: *Parem a música!* Imagino a Dragão *não* correndo até o palco, eu dançando na frente daqueles garotos que viram minha foto nua. Sinto minha pele virar do avesso.

Mas Debra está certa.

— Não podemos deixar ela descobrir — digo. As garotas prometem.

— Vamos precisar tomar cuidado extra com os ensaios.

— E vamos.

Começo improvisando ao redor delas, tecendo passos entre os três grupos. Puxo os laços de Debra, atravesso os espaços, experimento alguns dos meus novos passos inspirados em kung-fu. O prazer de fazer essa coisa que amo, cercada pela energia delas, finalmente eclipsa minhas preocupações.

— É um avanço — admito, pegando minha garrafa de água. — Amarra as partes. Mas ainda falta alguma coisa. Energia, *gravitas*.

— Você precisa de um baterista — Sophie fala pela primeira vez. — Vou falar com o Spencer. Ele está na eletiva de tambores do dragão. Ah, o que vocês vão usar de figurino?

— Pensei em procurar vestidos na feira noturna.

— Eu recomendo azul, verde e laranja para os três grupos para que o público consiga acompanhar melhor. Vermelho ou branco pra Ever se destacar. Minha tia conhece um alfaiate ótimo em Taipei que tem um preço razoável. Vou cobrir as despesas. E outra coisa. Seu talento é desperdiçado fazendo só o show para a Chien Tan. Nosso auditório tem só cadeiras dobráveis e cortinas velhas. Vou falar com o tio Ted. O Teatro Nacional às vezes precisa de números de abertura.

Engasgo com a água.

— O *Teatro Nacional*?

— Então a gente vai fazer *duas* apresentações? — Um pouco da antipatia de Debra desaparece.

— Uma pra Chien Tan. Outra pra Taipei. — Sophie dá um sorriso tímido. Entusiasmada e fascinada, como se ela tivesse entrado em um estádio e pegado uma bola aérea.

Eu sorrio de volta para ela. Então me afasto para ver o grupo melhor.

— Ok, vamos passar a coreografia outra vez...

Colido em um corpo firme atrás de mim. Um braço quente. Todos os olhos se viram para trás do meu ombro e se arregalam.

Eu sei quem é antes mesmo de me virar.

Eu tinha esquecido como ele é lindo, mesmo com o cabelo preto bagunçado da viagem e a camisa verde-oliva amassada. Ele jogou a mochila sobre o ombro, a segurando com um braço musculoso. Seus fones de ouvido estão enrolados e pendurados ao redor do pescoço.

Seus olhos cor de âmbar encontram os meus, uma tristeza neles misturada com uma nova luz.

— Rick — digo. — Você voltou.

29

Tenho que me segurar para não me jogar em cima dele.

— Não tinha certeza se você ia voltar.

— Acabei de chegar. — Os olhos dele passeiam sobre o meu time. — O que vocês estão fazendo?

Meu rosto dói de tanto sorrir. Meu coração palpita com um milhão de perguntas.

— Uma dança. Para o show de talentos.

— A Ever que coreografou — diz Laura.

— Não brinca!

— Foi ideia sua — digo.

— Vou guardar minhas coisas. — Ele joga a mochila mais para cima e passa a mão pelo cabelo, atipicamente nervoso. — Você... pode passar lá quando terminar?

As garotas trocam olhares e pego um leque do chão, querendo esconder meu rosto antes que eu demonstre como ele me deixou nervosa.

Eu me esforço para manter minha voz casual.

—Ainda estamos ensaiando. Passo lá em quinze minutos.

***

Sete minutos depois, bato na porta de Rick. A porta abre com um sopro de vapor. Rick aparece com uma cueca boxer azul listrada, uma toalha azul sobre o ombro nu e o cabelo molhado e lustroso do banho. Meus olhos deslizam para seu peito bronzeado e seu diafragma musculoso — *ai, meu pai* — e voltam para seus olhos cor de âmbar.

— Desculpa — digo, corada. — Não consegui focar. Vim antes.

Ele está tão constrangido quanto eu.

— Tudo bem. Deixa eu me vestir.

Sinto seu cheiro de quem acabou de tomar banho enquanto a porta se fecha atrás de mim. Entrelaçando os dedos, eu me viro e encaro a madeira da porta. Ele voltou. É claro que voltou. Ele disse que voltaria. Disse que falaria comigo quando voltasse.

— Por que você foi pra Hong Kong? — pergunto de súbito para a parede. — Por que ficou tanto tempo fora? Aconteceu alguma coisa?

— Sim e não. Está tudo certo. — Agora, de camisa listrada, fica mais fácil olhar para ele.

— A Jenna estava com você?

Ele pisca, surpreso.

— Você ficou sabendo disso?

— O Xavier me contou.

Rick faz uma careta.

— Ele deve ter me ouvido no celular com ela. Aqui. — Ele coloca uma pilha de fotos na minha mão, viradas para baixo modestamente. — Fiz a limpa no *lounge* dos garotos, mas então tudo aconteceu e não consegui entregar isso pra você. Desculpa. Eu deveria ter ligado pra te avisar.

— Ah. — Meu rosto está queimando. As bordas cortam minha palma enquanto as folheio. Quatro. Então as enfio no bolso, tirando-as de vista. Não sei o que é pior: que ele tenha me visto de corpo inteiro, dos ombros aos dedos dos pés, ou que ele tenha me visto de corpo inteiro e ficado tão indiferente quanto se eu fosse a Estátua da Liberdade. Foco o olhar nos joelhos dele.

— Eu nunca quis soltar essas fotos por aí.
— Eu imaginei. Você está bem? O Marc te contou, certo?
— Ah, o *Marc*. — Solto uma risada. — Ele só disse o suficiente pra me deixar paranoica. — Levo as mãos à boca. Não estava planejando admitir isso. Ainda não consigo olhar para ele.

Até que ele coloca a mão debaixo do meu queixo e levanta minha cabeça. No rosto dele, não vejo julgamento. Só preocupação. E uma pergunta.

Então ele me solta, pega o boné e o coloca sobre a cabeça.

— Vamos pra um lugar onde a gente possa conversar. Tem um dos meus lugares preferidos do outro lado do rio.

Meu queixo ainda queima com o seu toque.

— Não posso sair do campus.

Rick olha pela janela na direção do pátio lá embaixo.

— Deixa comigo.

Fan-Fan, a guarda na cabine no topo da entrada, mal pisca quando Rick e eu passamos. Como deve ser fácil a vida quando se é Rick Woo. Mas não estou mais irritada. Reputação é importante. Pode fazer sua vida mais fácil ou mais difícil. Rick conseguiu a dele do bom e velho jeito.

O sol queima sobre nossas cabeças enquanto atravessamos várias ruas cheias de carros buzinando e motonetas e uma passarela sobre o rio Keelung. Conto para Rick sobre como perdi o papel de Odette, a nova dança com as garotas, as ameaças dos meus pais de me mandar de volta para casa, e ele vai de bravo com Sophie a sóbrio quando conto sobre Matteo.

— Se ele ainda estivesse aqui, ia se ver comigo. — Rick me tira do caminho de uma scooter que vem na nossa direção. — Minha família tem um histórico péssimo. Metade das minhas tias e tios acabou com o casamento porque alguém traiu ou bateu em alguém. Incluindo meus pais. Os da Sophie também. Às vezes eu me pergunto se é por isso que eu e ela ficamos assim.

— Como assim?

Ele desvia o olhar.

— Eu te conto quando chegarmos aonde estamos indo. — O tráfego diminui enquanto ele me guia por uma calçada até um complexo murado, com um portal em estilo taiwanês de madeira escura, que brilha com globos de papel vermelho. Os quatro cantos do telhado se curvam para cima no estilo tradicional, apagado e elegante em marrom-escuro e creme. — Obrigado por cuidar da Sophie. Fico feliz que você — diz ele, e hesita — e o Xavier... estavam lá.

Xavier. Sinto um nó no estômago. Rick parece estar esperando uma resposta, mas eu o ultrapasso e entro no complexo.

Portas de madeira entalhada se abrem para jardins iluminados pelo sol diferentes de tudo que já vi: um labirinto de pedras afiadas, pontes curvadas de tijolo vermelho sobre pedras cinzas, um entremeado de paredes brancas curvadas com janelas sem vidro em formato de flores, romãs, nuvens e até borboletas. Uma mansão comprida e baixa de tijolos se estende pelo pátio, com várias construções menores à direita. Algumas famílias passeiam pela colina gramada.

— Eu nem sabia que esse lugar existia — digo, maravilhada.

— É Lin An Tai. É a antiga residência de uma família chamada Lin, dos anos 1700. Eu vinha aqui quando era criança. — Rick caminha até um arco assimétrico curvado como a perna de um cravo. É como cair em uma Nárnia chinesa.

— Nossa, sim! — É tão lindo que me faz querer dançar.

— Eu tenho vindo aqui pra pensar. É meio que meu lugar secreto.

Eu o sigo por caminhos de tijolo e arcos circulares, saindo em um lago cheio de flores brancas, lírios aquáticos e carpas laranja nadando sob as águas. Dois pavilhões, cobertos por telhados de templo marrom-ferrugem, se estendem adjacentes às margens do lago. Vamos até um deles e eu me escoro no corrimão de madeira, meus pés se movendo gentilmente ao som da música dos insetos e o borbulhar de uma cachoeira distante. Rick para ao meu lado. Nossos cotovelos se tocam e nenhum de nós os afasta.

— Por que você estava brigando com o Xavier? — pergunto, finalmente.

Ele joga um seixo no lago, gerando ondas que chegam até os lírios aquáticos. Um segundo seixo segue o primeiro. Seguido de um terceiro. Eu me pergunto quantos seixos seriam necessários para encher esse lago, com todas as coisas que ele está decidindo não dizer.

— No primeiro dia da Chien Tan, David não parava de falar sobre as garotas no anuário, e Xavier deixou claro que estava de olho em você. De um jeito totalmente escroto. — Sinto uma pontada de ansiedade. Não quero saber o que Xavier, o Conquistador, disse que fez Rick me alertar sobre ele, mesmo que eu não veja mais Xavier desse jeito.

— Eu falei pra ele ficar longe de você. Depois que a tia Claire surtou sobre você e ele, fui atrás dele, mas ele já tinha ido embora, então voltei para o campus e achei suas fotos em todo lugar, então quando encontrei ele, eu... eu deduzi. Então acho que perdi as estribeiras.

Meus pés estão imóveis, criando raízes no chão.

— Mas Xavier e eu... conversamos. Na enfermaria. Eu vi um dos desenhos que ele fez de você. Sem querer. E percebi que ele era o seu artista. Talvez ele só estivesse querendo se mostrar para os garotos antes. E acho que você provavelmente sabia que ele gostava de você de verdade e que podia tomar conta de si. E isso — ele pausa e continua — me fez mudar de ideia quanto a ele.

Sinto um pouco de vergonha alheia ao imaginar a conversa: Rick segurando uma bolsa de gelo no nariz de Xavier, avaliando Xavier para mim, como o irmão mais velho que ele prometeu que seria.

— Você não deveria ter contado pra tia Claire que a gente estava fingindo — digo. — Você estragou tudo.

— Eu não ia deixar minha família pensar coisas de você que não eram verdade. — Ele cruza os braços e suas sobrancelhas formam uma linha teimosa. — Você estava me fazendo um favor. Fui eu que não tive coragem de enfrentá-los pra começo de conversa.

Há um pouco de verdade nisso. E estou aliviada que tia Claire saiba que eu não estava traindo Rick.

— Mas ela deve achar que eu traí a Sophie.

— A Sophie ignorou o Xavier o fim de semana inteiro. — Ele faz uma careta. — Enfim, você conquistou a Fannie. Ela ficou triste porque você não levou o sapo de estimação dela com você.

— Sapo *de estimação?* — O terror coaxante no meu chuveiro era um *presente*.

— Mas você melhorou as coisas também — ele continua. — Foi preciso eu te defender pra perceber o que eu não estava fazendo pela Jenna. O que eu não estava *disposto* a fazer pela Jenna. Como aquilo era errado. — Um quarto seixo segue os outros até seu túmulo aguado.

— Rick, o que aconteceu em Hong Kong?

Ele enruga a testa. Então começa a correr pelo pavilhão, o assoalho range sob seu peso. Uma libélula voa pela grama atrás dele, fazendo movimentos rápidos de flor a flor. Eu o sigo para a mansão no estilo Qing e por portas deslizantes com painéis até um pátio interno, onde a luz do sol entra sobre beirais recortados em um quadrado de chão sujo. Mais portas entalhadas com painéis em três lados se abrem para quartos com mobília histórica chinesa. Os aromas de grama ressecada e madeira envernizada flutuam no vento, mas, apesar do cenário tranquilo, minha mente gira como as folhas voando diante de nós.

Rick me puxa para um banco.

— Todos esses anos, fiquei pisando em cima da Jenna. Fizemos tudo o que eu queria, nunca nada do que ela queria.

Honestamente, é o que eu teria esperado do Garoto Maravilha, antes de conhecê-lo.

— Você perguntou o que ela queria?

— Eu tentava. Ela nunca queria nada. E eu... Acho que eu quero o mundo.

— E você vai com tudo. E eu... — Engulo meu orgulho. — Admiro isso em você.

— Eu te disse que a Jenna precisa de segurança. Estabilidade. Eu estava sempre por aí, fazendo coisas loucas, na visão dela. Viajando pra jogos, competições, campeonatos. Vindo pra cá o verão inteiro. Eu a deixava tão ansiosa e me sentia tão culpado. O tempo todo.

Eu tinha ficado preocupada que ele magoaria Jenna. Será que ele está dizendo que fez isso mesmo?

— Um ano atrás, eu tentei terminar. Disse pra ela que, no futuro, seríamos pessoas mais fortes, melhores separados do que juntos. A gente estava na cozinha da casa dela. Cortando um pão que compramos. E ela... — Ele esfrega o polegar sobre as cicatrizes brancas em seus dedos. — Ela começou a chorar e a dizer que não conseguia mais, não conseguia lidar com os pais, a escola, *a vida*, sem mim. Ela pegou a faca e...

Não. Não.

— Eu a segurei. — Ele abre a palma sob a luz do sol. Debaixo dos fortes raios amarelos, as cicatrizes de dez centímetros se alinham em uma fileira.

— Ah, Rick. — Coloco as pontas dos dedos sobre elas. Pele rígida e densa. Cortada até os ossos. Lembro de como foi fácil para ele tirar o cara da boate de cima de mim. Agora eu o imagino, horrorizado, segurando a lâmina com toda a sua força.

— Então você continuou com ela.

— Eu não podia correr o risco de ela acabar conseguindo.

— Mas e se ela só estivesse te...

— Me manipulando?

Odeio essa palavra.

— E se ela só estivesse dizendo da boca pra fora?

— Isso provavelmente vai soar como se eu tivesse síndrome de Estocolmo, mas ela não é uma pessoa manipuladora. Não intencionalmente. Ela ficou horrorizada quando isso aconteceu. — Ele dobra os dedos, escondendo as cicatrizes.

— Ela nunca se perdoou. Só costurou outra pedra enorme ao seu casaco de falhas. Uma parte de mim pensa que ela talvez tenha feito isso porque eu estava lá e ela sabia que eu ia impedi-la. De qualquer jeito, não poderia correr o risco de terminar com ela.

— E você não contou pra ninguém? Nem para os pais dela?

Ele abaixa a cabeça.

— Ela me fez jurar. Falei pra todo mundo que foi um acidente. Estávamos cortando verduras. A faca caiu e eu a peguei como um idiota.

Não consigo imaginar o que eles passaram. Como ela se sentiu naquele momento em que a linha foi cruzada? Como ele se sentiu? Estou carregada de culpa. A família inteira de Rick — Sophie, e até eu — passou esse tempo todo odiando Jenna, que precisa de ajuda mais do que qualquer coisa. Coloco uma mão sobre o braço dele.

— Você ficou bravo?

— Mais assustado. Eu fiquei com ela, as coisas melhoraram e ela até começou a fazer trabalho voluntário naquele haras. Depois de um tempo, na minha cabeça, nosso futuro era inevitável. A gente cresceu juntos. Sempre estivemos juntos e, estranhamente, a única coisa que não fazíamos era dormir juntos. Talvez tenha sido a única coisa que fiz certo. Mesmo que eu pensasse, e sei que parece loucura, mas eu pensava que ia casar com ela.

Tiro a mão do braço dele.

— Meu Deus, qual é a da sua família? Rick, você tem *dezoito* anos.

— E cuido da minha mãe e da minha irmã desde os quatorze. Abri uma conta no banco antes de aprender a dirigir. Sou o filho mais velho de um filho mais velho de um filho mais velho. Sabe qual foi a última coisa que meu pai disse quando nos deixou? Ele disse: "Você vai ter que ser o homem da casa agora". Eu o odiei por isso. Por abandonar minha mãe quando a artrite dela piorou e as coisas ficaram difíceis. Mas levei a sério o que ele falou. E eu não podia ser igual a ele. Não com a Jenna. Não podia fazer isso com ela.

Não consigo acreditar em como ele esteve preso — está — não só por Jenna, mas por seus próprios princípios, seus padrões extremamente altos para si mesmo e sua integridade. Aquela noite no pátio sob a lua crescente — ele estava preocupado com ela.

— É por isso que você vai se transferir para a Williams.

Rick arranca um longo pedaço de grama e o torce ao redor do dedo. O cheiro verde do caule esmagado flutua no vento.

— Todas às vezes que vim aqui durante essa viagem, queria mostrar esse lugar pra você. Porque você me lembrava da minha irmãzinha, era o que eu dizia a mim mesmo. Você se metendo em uma situação louca atrás da outra comigo. E de novo. — Seu dedo todo é um tubo de grama. Ele solta o pedaço, que forma uma leve espiral. — Naquela noite no pátio, quando descemos pelo cano, eu... eu quase te beijei. Desculpa ter sido tão grosso. Eu estava bravo comigo mesmo. Eu disse a mim mesmo que era porque você é tão linda e eu era só um típico babaca. Mas, na casa da minha tia, eu finalmente admiti que era mais do que isso. Eu liguei para a Jenna e disse pra ela que a gente precisava terminar. — Os olhos dele ficam estranhamente inexpressivos, como se ele tivesse enterrado todos os outros sentimentos na tentativa de enterrar este. Ele tira o celular e me mostra uma foto em preto em branco de um passarinho caído no chão. — Ela me mandou isso naquela noite.

A foto é assustadoramente bonita: o passarinho de lado, como se adormecido, seu pequeno bico traçado contra o chão, sua asa aberta na frente para modestamente esconder os pés.

— Está...?
— Morto.

Minha boca seca.

— O que isso significa?

— Quando a gente era pequeno, ela costumava enterrar todo passarinho que a gente encontrava afogado no lago atrás das nossas casas. Ela marcava os túmulos com uma pedra e chorava por eles. Ela tirou essa foto porque disse que transmitia tanta paz. Fiquei com medo dela fazer alguma coisa... irreversível. E percebi que era estúpido ter tentado cuidar dela por conta própria. Liguei para a mãe dela e contei tudo. Ela não tinha ideia. Então tanto o pai quanto a mãe dela ligaram pra mim. O pai dela estava em Hong Kong, então eu me organizei pra pegar um avião e encontrá-lo pessoalmente. Jenna tinha comprado uma passagem para Taipei e mudou a passagem pra lá. Eu concordei em esperar por ela, mas ela acabou não vindo. Ela tentou três vezes durante a semana, e simplesmente não conseguia subir no avião.

Não consigo deixar de sentir uma onda de compaixão por ela. Não sei o que significa se sentir assim tão impotente. E frágil.

— Não consigo acreditar... todas essas semanas, todos esses anos. — Ele não é o Garoto Maravilha que eu imaginava e odiava, mas uma criança assustada, tentando fazer o certo. — Você veio pra Taiwan pra ter um pouco de espaço?

Ele arregala os olhos. Parece enjoado.

— Meio horrível, não é? Ela morre de medo de voar, então eu vim pra um lugar onde ela não poderia me acompanhar. Ela me disse uma vez que eu não tenho alma. Talvez ela estivesse certa.

Já pensei a mesma coisa, e tenho vergonha agora.

— Você ficou com ela porque você *tem* uma alma. Mais do que a maioria. Mas você nunca... — eu paro. — Ela tem um terapeuta?

— Ela foi a um algumas vezes. Odiava ele.

Ter que lidar com tudo isso sozinha — não me surpreende ela ter se agarrado em Rick.

— Leva tempo pra achar o terapeuta certo. Meu pai é um grande fã de terapia, talvez por causa da dislexia da Pearl.

— O pai dela disse que ia fazer tudo que pudesse pra achar o melhor.

Eu me levanto e atravesso a porta de frente para o pátio. O vento varre a grama seca até o labirinto de pedras afiadas perto da entrada. Não pergunto por que ele não contou para mais ninguém. Conheço a filosofia: você não fala da sua família para estranhos. A polícia e as autoridades não são confiáveis — e se te levarem? Mas ele esteve tão *preso*. É por isso que estava tão determinado a escapar quanto eu.

Jenna não era a única usando um casaco de pedras.

Eu sinto, mais do que ouço, Rick se aproximando por trás.

Sem me virar, eu pergunto:

— Então você não pensa em mim... como uma irmã mais nova?

A mão dele cai sobre o meu ombro e eu me viro devagar para encará-lo.

Não sei quem se mexe primeiro. Mas, de repente, estou nos braços dele. Seus dedos seguram a parte de trás do meu pescoço. Ele coloca a outra mão sobre a seda nas minhas costas e sua barba matinal roça meu queixo enquanto a boca dele se abaixa até a minha.

O beijo dele atinge meu peito em cheio. A *precisão* dos seus lábios, seu calor, seus braços me segurando com tanta firmeza. Não há nada de gentil ou delicado em nosso beijo — Rick é forte o suficiente para me quebrar no meio e meus dedos deslizam pelo cabelo dele enquanto pressiono meu corpo contra o dele. Ele tem um gosto límpido, como a água de uma fonte, e menta. Sua língua varre minha boca e mexe em alguma coisa bem no fundo de mim que só sinto quando estou perdida em uma dança. É algo que me assusta e me entusiasma.

Mas, enfim, paramos para respirar. Ele apoia a testa sobre a minha e olha para mim. Arfando gentilmente, respiramos no mesmo ritmo. Seus lábios estão rosados, inchados com o beijo. Suas mãos deslizam para a parte interna dos meus cotovelos. Seus olhos cor de âmbar escurecem com um desejo, uma fome que faz meus joelhos tremerem.

— O que você está pensando? — sussurro.

— O *timing* não faz sentido. — A voz dele é áspera. — Eu não deveria querer estar com ninguém... depois de tudo...

A boca dele devora a minha outra vez. Sinto o sangue pulsar nas minhas veias. Quero fechar as portas, jogá-lo no chão e deixá-lo saciar toda a sua fome em mim.

Então coloco uma mão sobre a dele e gentilmente me afasto. Sinto um arrepio com o vácuo que se forma. Mas preciso dizer isso.

— Você acabou de terminar — digo, com dificuldade. — Um relacionamento muito difícil.

As mãos dele retornam aos meus braços.

— Não estou confuso, Ever. Se eu nunca tivesse te conhecido, eu não saberia, mas agora eu sei. Quero ficar com alguém como você. Eu quero ficar com *você*.

Acredito nele. O Garoto Maravilha sempre sabe o que quer...

— Não quero te prender em outro relacionamento. Você precisa de tempo.

— Eu não estaria preso. — Ele aperta meus braços com mais força. — Ever, eu nunca me senti tão livre como quando estou com você.

Preciso usar todo o autocontrole que tenho para não me jogar em cima dele. Mas não posso, não vou.

Eu me solto dos braços dele.

— É o Xavier? Ele era o seu artista. Ele...

Coloco um dedo sobre os lábios de Rick, o silenciando.

— Nós podemos passar um tempo juntos, que tal? O *tour* pelo sul é em alguns dias.

Aquelas sobrancelhas grossas se curvam em uma careta.

— Então vamos ser coleguinhas de *tour*?

Faço uma careta.

— Acho que coleguinhas de *tour* é pior do que irmãzinha. Mas é melhor que namorada de mentira, que ganha o troféu de pior ideia do planeta.

— A ideia foi sua. — O meio sorriso dele quase me faz reconsiderar. Um trinado nas vigas explode enquanto dois passarinhos voam em uma dança natural.

Por que estou resistindo?

É então que entendo.

— Tenho uma ideia. Só espero que não seja a segunda pior ideia do planeta.

Ele parece apreensivo, subitamente.

— O quê?

— Que tal parceiros de dança? Pra minha apresentação no show de talentos.

Ele enruga o nariz.

— Deixa eu adivinhar? Um hipopótamo em um tutu? *Fantasia*? Eu topo, claro, mas não quero estragar seu show.

Dou uma risada.

— Não. — Eu me permito abraçá-lo, rapidamente, então o solto. — Você quer lutar *bō* comigo?

30

— **Ever, eu te amo,** mas essa é uma péssima ideia — Debra diz, séria.

Ela cruza os braços e se encosta na base da fonte de carpa, que jorra água alegremente sem parar. São quase nove horas, depois do primeiro ensaio do meu time com Rick. As outras dançarinas foram embora, mas quatro de nós — Debra, Lena, Rick e eu — ainda estamos no pátio do fundo. Acima de nós, estrelas iluminam o céu noturno.

— Estou expandindo o conceito de dança — digo, girando meu bastão *bō*, então o ergo rapidamente para bloquear uma virada preguiçosa de Rick. — A Mulan faz isso. — Estou tonta depois de uma hora de experimentos ágeis. Um outro garoto não teria topado, mas Rick concordou, e avançamos um contra o outro como dois tigres, brandindo nossos *bōs*, circulando e preenchendo o espaço entre as dançarinas. E o fluxo, a corrente entre nós, o estalo de *energia*...

— Não estou falando da luta de bastão. É incrível. Mas vocês dois. — Debra aponta de Rick para mim.

— Alguém tem que falar. Isso é o Barco do Amor. Se vocês terminarem...

— A gente não está namorando — digo, desviando de um golpe de Rick direcionado ao meu abdômen.

— E meu cabelo azul não está crescendo. Se vocês dois brigarem, é o fim desse show para o qual nos esforçamos tanto.

— Calma, Deb. — Lena, a pacificadora, coloca um braço ao redor do meu pescoço e o outro ao redor do de Debra. — Está perfeito agora, você mesma disse isso.

— E a gente *não* vai brigar — digo, girando meu bastão o mais rápido que consigo, fazendo meu cabelo voar com o vento.

Debra se vira para Rick:

— O que você vai falar quando os garotos começarem a te zoar por dançar com um bando de garotas?

— O Marc já fez isso. — Ele gira seu bastão e o solta. — Por nove quilômetros pelo rio Keelung.

— Sério? — abaixo meu bastão, desanimada.

— Eu disse pra ele ir procurar o próprio time de dança, se está com tanta inveja.

Dou uma risada, mas Debra joga sua mochila no ombro, ainda fazendo uma careta.

— Hora de ir para o seu quarto, Ever.

Enquanto Debra e Lena vão embora, olho para Rick, ainda rindo.

— Isso era exatamente o que a dança precisava. Como colocar a última engrenagem em um relógio.

Rick gira seu bastão novamente e o derruba outra vez.

— Vou pegar o jeito — ele promete.

Eu giro o meu trezentos e sessenta graus.

— Você é *tão* competitivo.

Corremos até os dormitórios e ele joga o bastão e o pega.

— Não quero estragar o seu show.

— Você não vai.

Ele abre bem os braços e me puxa para o abraço mais úmido da história.

— Ugh, você está encharcado! — Eu o empurro e ele pega o meu braço e balança o cabelo suado na minha direção enquanto grito. — Rick! Para!

As portas da recepção se abrem com um rangido suave. Xavier aparece, saindo das luzes das lâmpadas para as sombras da noite. Seus olhos estão completamente focados no caderno em suas mãos. O vento bagunça o cabelo preto ondulado caindo em seu rosto e sua camisa preta.

Então os olhos dele se levantam para encontrar os meus e eu me afasto de Rick.

— Xavier...

O caderno cai enquanto ele dá meia volta.

— Xavier, espera! — grito, mas ele está longe.

— Desculpa. — O bastão de Rick está paralisado. — Foi minha culpa. Vou atrás dele pra você.

Minhas mãos tremem enquanto pego o caderno de Xavier do chão e tento desdobrar a orelha.

— Não, a culpa é minha. Eu deveria ter falado com ele antes.

— Tenho uma notícia boa e uma ruim — Sophie diz enquanto a cabeleireira esfrega uma montanha de shampoo em seu cabelo seco. — Qual você prefere ouvir antes?

Meu próprio couro cabeludo está sendo massageado para fora do meu crânio e a sensação é incrível. Salões como esse são outra especialidade taiwanesa que estamos encaixando na nossa agenda para celebrar o fim das aulas e nossa última noite antes do *tour* pelo sul.

Quanto às boas e más notícias, notícias ruins me fazem pensar naquela última foto que ainda está faltando. Mesmo com Rick e minhas amigas me ajudando, ninguém sabe quem está com ela, ou se alguém está.

— A notícia boa — digo.

— Seu vestido para o solo está quase pronto. O alfaiate concordou em aceitar metade do pagamento em propaganda, então vai sair totalmente em conta. É vermelho, como a gente conversou. Você vai ficar tão sexy!

Talvez seja por causa das fotos, mas não quero parecer sexy no palco. Não com todos aqueles olhos sobre mim. Queria poder acompanhar a confecção do figurino pessoalmente, mas, entre os ensaios e o encerramento das aulas, tudo que tenho conseguido fazer é mandar fotos de referências que encontrei na internet com Sophie.

— É muito curto? Como é a saia? — Estou parecendo minha mãe. Mas não é ela falando dessa vez, sou seu.

— Vou garantir que não seja muito curta. Prometo.

— Qual é a notícia ruim?

— A agenda do Teatro Nacional está lotada. Tio Ted está tentando nos encaixar em uma performance da matinê como show de abertura, mas as chances são mínimas.

Estou mais decepcionada do que esperava. Três andares com mil quatrocentos e noventa e oito assentos de veludo — o Teatro Nacional teria sido a maior apresentação que eu já fiz. O ponto alto para a última dança de Ever Wong.

— Tem alguma coisa que a gente possa fazer pra convencê-los?

Ela balança a cabeça.

— Perguntei para o tio Ted se a gente podia se apresentar durante a semana. Ele disse que *talvez* a gente consiga uma vaga na segunda-feira, mas seria só a gente. Nenhum público, além do tio Ted e da tia Claire.

Mordo os lábios.

— Eles sabem que fui eu que coreografei a dança? Eles ajudariam se soubessem?

— Não falei pra eles — Sophie responde, e nós duas ficamos em silêncio.

Nossas cabeleireiras lavam nossos cabelos com a água morna de um chuveirinho manual, de alguma forma conseguindo manter o resto de nós seco. Enquanto secam nossos cabelos, digo:

— Se a gente fosse na segunda-feira, daria pra fazer o show de talentos *inteiro* lá. A Dragão adoraria a oportunidade.

— O show inteiro? — Sophie cerra os lábios. — Nenhum show de talentos da Chien Tan já aconteceu no Teatro.

— Bom, talvez deveria. Mike Park vai fazer uma apresentação de *stand-up* que foi ao ar no canal local dele. Debra conheceu um garoto que tocou piano no Carnegie Hall. São quinhentos jovens talentosos aqui para lapidar! — Abro um sorriso. Xavier deveria apresentar suas obras. Estou com o caderno dele. Mais obras de arte, mas muitas mais páginas em branco. Tentei falar com ele nas aulas de mandarim e de caligrafia, mas agora é ele quem está saindo antes de mim. Ele não fala comigo, nem mesmo para me contar que passou na prova final ontem, o que vi quando a Dragão divulgou nossas notas. Vinte porcento da nota foi baseada em uma conversa em mandarim, que ele deve ter arrasado, e na qual passei graças às aulas *dele*.

Nós estávamos construindo uma amizade, e agora eu a perdi.

— Vou falar com Li-Han. E com o Teatro. — Sophie faz uma careta. — Nós vamos precisar da aprovação da Dragão. Quer dizer, ela *provavelmente* aprovaria, mas, vindo de nós...

— Ela não pode recusar se for bom pra toda a Chien Tan — digo, mas estou preocupada também. — Vamos lidar com isso quando a hora chegar.

Interrompemos o papo para agradecer e dar gorjetas para nossas cabeleireiras, então voltamos a conversar a caminho do campus.

— Sabe, você é boa nisso — digo. — Nesse negócio de fazer as coisas acontecerem.

— Você acha? — Sophie enfia sua prancheta na bolsa.

— Deve ser coisa de família. — Rick e suas trocentas competições, campeonatos, até a viagem para Hong Kong. — Você fica tão feliz fazendo isso quanto experimentando vestidos. Ou negociando.

Eu sorrio, mas ela não ri.

— Minha mãe ou tia Claire, elas diriam. — Ela curva os lábios de leve: — "Boas garotas não são mandonas".

Será que algum dia seremos livres? Eu a abraço com força.

— Essa coisa de ser uma boa garota é *tão* superestimado.

O *tour* pelo sul corre a toda velocidade.

Rick e eu nos sentamos juntos no fundo do Ônibus A, um dos onze ônibus de luxo que carregam toda a Chien Tan ao redor da ilha. Nossa caravana navega por rodovias elevadas em longos pilares de concreto, nos colocando na mesma altura das copas cheias das árvores. Uma pluma de fumaça se ergue no horizonte das cidades vizinhas, com prédios modernos que contrastam com tetos curvados e a arquitetura chinesa. A paisagem da cidade dá lugar a áreas rurais e estufas com teto de vidro. Diques de concreto represam rios azul-prateados. As montanhas são montes gigantes de folhas verdes.

No Desfiladeiro Taroko, nosso ônibus para entre dois penhascos, cobertos com musgo esmeralda e cortados por um rio com tons de verde-azulado, turquesa e safira. Rick e eu corremos na frente a toda velocidade. Mal consigo acreditar nessa água azul de outro mundo, meus pés saltitando e dançando pelas pedras e Rick pulando ao meu lado — é tudo real.

— Tudo sobre Ever Wong, rodada rápida — Rick propõe. — Só respostas. Topa?

É como se uma represa tivesse se aberto para ele. Estamos falando sem parar.

— Você tem que responder também — digo.
— Claro. Livro favorito?
— *Harry Potter*.
— *O chinês americano*.
— Ah, eu amo esse!
— Comida preferida?
— Manga.
— Bife empanado. Com molho.
— Sério? Faz, tipo, *muito mal*.
— Sem comentários!
— Certo, desculpa.
— Teste do marshmallow. Você passou?
— O quê?
— Sabe, aquele teste de quando a gente tinha, sei lá, cinco anos. Você pode comer um agora, ou esperar e comer dois, que é melhor.

— Er, hm, eu comi um. E você?
— Minha mãe ficou no telefone por dez minutos. Eu esperei a ligação inteira.
— Exibido.
— Sim. Maior medo?
— Me machucar e não poder dançar. — Faço uma careta. — Não vamos pensar nisso.

Nas feiras noturnas, experimentamos comida de rua, de *mochi* grelhado a sorvete típico e orelhas de porco no espeto. Rick me faz experimentar tofu fermentado frito. Eu retalio com língua de pato. Dobramos gafanhotos com folhas de bambu. Ele compra um relógio vertical em miniatura para a mãe, que coleciona casas de boneca; eu compro um ornitorrinco de pelúcia para Pearl — e, a cada momento, ele encontra desculpas para me tocar, colocando dinheiro na minha mão, passando as mãos pelas minhas costas, ao redor da minha cintura.

— Coleguinhas de *tour*, lembra? — Dou um tapinha nele, fingindo estar brava. — Só coleguinhas de *tour*!

— Desculpa, esqueci de novo. — Ele esconde as mãos atrás das costas e sorri como o Come-Come. Ele está usando aquela camisa amarelo-canário que usei depois de voltar do Club Beijo e, embora ela ainda o faça parecer doente, não consigo deixar de querer pegar aquelas mãos de volta.

Nossos ônibus passam pelo Trópico de Câncer a caminho do ponto mais ao sul de Taiwan, que tem o formato da cauda de uma andorinha. Os dedos de Rick se deixam ficar no meu braço enquanto caminhamos por trilhas de terra entre campos de vegetação verde-escura até águas da cor de pavões e paramos diante do encontro de três mares, que se parece simplesmente como o mar, sem distinção das divisões humanas designadas às suas vazantes e fluxos. Sinto o gosto do sal no vento e rimos enquanto a ampliada Gangue dos Quatro — agora a Gangue dos Cinco: Sam, David, Benji com seu rosto de bebê, Peter e Marc — se enfileira com os dedos juntos, em oração, diante de uma pedra no formato da cabeça de Nixon.

— O que vocês são agora? — pergunto, enquanto um amigo tira fotos. — Que estereótipo vocês estão ressignificando dessa vez?

— Cinco Sábios Asiáticos — Marc responde sem abrir os olhos.

— Nós, asiáticos — Sam entoa —, somos *tão* sábios.

Sinto uma onda quente de afeição. Não sou a única assumindo o controle da minha identidade esse verão.

Levanto a câmera do celular.

— Sorriam para o álbum Ressignificando Estereótipos!

Cinco sábios se curvam profundamente para mim.

— Bem falado, nossa filha.

Agora temos pouco tempo para ensaiar. Com tumbas e cavernas e templos para explorar, nossos ônibus chegam mais tarde a cada hotel cinco estrelas, então procuramos por um espaço para praticar longe dos olhos da Dragão.

Em um salão de baile no porão do nosso alojamento no Parque Nacional Kenting, refletida em um espelho que cobre a parede, Debra conecta caixas de som ao celular dela e os dezesseis de nós ensaiamos a coreografia completa. Spencer e Benji, recrutados por Sophie, trazem tambores de madeira tão grandes quanto eles.

— Uau, onde vocês acharam isso? — pergunto, dançando com as pontas dos dedos pela pele de couro, fazendo-os cantar.

Spencer sorri.

— O mercado noturno vende de tudo.

Minhas dançarinas entram em formação outra vez, e Spencer e Benji batem os tambores com força, fazendo o som ecoar nas paredes, pontuado pelo estalo dos bastões de Rick e eu. Firmes na batalha, Rick e eu giramos, desviamos, blefamos. Ele erra um passo, então derruba o *bō* com um grunhido e eu dou um pulo e chuto o estômago dele, então ele pega meu pé e me faz pular loucamente, lutando para me equilibrar, e minhas dançarinas batem nele com seus laços, então ele está rindo, e eu estou rindo, e todos estamos rindo.

Quando terminamos a rodada seguinte, ouvimos aplausos. As portas duplas estão amontoadas com funcionários do hotel usando camisas xadrez e um grupo de turismo de mulheres da Holanda — eu não tinha percebido que havíamos reunido um público.

— Vocês fizeram essa coreografia sozinhos? — pergunta uma mulher loira com calças de ioga.

Sophie aponta para mim:

— Ela fez.

— É fantástica. — Os olhos de Lena brilham. — É disso que eu estava falando, Ever. Não é qualquer um que consegue elaborar uma coreografia dessas.

Fico vermelha. Uma fresta se abriu na lanterna do ladrão. Raios da supernova estão escapando.

— Ainda é difícil acreditar que isso está acontecendo. — Ou que a coreografia é minha.

Sophie passa uma caixa de biscoitos de chá verde, então verifico o corredor para ver se não há nenhum monitor por perto, e o time sai dois por vez.

— Pronto, Rick? — Spencer coloca seu tambor em uma tábua com rodinhas.

— Sim. — Rick me puxa para um abraço rápido. Quando ele se afasta, há uma carta na minha mão, e Sophie está olhando para nós por cima da prancheta dela, com uma expressão intrigada.

Enquanto ele e Spencer saem, junto alguns copos do lanche que fizemos. Então pego o último biscoito e saio com Sophie.

Estamos passando por um carrinho com cobertores e lençóis quando Mei-Hwa aparece, sua saia esvoaçando vermelho, verde e amarelo. Ela me dá um pequeno sorriso.

— *Wǎn' ān* — *Boa noite*. Então segue em frente, graciosa do seu próprio jeito. Por um momento, quero chamá-la. Dizer que vamos dançar "Orquídea", a música preferida dela. A que ela me apresentou na noite que cheguei ao fundo do poço. Mas Mei-Hwa tem um emprego e, se ela descobrisse o que estamos planejando, seria obrigada a contar para a Dragão, assim como fez com Matteo.

— Ela te viu dançando com a gente? — Sophie sussurra enquanto nos apressamos pelas escadas até a recepção. Já passamos alguns minutos do horário de dormir.

— Não, claro que não — respondo com mais certeza do que sinto.

Nos elevadores, Sophie aperta o botão. Ela toca a carta de Rick na minha mão.

— O que exatamente aconteceu com a Jenna?

Engasgo em uma mordida de biscoito.
— Ele não te contou? Eles terminaram.
— E ela aceitou? Assim, desse jeito?
Eu pisco.
— Acho que sim. Quer dizer, o que mais...
— É difícil acreditar que ela aceitaria assim tão fácil.
Faço uma careta. Ele já tinha tentado terminar com ela. Sophie sabe disso. Mas ela não sabe o que realmente aconteceu naquela época.
— Por que você implicava tanto com os dois?
— Por onde começar? — Ela cerra os lábios. — Jenna é inteligente. Ela gosta de ciência. Ela liderava o clube de química na escola e está no clube de tricô também. Shelly a *venera*. Qualquer um diria que, com a aparência, a inteligência e o dinheiro dela, ela seria mais confiante. Mas, mesmo com Rick dizendo toda hora que ela era linda, ela fez cirurgia pra aumentar os olhos. Ela desistiu de fazer trabalho voluntário na clínica pediátrica porque um cara fez uma piada sobre isso.
— Sério? — Entendo como ela se sente. Minhas próprias pálpebras, como as de Sophie, não têm dobrinhas. Eu costumava evitar olhar no espelho com minhas amigas brancas, porque meus olhos pareciam pequenos em comparação. Se eu tivesse o dinheiro e a oportunidade de fazer Cindy Sanders parar de puxar o canto dos olhos quando me via no ensino fundamental, será que eu teria feito cirurgia? Talvez seis meses atrás. Mas, agora, aqui, entre olhos lindos como os de Sophie, eu não trocaria os meus por nada.
— Eu sei, mas quem sou eu pra julgar, né? — Sophie diz. — Mas eu estava cheia de ver ele carregando ela por aí como uma inválida. Ela se agarrava nele como se ele fosse o colete salva-vidas dela.

É porque ele era.

— Ele se preocupa com ela...

— Ela tem dezoito anos. Está na hora de crescer. — Ela bate repetidamente no botão. — Esse é o elevador mais lento da ilha.

Abro a boca e a fecho de novo. Para Sophie, para a família inteira de Rick, Jenna era a namorada superpossessiva. Não alguém com problemas.

Quero que eles saibam a verdade. Mas não tenho o direito de contar o segredo dela.

— Eu nunca imaginei que Rick fosse participar de uma *dança* — Sophie continua. — Não ouço ele rir desse jeito desde que a gente tinha onze anos, quando quase taquei fogo no closet da minha tia.

— O quê? Como?

— Eu estava olhando as etiquetas de preço. No escuro, com uma vela. Rick nunca vai me deixar esquecer. — Sorrio imaginando Rick e Sophie, como Felix e Fannie, aprontando juntos. Então meu sorriso some. Aperto a carta de Rick contra o peito.

— Como o Rick era com a Jenna?

— Você quer dizer, se ele dava presentes pra ela? Se tocava ela a cada vez que respirava? Se caminhava como se tivesse sido proclamado rei?

Meu coração afunda.

— Sim.

— Não. Ela era mais como a irmã mais nova dele, sabe? Engasgo com uma risada.

— Não, não sei.

— Ela me perguntou uma vez se ele gostava de garotos, porque ele mal a beijava. — O sorriso de Sophie some.

— Ela era sempre tão insegura em relação a ele. Um mês atrás, eu teria dito pra ela não se preocupar. Ele nunca decepcionaria alguém que depende dele.

Eu amo isso em Rick. Mas sinto uma ponta de preocupação também. Será que ele a está deixando na mão agora?

— Ei, onde está o seu *bō*? — Sophie pergunta, de repente.

— Ah, não. — Eu me viro na direção da escadaria. Alguns hóspedes aparecem, rindo e conversando. Sinto meu estômago revirar. — Eu deixei no salão.

— É melhor a gente ir pegar. — Sophie aperta as mãos, olhando o relógio. — Ou os funcionários vão entregar para a Dragão, e ele tem o seu nome. Eles vão contar pra ela que a gente estava dançando. Ela vai juntar dois e dois e já era.

O elevador apita. Como se tivesse nos ouvido, a Dragão aparece, batendo os pés, um alerta pausado. Seus olhos escuros se viram para nós.

— Ai-Mei, já passou da hora de ir para a cama — ela diz em mandarim. Sophie diz um palavrão baixinho. Tarde demais.

— Ever, você esqueceu isso. — Mei-Hwa aparece do nada, a saia balançando. A Dragão faz uma careta, talvez por ouvir meu nome americano, mas Mei-Hwa só me entrega um pacote embrulhado com cobertas. É rígido e volumoso, como um cabide grosso.

— Ah! — É meu bastão *bō*, disfarçado.

— Para a cama. Já passou da hora. — Mei-Hwa me enfia no elevador antes que eu possa falar. Então ela pega a Dragão pelo braço, perguntando sobre a agenda de amanhã. O olhar da Dragão se volta para o pacote nos meus braços. Agradecendo à Mei-Hwa com os olhos, agarro Sophie pela mão e a puxo para dentro do elevador, fora de alcance do fogo.

Querida Ever,

Desculpe ter demorado tanto para responder sua pergunta sobre a lição de casa. Eu devo ter perdido sua carta quando ela chegou há sete anos. Se isso não tivesse acontecido, acho que o rumo da minha vida teria mudado muito antes.

Temo não ter muita sabedoria para te oferecer sobre lição de casa além de dizer que eu me esforçava pra caramba. E pegava matérias que eu não ligava de passar horas estudando. Acho que eu sou meio perfeccionista, o que é bom para a escola segundo meu professor de educação física, mas é péssimo para mim. Espero que você encontre um jeito mais eficiente de fazer sua lição.

Estou precisando de alguns conselhos também. Espero que você possa ajudar. Não sou o melhor em expressar o que eu sinto. Não em palavras. Mas tem uma garota. Quando eu a conheci, senti esse choque estranho, como se eu a reconhecesse. Como se eu tivesse sonhado com o rosto dela centenas de vezes antes, mas aquela fosse a primeira vez que consegui vê-la com clareza.

Quando penso em todas as qualidades que admirei em pessoas que conheci, encontro todas nela. Ela é destemida. Forte e gentil. Ela ama tanto a família que se preocupa em não decepcionar os pais, sacrificando até mesmo a própria felicidade. Quando tive um problema, ela se jogou de cabeça para me ajudar. Ela me faz questionar a verdade da matemática. 1 + 1 sempre foi 2. Com ela, 1 + 1 é exponencial.

E quando eu danço com ela, eu finalmente entendo. Para funcionar, uma dança precisa de duas pessoas em equilíbrio.

Passei minha vida inteira me equilibrando, tentando não cair. Agora, ainda estou caminhando por essas trilhas loucas, mas não estou mais desequilibrado. Pela primeira vez, consigo olhar para o céu. E ele está cheio de estrelas.

~

Ever, quando comecei a escrever essa carta, achei que minha pergunta seria "como te convenço do que você significa para mim?". Mas, agora, vejo que essa é a pergunta errada. Eu não vou a lugar algum. Vou esperar o tempo que você quiser.

*Com amor,
Rick*

Dobro a carta e pesquiso no Google: "Como saber que estou me apaixonando?".

31

Os tufões ficam piores, jogando a chuva contra as janelas dos ônibus e embaçando minha visão da zona rural que passa. Nosso ônibus fica em silêncio enquanto atravessamos um vilarejo Puyuma inteiro submerso: topos de telhados de zinco aparecem em meio à água enlameada como ilhas em que a vida foi varrida. Restos flutuam por todo lugar: a roda de um riquixá invertido, peixes mortos exibindo barrigas prateadas, uma boneca suja de lama com o cabelo e a saia listrada de vermelho, amarelo e verde aberta ao redor dela.

— Alguém se machucou? — Debra pergunta. Nosso guia diz que não, e as conversas recomeçam.

No último dia completo de *tour*, chegamos a um resort de águas termais sobre o qual Sophie não parou de falar desde que o verão começou. Um portão de madeira nos leva até um bosque exuberante de árvores. "Lán Huā Cǎo" toca em caixas de som escondidas, fazendo meus pés dançarem enquanto Rick e eu caminhamos por uma trilha de pedras com água de enchente até o tornozelo, sob folhas de palmeira gotejando que parecem pentes curvados e por uma floresta de bambu até o resort de teto reto. Estou de mãos dadas com Rick, como fazemos desde a carta dele, mas não nos beijamos de novo, como se soubéssemos que, quando fizermos isso, nada vai conter a enchente.

— Eu amo Jacuzzis — digo para ele enquanto caminhamos pelos corredores até o meu quarto. Depois de seis dias andando por toda a costa sul de Taiwan, pelo rio do Amor em Kaohsiung, sem falar nos ensaios, meu corpo dolorido está ávido por afundar nas piscinas aquecidas.

— Infelizmente, as fontes termais são separadas entre homens e mulheres. — Na minha porta, ele me entrega minha mochila, que insiste em carregar.

— Parece meio antiquado.

— Malditas regras. — Ele me lança um daqueles sorrisos maliciosos que me fazem pensar em coisas picantes no escuro. Ele coloca a mão sobre as minhas costas e me puxa para perto, roçando o nariz no meu. Fecho os olhos, esperando, desejando o toque dos seus lábios nos meus.

Então ele se afasta e me dá um sorriso provocante.

Faço uma careta.

— Você sabe de algo que eu não sei e não quer me contar?

— Regras são regras. — Ele vai embora pelo corredor, se recusando a dizer mais.

— E eu ainda estou as quebrando — grito.

Sophie e eu vestimos *yukatas* verde-pálidos e vamos até as termas femininas no andar térreo. Em uma pequena sala de recepção, um atendente de rosto cheio nos entrega toalhas fofinhas, então gesticula passando ambas as mãos por todo o corpo. Ele tem mais ou menos a nossa idade e me lembra do meu primo George. Ele fala em mandarim rápido.

— Perdão? — Eu me inclino para a frente, não querendo perder instruções importantes.

— Peladas! — Ele gesticula com entusiasmo alarmante.

— Estilo japonês. — Sophie ri enquanto passamos por baixo de um par de cortinas de linho com estampa de grous azuis voando. — Usamos as termas nuas. Ele sabe a palavra-chave pra turistas.

— Rick me disse que eram separadas por gênero. "Infelizmente". — Dou uma risada. Aquele tom malicioso dele. — *Peladas*. Não me surpreende.

Debra e Laura já estão tirando os robes no banheiro. Espelhos de parede a parede refletem fileiras de armários nos quais guardamos nossos robes e chinelos. Há uma chaleira com chá *oolong* em meio a um jardim de copos de porcelana. Ar quente sopra de uma passagem cortinada, junto com o borbulhar sedutor de água e o cheiro de minerais.

— Estou no paraíso — Sophie suspira.

— Eu também. — Eu me enrolo na toalha enquanto a Dragão entra, robusta dentro do seu próprio *yukata*, com cabelo grisalho escondido em uma touca de banho de plástico. Derrubo a chave do meu armário quando os olhos dela caem sobre mim.

— Ai-Mei — ela diz, brava. — Mei-Hwa esqueceu de te dizer? Nada de termas pra você.

Minhas próprias preocupações sobre minha última foto nua não são punição o suficiente. Meus pais atacaram outra vez.

— Oh, por favor, deixa ela ficar — Sophie começa. — Foi minha culpa...

— Deixa pra lá, Soph. — Já estou pegando meu robe no armário. Até onde eu sei, a Dragão tem espiões assistindo nossa dança, e a última coisa que quero ouvir é "nada de show de talentos pra você". Espero que Mei-Hwa não esteja encrencada agora também.

Debra e Laura me lançam olhares solidários; Sophie, um de culpa. Mas debaixo da minha decepção flui uma corrente mais profunda de tristeza. Meus pais estão tentando me controlar do único jeito que sabem.

Mas eles não podem desfazer as formas como esse verão está me mudando.

— Até mais tarde — digo.

— Ever.

A voz de Xavier me faz pular e quase derrubar um vaso em um estande com uma orquídea roxa. Ele sai de uma sala de hóspedes e se encosta na porta, com um sorriso sarcástico no rosto como nos primeiros dias do verão. Sua camiseta está manchada de tinta e ele carrega a caixa comprida de pinturas debaixo do braço.

— Xavier. Oi. — Aperto minha faixa, precisando de alguma coisa para segurar.

— Eu estava certo, não estava? Os atletas conseguem tudo que querem, não é?

Fico vermelha. Mas pelo menos ele está falando comigo.

— Não é por isso que eu gosto dele.

— Então o que é? Os ombros largos? Yale? O fã-clube de puxa-sacos?

— Isso é injusto e você de todas as pessoas deveria saber disso. Rick é... — Tento definir, o que ele é em meio a tanta coisa, sua generosidade, sua humildade, sua gentileza, sua devoção, tudo, até que sinto que não preciso me justificar. — Às vezes não existe explicação. Só amamos quem amamos.

Os olhos de Xavier brilham. Eu me preparo para uma risada.

— Eu sei.

— Sabe o quê?

— Que não podemos escolher quem amamos.

Ele cruza os braços sobre a caixa, olhos escuros taciturnos. Queria que pudéssemos recapturar aquele conforto amigável, mas ele desapareceu, elusivo como a luz do sol durante essa temporada de tufões.

Eu solto minha faixa.

— Obrigada por ajudar com Matteo aquela outra noite. — É um agradecimento que devo há muito tempo.

Ele grunhe.

— Qualquer cara decente teria ajudado.

E é exatamente isso que ele é. Um cara decente.

— Eu te devo desculpas — digo. — Pelo que aconteceu na noite depois que voltamos da casa da tia Claire.

— Não precisa se desculpar. — Ele cerra o maxilar. — Você mesma disse. Nós dois queríamos. — Ele puxa a caixa debaixo do braço e tira um desenho enrolado. — Você esqueceu de pegar isso.

Os três velhos. Seguro o papel rígido e curvado, e passo os dedos pela borda, admirando o detalhe nas barbas, os remendos em um cotovelo, a melancolia que ele capturou.

— Eu amo esse desenho. Mas não posso aceitar.

Ele desdobra um canto dobrado.

— Por que não?

— É muito valioso. Você pode fazer muito mais com esse desenho do que o dar para mim.

Ele olha para o desenho, confuso.
— Tipo o quê?
Sinto um aperto na garganta.
— Você simplesmente... vai saber. Quando chegar a hora.
— Você é tão fatalista. — A voz dele é áspera enquanto volta a enrolar o desenho. — Bom, talvez eu seja, também. Ah, se eu tivesse te conhecido primeiro.
— Xavier... — Deixo minha mão cair, impotente. Será que há alguma razão pela qual Xavier e eu nos aproximamos neste verão? Externamente, estamos na mesma jornada. Lutando para fazer nossa arte apesar da oposição dos nossos pais. E ele fez eu me sentir atraente quando eu não acreditava que fosse. Nós poderíamos ter terminado aí, mas deixei as coisas irem longe demais.
— Precisamos recomeçar. — Será que isso é mesmo possível? — Quero que sejamos amigos. Quero que a gente continue amigos.
Ele relaxa contra a moldura da porta. Então ele diz:
— Espera um pouquinho?
Ele desaparece no quarto. Quando reaparece, pega minha mão e pressiona uma pequena foto contra minha palma. Ele fecha meus dedos sobre ela.
— Desculpa — ele pede. — Foi errado não devolver.
Minha foto. Minha mão treme.
— *Você* estava com a última.
— Namorei uma garota ano passado que disse que eu ia pagar algum dia por todas as garotas que passei por cima. Acho que ela estava certa.
— Xavier, por favor. Não...
— Recomeçar. Estou tentando, ok? — Seus olhos estão voltados para os pés, raspando o carpete. — Estou

trabalhando em um mural. Talvez eu até siga o seu conselho e o apresente no show de talentos. — Com um sorriso que não alcança os olhos, ele entra novamente no quarto e fecha a porta.

— Você não pode perder as termas. Elas são a melhor parte de Taiwan. — A mão de Rick sobre o meu cotovelo me guia na frente dele até a fila do bufê do restaurante do resort. *Réchauds* de prata alinhados, aquecidos por pequenas chamas azuis, exala um aroma de dar água na boca.

— Você disse que o Beco das Cobras era a melhor parte de Taiwan — respondo, reclamando de brincadeira. — E as raspadinhas de gelo. E os *beer gardens*. E as feiras noturnas. — Novamente com Rick, já me sinto melhor apesar de não poder usar as termas e a respeito de Xavier. Coloco beringela no meu prato e passo os mariscos com feijão preto. Ele coloca uma dezena em seu prato.

— Elas são todas as melhores. — Sinto o calor dele contra as minhas costas, um imã para o meu ferro, enquanto esperamos a fila andar. — Marc e eu descobrimos uma casa de banho durante a nossa corrida hoje. Vou te levar lá depois que as luzes se apagarem.

— Pelada?

— São as regras.

Eu falei de brincadeira, antes que pudesse me censurar, mas fico empolgada. Sim, quebrar regras tem consequências, e às vezes elas existem por uma boa razão. Mas sair escondida não é mais uma questão de se rebelar. É uma questão de ir atrás das coisas que eu quero.

E eu quero essa noite sozinha com ele.

— Onde fica a *onsee*? — Uma voz exagerada de homem, com sotaque britânico ou talvez sul-africano, se destaca entre os murmúrios de conversa no restaurante. Um turista e sua esposa de cabelo escuro passam pelas portas duplas. Atrás deles, um recepcionista careca gesticula com as mãos, sem jeito, falando mandarim. O turista não para de mexer no chapéu branco, como se estivesse indo para o interior da Austrália. Sua esposa aperta um xale de seda chinesa ao redor dos ombros.

— Onde *fica* a *onsee*? — O homem se vira para Mei-Hwa quando ela entra, parecendo um passarinho com uma blusa vermelha. Ela tira os fones dos ouvidos.

— Perdão?

Ele repete a questão com um volume exagerado.

Mei-Hwa enruga a sobrancelha, confusa, e joga sua longa trança sobre o ombro.

— Desculpe, não entendi.

Ele levanta a voz, impaciente.

— Estamos *procurando* pela *onsee externa*.

— Ela também não entende. Vamos. — A esposa puxa o marido pelo braço.

— Eles não sabem falar inglês direito — ele reclama, alto o suficiente para ser ouvido em Taipei. — Ninguém aqui fala uma maldita palavra em inglês.

A cor deixa as bochechas de Mei-Hwa. Silêncio cai como uma cortina pesada quando todas as conversas param no salão. Um borrão vermelho mancha minha visão. Sim, a maior parte dos funcionários nessa parte rural não fala quase nada de inglês, se comparar com Taipei. Mas a maioria dos turistas ocidentais que encontrei foram respeitosos, até mais que alguns alunos da Chien Tan. O *tom* desse homem eu já ouvi antes: a mulher no McDonald's gritando com mamãe, o funcionário da loja que chamou papai de xing-ling idiota.

Meu primeiro instinto é fingir que não aconteceu, como fiz a minha vida toda. Para poupar Mei-Hwa do constrangimento, porque talvez, se nós não reconhecermos o desrespeito, ele não vai existir.

Mas então coloco meu prato sobre o bufê e marcho até eles.

— Você deve desculpas a ela. — Formo um punho com as mãos. — Ela não é sua serviçal. Ninguém aqui é.

O homem fica vermelho como pimenta. Enfim, alguém que fala inglês perfeito.

— Não estávamos falando com você.

— Vocês estão falando com o refeitório inteiro. E, olha só: uma pessoa não falar a sua língua, *no país dela*, não a faz menos inteligente que você.

A mão de Rick toca as minhas costas. A desaprovação dele radia no homem, que faz uma careta diante do corpo robusto de Rick.

Depois de um momento, ele solta um "desculpa" na direção de Mei-Hwa.

— Sem problemas, senhor. — Mei-Hwa realmente é gentil assim. — Espero que você encontre o que está procurando.

A esposa dele olha para mim enquanto o apressa. Mei-Hwa coloca as mãos nas bochechas e me lança um sorriso trêmulo. Ela começa a falar em mandarim, então interrompe a si mesma:

—Ah, eu sempre esqueço que você não entende. Obrigada.

— Quer sentar com a gente?

— Meus pais ligaram. Preciso retornar a ligação, mas depois me junto a vocês. — Ela me dá um beijo com cheiro de flores na bochecha e vai embora.

De volta à fila do bufê, Rick passa meu prato para mim, então o pega de volta quando quase o derrubo. Minhas mãos tremem. As conversas no refeitório diminuem.

Talvez eu não devesse ter feito um estardalhaço.

Mas, quando chegamos à nossa mesa, Spencer e Marc estão atrás de nós. Sophie está falando com Xavier na mesa dele, então traz o prato dela para se juntar a nós.

— Uma mulher gritou com o meu pai para ele voltar para a China — diz Rick. — A gente só estava caminhando na rua. Eu tinha seis anos.

— Aconteceu com a minha mãe também — admito.

— Meu pai não disse uma palavra de volta — diz Rick. — Eu o odiei por aquilo na época. Mas, agora, acho que ele estava cansado de ter que lidar com esse tipo de coisa.

Estamos quebrando outro tabu, conversar sobre racismo, mas acabei de quebrar um maior ainda ao confrontar aquele homem diante do restaurante inteiro, em vez de seguir a coisa dos asiáticos evitarem confronto. Mas essas regras devem ser quebradas. Alguma coisa acontece com uma criança quando ela vê os pais serem tratados daquele jeito. Alguma coisa acontece com os pais.

— São mil pequenas mortes — digo. Como é estranho ter vindo até Taiwan para entender isso. Rick pega minha mão e a aperta.

— Minha família sempre teve problemas pra cruzar a fronteira entre Estados Unidos e Canadá — digo. — Uma vez fomos detidas de noite quando minha mãe, Pearl e eu estávamos voltando da casa do meu tio. — Interrogatórios bruscos enquanto eu olhava as armas nos cintos, mamãe tão aterrorizada que derrubou e quebrou os óculos, uma noite em um quarto de hotel sujo que não podíamos pagar. — Quando cresci o suficiente pra dirigir, assumi a direção quando atravessávamos a fronteira. Eles pegavam mais leve comigo. Você aprende a fazer uma certa expressão e usar um determinado tom pra te deixarem quieto, né?

— Ou joga futebol americano pra te respeitarem — Rick diz em voz baixa.

Meus dedos apertam os dele. Dançar me ensinou a usar o charme, um escudo defensivo. Talvez seja outra semelhança que nos aproximou, para o bem ou para o mal.

— Não é tão ruim em Los Angeles — Marc comenta. — Em alguns lugares, asiáticos são a maioria, até os birraciais como eu. O pior que já aconteceu comigo foi me xingarem em um jogo de basquete, mas todas as crianças são maldosas.

— É pior para algumas pessoas. — Spencer quebra um biscoito de gergelim. — Um dos meus amigos usa terno quando passa pela segurança do aeroporto. Ele diz que, se não fizer isso, como um cara negro, vai ser revistado, e demora muito tempo. O primeiro item da minha pauta quando eu for para o Congresso é reformar o Departamento de Segurança Nacional.

— Eu contribuiria para a sua campanha — diz Marc. — Mas vou ser um jornalista morto de fome. Que tal eu falar sobre você? "Um voto pro *Hsu* é um voto pra tu".

— O Rick vai financiar sua campanha — diz Sophie.

— A Sophie vai *administrar* sua campanha — ofereço.

— Eu poderia — ela diz, jogando o cabelo. — E quando você chegar ao Salão Oval, Ever vai ser sua ministra da Saúde.

— Meu pai ia explodir uma artéria de alegria pura. — Quanto a mim, imagino como seria aconselhar o presidente dos Estados Unidos como sua ministra. Nada de sangue envolvido, apenas oferecer pérolas de sabedoria. Eu estaria mentindo se dissesse que a probabilidade não é entusiasmante em algum nível.

Mas, pela primeira vez, percebo que é entusiasmante como a história de outra pessoa. Não a minha.

— Se ela quiser fazer isso, ela consegue. — Rick beija minha orelha, surpreendendo todos ao redor da mesa. Como é possível ele não saber minha cor favorita ainda, mas entender essa parte de mim tão bem, até melhor do que eu mesma?

Sorrio para ele.

— Minha primeira ordem vai ser adicionar rótulos de alerta no saquê de sangue de cobra. É definitivamente prejudicial para a saúde!

Todos riem. Estamos apenas sonhando, é claro. As vidas dos nossos pais foram cheias de lutas.

E mesmo assim queremos acreditar.

Um vento familiar sacode o prédio, fazendo as lanternas de papel branco balançarem. Gotas de chuva batem com mais força contra as janelas. Então as luzes piscam, mergulhando a sala na escuridão.

Um coro de resmungos toma conta.

— Apagão — Sophie diz.

Rick acende um isqueiro, iluminando seu queixo. Brilhos semelhantes aparecem nas outras mesas.

O gerente do hotel se dirige a nós em mandarim, e Rick traduz para mim.

— Tem outro tufão em Taitung, na costa sudeste. Seis vilarejos inundados.

— *Seis* vilarejos. — Lembro da boneca flutuando na água lamacenta. — Pra onde vão as famílias?

— Quem sabe? — diz Spencer. — Nosso guia disse que a costa muda todo ano por causa dos tufões. Eles sempre são atingidos.

— Como é que vivem desse jeito?

— A gente é muito privilegiado —Rick observa. E, mesmo com nossa conversa sobre racismo, ele está certo.

Nosso humor é sombrio enquanto saímos do restaurante. O corredor está iluminado por pálidas luzes de emergência amarelas. Colido com Mei-Hwa puxando sua mala de rodinhas. O tecido está tão desgastado que ela o amarrou com uma corda para segurá-lo, algo que mamãe teria feito para economizar dinheiro em vez de trocar.

— Você está indo embora? — pergunto, incrédula.

Ela não piscou um olho quando o turista gritou com ela, mas agora os olhos dela se enchem de água.

— Minha casa em Taitung foi atingida pelo tufão. Meu vilarejo inteiro foi destruído. Vou voltar pra ajudar meus pais.

— Ah, não! Suas irmãs, seus pais... eles estão bem?

— Sim, mas perdemos tudo. Nossas roupas, fotos, móveis. Tudo.

Como um palco sem dançarinos, toda a alegria dela desapareceu. Ela soluça. Eu a envolvo em meus braços, inalando seu perfume floral enquanto ela se agarra a mim.

— Tenho uma bolsa na minha universidade — ela diz. — Mas como vou conseguir me manter? Como eles vão sobreviver? O que vão fazer?

Eu imagino os pais dela, já lutando para sobreviver dia após dia, minorias em seu próprio país, sacrificando para dar uma vida melhor para a filha. Se não tivesse nascido nos Estados Unidos, eu poderia ter sido Mei-Hwa.

O vento abre a porta, lançando chuva sobre nós. Eu me sinto impotente enquanto a solto.

— Vamos fazer uma dança ao som de "Orquídea" — digo.

— Obrigada por compartilhá-la com a gente.

Um sorriso genuíno surge em seu rosto, antes de desaparecer nas sombras outra vez.

— Obrigada, Ever.

— Por favor, avise se tiver alguma coisa que a gente possa fazer.

Ela balança a cabeça e esfrega as lágrimas do rosto, então arrasta a mala rumo à chuva implacável.

32

O barulho da água ecoa na escuridão. Rick acende uma vela. Ela ilumina um chão de pedras rodeado por uma cerca firme de bambu, um telhado de templo que abriga parcialmente o espaço quadrado dessa casa de banho, a quase quatrocentos metros do resort principal.

Rick já doou cem dólares das próprias economias para minha vaquinha para Mei-Hwa. É um começo. Mas ela, sua família e nossa conversa durante o jantar pesam na minha mente enquanto seguro a faixa amarrada do meu *yukata*. Coloco as pontas dos pés em cada uma das duas piscinas construídas com pedras achatadas. A menor delas é quentinha, a maior é mais quente que qualquer Jacuzzi. Elas têm cheiro de minerais. Uma fonte jorra nos cantos, revigorando-as continuamente.

Rick fecha as portas japonesas.

— Você primeiro. Prometo que não vou olhar.

Ouço o sorriso dele na escuridão iluminada por velas. Algumas das minhas preocupações dão lugar ao entusiasmo de estar aqui com ele. Talvez parte de lutar contra a tristeza nesse mundo seja aproveitar a felicidade quando podemos.

Ele se vira de costas para analisar uma fila de três duchas de frente para a mesma quantidade de bancos de pedra enquanto tiro meu robe e entro nas águas perversamente prazerosas. O calor é delicioso. Meus pés descalços deslizam sobre pedras lisas enquanto eu me afundo até os ombros e encontro uma saliência debaixo d'água em que posso me sentar. As paredes de bambu e as portas fechadas deixam o mundo do lado de fora.

— Hmmm — solto um gemido. — Vamos ficar aqui pra sempre.

Rick entra na água ao meu lado. O braço dele roça o meu. Tento não pensar naquele peito nu, nos músculos rígidos de seu abdômen. Em nossa nudez escondida, com nada além de água entre nós.

— Essa é a primeira vez que ficamos sozinhos desde que você voltou de Hong Kong.

— E quando ficamos no meu quarto por três minutos? A gente deveria ter ficado lá. Por que é que eu fui te mostrar a mansão Lin?

— Porque era a melhor coisa em Taipei — zombo.

— Verdade. — Rick se afunda mais, até o queixo. A voz dele ganha um tom malicioso: — Sabe, algumas *onsen* usam o rótulo de "não sexual". Só pra deixar claro. Embora a separação por gênero exista desde que a Reforma Meiji abriu o Japão para o Ocidente.

— Como você sabe de tanta coisa, Garoto Maravilha?

— Sei? Acho que eu leio. De tudo. E me lembro de todo tipo de coisa inútil.

— Não é *inútil*. — Jogo água na direção dele. — Então, em teoria, professor Woo, se duas pessoas realizassem tais atividades proibidas neste recinto, elas estariam desrespeitando anos de tradição?

— Cento e trinta anos. E leis. Seria uma violação grave das regras.

— Que pena.

A luz do luar ilumina seu sorriso malicioso e ele se vira para me olhar e jogar uma mecha do meu cabelo para trás dos meus ombros. Ele enrola uma nos dedos.

— Sou fútil por ser obcecado pelo seu cabelo?

— Não sabia que você era obcecado por ele.

— Não é só preto. É azul e castanho e vermelho. Na luz do luar, algumas partes são prateadas.

— O que você acharia de mim se eu fosse careca?

Ele beija minha testa.

— *Acho* que você tem outras qualidades. Significativas. Como o seu ombro. — A mão dele desliza pela região. — Seu pescoço.

Eu o afasto gentilmente.

— E se a gente sofresse um acidente e eu ficasse desfigurada? Ou perdesse a cabeça? Não estou tentando ser mórbida. Só realista. Nada é certo nessa vida.

Ele agarra minha cintura com a mão, trazendo meu corpo em sua direção até que minha coxa colida contra o joelho dele.

— Lembra quando eu disse que o *timing* é péssimo? Mas você está aqui. Como se finalmente tivesse aparecido e eu não tivesse percebido até agora que estava procurando por você. — A voz dele ficou séria. — Talvez algumas pessoas tenham sido feitas pra fazer parte da nossa vida. E a gente não tem nenhum controle sobre quando elas aparecem. Ou sobre qualquer outra coisa que vai acontecer que possa afastá-las outra vez. Se eu não pudesse mais falar com você — os lábios dele tocam a ponta do meu nariz e flutuam sobre ele —, a parte de mim que precisa falar com você morreria.

Eu o beijo.

Ele me envolve com os braços e segura minhas costas com suas mãos fortes. Meus lábios se abrem, devorando sua boca quente, sua língua com gosto de menta e ameixas. Deslizo minha mão entre nós dois, ao longo do seu peito, suas costelas, explorando seu corpo, aquele abdômen musculoso. Seus dedos firmes deslizam pela minha pele molhada até minha cintura, então sobem para se entrelaçarem no meu cabelo e apoiar a parte de trás da minha cabeça.

Não tenho ideia de quanto tempo passa, ou quando as estrelas começam a se aglomerar tanto sobre nós que o céu derrete com suas luzes.

Nós nos separamos, enfim, ofegantes.

— Por que não fizemos isso antes? — murmuro.

— Tem mais de onde isso veio. — A voz dele é lânguida, preguiçosa.

— Você é tão convencido.

— Mm-hm.

Nos afundamos mais na água, apoiando nossas cabeças na saliência, ouvindo a música suave dos grilos na noite. Quero ficar nesse momento quente com ele para sempre.

Mas um pensamento do jantar martela minha cabeça. Faço uma conexão e me sento, jogando um pouco de água ao meu redor.

— Do que você chamou esse lugar?

— Águas termais? — Ele se vira para olhar para mim, com a cabeça ainda apoiada na saliência.

— Você usou uma palavra diferente. A palavra japonesa.

— *Onsen*.

— Era isso que o turista estava procurando. Ele disse errado. "A *onsee* externa". — E ele descontou na Mei-Hwa, enquanto os pais dela estavam fugindo de uma enchente. Minha garganta fecha. Não consigo explicar por que me deixa tão triste perceber que o turista estava errado de dois jeitos.

— Qual é o problema? — Rick se senta, alarmado. — Eu te machuquei?

— Não. Os pais dela... — Para o meu horror, um soluço escapa da minha garganta. — Os *meus* pais...

— Vem cá. — Ele me puxa até seu peito e soluço contra ele.

— Desculpa — digo, entre soluços. — Não sei qual é o meu problema. Essa é nossa única noite juntos e aqui estou eu, aumentando a salinidade das águas termais.

A risada dele ecoa pelas águas.

— Nunca conheci ninguém como você, Ever. Não se preocupe. Ainda é a nossa noite. — Ele beija o topo da minha cabeça, minha bochecha. — No que você está pensando?

Apoio a cabeça sobre o ombro dele. Eu não queria ser um fardo para ele, quando ele já fez tanto por Jenna. Mas este é o Rick: sólido e confiável. Talvez não tenha problema se apoiar nele. Tento organizar meus pensamentos, o que está me preocupando, não só nesta, mas por tantas noites.

— Meu pai tem cinquenta e cinco anos. Mais velho do que os pais da maioria dos meus amigos. Ele não teve sapatos até os nove anos. A mãe dele cozinhava macarrão com pedacinhos de carne porque eles não podiam pagar por mais. Quando ele chegou nos Estados Unidos, admirava muito as estradas, porque todas as que ele conhecia eram de terra. Quando eu era pequena e cuspia a carne, ele comia porque não conseguia deixar proteína ser desperdiçada.

"E agora a Ásia se desenvolveu e, enquanto isso, nos Estados Unidos, meus pais tiveram que lidar com funcionários da imigração, e pitaia desidratada, e minha mãe vendeu o colar dela para me mandar para cá aprender sobre a cultura deles, e toda vez que eu os decepciono, é como se eu tivesse cuspido no rosto deles como aquele turista. Eu odeio quando eles me lembram disso, mas eles *sofreram*. Como a família da Mei-Hwa. E ninguém se importa. E hoje, quando Sophie disse que eu poderia ser ministra da Saúde... Sabe o quanto isso significaria para o meu pai? Ele está sempre sonhando com coisas grandes como essa enquanto empurra o carrinho de limpeza. É como ele consegue ir em frente. Foi assim que ele se machucou; escorregou em uma poça na Cleveland Clinic e nem percebeu. Mas eu não tenho o que é preciso para chegar lá. Então pensei, "e se eu *não* virasse médica? E se eu fosse uma dançarina em vez disso?". Até querer isso parece ser uma traição contra eles.

Rick passa a mão pelo meu cabelo molhado. Um toque gentil, reconfortante.

— Você acha que eles gostariam que você fosse infeliz?

Não importa quão brava estivesse, eu nunca duvidei que eles queriam o melhor para mim. O livro de biologia molecular era para o meu futuro. Minha felicidade.

— Não — admito. Ergo os olhos para um horizonte que não consigo enxergar. — Mas não consigo conversar com eles. Se eles fossem americanos, talvez eu conseguisse. Como Megan e os pais dela. Se eu fosse chinesa, talvez eu quisesse mais do que eles querem, como meus primos na China. Nada dessas coisas confusas sobre individualismo e autorrealização. Mas eles estão a doze mil quilômetros de distância e, mesmo se estivéssemos na mesma sala, falando as mesmas palavras, na mesma língua, esses doze mil quilômetros estão sempre lá. Essa *Grande Divisão*. Entre nós.

— Com minha família foi o contrário. — Ele passa o polegar pela minha coxa, depois o afasta. — Eles tinham razão sobre a Jenna. E eu não conseguia escutá-los. Não queria. Se ouvisse, talvez tivesse buscado ajuda para ela antes. — Ele apoia o nariz no cabelo atrás da minha orelha, inalando meu cheiro. — Talvez eu não estaria me sentindo tão culpado agora.

— Culpado pelo quê?

— Por estar feliz. Me sentindo maior. Como a maior boneca russa, em vez da menor versão de mim mesmo. Não por causa dela, mas por quem éramos juntos. — A voz dele treme. — Eu não sabia que era pra ser assim. Entre duas pessoas.

Talvez porque ele seja o filho mais velho de um filho mais velho de um filho mais velho, carregando o peso do nome da família. Não em nome da própria felicidade, mas da felicidade de outros.

— Ever. — Ele toca minha barriga nua com a ponta dos dedos. — Sei que você acha que eu não estou pronto...

— Shh. — Pego a mão dele.

Então a levo até o meu peito.

O toque dele é hesitante. Inseguro. Coloco minha mão sobre a dele, segurando-o perto de mim.

— Ever, você tem certeza?

Estamos indo muito rápido, sussurra uma pequena voz na minha cabeça. Mas não quero parar.

— Quero que você me toque.

Ele apalpa todo o meu seio, me fazendo tremer. Meus dedos o encontram debaixo da água, e exploram. Estudamos os músculos, as curvas e contornos um do outro. A boca dele encontra a minha outra vez e nos movimentamos juntos em uma névoa de voracidade e calor. Em certo momento, percebo que ele me empurrou até um canto. Sinto as bordas de pedra contra meus ombros enquanto ele beija minha boca, meu queixo, meu maxilar, meu pescoço, e suas mãos continuam explorando debaixo d'água.

— Estou com calor — sussurro.

Ele me levanta pela cintura para me sentar na borda. Ele fica de pé entre os meus joelhos, me beijando enquanto eu passo as pernas ao redor da cintura dele, me agarrando ao seu cabelo curto.

— Tenho que confessar uma coisa — ele murmura entre beijos. — Naquele primeiro dia, sentado do seu lado na van, eu queria te beijar naquela hora.

— Por isso que você foi tão grosso?

— Eu fui?

— Com certeza. Onde?

— Onde o quê?

— Onde você queria me beijar?

A voz dele é rouca.

— Em todo lugar.

— Então faça isso — sussurro, e a respiração dele fica mais rápida como resposta. Os lábios dele tocam minha clavícula, o topo de cada ombro. Minhas mãos se entrelaçam ao cabelo dele enquanto ele abaixa a cabeça até os meus seios. Uma risada escapa dos meus lábios.

— Shh. — Ele se levanta, jogando um pouco de água ao redor. Os lábios dele roçam minha orelha. — Ou você quer que os monitores se juntem a nós?

— Não, e não pare — digo, então ele me empurra gentilmente até que estou deitada contra as pedras, olhando para as estrelas, com as pernas ainda na água. Com as mãos ao lado de cada um dos meus cotovelos, ele beija meus lábios outra vez, um único, casto ponto de contato que faz o resto de mim queimar de inveja.

— Espera aqui — ele diz, num suspiro.

— Esperar aqui pelo quê?

A boca dele traça uma linha quente até meu umbigo. Faz meu corpo tremer como um instrumento de cordas bem-afinado. O barulho da água ecoa enquanto ele entra outra vez na piscina.

E a boca dele continua descendo.

Meu Deus. Ele está...?

Minha barriga afunda quando as mãos dele separam meus joelhos. Ele desliza os ombros entre os dois e coloca as mãos debaixo das minhas coxas, segurando meu quadril. Ele dá uma série de beijos ao longo do interior de cada coxa. Sinto a respiração quente na minha pele, tão próxima e íntima. Minhas palmas apertam as pedras, todo o meu corpo pulsa, sem acreditar, quando ele pede permissão para continuar, e meu sussurro de "sim" se mistura ao borbulhar das águas quentes.

Ele vai sem pressa. Um ardor lento cresce e cresce, até que estou agarrando as pedras e arqueando as costas. Meus dedos do pé se curvam e meu corpo enrijece nas mãos dele.

Até que as estrelas acima explodem em um bilhão de supernovas de luz.

33

Quando eu desço para o café da manhã no dia seguinte, Rick se levanta em uma mesa para dois perto de uma janela com vista para um jardim de pedras. O corpo firme que explorei ontem à noite está agora apropriadamente vestido com uma camiseta verde e shorts esportivos. Ele puxa a cadeira para mim, e a malícia em seus olhos quentes e a curva daqueles lábios que fizeram coisas gloriosas comigo me fazem corar.

— Acordou cedo — ele provoca. E quando apenas me jogo na cadeira, ele finge surpresa. — Alguém está de bom humor.

— Tive uma noite boa. — Abro meu cardápio, totalmente em chinês. — Sabe, a Dragão estaria orgulhosa. Consigo ler quais pratos são sopas, carnes, vegetais...

— Boa? Sua noite foi boa? — Rick agarra minha cintura e se inclina para um beijo. Derrubo meu cardápio. — Quando chegarmos ao Lago do Sol e da Lua hoje à noite, vou te mostrar o que é uma noite *boa*.

Ele me beija e eu coloco a mão no cabelo dele, pelo qual estou seriamente enlouquecida. A toalha da nossa mesa está escorregando e estamos chamando a atenção de um casal mais velho em uma mesa próxima, mas não ligo. Quero ver Rick não mais em controle, mas deitado nu, bêbado de prazer. Bêbado de *mim*.

— Quem diria que o Garoto Maravilha seria tão bom com a língua? — murmuro.

Ele dá um sorrisinho.

— Ganhei um campeonato de soletração no primeiro ano.

— Que *desperdício* de talento.

— Ei, vocês dois! — Sophie carrega uma terceira cadeira até nossa mesa, brilhando em seu vestido laranja listrado. — Consegui uma vaga para a gente! Ouvi que o tufão estava atrapalhando os voos então liguei para o Teatro Nacional outra vez e estava certa! Uma trupe acrobática de Singapura teve que cancelar e agora o teatro está com problemas. Sexta-feira à noite, quando voltarmos para Taipei, é nosso! Minha tia e meu tio estarão lá e Li-Han já concordou em transferir todo o show de talentos e abri-lo para o público. Agora só preciso da aprovação da Dragão.

— Uau, Sophie! — Eu me afasto de Rick para me dar espaço para respirar. Tantas coisas boas estão acontecendo na minha vida. — Não consigo acreditar. Na verdade, consigo sim. O Teatro Nacional. Você conseguiu!

Ela joga o cabelo preto por cima do ombro.

— Eles vão colocar pôsteres nas janelas da bilheteria e mandar um e-mail para a lista deles. Disseram que podemos até cobrar pela entrada.

— Sério? — Empurro minha cadeira para a frente. — Vamos doar a renda para a família da Mei-Hwa. Para todas as famílias no vilarejo dela impactadas pelo tufão.

— Um show beneficente — diz Rick. — Perfeito.

— Deveria ter pensado nisso antes. — Eu o abraço, depois Sophie. — Vai ser um pequeno jeito de retribuir o que ela fez por nós.

— E que tal incluir um leilão? — Rick sugere. — Vamos conseguir mais dinheiro. Assim qualquer um pode contribuir, mesmo que eles não possam estar no palco.

— Sophie, você consegue organizar isso, eu sei que você consegue. Podemos pedir para todos doarem coisas. Até o Xavier. — Dobro a borda da toalha de mesa. — Talvez ele tope doar algumas pinturas.

Sophie passa as mãos pela orelha, involuntariamente procurando pelo brinco de opala dele. O rosto dela fica sombrio por um momento.

Então ela se levanta de súbito.

— Ali está a Dragão. Ever, *vamos lá*.

A Dragão coloca metades de ovos salgados sobre seu mingau de arroz enquanto Sophie explica. Jogo meu peso de um pé para o outro e, em certo momento, a Dragão coloca um dedo sobre o nariz e um polegar no queixo, ouvindo como mamãe faz.

— *Hǎo ba* — ela diz, enfim.

— Conseguimos! — Sophie começa a me empurrar para longe.

— Ai-Mei — a Dragão me chama.

Eu me viro, cautelosa:

— *Wei?*

Seu olhar de águia me perfura.

— É uma coisa boa o que vocês estão fazendo.

Pegando seu prato, ela continua pelo bufê de café da manhã.

— Ela não vai achar tão bom quando eu entrar no palco — murmuro enquanto Sophie e eu caminhamos de volta para Rick. — Especialmente se o nosso figurino for tão sexy quanto você diz.

— Mas aí vai ser *tarde demais* — Sophie diz, cantarolando.

— *Ai-Mei*. — Li-Han me entrega um recibo verde do hotel quando alcanço Rick. — *Nǐ bàba dǎ diànhuà lái le*.

— Meu pai ligou? — tento conter uma pontada de pânico. Ainda não falei com ele desde a ligação sobre as fotos.

Li-Han entrega um segundo recibo para Rick, que faz uma careta.

— Jenna? Achei que ela não quisesse falar comigo.

Eu resisto à vontade de rasgar os dois recibos em pedacinhos.

Em voz alta, digo:

— Parece que nós dois temos ligações a fazer.

Este resort não tem um quarto andar — o equivalente chinês ao número treze — porque *quatro* soa como *morte* em mandarim. Meu quarto é no quinto andar, o que quer dizer que, na verdade, é no quarto, e estou sentindo o peso de todo o azar quando abro minha porta.

Ele não vai interferir no show de talentos. Sem. Chance.

Nem mesmo se eu tiver que engolir uma passagem de volta para casa.

Verifico meu e-mail primeiro, para ver se Pearl mandou algum aviso. Ela enviou, minha irmã leal: *Papai está tentando falar com você. Não sei direito sobre o quê. Eles estão falando chinês. Mamãe está preocupada.*

Papai atende na primeira chamada.

— Oi, Ever! — Eu o imagino do outro lado da linha com seu boné dos Cleveland Indians. A voz dele está bem mais calma desde a ligação sobre as fotos, mas isso não significa que não há notícias ruins a caminho. — Pedi para o hospital adiantar meu voo em alguns dias. Vou viajar hoje à noite e vou te buscar amanhã à tarde, então vamos voltar juntos no domingo.

É melhor do que me ameaçar a voltar para casa, mas não muito. Ele veio para me supervisionar pessoalmente durante meus últimos dias.

— Só vou voltar para o campus sábado à tarde. — Quando ele descobrir que estou no Teatro Nacional, como Sophie disse, vai ser tarde demais.

— Ah, ok. — Papai parece decepcionado. — Vou te pegar no campus domingo de manhã. Fique com o celular ligado, tá bom? Vou te mandar uma mensagem no WeChat. — Eu esperava raiva, mas a voz dele é gentil. É quase como se ele estivesse implorando.

Será que escapei por pouco?

— Certo, pai.

Desligo, mas minha mão continua no telefone. Ele está prestes a entrar em um avião, e eu esqueci de desejar boa viagem. Aquele ritual de família, uma pitada de sal sobre o ombro, sem a qual pode acontecer algum desastre. Meu pai distraído, sonhando seus sonhos de médico enquanto caminha pela vida. Ele vai esquecer a bagagem no avião ou bater com a cara em uma parede sem mamãe para mantê-lo focado em para onde seus pés o estão levando.

— Boa viagem — sussurro. Espero que isso conte.

Ouço uma batida na porta e a abro para Rick entrar. Ele colocou a mochila sobre o ombro, pronto para partir.

— Ela não atendeu, então mandei uma mensagem. Tudo certo com você?

Então nós dois escapamos. Eu deveria aproveitar. Atribuir minha paranoia à uma vida toda esperando pelo inevitável.

A mão dele descansa sobre minha cintura e eu me levanto na ponta dos pés para beijá-lo.

— Tudo certo.

Quando desembarcamos dos ônibus nas margens de areia branca do Lago do Sol e da Lua, nossa última parada, as notícias do show beneficente se espalharam. Debra e Laura se oferecem para convidar funcionários do governo taiwanês que elas conheceram durante o Programa Acadêmico Presidencial. Mais talentos se revelam, incluindo um grupo *a cappella* e a imitação de Martin Luther King Jr. de Spencer, que Sophie adiciona à nossa crescente lista de apresentações.

— Coloca eu e os garotos para um bloco de sete minutos. — Marc pisca, se recusando a dizer mais. Uma brisa quente nos abraça enquanto a Gangue dos Cinco posa às margens do lago para outra foto ressignificando os estereótipos: braços e pernas levantados pra chutes de garça, punhos de dragão dobrados e dentes à mostra — Gurus Mágicos das Artes Marciais que fazem todo o nosso ônibus urrar de rir.

Eu rio também e adiciono os nomes deles à lista.

— Talvez você tenha vocação pra recrutar talentos — Rick diz, beijando meu cabelo.

Dou um sorriso.

— Talvez a gente possa ser várias coisas diferentes.

***

Sophie e eu encontramos Xavier sentado contra uma palmeira sob folhas baixas, rabiscando em um caderno sobre o colo. Ondas brancas cobrem a areia e molham seus pés.

Ele recua quando me vê e sua mão se move para cobrir o desenho.

— O que vocês querem? — O tom dele é tenso.

Sophie, de prancheta na mão, bravamente se senta ao lado dele na areia, sem se preocupar com o vestido laranja. Eu me sento do outro lado, deixando-a explicar sobre o leilão, o objetivo de ajudar o vilarejo inundado. Xavier não fala, mas também não nos manda sair.

— Aposto que as suas coisas seriam compradas por um bom dinheiro — Sophie conclui. — E é por uma boa causa.

Xavier coloca o caderno sobre a areia.

— Minha avó era aborígene. Por isso o cabelo ondulado. — Ele enrola um fio com o lápis. Olha para mim, depois para as sandálias. — Talvez eu tenha algumas pinturas.

— Certo, depois me avisa. — Sophie é toda formal, uma fachada para aquelas coisas mais profundas que ela não consegue dizer ou demonstrar. — Vou convidar todas as famílias locais, além dos colecionadores de arte que minha tia conhece. Vou me certificar de que o seu trabalho seja visto pelas pessoas certas. Se você topar, não vou te decepcionar.

Ele pisca os olhos, surpreso. Um pequeno sorriso.

— Nunca duvidei disso.

Mei-Hwa chora quando ligo para ela com o celular de Li-Han.

— Você tem certeza?

— Absoluta. Várias pessoas querem ajudar. Elas só precisam saber como.

— Meus pais não vão acreditar. Minha mãe está amamentando minha nova irmãzinha agora. Vou contar depois pra ela não derrubar o bebê! Por favor, agradeça a todos. Em nome de todo o meu vilarejo.

— Pode deixar — prometo. — Você deveria dançar com a gente também.

— Eu tenho dois pés esquerdos! Mas obrigada, Ai... quer dizer, Ever.

— Tudo bem me chamar de Ai-Mei. Eu gosto dos dois nomes.

— *Hǎo de* — ela diz, rindo. — *Xièxiè*, Ai-Mei.

Procuro por Rick em meio à multidão e finalmente o encontro com sua camiseta verde perto do compartimento de bagagens do ônibus. Ele está de costas para mim, dobrado em um ângulo estranho. Ele segura o celular contra o ouvido. Seu corpo está marcado por linhas de estresse que não vejo desde que ele voltou de Hong Kong. Ele esfrega o polegar pelos dedos em um gesto familiar, repetitivo.

Sinto uma pontada de medo no peito.

Corro pela areia até ele.

— Por favor, eu mal consigo te entender — ele diz — Você está aqui? Mas como? Onde?

— O que aconteceu? — Seguro o braço dele, escorregando na areia. — Quem está aqui?

Rick abaixa o celular contra o peito, seus ombros estão tensos como pedras em uma falha geográfica. Com um sobressalto, vejo que seus dedos estão vermelhos de sangue — de tanto esfregar as cicatrizes.

— Ela está aqui — ele diz, atordoado. — Ela disse que está tentando falar comigo há dias.

— Do que você está falando?

Os olhos dele se viram para a estrada quando um Porsche prata estaciona na praia. Uma linda garota salta do banco de trás, com um corte estiloso no cabelo escuro balançando na altura do maxilar. Seu vestido preto amassado demonstra horas de viagem.

— Rick! — Tirando as sandálias com um chute, ela corre pela areia em nossa direção.

Com um choque, eu a reconheço.

Pessoalmente, ela é ainda mais bonita do que na foto: linhas limpas com uma sobrancelha perfeita, um nariz fino, lábios como um botão de rosa. Olhos grandes de estrela de cinema.

Na minha cabeça, eu imaginava que ela era uma presença enorme. Mas, na vida real, ela tem ombros estreitos, é pequena e frágil como uma teia. Estou horrorizada pelo desespero que ela deve estar sentindo, para ter encarado o medo de voar e viajado tão longe.

— Rick, precisamos conversar. — Ela para diante de Rick, com olhos só para ele. Na garganta dela está brilhando a safira do anel de formatura em sua corrente. Ela está levemente ofegante, mas sua expressão é composta, até sublime, como uma princesa. Não me admira ninguém suspeitar do quanto ela enterrou no fundo de seu interior.

Mas então o rosto dela desaba como uma cortina de palco caindo.

Jogando os braços ao redor de Rick, ela pressiona o próprio rosto contra o dele e desaba em lágrimas.

34

— **Vamos andando, pessoal!** Os convidados vão começar a chegar em duas horas!

De prancheta na mão, Sophie passa por uma fenda na cortina do fundo para o palco do Teatro Nacional. Ela está usando roupa social: uma calça e uma blusa branca de manga curta.

O teatro em si está vivo com sons: o barulho das rodas enquanto Spencer e Benji carregam seus tambores de dragão em carrinhos, o ruído de sapatos enquanto minhas dançarinas rodopiam com seus vestidos sedutores em cores de pedras preciosas: esmeralda, safira e topázio. Tudo passando pelos últimos retoques.

Uma camada nova de cera no palco cobre os arranhões e cicatrizes de atos anteriores e, do meu lugar no centro, as asas esquerda e direita parecem estar a quilômetros de distância. Seis holofotes misturam halos duplos sobre mim enquanto, da cabine técnica ao fundo, um diretor de palco vestido todo de preto grita instruções. Sophie conseguiu que o teatro filmasse o show inteiro.

Estou parada diante de três andares com mil quatrocentos e noventa e oito assentos de veludo, onde o Balé Mariinsky dançou, onde shows da Broadway se apresentaram e onde Yo--Yo Ma tocou seu violoncelo. Isso deveria me motivar a dar estrelinhas. É a maior noite da minha carreira de dança — e ainda assim sinto todo o meu corpo doer como se tivesse sido esmagada sob uma ponte caída.

Sophie segura meu braço a caminho de um teste de microfone.

— Ele vai aparecer. — Ela passa a mão pelo cabelo e suspira. — Eu me sinto péssima por não saber. Nenhum de nós sabia...

Rick partiu do Lago do Sol e da Lua com Jenna na tarde de ontem, com medo de deixá-la sozinha na viagem de volta para Taipei. Ele ligou para os avós dela em Hong Kong e está esperando eles chegarem.

A parte egoísta de mim queria segurá-lo tão forte como ela o segurou: *não vá. Também preciso de você*. Exigir que Rick imponha limites, do jeito que Megan sempre me incentivou a impor limites com meus pais. Mas eu não podia fazer uma coisa dessas. Não com Jenna naquele estado.

Sobre o que será que eles conversaram naquelas longas horas de viagem até Taipei? Passaram a noite no Grand Hotel. Ele teria carregado a mala dela até a recepção de carpete vermelho e colunas. Será que os anos deles juntos voltaram com tudo? Será que ele descobriu que não tem como deixar para trás alguém para quem você é ar e vida?

E se ela não consegue deixá-lo, será que uma vida sacrificando o que ele quer em nome do seu papel como filho mais velho de um filho mais velho de um filho mais velho, como um irmão mais velho e como um namorado vai permitir que ele se perca de si mesmo?

Tenho que acreditar que há uma ordem neste universo, mesmo que nós não possamos vê-la, e que sua estrutura fundamental é boa. Um humano nunca foi feito para carregar outro. Rick e este verão me deram coragem para tomar as rédeas do meu próprio futuro.

Tudo o que me resta é ter esperança de que esse verão em Taipei tenha feito o mesmo por ele.

E, se ele decidir que é ela, então este verão terá sido sobre o destino deles, não o nosso.

— O Rick vem? — Debra pergunta quando eu executo o solo em vez da luta de bastões para nosso ensaio com o figurino.

— Ele vai aparecer — digo.

As garotas trocam olhares. Talvez Debra estivesse certa e eu não devesse ter pedido para Rick dançar conosco para começo de conversa, ou construído nossa performance ao redor da luta de bastões.

Mas eu a amo. Amo dançá-la com Rick. E, se não formos atrás do que amamos, então qual é o propósito?

— Ele vai aparecer — repito. — E se não aparecer, vou fazer o solo. Vamos lá. Estamos prontas. Vamos ver se o pessoal do leilão precisa de ajuda.

Sob a luz do sol que ilumina o átrio do teatro, garotas do estudo bíblico de Lena estão prendendo tecidos brancos ao redor de mesas retangulares e desdobrando duas dúzias de cavaletes que a tia de Sophie trouxe. Outros alunos estão organizando travessas cobertas por plástico filme com *mochi*, *niángao* e outros pratos das eletivas de culinária da Chien Tan sobre uma mesa de sobremesas.

Sophie arranja três cavaletes para Xavier. Ela expõe a pintura dele de um par de barcos-dragão no rio Keelung, em um ângulo que melhor aproveita a luz.

— Ele é tão talentoso — ela diz, meio engasgada. — Eu fui tão idiota, Ever.

Sinto um nó na garganta.

— Todos nós fomos.

— Oi, garotas. — Xavier chega com uma camisa de seda preta e um longo rolo de papel debaixo do braço. — Trouxe o mural. — Seu cabelo ondulado está penteado para trás. Ele vê as pinturas e flexiona o maxilar. Tenho medo de que ele vá nos pedir para tirá-las. Ou sair correndo.

Então ele alisa os três velhos com chapéus pretos, que Sophie tomou a liberdade de nomear, simplesmente, de *Três velhos*.

— Quando você as coloca desse jeito, até parece que foi um artista de verdade que as pintou.

— E foi. — Eu me movo para o lado dele. — Mas você não as assinou.

Os olhos dele encontram os meus, indecifráveis.

— Se alguém de fato comprar, eu assino.

Xavier e Sophie içam o mural no fundo do palco. Um esguio dragão chinês verde voa por uma colagem de memórias da Chien Tan: os cinco portões interligados ao Museu do Palácio Nacional. Uma urna dourada envolta pela fumaça de varas de incenso. Jovens dançando sob luzes estroboscópicas. O Lago do Sol e da Lua, os caracteres chineses engenhosamente incorporados ao seu corpo com formato de sol e lua. Uma confluência com formato de Y de águas azuis se misturando a águas acinzentadas no desfiladeiro Taroko, o azul preenchido por jovens asiático-americanos, o cinza repleto de famílias de cabelos pretos de todas as idades.

— É uma analogia. — O cotovelo de Xavier toca o meu. Paro debaixo do mural. — Somos nós.

Inclino a cabeça, lendo sem palavras. Nós escavando nosso próprio caminho pela pedra, até que nos misturamos com o rio mais amplo da vida. O fluxo de água quebra meu coração, mas também o repara outra vez — tudo que a arte deve fazer.

— É brilhante. — Minha garganta aperta de felicidade. —Adorei.

Ele me entrega um rolo menor de papel amarrado com um laço marrom.

— Você me disse pra não te desenhar, mas eu pensei... Pensei que você não se importaria com esses.

— Ah? — Desenrolo quatro desenhos: Rick e eu sentados juntos em uma pedra laranja no desfiladeiro Taroko. Rick e eu com o brilho da feira noturna atrás de nós. Rick e eu lutando com bastões na borda do Parque Nacional Kenting, minha cabeça jogada para trás, rindo.

E mais uma. Sophie e eu sentadas às margens do Lago do Sol e da Lua, a cabeça de Sophie curvada sobre a prancheta. Meus braços ao redor das minhas pernas. Nós estávamos falando sobre este momento com Xavier.

— Você estava certa. Sobre muitas coisas. — Ele toca o pequeno bastão *bō* na minha mão pintada. — Isso que é felicidade.

Sophie se junta a nós.

— Vou leiloar seu mural por último.

—Anonimamente — Xavier diz. — Diga que é de um aluno.

— Claro — Sophie concorda, e suspira quando vê nossa pintura. — Que linda.

— As cores. — Minha garganta dói com a libertação de tanta coisa que estava enterrada bem fundo. — Nunca vi cores tão incríveis.

Nos bastidores, no camarim cheio de espelhos, visto meu vestido rubi. Mangas tulipas mostram meus braços e uma faixa preta amarrada na lateral acentua minha cintura. A saia roça modestamente meus joelhos, mas a seda se agarra ao meu corpo. Quando me olho em um espelho, instintivamente ergo os ombros, escondendo minhas curvas. Então me forço a arrumar a postura.

Mesmo assim, meu estômago dá um nó de nervosismo, imaginando todos os olhos da Chien Tan em mim, enquanto coloco minhas roupas na mochila. Uma das fotos do ensaio cai no chão — a que Xavier devolveu. Sinto o sobressalto de sempre, mas, pela primeira vez, me permito analisar a foto.

E uma coisa louca acontece: é muito melhor do que eu temia. A luz realça minhas maçãs do rosto em um ângulo que me favorece, a curva bailarina do meu pescoço, minha boa postura. Ainda prefiro me jogar debaixo de um riquixá a ter essas fotos distribuídas por aí — mas não estou mais apavorada pela visão do meu próprio corpo.

Sophie entra e abre a bolsa de maquiagem diante de um dos espelhos.

— Está uma loucura lá fora — ela diz.

Espio pela janela. Uma multidão se acotovela contra os cinco portais da Liberty Square, esperando para entrar. Tanta gente que a fila espalha pela rua. Uma barreira de policiais com uniformes azuis organiza as pessoas para fora do trânsito na calçada oposta. Carros e motocicletas buzinam enquanto costuram o caminho como cortadores de grama em um quintal.

— Parece que metade de Taipei veio pra cá — digo.

— E veio mesmo — Sophie diz, alegre. — Debra disse que algumas pessoas importantes do governo vêm. É por isso que reforçaram a segurança.

Sei que é improvável encontrá-lo, mas ainda procuro pelos ombros largos de Rick em meio a multidão, com seu bastão *bō*.

Em vez disso, na aglomeração do outro lado da rua, um boné familiar do Cleveland Indians me surpreende.

Mesmo entre centenas de chineses, reconheço sua postura largada. A forma como ele abaixa o boné e se curva. A distância extra dos olhos com a qual ele segura seu mapa de papel dobrado. Como um personagem de uma performance subindo ao palco da história errada.

Papai.

Pego meu celular — é claro que ele me mandou uma mensagem.

> **Papai:** Estou aqui na Chien Tan. Sua colega disse que você estava em um piquenique no Memorial de Chiang Kai-shek.

> **Papai:** Estou aqui na Liberty Square, mas está bloqueada. Tem um show beneficente no teatro.

> **Papai:** Você ainda está no Memorial? Vou tentar atravessar o bloqueio.

Ele mandou a última mensagem vinte minutos atrás. O que minha colega estava pensando, me dando cobertura ao mandá-lo para a atração turística errada no complexo certo? Escrevo para ele:

> Pai, não estou lá. Deve ser um mal-entendido. Te encontro no campus amanhã, ok?

Minha mensagem gira, gira, gira, e não é enviada. Sem sinal. O *timing* não poderia ser pior.

— Sophie, meu pai está lá fora. — Agarro uma bata preta de um cabide e a enrolo ao redor do meu vestido. — Ele está procurando por mim. Preciso descer por uns minutos.

— Você não pode. — Sophie agarra meu braço. — Ele vai te impedir. Você mesma disse. Esse é o seu *grand finale*. A última dança de Ever Wong!

Eu a abraço.

— Ele não vai parar de procurar até me achar e não posso deixá-lo me procurando a noite toda. Vou falar pra ele me encontrar no campus amanhã.

— E se você ficar presa pela segurança?

— Eu vou me apresentar. Eles não podem me deixar pra fora.

— Mas...

— Aqui. — Estico o braço para pegar a prancheta dela e desprendo um dos passes para os bastidores que ela está leiloando hoje. — Vou voltar com isso.

Há uma energia inesperada nos meus passos enquanto desço a escadaria do teatro até a escuridão crescente. Papai está aqui. Papai pateta que me levou para patinar no gelo quando Pearl nasceu para que eu não me sentisse deixada de lado enquanto mamãe focava em cuidar dela. Papai que me ensinou a dirigir no estacionamento da escola arriscando a própria vida, que deixou a costa da Ásia quando era alguns anos mais velho do que eu sou agora para viver a vida longe da família e dos amigos.

Não fui totalmente sincera quando disse para Sophie que queria poupá-lo de vagar por aí durante toda a noite. Eu entendo por que papai chorou em *Mulan* quando os hunos invadiram a China.

Ele sentia saudade de casa.

E eu senti saudade dele.

Os cinco portais que levam à Liberty Square estão fechados por bloqueios. O público faz uma fila em uma entrada estreita, abrindo suas bolsas e mochilas para inspeção por seguranças de azul. Me espremendo entre as pessoas, mostro meu passe para os bastidores a um segurança de rosto redondo.

— Vou voltar lá pra dentro. *Wǒ hěn kuài jiù huì huílái le.* Não me esquece!

Ele gesticula para eu passar e eu me misturo ao público que me rodeia como um milharal. Não consigo ver nada além dos rostos que se aproximam de mim. Sob meus pés, o chão vibra com o ronco de carros acelerando diante de nós. Uma sequência de motonetas passa em alta velocidade, soltando fumaça.

Quando me aproximo da rua, um caminhão branco bloqueia o caminho.

E quando ele passa, o boné do Cleveland Indians está diante de mim, do outro lado da rua.

Há um homem alto à sua esquerda, uma família à direita e ele está apertado atrás de uma mulher corpulenta com uma saia floral que não para de colidir contra ele enquanto a polícia força a multidão a se afastar da rua. A camisa de listras azuis que ele usou na minha formatura está solta sobre seu jeans. Ele aperta os olhos diante de seu mapa, então estica o pescoço em várias direções, talvez tentando achar rotas alternativas para a Liberty Square. Ele parece cansado. Em Ohio, está amanhecendo e, como eu, ele nunca se ajustou bem ao *jet lag*; ele deve ter ficado acordado a noite inteira em seu voo.

— Pai!

Um carro preto passa por nós, gerando um vento que faz minha saia balançar. Papai se vira para várias direções, procurando minha voz.

— Pai, aqui! — digo, acenando.

Seus olhos cansados encontram os meus, então se acendem como fogos de artifício.

— Ever! — Acenando, ele tenta dar a volta na mulher entre ele e a rua. — Ever!

Ela o empurra de volta.

— Espera a sua vez! — ela grita em mandarim.

Corro ávida na direção dele. Ele ainda está acenando, sorrindo de orelha a orelha. Ele desvia da mulher e corre até mim, toda a sua atenção focada em me alcançar daquele jeito distraído dele.

Então tudo acontece de uma vez.

O rosto de papai abre uma expressão surpresa. Ele tropeça para a frente e seus braços balançam, procurando por equilíbrio.

No meio da rua. No caminho de um carro que se aproxima.

— Pai, cuidado!

O carro buzina sem parar. No meio da rua, papai congela como um animal cercado. Ele nunca foi muito ágil.

No espaço entre as batidas de um coração, visualizo a colisão na minha mente e no meu coração. O corpo que empurrou um carrinho de faxina por anos. O impacto implacável do aço, o peso de quilômetros por hora demais.

É uma escolha crucial. Uma escolha que pode arriscar não só a performance de hoje, mas todas as do futuro. Mas *é* uma escolha, não uma imposição da minha mão em um sacrifício, ou uma ameaça de punição, e nem o peso da culpa e da obrigação.

E a faço com toda a minha alma.

— Pai, anda!

— Ever, não! — ele grita. — Para!

Então estou correndo pela rua ao encontro dele. À minha esquerda, o brilho do cromo, a luz dos faróis na minha direção. Minha mão se fecha no braço dele enquanto o som de buzinas toma conta dos meus ouvidos.

35

O mundo é só vibrações. Trovões. Partículas.

Papai e eu colidimos com a mulher de saia estampada. Ela grita, meu sapato voa e sinto meu braço virando, lançando fogo pelo meu corpo. Somos um emaranhando de cabelos, braços e pernas atingindo a calçada, rolando e se machucando, enquanto o barulho da buzina diminui atrás de nós e depois desaparece.

— Ever! Você se machucou?

Meu ombro e a parte superior do meu braço queimam. Não consigo movê-lo. A dor vem em ondas que ameaçam me afogar, mas aos poucos percebo que estou deitada em cima de papai. Ele tateia o pavimento. Os óculos dele caíram e pego sua armação no chão. Uma das lentes grossas está rachada, mas eu os enfio na mão dele e ele os coloca no rosto.

— Ever. — O rosto dele tem mais pintinhas do que eu me lembro, e seu cabelo grisalho, em tufos, está todo bagunçado. — Ever, você está bem?

Alguma coisa está errada com o meu corpo. Mas fico de joelhos, desajeitada, e envolvo meu braço bom ao redor dele, o que não me lembro de fazer desde que era criança. Ele cheira a sabonete, a sabão em pó, a jornal.

Ele tem cheiro de casa.

— Você poderia ter *morrido* — digo, soluçando.

Ao nosso redor, pessoas balbuciam, se cutucam, se ajoelham e fazem alvoroço. Mas todo o meu foco está na mão de papai, hesitantemente acariciando a parte de trás da minha cabeça, outra coisa que não lembro acontecer desde que eu era pequena.

— É só o meu tornozelo. Melhor do que a minha cabeça, graças a você — ele completa quando eu me afasto.

Uma pontada de dor ofusca minha visão.

— Ever. — Papai segura meu braço enquanto grito. — O que foi?

— Ombro — resmungo. — Meu ombro...

— Está deslocado. — Ele segura minha escápula, com a outra mão no meu braço em cima do cotovelo. A preocupação desaparece de seu rosto, substituída por um foco calmo que já vi em parques e eventos, quando ele está ajoelhado diante de uma emergência médica e sabe o que fazer. — Fique parada, vai doer.

Com um puxão e um estalo, ele coloca meu braço de volta no lugar.

O alívio extremo faz eu cair contra ele.

— Você vai ficar bem. — Ele passa as mãos pelas minhas costas, hesitante. — Em algumas semanas...

— Você perdeu isso. — Um homem me entrega meu sapato. — Os paramédicos estão vindo.

Logo em seguida, uma ambulância branca, com uma cruz vermelha e luzes piscando, avança pela rua em nossa direção.

Papai segura minha mão. As palavras que ele diz em seguida saem aos tropeços, como se ele as tivesse represado durante todo o voo e na busca por mim, e agora precisasse despejá-las antes que os paramédicos chegassem.

— No avião, estava me lembrando de uma vez em que te levamos para o parque. Você tinha quatro anos. Um homem estava tocando violino e você dançou descalça na grama. Todos vieram e ficaram te assistindo. Uma mulher nos disse para te matricular em aulas de dança. Foi quando te colocamos no Zeigler.

Tudo o que eu queria fazer neste verão era dançar.

Papai me ouviu.

Aquele dia aos quatro anos, eu não lembro. Eu nem sabia que aquela era a razão pela qual fui parar no estúdio que se tornou minha segunda casa. Mas a história é um presente. Dançar sempre foi uma parte de mim — e papai viu isso.

— Desculpe ter te decepcionado. — Esse reencontro não é nem um pouco como o de Mulan e seu pai. Não estou levando o selo do imperador. Do ponto de vista dele, ele enviou a filha mais velha para além do oceano e ela enlouqueceu. Ele não está totalmente errado. — Desculpe pelas fotos.

— Você fala mais com seus amigos e com seu orientador do que conosco — ele diz. — Às vezes, quando volta pra casa, você fala inglês tão rápido que não conseguimos te entender. Às vezes ficamos com medo de não ter te criado direito. Tudo o que queríamos era que você tivesse uma vida melhor. E se nós fomos para os Estados Unidos pra isso e, em vez disso, te perdemos?

— Mas você não percebe? — Eu me viro, pressionando meu ombro sobre o peito dele. — Eu já tenho uma vida melhor. Por causa de você e da mamãe.

O rosto do meu pai se contorce. Acho que ele vai chorar.

— Você acha?

Então os paramédicos começam a nos encher de perguntas.

— Meu tornozelo está quebrado — papai diz calmamente.

— Pai, ah, não. — Típico de papai, guardar isso para si mesmo. — Mas seu trabalho...

— Deixa que eu me preocupo com isso.

Eles verificam seus sinais vitais. Meu tornozelo está inchado, mas não torcido. Um paramédico me dá uma pílula branca — ibuprofeno controlado — e uma garrafa de água. Enquanto outro paramédico examina seu tornozelo, papai brinca que a ambulância deles é mais bem equipada que alguns hospitais nos Estados Unidos. A voz dele é mais vibrante, mais confiante do que eu lembrava.

E outra coisa incrível acontece. Eles estão falando em mandarim — e entendo o essencial da conversa.

A multidão começou a diminuir, ocupando a Liberty Square e o teatro. Um homem com um casaco branco abre caminho, se ajoelha ao lado de papai e aperta sua mão. O cabelo dele é esparso e grisalho como o de papai.

— Andy, vim assim que recebi sua mensagem.

— Este é o dr. Jason Lee — papai o apresenta. — Fizemos faculdade de medicina juntos. É ele quem tem me trazido pra atender no hospital dele aqui nos últimos anos.

— Ele é um tesouro, o seu pai. — O dr. Lee aperta minha mão. — Graças a ele, nós oferecemos o melhor atendimento aos pacientes em Taipei.

Dr. Lee assume o comando e logo papai é colocado em uma maca, com o tornozelo temporariamente enfaixado. Apesar de seus protestos, eles declaram que ele está desidratado pela longa viagem e colocam um soro no braço dele. Eu gentilmente giro meu braço. A dor diminuiu, mas sei que é melhor não perguntar nada para papai a respeito da dança com bastões *bō*. Vai dar tudo certo.

— Wong Yīsheng? — O paramédico chefe entrega um tablet para o meu pai. — A prefeitura vai cobrir sua conta. Por favor, assine aqui.

Wong Yīsheng. *Dr. Wong*. Ele está usando o título apropriado de papai.

Todos esses anos.

Então a voz de Sophie chega aos meus ouvidos.

— Preciso falar com ela. É uma emergência!

Sophie aparece de trás de um paramédico, seu rosto pronto para o espetáculo com cílios postiços, sombra azul-escura e lábios vermelho-framboesa. Uma bata preta cobre seu vestido xadrez. O cabelo dela escorre em um rabo de cavalo alto.

— Dr. Wong! Olá! Eu sou a colega de quarto da Ever na Chien Tan. Soube que você está a salvo. Que ótimo! Hm, já que você está bem, será que a Ever pode vir comigo pra um projeto escolar de emergência?

Uma carta na manga. Boa, Sophie. Ela me lança um olhar temeroso, enquanto papai tira os óculos e os limpa na camisa.

— Você deveria descansar o seu braço, Ever.

— Só preciso de algumas horas, papai. — Pego outro ibuprofeno do kit do paramédico.

Os olhos de papai me dizem que ele quer protestar. Mas então ele balança a cabeça.

— Jason quer que eu vá para o hospital para tirar raios x e engessar. Vou para o hotel depois disso. Qual é o projeto?

— Só umas coisas de encerramento — digo automaticamente, minimizando o espetáculo. Eu o abraço outra vez, então vou atrás de Sophie, que gesticula para mim, impaciente.

Ela move as sobrancelhas: *rápido, rápido!*

Mas sinto alguma coisa me puxando, me prendendo a este pedaço de calçada.

Viro para trás. Papai está me observando da maca, aquele rosto de óculos, cheio de pintinhas que nunca consigo penetrar. Aquela lacuna entre nós que provavelmente sempre estará lá.

Mas agora sei que a Grande Divisão é o inimigo. Papai talvez nunca entenda por que *eu* chorei em *Mulan*, mas talvez não seja justo esperar isso dele.

E, se for para construir uma ponte sobre a Grande Divisão, ou ao menos diminui-la, só posso mudar a mim mesma. Não para abandonar minha identidade americana.

Mas para deixá-los entrar.

Dou um passo na direção dele, amassando minha bata preta com os dedos. Ele nunca me viu dançar fora dos recitais maçantes de balé. Por muitas razões, nunca pude compartilhar essa parte de mim com ele.

— Na verdade, estou ajudando a organizar o show beneficente lá — digo, apontando para o telhado laranja curvado do Teatro Nacional. — É um show de talentos. Eu coreografei uma dança. Se você puder dar o seu jeitinho de médico pra fazer eles te liberarem, eu adoraria se você viesse.

Papai pisca atrás das lentes.

— Ah — ele tira o soro do punho.

— Dr. Wong, por favor, tenha cuidado! — O paramédico chefe avança.

— Você poderia arranjar uma cadeira de rodas pra mim por enquanto? — Papai já se levantou, se apoiando na porta da ambulância. Tinha esquecido como ele pode ser teimoso. — Vou acompanhar minha filha.

36

As cortinas de veludo vermelho abafam o ruído das vozes na plateia. Com um gesto totalmente não profissional, abro uma fenda do tamanho de um olho e espio. Alunos da Chien Tan e monitores se amontoam na metade da frente do teatro e o restante das fileiras até os balcões mais altos estão cheios de estranhos.

— Está lotado! — sussurro.

— E quanto melhor for o show, mais as pessoas vão ofertar no leilão. Elas vão estar no humor certo. — Sophie me abraça. — Ele vai aparecer.

Com a programação em mãos, ela desliza para o palco entre as cortinas.

O show terá uma hora, além do intervalo, e o nosso número é o último. Rick ainda tem tempo. Eu me recuso a ficar preocupada. Sinto uma pontada no tornozelo — parece que eu o torci um pouco no fim das contas, e eu o esfrego e tomo a segunda pílula, esperando que isso vá ser o suficiente para eu aguentar a noite. Ajeito minha trança até o pedacinho de laço vermelho no final, então ajusto o decote. Toda dobra e curva modela meus contornos. Não há como esconder meu corpo neste vestido e, em vez de desejar ter as pernas de Megan ou as curvas de Sophie, eu me sinto bonita do jeito que sou. Hoje à noite, vou mostrar o que sei fazer, não só para Taipei e para a Chien Tan, não só para tia Claire e tio Ted...

Mas para papai.

— *Dàjiā hǎo!* — O microfone amplifica as boas-vindas de Sophie pelo teatro. — O-lá, Taipei!

Um urro em resposta chacoalha o palco sob meus pés.

Assisto da coxia do palco com Debra e Laura enquanto Sophie anuncia cada ato: ioiôs chineses, artes marciais. O *stand-up* de Mike arranca risadinhas da plateia. Um garoto do ônibus G voa na interpretação de "Études-Tableaux", de Rachmanioff, seu corpo e suas mãos pressionando as teclas do piano com tanta intensidade e paixão que eu compreendo o que Rick entendeu quando ele trocou a música pelo futebol.

No intervalo, Sophie incentiva todos a examinarem atentamente o leilão silencioso durante seus minutos finais. Cubro meu vestido vermelho com a bata preta outra vez e saio para espiar o progresso. Centenas de pessoas se amontoam nas mesas de leilão, marcando folhas com ofertas, e então o leilão termina. Sorrio ao ver a multidão reunida ao redor dos cavaletes de Xavier. O próprio Xavier está sentado ao lado deles, com seu cabelo preto ondulado caindo sobre os olhos enquanto ele pressiona seu carimbo contra um tinteiro e marca seu selo em cada pintura.

Então ele vendeu todas elas. E entalhou seu selo também. *Três velhos*, aquele pedaço de esperança, agora está diante do mundo.

Como se pudesse sentir meu olhar, os olhos dele se erguem até os meus e ele devolve o sorriso.

A segunda metade do nosso show começa com um estrondo. Spencer capturou Taiwan — com a independência do próprio país no coração, sua interpretação poderosa de "I have a dream" recebe uma onda de aplausos que faz os lustres balançarem.

— Um voto pro Hsu é um voto pra tu! — grita uma voz.

Debra e Laura tocam um dueto com as cítaras. Um trio de alunos e um monitor do ônibus D improvisam um número de jazz com teclado, baixo, percussão e um instrumento de sopro feito à mão com bambu.

Então Sophie anuncia a Gangue dos Cinco, o último ato antes do nosso.

Vou até os camarins e ao corredor atrás do palco, mas Rick não está em lugar algum. Enquanto encosto meu bastão *bō* contra a parede, sinto um nó no estômago. Cinco minutos até a hora do show.

Ele vai aparecer.

— Cadê o Marc? — Debra murmura. — É a apresentação dele, mas eu não o vi hoje.

Dobro meu joelho e massageio meu tornozelo dolorido.

— Não o vi a noite toda — admito.

Uma música de passarela começa a tocar pelo teatro, uma mistura de piano eletrônico e uma batida sintética que demanda toda a nossa atenção. Estico o pescoço para o palco enquanto uma garota alta com um curto casaco de pele e meias arrastão desfila sob os holofotes. Cabelo preto pesado emolduram um rosto forte com cheios lábios vermelho-cereja e olhos devastadoramente maquiados.

— Uau, ela está montada — Debra sussurra.

Ela está — e tem orgulho disso. Seu sutiã de renda vermelho está coberto apenas pelo botão do meio do casaco. Ela faz uma pose exagerada de modelo: braço para cima, punho dobrado, peito estufado — diante de risadinhas incertas e alguns assobios.

— Hm, quem é essa? — Debra pergunta.

— Não sei. — Sophie dobra os braços sobre a prancheta. — Spencer está mandando mensagens para o Marc. Eu mesma não falei com ele. — Ela cerra o maxilar. — É melhor isso ser bom ou cabeças vão rolar.

Eu encaro a garota.

— Ela parece familiar. — Mas tenho certeza de que nunca a vi. Uma amiga de Marc? Ainda não conheci todos os quinhentos alunos, mas uma garota como ela teria se destacado. E onde está a Gangue dos Cinco?

A música acelera enquanto uma segunda garota entra no palco vinda das asas, o corpo pequeno e delicado com um vestido rosa bordado com flores de cerejeira mais escuras e luvas brancas que vão até os cotovelos. Ela é seguida por uma terceira garota com estampa de leopardo, com um decote tão grande que poderia afogar alguém. O cheiro forte de perfume alcança meu nariz.

— Aquele é o Sam? — pergunto.

Debra solta um suspiro de espanto.

Encaro intensamente a primeira garota enquanto uma quarta e uma quinta com *qipaos* de seda se juntam às outras.

Agarro a mão de Sophie.

— Acho que aquele é o Marc. E o David.

— Não! — ela grita.

A primeira garota pega o microfone. Sua voz contralto e quente enche o teatro.

— Senhoras e senhores, meu nome é Marquette e é um prazer apresentar as deliciosas Sammi, Vida, Ben-Jammin' e Petra. Bem-vindos ao Concurso de Beleza Miss Chien Tan! Candidatas, por favor, venham para a frente. Senhoras e senhores, preparem-se para dar os seus votos!

A plateia vibra e assobia. Marc. E Sam, David — com cavanhaque raspado —, Benji e Peter. A Gangue dos Cinco, ressignificando o estereótipo do homem asiático afeminado nos seus próprios termos.

Vibro tanto que minha garganta dói. Isso é incrível demais. Louco demais. Rick deveria estar aqui para ver isso. Espio a plateia, me perguntando como os nossos adultos estão reagindo. Para minha surpresa, na primeira fileira, a Dragão está aplaudindo com os braços em cima da cabeça. Dois dignitários ao lado dela estão vibrando com a mesma intensidade.

Quem diria?

O Concurso de Beleza Miss Chien Tan extrapola o tempo enquanto as candidatas a rainha desfilam. Mas o público está enlouquecido. Eles eliminam uma atrás da outra, até que, finalmente, a decisão está entre Ben-Jammin' e Marquette, que arranca seu casaco de pele e o que parecia ser um collant de pele sintética para revelar...

O *qipao* verde da Dragão!

A própria Dragão se levanta de seu assento na primeira fileira, seu *qipao* combinando e brilhando sob a luz dos holofotes. Sorrindo, ela ergue as mãos entrelaçadas acima da cabeça, chacoalhando-as enquanto gira um círculo completo, se deliciando com os aplausos. No palco, Marquette é coroada. As outras a erguem nos ombros e desfilam, jogando confetes.

Enxugo lágrimas dos meus próprios olhos. Marc destruiu a maquiagem que Sophie fez cuidadosamente.

— A gente nunca vai superar isso — digo, me virando para Sophie.

Mas ela não está aqui.

Em vez disso, Rick surge de trás das cortinas da asa. Seu cabelo preto úmido brilha como penas de corvo sobre sua túnica preta e calça, cortesia de Sophie. Ele joga os tênis no lixo, mas não antes de eu ver suas solas penduradas como jacarés famintos. Ele está segurando seu bastão *bō*. Pegando o meu na parede, ele o joga para mim e eu, atordoada demais para não o fazer, o pego.

— O que aconteceu com os seus sapatos? — pergunto.

— Vim correndo do hotel até aqui. O trânsito estava congestionado. Desculpa o atraso. Acabei de sair do banho. — Ele sorri. — Não podia deixar o Marc roubar a cena.

— Você estragou seus sapatos de tanto correr. — Não consigo acreditar.

— Eu comprei no Beco das Cobras. Parece que me passaram a perna. — Ele se ajoelha para amarrar o cadarço dos sapatos pretos de dança e explica: — O voo dos avós da Jenna atrasou. Acabei ligando para o pai dela e tanto ele quanto a mãe vieram pra cá ficar com ela. Ela está com eles agora. — Ele pega minha mão, seus olhos subitamente sérios de um jeito que faz meu coração palpitar no peito. — Eu disse para ela que tinha me comprometido a estar aqui. Disse que ela precisava me deixar ir.

Libertá-lo.

A felicidade batalha contra a culpa. Sei o que isso custou a ele.

— Você... você acha que ela vai ficar bem?

Há um peso sobre ele, o garoto que carrega suas responsabilidades com uma maturidade para além de sua idade, fazendo uma escolha sem qualquer garantia de que tudo vai ficar bem.

— Nós conversamos por um longo tempo. Percebemos que ela é mais forte do que achávamos. Voar pra cá sozinha surpreendeu até ela mesma. Essa foi a primeira vez que conversamos abertamente sobre a depressão. Eu disse a ela o que você me falou sobre encontrar o terapeuta certo. Não que foi você quem disse, quis dizer só o conselho. Ela não disse sim, mas também não disse não. E me devolveu isso. — Ele ergue os dedos. A luz reflete na safira do anel de formatura do colar de Jenna. — É meu, na verdade.

Então ela o libertou.

Um soluço engasgado escapa dos meus lábios.

— Eu estava com medo...

Paro, incapaz de dizer o que é que eu temia. Ele me puxa para seu peito quente e envolve o braço ao meu redor. Coloca a boca sobre minha orelha.

— Quando eu era criança, minha professora perguntou quem não acreditava em vida fora da terra. Eu fui o único que levantou a mão. Não porque eu não acreditava. Mas porque, depois de ler todos aqueles livros da Usborne, eu tinha medo de acreditar que alguma coisa tão incrível poderia de fato ser verdadeira. Quando estou com você, eu só sei. Existe vida lá fora. A gente poderia encontrá-la algum dia.

Seus olhos cor de âmbar sorriem para mim. Um milagre da ordem do Big Bang.

Mas Sophie está acalmando os ânimos do público.
— Meu tornozelo está um pouco machucado. Meu ombro também.
— O que aconteceu?
— Só uma torção. — Ajeito o colarinho de Rick e beijo a careta dele antes que ele possa protestar. — Não se preocupa. Eu vou conseguir.

Minhas dançarinas fazem fila nas asas. Seus cabelos pretos balançam soltos dos elásticos ou laços, e as cores de pedras preciosas de seus vestidos, laços e leques estão escondidas sob camisões pretos transparentes abotoados até o pescoço.

Debra faz um sinal de positivo para Rick.

— Obrigada, Marquette, e obrigada, generosos benfeitores — diz Sophie. — Nosso leilão foi encerrado e vamos anunciar o total arrecadado no final das apresentações de hoje. Para aqueles que estão decepcionados por não terem conseguido nada, temos mais um item: este maravilhoso mural atrás de mim, que vou leiloar depois do nosso *grand finale*. Mais uma vez, lembramos que a quantia será destinada para famílias afetadas pelo tufão em Taitung.

Giro o meu bastão para me reestabelecer.

— E agora, senhoras e senhores! É um prazer anunciar a estreia internacional de *A andarilha*, uma dança original criada e coreografada pela nossa própria Ever Wong!

37

As notas iniciais de "Lán Huā Cǎo" tocam e minhas garotas deslizam para a frente para formar três grupos idênticos: uma garota faz piruetas, de braços erguidos, e outras quatro giram ao redor dela, como as pétalas de uma flor preta. Três holofotes formam um halo sobre elas. Seus rostos têm expressões neutras — por enquanto. Com movimentos lânguidos dos quadris e braços, elas desenham formas efêmeras que mudam com a batida suave dos tambores.

Um dos meus aspectos favoritos das coreografias é que sempre há uma história. Pelo menos comigo. A história dessa dança evoluiu a cada vez que praticamos, a cada vez que adicionamos novos elementos.

À medida que a música acelera, as garotas tiram seus robes pretos e explodem em safira, esmeralda e laranja. Laços de seda voam, leques azuis se abrem, mãos se agitam. Elas rodopiam e suas saias e cabelos esvoaçam como pétalas: azuis, verdes e laranja se misturam pelo palco.

Então os tambores de Spencer marcam um contrarritmo. Azuis, verdes e laranja se agrupam como um arranjo floral e eu surjo de vermelho, girando meu bastão *bō*. Meu coração palpita com medo do palco. Ele faz parte do ambiente, mas hoje é diferente — papai está na plateia.

E ele está prestes a me ver dançar. Com um garoto.

Mantendo o foco nas minhas dançarinas, costuro oitos imaginários entre elas. Seus laços de seda estalam nos meus braços e meus pés pisam com força no chão de acordo com a batida de Spencer enquanto procuro por um lar — será que pertenço ao grupo das dançarinas com laços, sem um laço? Ao das dançarinas com leques, sem um leque? Ao das dançarinas que entrelaçam as mãos e me golpeiam para o lado?

Minhas dançarinas formam uma onda, alternando entre azul, verde e laranja. Elas me isolam. Meu bastão *bō* voa, girando no ar, enquanto rodopio em vermelho debaixo dele, o pego e procuro por um lugar na formação.

Mas não pertenço a lugar algum.

Então uma fanfarra de tambores e vocalização anunciam um novo elemento: Rick pisa no palco, seu bastão *bō* gira em harmonia com o meu. Seu cabelo preto como carvão reflete a luz dos holofotes.

Um murmúrio se espalha pela plateia.

Fingindo revolta diante desse intruso, avanço em sua direção. Meu bastão assobia pelo ar quando golpeio o dele com um estalo que ecoa. Com o *bō* em ambas as mãos, voo pelo palco, rodopiando, e volto para ele.

Mas, sentindo uma dor aguda no tornozelo, abrevio os giros. Respiro fundo — *aguenta firme*. Minhas dançarinas formam uma linha de batalha atrás de mim, e somos dezesseis avançando contra um enquanto eu golpeio a cabeça de Rick.

Ele boqueia. Contra-ataca. Golpeia minha cabeça, meus pés e minha cintura enquanto eu desvio, cedendo terreno.

Crack, crack, crack! Rick sorri enquanto nos força a recuar. Os estalos reverberam nas minhas mãos à medida em que ele vence nossa resistência no palco. Minhas dançarinas, enfim derrotadas, recuam para formar um coral de sussurros.

Quando ocupo o centro do palco com Rick, esqueço a plateia e meu joelho. Com cada movimento do meu bastão, ele me imita, cada estalo acentuado pelos tambores. Nenhum de nós consegue superar o outro enquanto fingimos e desviamos, atacamos e gritamos.

Cruzando os bastões, giramos um círculo juntos, acelerando, então Rick arranca o bastão da minha mão. Para não ser vencida, eu revido, jogando seu bastão para o lado com um estalo. As mãos dele me envolvem, minha mão desliza pela lateral de seu rosto, e minhas dançarinas formam um círculo duplo ao nosso redor, flutuando em direções opostas em anéis de arco-íris.

Então meu tornozelo cede.

Seguro um grito e tombo para a frente. Meu pé escorrega no piso envernizado e estou caindo em cima de Rick, prestes a aterrissar sobre os pés dele como uma pilha desprezível.

Mas, suave como seda, Rick agarra minha cintura. Ele me ergue no ar como se eu fosse tão leve como uma pena, girando, girando círculos que não praticamos, fazendo as luzes se transformarem em um borrão de cores. Estou voando e aceito o novo elemento da coreografia, arqueando as costas, balançando meu cabelo ar e sentindo braços e pernas maleáveis, entregues e livres.

Enfim, Rick me toma nos braços, gira mais alguns círculos e me põe no chão para descansar contra seu corpo. Seu peito úmido arfa contra o meu. Nossos corações palpitam mais alto do que os tambores do dragão enquanto olhamos um para o outro, o mundo distante.

Só o estrondo dos aplausos me traz de volta à realidade.

Minhas dançarinas estão se curvando. Rick e eu nos separamos, soltando as mãos, e nos curvamos também. Consigo ouvir meu coração e estou sorrindo tanto que meu rosto dói. A plateia além do palco é um borrão de rostos.

Exceto pelo homem que se levanta da cadeira de rodas. Seus óculos de casco de tartaruga deslizam para a ponta do nariz, e ele os coloca de volta no lugar e continua aplaudindo enquanto a plateia o imita, se levantando para nos ovacionar.

Papai.

Nos curvamos uma segunda e uma terceira vez, mas os aplausos não param. Finalmente, com um sinal previamente planejado por mim, os tambores tocam para um bis.

Rick e eu nos separamos para recuperar nossos bastões, simulando uma última luta pelo palco. Meu tornozelo aguenta. Os aplausos da plateia se tornam rítmicos e minhas dançarinas formam um semicírculo atrás de nós.

E, enquanto avanço e giro meu bastão *bō*, dançando ao ritmo dos tambores ancestrais, sinto todas as minhas partes se unindo harmoniosamente: feliz que uma parte de mim é chinesa, uma parte de mim é americana, e que toda mistura simplesmente compõe quem eu sou.

A pedido de Xavier, Sophie leiloa o mural dele como a obra de um aluno anônimo. Eu me sento em um banco nos bastidores enquanto Lena envolve uma bolsa de gelo ao redor do meu tornozelo revoltado. As ofertas do público continuam, cada vez mais altas, até que, enfim, ela declara a obra vendida por sete mil e cem dólares.

— Você está brincando que foi o pai dele que venceu, né? — diz Debra.

— É sério? — Estico o pescoço para ver o homem familiar com seu uniforme militar, sem um amassado sequer no casaco branco como neve e com o cabelo grisalho dividido lateralmente. Mas que ironia. Ele não sabe que comprou a obra do próprio filho.

— Queria poder ver a cara do Xavier agora — digo.

— Senhoras e senhores — declara Sophie —, em nome do fundo de emergência do tufão, todos nós na Chien Tan agradecemos a vocês pelo apoio. É com imenso prazer que anuncio que arrecadamos mais de quinhentos mil dólares taiwaneses!

Dezesseis mil dólares!

Mesmo antes de as cortinas chegarem ao chão, gritamos e nos abraçamos, um emaranhado de corpos suados e cabelos duros de spray: Debra, Spencer, Marc, Laura. Lena chora. Spencer dá um *high-five* em todos. Sam beija Benji. Estamos bêbados de nós mesmos e de nosso sucesso.

Li-Han dá tapinhas nas minhas costas, mas para quando eu recuo.

— Estou orgulhoso de vocês. Quando vocês chegaram, pensava que eram um bando de americanos mimados. Eu... uh...

— Nós éramos — digo, e o abraço também.

Sophie entra, afastando as cortinas, arrancando um salto alto, depois o outro. Ela joga a prancheta no ar e levanta os braços, brilhando como lustres.

— Dezesseis mil!

Passo o braço ao redor do pescoço dela.

— Nada mal pra uma garota sem talento!

— Harvard Business School, aqui vou eu!

Xavier sobe os degraus do palco na nossa direção, com um polegar dentro do bolso como sempre. Mas uma nova luz ilumina os olhos dele. Ele balança um monte de cartões de visita.

— Colecionadores de arte. E *meu pai*. — Ele balança a cabeça, incrédulo. — Algum dia, vou contar pra ele.

— Fico feliz. — Aperto a mão dele com força. — Tão, *tão* feliz.

Sophie passa os olhos pelos cartões.

— Esse cara não. — Ela amassa um cartão. — Minha tia conhece ele. É um golpista. Mas esses dois. — Ela os coloca de volta na mão dele. — São legítimos.

Depois de uma pausa surpresa, ele sorri.

— Obrigado.

Então eles caminham pelo palco na direção da Dragão. A Sophie Mandona superou a Bela Sophie esta noite, mas fico feliz por ela ser ambas.

Somos poderosos.

Podemos ser qualquer coisa que quisermos — filhas, filhos, mães, pais, cidadãos, seres humanos. Esta noite, mostramos isso a Taipei. E, nos dias que virão, mostraremos ao mundo.

Uma mão familiar toca meu ombro.

Minha própria mão se ergue para pegá-la enquanto eu me viro.

Rick sorri.

— Nós fomos bem.

— Fomos. — Eu sorrio de volta, então vejo papai saindo do elevador do palco em sua cadeira de rodas. — Espera um pouco, Rick. Oi, pai. — Vou até ele.

Ele ergue os braços enquanto desliza na minha direção.

— Ever, seu braço! Quando te vi entrar no palco, seu tornozelo...

— Eu tinha que fazer isso.

— Você pode ter danificado seu corpo de vez! — Papai estica uma mão na direção do meu tornozelo, que coloco sobre o colo dele. Ele o examina com dedos de especialista, então o coloca no chão e se levanta em um pé para checar meu ombro. Está doendo, mas nada demais, e enfim ele se senta novamente. — Você tem que descansar esse braço e tornozelo pelo próximo mês. *Pelo menos.*

— Eu vou — prometo. E estou falando sério. Algumas regras são óbvias.

Ele segura minha mão entre suas duas.

— Você estava maravilhosa. E está tão bonita. Talvez possa me ensinar a girar um bastão quando voltarmos pra casa. Vi isso num filme de kung-fu.

Sinto um nó na garganta.

— Ensino.

Rick estava esperando no fundo. Agora, entrelaço meus dedos nos dele e o puxo para a frente. Papai arregala os olhos e eu me pergunto quantas outras surpresas ele consegue aguentar hoje. Mas só tenho mais uma.

— Pai. — Dou um sorriso. — Lembra do Garoto Maravilha?

EPÍLOGO

O Aeroporto Internacional Taoyuan de Taipei está lotado com milhares de viajantes, mas, dessa vez, o frenesi parece amigável, não assustador. Há algumas coisas em Taipei das quais não vou sentir falta — motonetas demais, umidade exagerada —, mas passei a amar as pessoas, o mercado noturno, a comida de rua em todo lugar. Vou sentir falta da intensidade das minhas amizades no Barco do Amor e estou grata por poder mantê-las. Vou sentir falta do anonimato de me misturar, mas talvez eu não tenha sido feita para isso.

Quanto ao mandarim, agora admiro ainda mais as habilidades bilíngues dos meus pais. Ainda não consigo ler mais do que algumas dezenas de caracteres. Mas as placas, jornais e revistas não exibem mais símbolos aleatórios. Estão cheias de significado: portas, olhos, mãos, homens, carne, água, corações, adagas, terra, chuva, árvores, sóis e luas, madeira, fogo, poder, ouro e pássaros de caudas curtas.

Por enquanto, saber que há significado nelas é o suficiente.

Caminho ao lado de papai em sua cadeira de rodas e coloco minha mão em seu ombro, algo novo para nós dois.

Ele coloca a mão sobre a minha e sorri.

— Pronta pra ir pra casa?

— Pronta.

Levo um terceiro bastão *bō* para Pearl para que possamos treinar com papai, e surpreendo mamãe com uma pequena pitaia vermelha que escondi dentro de dois pares de meias na minha mala. Depois de anos sendo perturbada pelos funcionários da alfândega na fronteira, imaginei que ela merecia uma.

Sua expressão normalmente austera suaviza.

— Ever, é a minha...

— Preferida. Eu sei — Dou um sorriso. Não é um colar de pérolas, mas pelo menos posso mostrar que estava pensando nela.

Algumas semanas depois de voltar para casa, depois de me recuperar do *jet lag*, de um reencontro alegre com Megan e Dan e uma ligação de Mei-Hwa — ela voltou para a faculdade graças a nós —, faço chá *oolong* e ponho três xícaras sobre a bancada da cozinha.

— Mãe? Pai? Podemos conversar?

Na mesa de jantar, mamãe levanta os olhos da sua pilha de contas. Papai fecha o jornal e tira os óculos, limpa-os com a borda da camisa, então os coloca novamente.

Em um verão cheio de primeiras vezes, essa é a primeira em que os abordei com notícias minhas. Eu os decepcionei de pequenas formas durante todo o verão, embora eles jamais saberão de metade delas. Eu decepcionei a mim mesma algumas vezes também.

Mas ainda estou de pé.

E agora, estou pronta para informá-los da maior novidade possível.

Eu me sento de frente para eles.

— Eu pensei bastante em Taiwan — digo. — Isso não vai ser fácil pra vocês ouvirem, mas não vou para a Northwestern em setembro.

Papai tira os óculos outra vez. Mamãe abaixa sua xícara de chá.

— Everett...

— Por favor, escutem. Eu não quero ser médica. Sempre soube disso lá no fundo, mas tinha muito medo de admitir. — Dou um sorriso. — Fico tonta quando vejo sangue. Não é o começo mais auspicioso para uma carreira médica.

— Isso não deveria te impedir... — protesta papai, mas eu ponho minha mão sobre a dele.

— Eu poderia superar isso. Vocês me educaram desse jeito. A verdadeira razão é que... — respiro fundo — eu quero dançar. Quero fazer coreografias. E sou boa nisso. Vou tirar um ano sabático e trabalhar na Zeigler como instrutora de dança, e me inscrever em faculdades de dança e programas de bolsas para o ano que vem. Tenho um vídeo da dança que coreografei em Taiwan que vou usar como parte da minha inscrição.

— Dançar não é algo prático pra uma carreira. — Mamãe está tão ávida quanto o ar da manhã. — *Recomeçar* não é prático. E se você não arranjar um emprego depois da faculdade de dança? Nenhuma faculdade de medicina vai te aceitar. Não, você se esforçou tanto. Você termina a faculdade de medicina e dança como *hobby*.

— Mãe, você não me ouviu — digo. — Eu não vou para a faculdade de medicina.

Puxo um envelope que chegou no correio hoje e empurro a carta da Northwestern na direção deles. Há um cheque anexado.

— Aprendi a negociar com a minha colega de quarto. Pedi pra eles devolverem o nosso depósito.

Mamãe empurra sua pilha de contas para o lado e puxa a carta mais para perto. Ela levanta os olhos para os meus. Com uma pontada, noto novas rugas nos cantos de seus olhos e as linhas em sua testa. Elas se aprofundam.

— Isso é ridículo.

Ela põe as mãos gastas sobre a mesa e se levanta.

— Dançar não põe comida na mesa! Como você pode fazer isso conosco? Com seu *pai*? Você ainda é tão ingrata, mesmo depois de tudo que fizemos?

— Paula... — meu pai começa, mas ela o interrompe.

— Não foi pra isso que nós a educamos. Nós desistimos de tudo por ela. Tudo!

Continuo sentada, com as mãos em volta da minha xícara quente. No começo do verão, as palavras dela teriam rasgado minha alma em pedacinhos. No meio, eu teria gritado "então vou simplesmente morrer de fome!".

Agora, o olhar dela ainda dá um nó em meu estômago como se eu tivesse atingido o fundo de uma montanha-russa.

Mas então continuo até a próxima subida.

Eu morreria pela minha família se fosse necessário. Eu emigraria para um país estrangeiro e desistiria de dançar para desatar curativos encharcados de sangue todas as horas de todos os dias se isso significasse comida e abrigo para a minha família. Mas, por causa deles, eu não preciso fazer isso.

Não preciso ser papai empurrando um carrinho de limpeza, cheirando a antisséptico e desejando estar em outro lugar, o lugar onde minha alma vive.

— Mãe, pai, vocês dois tiveram coragem suficiente para vir pra os Estados Unidos sem suas famílias. Papai desistiu da medicina pra que pudéssemos crescer aqui. Isso exigiu coragem, e eu aprendi isso com vocês. Vocês me deram segurança e assumiram riscos pra que pudessem conseguir coisas maiores. Estou fazendo isso também. Quero usar minha dança pra chamar atenção pra pessoas nas quais ninguém presta atenção.

Mamãe sai furiosa da sala.

Papai ainda está com uma expressão atordoada. Mas não de raiva. Nosso pedaço precioso de confiança suada ainda está entre nós.

— Ela vai acabar aceitando. — Ele aperta minha mão, depois vai atrás dela.

A conversa longa e dolorosa se estende por muitos dias, interrompida por refeições, trabalho, o recital de Pearl da Sonata de Mozart em dó — que ela executa com perfeição —, pelo primeiro dia de aula dela e depois por uma despedida de Megan cheia de lágrimas. Mas é uma conversa que estou feliz em ter. Por muito tempo, escondi dos meus pais meu amor pela dança, aqueles sonhos maiores.

Não mais.

Mamãe para de falar comigo. Mas eu sei que, mesmo que ela esteja errada sobre o que eu preciso, ela quer o melhor para mim do seu próprio jeito. Papai diz pouco, como sempre, mas, em vez de julgamento, sinto que há apoio debaixo de seu silêncio. Talvez esse apoio sempre estivesse lá. Papai entende o que significa abandonar seus sonhos. E agora entendo que rejeitar os desejos deles não é o mesmo que rejeitá-los como meus pais.

Eu luto contra outro tipo de culpa. Sou aquela garota que se afasta da ciência ou outras carreiras tradicionalmente masculinas? Mas a resposta é não. Eu amo meus pais por nunca verem meu gênero como um obstáculo para meu sucesso profissional. Eles me deram escolhas que Sophie nunca teve.

Porque eu tenho uma escolha.

E não estou tomando essa decisão de forma impensada. Já vi todo o caminho e sei que serei mil vezes mais feliz dançando no palco de um teatro comunitário do que aconselhando o presidente como ministra da Saúde.

Sophie liga de Darthmouth: sua colega de quarto, assim como Spencer, quer se candidatar a um cargo político um dia, e Sophie já está de olho na presidência do clube de empreendedores. Xavier, com quem Sophie fala uma vez por semana, rejeitou uma vaga em uma escola particular chique em Massachusetts que o pai dele conseguiu com uma grande doação, e se mudou para Los Angeles para trabalhar em um set para um teatro independente, uma vaga que ele conseguiu por meio do comprador de *Três velhos*.

— E você não vai acreditar — diz Sophie. — A Jenna entrou no programa de medicina da Northwestern.

— Mentira! — Agarro meu celular. — Ela pegou minha vaga!

— Bem que o Marc falou! — Sophie está exasperada. — Uma garota asiática é tão boa quanto a outra. Mas ela rejeitou a vaga.

— Sério?

— Ela vai tirar um ano sabático pra fazer terapia primeiro. Disse que não está pronta ainda.

— Fico feliz — digo. — Por vários motivos, fico feliz.

No dia 24 de agosto, Rick faz uma visita a caminho de Yale, e papai faz seu próprio anúncio no jantar. Ele ainda está usando muletas e pegando leve no serviço.

— Decidi me aposentar da Cleveland Clinic e seguir meu negócio de consultas em tempo integral. Dr. Lee tem me incentivado a fazer isso há um tempo, e ele conseguiu outro contrato em Taitung para mim.

Eu me levanto para abraçá-lo.

— Pai, isso é *ótimo*! Parabéns!

— É arriscado — papai admite. — Se as coisas não derem certo, vou ganhar menos do que no hospital. O *timing* parece errado, já que você não vai fazer med... uh, já que você está mudando de rumo. Mas faz dez anos que penso em fazer isso. E você está tão feliz. Talvez nenhum de nós possa esconder quem somos.

— Não podemos — concordo.

Rick se oferece para ajudar papai a arrumar seu escritório remoto, e os dois passam alguns dias ocupados instalando um repetidor de sinal de Wi-Fi, um *power bank* e um monitor para videoconferência.

— Obrigada. — Envolvo a cintura de Rick com meu braço e ele passa o dele ao redor do meu ombro enquanto admiramos o resultado.

— Baile em outubro. — Rick me lembra enquanto papai liga sua luminária de mesa.

Com papai de costas para nós, dou um beijo silencioso em Rick.

— Vou estar lá.

Mamãe celebra o primeiro contrato de papai comprando as persianas brancas que sempre quis.

— Vai ajudar seu pai a focar quando precisar de mais privacidade — diz ela, inventando desculpas. Mas, enquanto danço pela sala ao ritmo de uma música na minha cabeça, a caminho de dar uma aula na Zeigler, eu a pego sentada no sofá, sorrindo para suas persianas.

Como mudamos.

Abro a porta, desço os degraus, dançando, e dou uma pirueta. O sol brilha forte em um céu azul sem nuvens. Eu não apenas abri as frestas da lanterna do ladrão. Eu as arranquei.

Nada mais pode conter a supernova.

Nota da autora

Escrever um romance em inglês com três dialetos chineses diferentes foi mais difícil do que eu esperava. Não tive muitas referências para me orientar, então tive que tomar minhas próprias decisões sobre como navegar em grafias, itálicos e marcas de tom. Não sei se acertei, mas espero ter chegado perto de fazer a experiência de leitura a mais fluida possível.

A maioria dos diálogos em língua chinesa neste romance é escrita em *hànyŭ pīnyīn*, o sistema oficial de romanização para o chinês padrão. Para palavras chinesas comumente usadas em textos em inglês, como *qipao*, *pinyin* e *dim sum* (cantonês), escolhi não usar marcas de tom para incorporá-las ao texto principal em língua inglesa. Fiz a mesma escolha para nomes próprios de personagens e lugares, como Mei-Hwa e Ai-Mei, que apareciam com frequência em frases em inglês, embora eles às vezes apareçam na mesma frase como *hànyŭ pīnyīn*.

Chien Tan é a grafia do campus verdadeiro, e usa o sistema Wades-Giles, o sistema dominante em Taiwan no passado.

O *pīnyīn* dos diálogos em hokkien é baseado na romanização *Peh-ōe-jī*, um dos múltiplos sistemas para o hokkien taiwanês.

Agradecimentos

Muitas pessoas me ajudaram ao longo dessa jornada de doze anos de escrita. Não há tinta suficiente para agradecer a todas elas.

Sou grata pelas seguintes pessoas que ajudaram a trazer este livro à vida.

Meu time da HarperCollins:

Minha brilhante editora Kristen Pettit, cuja visão, energia e criatividade fizeram um belo livro. Obrigada por todas as formas com que você está ajudando a mudar nosso mundo.

Jenna Stempel-Lobell, Corina Lupp, Janice Sung e Jennet Liaw pela incrível arte de capa e seus outros trabalhos.

Cindy Hamilton, Ebony LaDelle, Jane Lee, Sari Murray, Clare Vaughn, Michael D'Angelo, o time da Epic Reads, Shenwei Chang, Jessica Gold e todos aqueles na área de marketing e publicidade que estão apresentando o livro ao mundo.

Minha família da New Leaf:

Jo Volpe, que, dez anos antes de virar minha agente, me incentivou quando eu era uma escritora novata ao me enviar uma cópia com anotações feitas à mão do meu primeiro manuscrito. Com você, as possibilidades são infinitas.

Pouya Shahbazian, que está abrindo as cortinas de Hollywood para mim.

Meredith Barnes, por ter brilhantemente construído pontes entre minhas muitas vidas num momento em que eu não tinha certeza de que elas poderiam funcionar juntas.

Mia Roman, Veronica Grijlva, Abigail Donoghue, Jordan Hill, Kelsey Lewis, Mariah Chappell, Hilary Pecheone, Cassandra Baim e todo o time da New Leaf. Suzie Townsend pelas calorosas boas-vindas!

Minha comunidade da VCFA:

Shelley Tanaka, A. M. Jenkins, Lyn Miller-Lachmann, Rachel Yeaman, Monica Roe, Gena Smith, Suma Subramaniam, Heather Hughes, Lianna McSwain, Laura Atkins. Susan Korchek por nossas conversas sobre dislexia.

Meus parceiros de crítica: Sabaa Tahir, Stephanie Garber, Stacey Lee (outra família de egressos do Barco do Amor), Kelly Loy Gilbert, I. W. Gregorio, Sonya Mukherjee. A generosidade e a fé de vocês em mim fizeram este livro acontecer.

Minha comunidade de escritores em São Francisco: escritores da SCBWI NORCAL, Melanie Raanes, Angela Mann e todos os livreiros da nossa amada Keplers Books — sou muito grata pela amizade de vocês ao longo de todos esses anos.

Meus sábios amigos de faculdade e comunidade: minha colega de quarto Judy Hung Liang, Chienlan Hsu, Emily Sadigh, Jennifer H. Wu, Paula Fernadez, Kavitha Ramchandran. Quando nos conhecemos anos atrás, queríamos mudar o mundo — e estamos fazendo isso.

Yang-Sze Choo e James Cham por anos de paciência e conselhos.

Olivia Chen por infinitas ideias criativas de marketing para o *tour* de *bubble tea*.

Jill e Nathan Schmidt por entalhar meus lindos selos. Tenho muito orgulho de usá-los.

Pelo *feedback* profissional inestimável: Noa Wheeler, Anne Ursu, Lewis Buzbee, Jordan Brown e Cathy Yardley. Meghan Hopkins por sua leitura sensível em relação à saúde mental.

Brian Yang, Bing Chen, Chris Kim, Eugene Wei e Pier Nirandara pelo apoio enquanto navego por Hollywood. Stephanie Yang, obrigada.

Por dedicarem parte de seu tempo falando sobre o Barco do Amor: Carey Lai (sua dica sobre luta de bastão *bō* mudou a história!), Emily Yao, Eugene Wei, Jerry Chiang, David Lee, Dave Lu, Andy Wen. Ferdinand Hui pelas apresentações. Tony Lin, meu guia de turismo na ilha de Taiwan.

Meus irmãos, Byron e Liza Hing, por conselhos sábios e pelo apoio, Colleen Hing Linde por ler fielmente cada um dos meus romances, e Brooks Linde por orações muito necessárias.

Meus pais, Ray e Barbara Lim Hing. Ainda significa muito para mim dar orgulho a vocês.

Meus meninos, Aidan e Alistair — vocês são minhas maiores alegrias.

Meu esposo e melhor amigo, Andy. Não consigo imaginar quem eu seria sem você.

E àquele que faz tudo em Seu próprio tempo.

Este livro, composto na fonte Fairfield,
foi impresso em papel Pólen natural 70g/m² na gráfica Geográfica.
São Paulo, Brasil, julho de 2022.